1
2
3
4
5
6
7
A
B
C
D
E
F
G
H
I
J
K
L
廃工場
突入ポイントB
丘の上のアジト
突入ポイントA
地雷原
地雷原
突入ポイントC
火葬場跡
一班突入
炭坑跡
二班突入コース
砂浜
一班・二班上陸地点
灯台
三班
全滅地点

KINJI FUKASAKU FILM "BATTLE ROYALE II REQUIEM" OFFICIAL NOVELIZATION

BATTLE ROYALE II
REQUIEM

バトル・ロワイアルII
鎮魂歌［レクイエム］

杉江松恋
SUGIE MCKOY

脚本　深作健太
　　　木田紀生

原案　高見広春

太田出版

J・P・MとO・Mに

バトル・ロワイアルII
鎮魂歌［レクイエム］

目次

町立鹿之砦中学校三年B組生徒名簿

〈男　子〉

01番	青井　拓馬	（あおい　たくま）
02番	卜部　秀悟	（うらべ　しゅうご）
03番	葛西　治虫	（かさい　おさむ）
04番	黒澤　凌	（くろさわ　りょう）
05番	桜井　晴哉	（さくらい　はるや）
06番	柴木　雅実	（しばき　まさみ）
07番	志村　鉄也	（しむら　てつや）
08番	城　直輝	（じょう　なおき）
09番	田口　正勝	（たぐち　まさかつ）
10番	名波　順	（ななみ　じゅん）
11番	長谷川　達彦	（はせがわ　たつひこ）
12番	日笠　将太	（ひかさ　しょうた）
13番	保坂　康昭	（ほさか　やすあき）
14番	前薗　健二	（まえぞの　けんじ）
15番	槙村　慎太郎	（まきむら　しんたろう）
16番	皆本　清	（みなもと　きよし）
17番	宮台　陽介	（みやだい　ようすけ）
18番	向井　渉	（むかい　わたる）
19番	森島　達郎	（もりしま　たつろう）

〈女　子〉

01番	浅倉　なお　　（あさくら　なお）
02番	池田　美希　　（いけだ　みき）
03番	筧　今日子　　（かけい　きょうこ）
04番	キタノ　シオリ
05番	久瀬　遙　　（くぜ　はるか）
06番	鷺沢　希　　（さぎさわ　のぞむ）
07番	汐田　早苗　　（しおだ　さなえ）
08番	新藤　理沙　　（しんどう　りさ）
09番	戸塚　保奈美　（とつか　ほなみ）
10番	夏川　結子　　（なつかわ　ゆうこ）
11番	新見　麗奈　　（にいみ　れな）
12番	野坂　真帆　　（のさか　まほ）
13番	蓮田　麻由　　（はすだ　まゆ）
14番	波多　量子　　（はた　りょうこ）
15番	福田　和美　　（ふくだ　かずみ）
16番	松木　志穂　　（まつき　しほ）
17番	三船　夕佳　　（みふね　ゆうか）
18番	本村　明日香　（もとむら　あすか）
19番	八木　綾音　　（やぎ　あやね）
20番	矢沢　愛　　（やざわ　あい）
21番	谷野　響　　（やの　ひびき）
22番	夕城　香菜　　（ゆうき　かな）
23番	善山　絵里　　（よしやま　えり）

プロローグ

PROLOGUE

地下道に、足音が響いていた。

ほとんど爪先立ちで走っているのだろうか。片足が路面に触れては、すぐにまたはね上がる。交互に繰り返される靴音が、まるで水面を切って飛んでいく石の音のようだった。

「パパ、はやく!」

という声が通路に響いた。甘く、上ずった声だ。走りながら楽しそうに笑っている。

少女の笑い声だった。

その後ろから、ゆっくりとした足音が続いていた。

「こらぁ、待ちなさい、仁絵《ひとえ》」


少女は、はしゃぎ声を上げながら父親の制止を振りきり、地上に続く階段を上っていった。

「きれーい」

少女は、そこで立ち止まった。

思いきり見開いたその瞳に、「世界」が映っていた。

広い道の両側に街路樹が立ち並び、きらめくものがたくさん飾りつけられていた。足早に通り過ぎていく大人たちも、今日はなんだか華やかな身なりをしている。なにより、澄みきった空を背景にそびえる建物がすばらしかった。大きい。少女の目には、天上まで届いているかのように見える。頂きは、二つに分かれていた。まるで、顔を合わせて相談する二人の巨神を見ているようだった。

壁面には、少女には読めない文字が描かれている。読めない。しかし美しい。

「すごい、きれい」

背後から抱き寄せられた。

「つかまえた」

振り返った。少女の父親の優しげな笑みがあった。

「見て、すごくきれい。全部、キラキラしてる。キラキラして、明るくて、それでいっぱいなの」

父親は、興奮してしゃべり続ける少女を抱き上げた。しっかりと胸に受けとめ、そのまま歩き始める。

「そうだね。綺麗だね。今日は、クリスマス・イヴの日なんだよ。だから、特別に綺麗なんだ」

「ふぅん」

少女は思いきり大袈裟に頷いた。

少女にとって、世界は未知の出来事だらけだった。一日が過ぎるたびに知識は増え、何かを知るたびに世界はどんどん大きくなっていった。

知らないことがいっぱいある。

これからいろいろなことを知ることができる。

少女の胸は、その喜びで満ち溢れていた。

小さな右手を振り上げた。

建物の壁面に書かれた文字を指さす。

「じゃあ、パパ、教えて。あれはなんて書いてあるの。あれもクリスマスなの?」

父親は微笑みながら指の示す方向を見上げた。

前方にそびえる巨大な建物の中ほどに、電飾で文字が描かれていた。「MERRY X'MAS」と読める。

「あれは『メリー・クリスマス』って読むんだよ。クリスマスおめでとうって意味なんだ」

「ふううん」

少女は、もう一つ増えた知識を記憶に定着させようと、再びその文字を見つめた。

そのとき。

文字の記された壁面の窓ガラスをはじき飛ばし、黒い塊がこぼれ出てきた。

煙だ。

黒煙は瞬時にして膨れ上がり、建物の周囲に黒雲を作り出した。その後ろに紅の花びらが散る。始めはまばらに見えた花弁は、すぐさまつながりあい、巨大な炎となって黒地の背景に存在感を示し始めた。

（火事！）

凍りついていた脚が、二、三歩後ずさりをした。

（逃げなければ）

だが、その意識から発した命令が全身に行き渡る間もなく、次の一連の出来事が起こった。窓ガラスが破裂して消えた壁面全体が、大きく膨れ上がった。ささらのような亀裂が走り、自重に耐えきれなくなった壁面が崩壊していく。後押しをするような黒煙がふたたび吹き上がり、破片を空中に投げ飛ばした。

まがまがしく、巨大なものが落ちてくる。

父親は、きびすを返して走り始めた。

駆け出した背中に、邪悪な爆音が叩きつけられた。続いて全身を焦がすような熱風が吹きつける。父親の足先が地面からすくわれ、その腕から少女の体がもぎ取られた。絶叫しながらその体を摑もうとする努力を嘲笑うかのように、幼い体は爆風に翻弄されながら木の葉のごとく吹き飛ばされていく。

二人の体は、巨大な塵雲に飲みこまれた。得体の知れない芥の塊が次々に体を打ち、降り注ぐ火の粉が髪を焦がした。熱風の渦が体を巻きこみ、一瞬にして世界は暗黒の底に沈んだ。

父親の体が路面に投げ出された。茫然と目を見開きながら、彼は眼前で起きる出来事を見つめ続けた。

建物の下部から噴出しているだけだった火炎は、あっという間に建物の外周すべてを舐め尽くした。窓ガラスが次々に破砕して空中に光の粒を投げ出し、その後から黒煙がまろび出した。

いや、窓から飛び出てくるものはそれだけではない。もっと大きな、蜘蛛のようなものが次々に窓辺に現れ、落下している。

蜘蛛ではない。

人だ。

ガラスの砕けた窓辺から、中にいる人が飛び降りているのだ。空を摑もうとしながら必死に四肢を振り動かし、もがき、叶わずに落下していく。

落ちていく人影が、建物の中腹から舌を出した巨大な火炎の渦の中に飲みこまれた。

黒煙と炎に縁取られた建物は、次第にそのフォルムをねじれさせていた。巨大な支柱のいくつかがぐったりと脚を折り、建物全体が根本から傾ぎつつある。あの双頭の頂きが、今やぐらぐらと揺れ動いていた。一度、二度、巨大な神同士の決闘を思わせる勢いでそれらはぶつかりあい、やがて建物の中央が勢いよく裂けた。

天をめざし駆け上る昇竜にも似た火炎が、裂け目から噴き出した。その火炎を中心に、建物のシルエットはくたくたと溶け始め、青空を背景に崩れ落ちていく。それはまるで、巨神の死のようだった。

自失から立ち直った父親は、やっとのことで立ち上がり、十数メートル先に墜ちていた少女の体を抱き上げた。あんなに軽やかで、あんなに活気に満ちていた体に、今は生気のかけらもない。

その体を抱きしめる父親の耳に聴覚が戻った。

傷ついた者の叫び、怨嗟の声、愛する者を捜して泣き喚く声。崩れ折れていく建物がたてる断末魔の響き。

世界は憎悪と絶望に満ちていた。

＊　＊　＊

標高の平均が七千メートルを超えるアジアの連峰、ヒンドゥークシュ山脈に位置するある寒村を、キャラバンが訪れていた。パキスタンとアフガニスタン、タジキスタンの三国を股にかけて放浪する彼らにとって、国境などはあって無きものに等しい。

ヒンドゥークシュの名の由来は、かつてインドから中央アジアへと連れていかれたヒンドゥー教徒の奴隷が、寒さに耐えきれず凍死したことに由来すると言われている。そのことからもわかるとおり、山での暮らしは楽ではない。二十年以上にわたる内戦のため、さらに疲弊の度合いは進んでいた。

　この付近一帯は、貴石ラピス・ラズリの産地としても知られており、キャラバンの目的はラピス・ラズリと生活必需品との交換にあった。石の採掘にいそしむ者は老人と女と子供ばかりで、若い男は内戦に加わるために都市へと出ていってしまっていた。

　代わりに、子供の数は増えていた。戦争のために孤児となった子供たちが、首都からこの村に流れついていたからだ。当然彼らはたいした労働力にはならず、村の負担となる。だが、貧しさを理由に子供を追い返そうとする者は、村にはいなかった。

　ちょうど独立記念日であるアサド二十八日の祝祭の時期だった。どんなに貧しくとも、毎年独立記念日はやってきて、村は祝祭に浮かれる。祭の日には、普段食べている焼き飯《パラオ》は、羊の串がついた豪華版のカーブリ・パラオに昇格するし、肉と野菜の鉄鍋蒸しであるカライを奮発して祝いを行う家庭もある。その贅沢をやめて、飢えた子供に食わせてやればいいではないか、というのがこの村の考え方だった。

　山の稜線を、黒い影が移動していく。用を済ませたキャラバンが、去っていったのだ。またこれで一ヶ月間、訪れる者のない静かな暮らしが始まる。

だが、村の一角に、立ち騒ぐ者たちがあった。

子供たちだ。

　それまでキャラバンがいた一角を指さし、大声でわめいている。その声を聞きつけた大人たちが駆けつけてきた。

　大人たちは、すぐにその騒ぎの意味を理解した。

よそ者が二人、紛れこんでいた。男はターバンを頭に巻き、パトゥーを引き上げて口元から下を覆っていた。女もチャダルのかぶりもので半ば顔を隠している。だが、明らかに顔立ちは異民族のものだ。見たこともないような、なめらかな顔をしていた。

　二人は寄り添いながらうずくまっていた。目に敵意がある。おそらく見咎められないうちにこの村から立ち去るつもりだったのだろう。子供たちに発見され、警戒していた。

　だが、二人とも体調を崩しているのが明らかだった。普段からこの標高に住む人間ならともかく、平地から来た人間なら必ず高山病になる。ヒンドゥー教徒の凍死した山、ヒンドゥークシュなのだ。

　風がよそ者の衣服をなぶり、二人の顔を覆うものをはね飛ばした。

　その顔を見た瞬間、大人たちの間に動揺が走った。まだ若い。異民族であるため、正確な年齢はわからないが、おそらく成人前だ。

　女の方の顔色がひどく悪い。

　大人の制止を振りきり、一人の子供が前に出た。

　ちょこちょこと二人に近づいていく。その手には、どこから持ってきたのか水差しが握られていた。

　男の目の前に、水差しを突き出した。

　男が、子供の顔をじっと見つめていた。その瞳に涙が宿った。見る間にそれは盛り上がり、頬を伝って流れ落ちていく。

　水差しを受け取り、女の口元に押し当てた。

　ゆっくりと女の喉が動き、中に入っているものを飲み下していく。

　男は水差しを子供に返し、

「どうも、ありがとう《ビスイヤール・タシャクル》」と呟いた。

　そのまま白目をむき、大地に倒れ伏す。

　大人たちが慌てて飛びこんできた。

数日の介抱の結果、二人はなんとか食事が摂れる程度にまで回復した。やはり二人は隣国からの密入国者だった。それだけではなく、はるか東方のある国から、はるばる旅をしてきたのだという。

その国の名を聞いた者はあっても、どこにある国なのか、正確に言える者はいなかった。

二人がなぜそんな遠い国からやって来たのか、理由はわからなかった。だが、あんなにひどい高山病に罹っても行かなければならない旅なのだということは、理解ができた。体が動くようになった途端、男の方は出発の意思を示したくらいである。

女の方は、自分たちを救ってくれた子供たちに、強い関心を示していた。やがて片言と身振り手振りで意思が伝えられるようになると、子供たちが戦争孤児であることを知って、衝撃を受けたようだった。

子供たちは、二人に好意を示していた。異教徒ではあったが、二人には邪悪さがなく、殉教者を思わせるほどに純粋なところがあった。

やがて村人たちは、二人の口から名前を聞いた。それは、まったく耳になじみのない音の名前だった。

女はナカガワ・ノリコ、男の方がナナハラ・シュウヤという名前だった。

＊　＊　＊

二〇〇X年、この国の首都は未曾有の出来事に直面した。首都の象徴であり、地上五十階地下七階の威容を誇る首都庁舎ビルが、何者かによって爆破されたのだ。間髪入れずに発せられた犯行声明により、警察当局は、地下組織『ワイルド・セブン』のリーダー・七原秋也を事件の首謀者と断定、公開捜査に踏みきった。

七原秋也は、城岩学園中学校の三年次の在籍時に、新世紀教育改革法（通称BR法）に基づくBRゲームに参加したが、ゲーム中にクラスメイトの中川典子とともに行方不明になっていた。七原失踪時、ゲームの監督官である担当教諭が何者かに殺害されており、七原・中川両名には殺人及び殺人幇助の容疑がかけられ、現在も全国に指名手配されている。ゲーム会場からの逃走後、二人が反ＢＲ法運動団体の手引きで海外に脱出し、そこでテロリスト活動に身を投じた可能性は高い。しかし、その詳細はいまだ不明である。

なお、このテロ事件を契機に、新世紀教育改革法第十条の理念に基づく新法として、未成年によるテロリズム対策法である、新世紀テロ対策特別法の制定が検討されている。同法案は今通常国会にて承認、発布される予定――。

第一部

キックオフ

KICK OFF

1

終了のチャイムが鳴り、教卓の向こうに立つ教師が、パタンと教科書を閉じた。申し訳程度に一礼をして、いそいそと教室を出ていく。

久瀬遙は、まるで予行でもしていたかのようにすみやかに教科書とノート、筆記用具を学生鞄に放りこみ、椅子を引いて席を立った。社会科の教師が頭を下げ終わらないうちから教室のあちこちで漏れ始めた囁き声が、まだ本格的なざわめきとなる前の早業だった。もっとも、声を発する生徒の数自体があまり多くない。普段から土曜日の四時限は出席率の悪い授業だった。多くて三分の二くらい。今日はとりわけ少ない。

おまけに担任教師も不在だから、この後は終礼もない。遙は迷わず教室から飛び出し、玄関へと向かった。

校舎から出た途端、目の前いっぱいに広がるのは青い空。とてつもなく大きな額いっぱいにスカイブルーの絵の具を塗りたくったような空は、下の方がぼこぼことした稜線で切り取られていた。山頂から次第に降りてきた紅葉は、すでに山裾の集落の辺りまで朱に染めている。遙はその眺めを一瞥し、校舎の裏手にあるグラウンドに向けて歩き出した。

公立中学校にしてはやや広めのグラウンドでは、すでに二色のラガーシャツを着た選手たちがところ狭しと駆けまわっていた。得点ボードを見る。

鹿之砦《しかのとりで》中学対山守《やまもり》中学。

一〇対二十五。

「負けてるじゃん」

グラウンドの隅にある植え込みをめざして歩きながら遙は一人ごちた。今日の試合は地区予選に進出するための大事な公式戦だったはずだ。そのため、遙の三年B組にいる何人かのラクビー部員たちも、土曜の三時限以降を免除されて、試合に出ていた。大事な試合のはずだ。

めまぐるしく動く選手たちを目で追いながら、一人の選手を探した。中学生のプレイヤーはヘッドキャップの着用を義務づけられている。それでもあの選手だけは見紛う心配はない。

「いた」

遙の視線は、フィールド中ほどの長身の選手の上に釘づけになった。ヘッドキャップの下からあふれ出す、青井拓馬の金色の髪が鮮やかに目を射る。

ボールがタッチに出た。ト部秀悟が走り出てボールを掴む。手を振り上げてクイックスローインの体勢に入った秀悟が、一瞬目配せをしたのを拓馬は見落とさなかった。

間髪入れずに投げこまれる楕円形のボール。長い放物線を描き、飛んでいく。その放物線が落下に転じるか転じないかのところで、誰かが飛び上がってボールを受けとめた。ぎらつく陽射しの中で、その姿が停止したように見えた。伸びきった両脚がぐいっと曲がって落下に備え、着地した瞬間にバネのように反動を利用して駆け始めた。

「またあいつかよ!」

山守中の生徒たちが口々に罵る。

「あの女」

「女のくせに、なんちゅうジャンプ力なんだ」

拓馬はニヤリと笑ってキタノシオリの後を追った。

キタノは鹿之砦中ラグビー部唯一の女子選手だ。体重が軽いためスクラムやモールでは本領を発揮できないが、ボールを持って駆け出したら誰にも止められない。チーム一の駿足を誇る拓馬でも危ないものだ。

「野郎、止めちまえ」

「あんな女、押し倒せ！」

罵りながら殺到していく敵チームを押しのけ、拓馬も全速で後を追う。シオリの左横まで駆け上がり、パスを受けてゴールを狙う。何度も練習した黄金のコンビネーションだ。

「キタノ！」

駆けながら呼びかける。ややうつむき加減に傾けられたシオリの顔は微動だにしなかったが、突然ボールを抱えた両腕がしゅっと唸り、矢のようなパスが飛んできた。

「ナイス！」

それをがっちりと受けとめ、さらに加速をつけてグラウンドを蹴りつける。ゴールまではあと少しだ。


鼓膜に突きささるホイッスル音。

つんのめって動きを止めた。振り返る。審判が、はるか後方で右腕を上げて立っている。腕は敵チームの方に向けられていた。相手ボールのスクラムだ。

どすっ。

背後から右脇腹に鈍い痛みを感じた。腕が肩に回され、抱きこまれる。

「スロー・フォワード！　拓馬、おまえ前に出すぎだ」

慎太郎の声。キャプテンの槇村慎太郎だ。

「え、俺、そんな前に出てたはずないぜ！」

「おまえ、さっきもスロー・フォワードしたろ？　審判の心証悪くしてんだよ。今のはぎりぎりセーフかもしれねえけど、厳しく取られたぞ」

「マジかよ。写真判定呼べよ」

「こんな試合で、んなもんあるか」

今度は左肩がぱんぱんと叩かれる。振り返ると、笑みを浮かべた向井渉だった。

「いくら足が速いからといって、速すぎ。いつも言われてんじゃねえの？　『いやーん、タク、早すぎるぅ』って」

言いながらフィールドの外を指さす。そこには心配げにこちらを見つめている、マネージャーの浅倉なおの顔。

「ば、ばか！　んなわけあるか！」

顔にカーッと熱くなる。手を振りまわすと渉はするっと身を引いて、

「ドンマイ、ドンマイ。頼むからこれで頭に血が上って反則とかすんな。こないだみたいにウェスタン・ラリアートをかまして即退場なんて、洒落になんないからよ」

「おい、そこ！」

振り返った。審判がこちらを指さしている。

いらいらとした顔で拓馬を睨んでくる。

「プレイの邪魔だ。すみやかに――ん、君、その耳はなんだ？」

言われて反射的に右耳に触れた。しまった。ピアスを外し忘れていた。

「ピアスです」

「ピアスだとぉ」審判がぐりっと目を開いた。「競技中はいっさい装飾品の着用は禁止されている。知らないのか！」

「いや、うっかり……」

「外してこぉい！」

怒鳴られて足早にグラウンドを横切る。

「……ったく」審判のぼやきが耳に入る。「チームに女子はいるし、ピアスのまま試合に出るやつはいるし。どうなっているんだ、このチームは。これだから鹿之砦中の連中は……」

大股に歩いてラインから出た。浅倉なおが駆け寄ってくる。大きな目の上の眉がぎゅっと寄せられて

いた。

「どうしたの?」

無言のままぐいっと顎をしゃくり、右耳を見せる
「あっきれたあ。ピアスしたまま試合に出るなんて
——だめじゃない!」

「時間なくて忘れてた」

「忘れるとかそういう問題じゃない」

「早くしないか!」

背後から審判の声が追いかけてきた。

「きみのために試合を中断して待ってるんだろうが!」

「ほら。急げよ」

前方から気のない声。着古したジャージの男。ラグビー部顧問のタケウチリキだ。

「わかってるよ」

その顔を見返した。いかついといってもいいほどの造作に不釣合いな、どろんと濁った目。いつもの無気力な顔だ。リキは拓馬のいる三年B組の担任でもあって、試合のたびにこうして律儀にやってくる。しかし別に拓馬たちに指示を飛ばすわけでもなく、いつもぼんやりと試合を眺めているだけなのだ。ラグビーが好きなのか、どうかさえもわからない。柴木雅実などは、

——あれは、ただ単に暇つぶしに来てるだけちゃうか。

と毒づいているくらいだ。

ピアスを外しながら、その顔をもう一度横目で見る。どこを見ているのかわからない目をしながら、リキはぼんやりとフィールドの方に顔を向けていた。

「なお、持っててくれ」

外したピアスを手渡し、駆け戻る。待ちかまえていた慎太郎が、近寄ってきた。

「拓馬、おまえな、態度が悪くて退場になるやつもいるんだから、気をつけろ」

「んな、大袈裟な」

「大袈裟じゃねえんだよ、おまえの場合。瞬間湯沸器みたいな性格してるからな。それにひさしぶりのホームグラウンドでの試合だろ？　クラスメイトの前でみっともない真似するんじゃねえよ」

「クラスメイトって？」

秀悟が黙って指さす。見まわすと、確かにグラウンドのあちこちに知った顔が見える。

「ラグビー部の活躍を学校に知らせるいい機会なんだからよ。頼むからマジで試合してくれよな」

言い捨てるとフィールドの中央に戻っていく。がっしりとスクラムを組んだ肉体の連なりが、ホイッスルが鳴ると同時に大きな機械の一部でもあるかのように動き出した。周囲に活力がみなぎってくる。

（まだ試合時間はある）

拓馬は、スクラムを組む選手たちの足元が立てる砂ぼこりに包まれながら走り出した。

前後半戦が終わって点差は開いたままだった。

（負けてしまった）

目立たないように植え込みの後ろに座って観戦していた遙は立ち上がった。鞄を右手に持ち、そろそろと校舎の方に戻る。水飲み場の付近に同じクラスの新藤理沙や筧今日子たちがかたまっていた。足音をひそめて通り過ぎる。

校舎の脇を回ると、そこでも思いがけない顔に出くわした。黒いライダーズ・ジャケットを羽織った男子生徒たちだ。

（シュヴァルツ・カッツ）

黒澤凌という生徒を中心にかたまっている、三年B組のグループだ。シュヴァルツ・カッツはドイツ語で黒猫という意味だが、なぜそんなグループ名なのかは誰も知らないし、正面切って黒澤に聞いた者もいない。シュヴァルツ・カッツの五人は、グループ以外の生徒とはほとんど話そうともしないからだ。いつも仲間同士でつるんでは、いらいらと何かに腹を立てているように見えた。

そのうちの一人と目が合った。ギロリとガンをつけてくる。

「んだ?」

そっぽを向いて立ち去ろうとする。

「んだって聞いてんだよ!」

声が追いかけてきた。トーンが怒声に変わっていて、ぎくりとする。

「よせよせ」

違う声が静止に入った。

「たぶん、日本語だから何を言われてるのかわからねえんだろ。英語で言ってやれ英語で」

へへへへ、とせせら笑う声を無視して足を速めた。

「帰国子女だからって鼻にかけてんじゃねえよ!」という声が追いかけてくる。そんな悪罵には慣れっこになっていた。

グラウンドの反対側、校舎の裏に回ると、そこには四階建ての寄宿棟がある。男子用と女子用に分かれたその建物の入り口を通り、靴箱横の壁にかかった名札の中から自分の名前の書かれたものに手をかけ、裏から表に引っくり返す。

土曜日の一時半。名札の大半は裏のままだった。部活に出ているか、外に遊びに出たか、そのいずれかだろう。

裏のままの名札の中からいくつかの名前を探し出す。

キタノシオリ。

さっき青井拓馬と一緒に試合に出ていた、ラグビー部唯一の女性部員だ。

浅倉なお。

本村明日香。

同じくラグビー部のマネージャー。今頃は試合の後片付けで、男子部員と一緒に働いているのだろう。

急に、青井拓馬の顔が頭に浮かんだ。あのピアス——試合中に呼び出されて審判に外すように注意されていたが——あのピアスと金髪。

「拓馬なあ、おまえ、どこの世界にピアスをはめたままラグビーの試合に出るやつがあるんだよ」

シャワー室から出ると、慎太郎がまたからんできた。

「だからよお、その件についてはもう何べんも謝ってんだろ。うっかりしてたんだよ」

拓馬も言い返す。つい口が尖《とが》ってしまうのが自分でもわかる。

「まま、キャプテン」

秀悟が口を挟《はさ》んだ。

「たしかに負けたことは負けたけどさ、なにも拓馬のピアスのせいばかりで負けたんじゃないわけだし……」

「試合にピアスをはめて出てくるような根性だから負けたんだよ！」

慎太郎は一歩も退《ひ》かない。

「だいたい、今日の試合が大事だってことはわかってんだろうが。地区予選に出られるか出られないかって大事な試合のときに、なんでそんな気合の入らねえことしてんだよ。ぶったるんでるじゃねえか」

「るせぇなあ」

口調がついぶっきらぼうになる。

「済んだことをぐだぐだ言ってんじゃねえ」

「んだとぉ。んだよその態度は」

「試合に負けたぐらいでメソメソしてんじゃねえって言ってんだよ。んなに勝ちたかったのかよ。このキャプテン様は」

「勝ちたかったよ」と慎太郎。「スポーツの練習なんてなんのためにやってんだよ。苦しい思いをしてがんばるのだって、試合に勝つためだろうが。勝ち負けに関心がねえんなら、ラグビーなんかやめちまえ、このヘタレが！」

「ヘタレだとぉ」

脳の回路がどこかでプチンと切れた。

「ヘタレだかどうだか、てめえの体でいわしてやるよ。この坊ちゃんが！」

「なにを……」

「ストップ！」

向井渉が大声でさえぎった。ざっと身を乗り出し、

「二人とも自分の格好見てみろよ。フルチンで喧嘩なんかしてんじゃねえの」

指さされて気がついた。巻きつけていたタオルが落ちて、床でとぐろを巻いている。急いで拾い上げ、ボクサーショーツに両脚を通した。慎太郎も後ろを向いてそそくさとトランクスを履いている。

「そうそう。試合も終わったんやし、今から力こぶ作っててもしゃあないで。それより、打ち上げでもいこや」

柴木雅実が笑いながら口を挟む。こういうときに関西弁は当たりが柔らかい。

慎太郎がぶすっと言い返した。

「打ち上げじゃねえだろ。反省会だろ」

「建前はなんでもええ」

「そうだな」秀悟が賛成した。「マネージャーの二人と、キタノにも声かけようぜ。拓馬、おまえ行ってこい」

「俺？　なんで俺が」

目をしばたかせる。

「一人だけイエローカード渡された罰だよ。本当だったらレッドカードでもおかしくないシチュエーションだったんだからな」

「んなこと言ったたって」

ドアにノックの音がした。

「誰?」

「キタノだけど」

キタノシオリの声。更衣室の中の空気が、急に凛《りん》と静まり返った。

「あ、開けたらあかんで。拓馬と慎太郎がまだフルチンやさかい」

「ば、馬鹿」

「フルチンじゃねえよ!」

ドアの向こうの声は少しも動じない。

「開けないけど。このあと、ミーティングかなんか予定してる? あたし用事があるから先に引き上げるよ」

「あ、ああ、用事があるならかまわないけど」

慎太郎が答えると、シオリは「じゃあ」と言って去っていった。廊下を歩いていく足音が聞こえる。


柴木が感心したような声で言う。

「ホンマわからんやっちゃなあ、キタノって——。男ばっかりのラグビー部に入部したい、しかもマネージャーじゃなくてプレイヤーとして入りたい、なんて言うてきたときから変わったやつだとは思てたけど。何考えてるんかもさっぱりわからへん」

「そうだよなあ」と向井渉。「仮にも婿入り前の男が二人フルチンだなんて聞いたら、嫁入り前の娘としては、少しは羞じらってもらわないと」

「しめしというものがつかないわなあ」

二人の漫才を受け流しながら、拓馬はそそくさと服を着た。たしかにシオリは変だ。この鹿之砦中学校の生徒には、あまりまともな者はいないのだが、それにしてもキタノは群を抜いている。

転校した初日からそうだった。朝のホームルームで教室に入ってきたときから、自分の名前の漢字を書くことを拒んでカタカナのキタノシオリで通してきた。それぞれの過去について、話したくないものは話さなくてもいいというのが鹿之砦の不文律だからそれ以上追求する者はいなかったが、それにしても名前の文字まで明かさないというのは異例といえた。人とのコミュニケーションがとれない、いわゆる引きこもりタイプなのかとも思ったが、そうでもない。なにしろラグビー部に入部を希望してきたぐらいだ。かといって外向的なわけでもなく、女子の誰とも友達づきあいはしていないようだった。

女子寮で同じ階にいるなおが言っていた。

——シオリはね、自分の部屋からほとんど出てこないの。それだけじゃなくて、誰も部屋には入れないし、部屋から出入りするところも見たことがないわ。いつだって、誰も知らないうちに寮から消えているのよね。

要するに、変わり者ぞろいの学校の中で最高に変なのがキタノシオリということだった。

シオリやなおだけではなく、町立鹿之砦中学校は、すべての生徒が寮住まいをしている。ここは特別な中学校なのだ。

創立当初は普通の学校だったはずだが、十数年前にがらりと方向転換したのだという。最低限の出席日数さえ満たすことのできない不登校の生徒や、暴力沙汰を起こした不良生徒などを受け入れる、フリースクールに生まれ変わったのだ。

そのきっかけを拓馬も聞いたことがある。

今から二十年近く前、まだ国がバブル景気とやらに浮かれていたころ、ある大企業の工場が鹿之砦町にでき、大勢の社員とその家族が集まってきた。ところが、鹿之砦は何にもない町だ。映画館のような娯楽施設どころか、どんな町にだってあるような遊び場さえ数えるほどしかない。レンタルビデオショップやゲームセンターがそれぞれ一つずつあるくらいなのだ。ここに転校してきた中学生は、それまで大都市に住んでいた者ばかりだったという。当然こんな田舎町の生活になじめるわけがなく、引きこもって学校に行かなくなる生徒が続出した。

鹿之砦町が偉かったのは、そうした生徒たちを学校に復帰させる専門カリキュラムを設置したことである。お上のやったことにしては珍しくそのカリキュラムは成功し、評判になった。鹿之砦町だけではなく、近隣の市町村から同様の問題を抱える生徒が転入してくるようにさえなったのである。やがて在籍するほとんどが専門カリキュラムの生徒となり、生徒の通学に対する抵抗感を最小限にするため、学校は全寮制になった。また、生徒によって授業に出席できる日数がまちまちであるため、通常の教科書指導要領に沿った授業を行わず、生活科を中心とした特別指導制度が新たに設けられた。

驚いたことに特例措置としてそれらの措置は文部省に認められ、鹿之砦中学校を卒業した者には、義務教育における中学校卒業資格が与えられることになった。すでに全国で不登校の生徒が続出しており、鹿之砦中がその対策に先鞭をつける形になったのである。その噂を聞きつけ、遠くの町からわが子を転校させてくる親も現れた。

鹿之砦中学校は、学校や家庭で問題を抱えた生徒にとっては最後の避難所ともいうべき学校だったが、口の悪い者はまったく正反対のことを言った。つまり、鹿之砦中学校は他に行き場のない生徒の吹き溜まりであり、子育てに困った親が、教育という名目で子供を捨てに来る場所でもあるというのだ。

うがった見方、とそれを笑うことはできない。ここに来る生徒の中には、入学・転校以来一度も親が面会に来ない者も少なくなかった。また、長期休暇の間に自宅に帰ろうとしない者も多い。帰るべき家がないからだ。

拓馬もその一人だった。

部室棟を出て、なおと明日香が待つ校舎の正面玄関の方へ向かう。全員ユニフォームの洗濯は部室棟の中の洗濯機を使うため、制服に手ぶらの気軽な格好だ。

グラウンドから砂まみれのコンクリートの階段を上がり、テニスコートの脇を抜けると校舎の横手だ。そこに、道をふさぐようにして黒い革ジャンの集団がたむろしていた。

シュヴァルツ・カッツだ。黒澤凌に率いられたこの集団は、なにかとラグビー部を目のかたきにしていた。拓馬たちの姿を目にとめると、一斉に立ち上がり、小馬鹿にするような声を上げながら近づいてくる。

「おー、来たなラガーメンが」

「試合見てたぜ、へへ、残念だったよなあ」

「ああ、すまなかったな。勝てなかったよ」

秀悟が微笑んだ。

「別にすまなくもねえよ。期待なんかしてねえから。うぬぼれてんじゃねえ」

「こんな学校のチームが地区予選なんて勝ち上がったって、決勝までいけるわけねえだろう。いいんじゃねえの、最初のうちに負けといて」

「熱血ぶって、汗くせえことしてんじゃねえよ」

「教室でもぼたぼた土落としやがって、汚ねえんだよおめえらは」

明らかに喧嘩を売っている態度だ。子分どもにからませながら、親玉の黒澤は後方からじっと見つめている。拓馬はその顔を見返しながら、ぼそっと言った。

「汗くせえってんなら、お前らの着たきり雀の革ジャンの方が汗くせえよ。バーカ」

「スタン・ハンセンってさあ!」

拓馬の声に押しかぶせるように、素っ頓狂な声を上げた者がいる。拓馬の後ろにいた桜井晴哉だ。普段無口な男が何をとち狂ったのか、大声で繰り返す。

「スタン・ハンセンって、いたろ。引退したプロレスラーの。あのハンセンって、いたろ。あのハンセンもアメリカのフットボール選手上がりなんだよね。まあ、ラグビーじゃなくてアメフトだけどさ。ハンセンの必殺技といえばウェスタン・ラリアートじゃん。左腕を首に叩きつける技。あれってさ、フライング・ネック・ブリーカー・ドロップを改良したって言われてるけど、本当は違うんだよね。ラグビーにはもともとあの技があるの。技っていうか、ハイタックルっていう反則だけどさ。相手の肩から上を攻撃するのはいちばん危険なプレイだからやっちゃいけないんだけど。こないだの試合でさあ、拓馬がやっちゃったんだよね。もちろん、即レッドカードで退場だったけどさ……」

シュヴァルツ・カッツは呆気にとられてその顔を見ている。拓馬にはわかっていた。血の気が多い拓馬がキレないように、晴哉は無駄話で茶々を入れたつもりなのだ。

「どけよ」

あははは、と空笑いする晴哉を肩で押しのけた。あいにく試合に負け、慎太郎にもねちこくからまれ、拓馬の中ではぶすぶすと不完全燃焼の何かがいぶっている。売られた喧嘩は大歓迎だった。

「なにか言いてえことがあんなら、まどろっこしいことしてねえで、直接言えよ。なんだ、おめえら。話し方教室でも行ってくるか?」

「ああ、言っていいのかよ。その場で泣き出して、お袋呼ぶんじゃねえぞ? ママーってよ」

そのなめた口調が、拓馬の安全装置を外した。耳の後ろから、さっと冷たい炎が立ち上る。両拳を握りしめた。

「野郎! 分解してやる!」

「ざけんな！」

「くそガキがぁ！」

飛び出そうとしたところを、後ろから肩を摑まれた。右横をすり抜けて誰かが前に出る。小声でボソッと、拓馬の耳に囁いた。

「条件反射みたいに反応すんなよ、バカ」

秀悟だ。

「なんだ、てめえ！」

色をなすシュヴァルツ・カッツどもの頭越しに、秀悟は言葉を投げつけた。

「黒澤よぉ」

たてがみのように長い髪をなびかせた、浅黒い顔色の黒澤凌。その眠たげな目が秀悟をとらえた。

「いい加減さあ、ラグビー部にちょっかい出すの、やめてくんねえかなあ。こっちは別に何をしたわけでもねえし、悪いことがあんなら謝るからさあ」

「秀悟、おめえ……」

前に出ようとして秀悟の左腕に阻止される。

「俺、平和主義なんだよ。うちには拓馬みたいな単細胞もいるからさ、あまりからかわないでやってほしいんだよね。いいだろ？　それにさ、もし気になるんなら、一緒にラグビー、やってみない？　結構ストレス発散になるし、さ。俺知ってるんだよ」

秀悟は言葉を切って黒澤をじっと睨む。黒澤が目を見開いて視線を返してきた。

「黒澤さ、昔ラグビーやってたんだろ？　鹿之砦に来る前にさ。結構うまかったって聞いてるぜ。もったいねえじゃん、そういうの。一度さ、一緒に……」

「行くぞ」

秀悟の言葉が終わらないうちに、黒澤は言い放って背中を見せた。後ろも見ずに歩き始める。呆気にとられていた子分たちも、慌ててその後を追い始めた。

「あー、余計なこと言っちった。おせっかいだなあ、俺」

秀悟が頭を掻《か》いた。

遙が一階の面会室でぼんやり座っていると、玄関からキタノシオリが入ってきた。スポーツバッグを肩にかけ、いつものように急ぎ足だ。らしくもなく、思わず声が出た。

「お帰り——試合の後のミーティングとかじゃなかったの?」

言ってしまって思わずハッとする。これじゃ、まるでラグビー部のおっかけみたいだ。

「別に出なくちゃいけないわけじゃないから」

そっけなく言ってシオリは歩き出す。長椅子に座る遙の前を通り過ぎた。

「郵便」

「え?」

「郵便、来てるよ」

指さした。管理人室前のカウンターの上に、灰色の大型封筒が置かれていたのだ。別段見る気はなかったが、ここに手紙が来るというのは珍しいのでつい目に入ってしまった。

「どうも……」

つかつかと歩いていったシオリが封筒を取り上げた。そのまま手の動きが止まり、封筒の表書きをじっと見つめている。

「顔、血がついてるよ?」

遠慮がちに声をかけた。左側の鼻梁の辺りに、ぬぐい忘れたような血の筋がついていたのだ。

「ありがと……」

言うが早いか、シオリは封筒を掴んだままホールを駆け抜け、階段を駆け上がっていった。

午後の静寂が戻ってきた。

後ろ手にドアを閉めた。

鹿之砦中学校の寮は基本的に個室で、他の生徒とは顔を合わせないでいいように出来ている。部屋の中の飾りつけも自由だ。だが、シオリの部屋に無駄なものは何一つなかった。

クロゼットにベッド、本棚にパソコンを置いたライティング・テーブルと椅子。

シオリは肩から下げていた荷物を投げ出すと、右手の封筒をまじまじと見つめた。

登録説明書在中。

ドアのノブを回し、鍵がかかっていることを確認した。

その動作が脳のどこかを刺激したのか――。

――シオリ、いるか？

聞き覚えのある声が甦ってくる。

――おまえ、今日誕生日だったろ？

――母さんと三人で、メシでもと思って……。

目を瞑《つぶ》った。


（出ていけ。出ていけ！）

頭の中に意味のない数字を満たし、声が押し流されるのを待つ。数秒かかった。すっかり何もなくなってから、目を開き、椅子に腰掛ける。

封筒を破り、中からピンク色の紙を取り出した。

「登録希望者へ」

と頭書きにある。

「無効な登録、いたずら対策のため、希望者には郵送で登録ページのURLとパスワードをお届けしております。この封書が到着後、一週間以内に登録ページにアクセスし、指示に従って登録を済ませてください」

URLと、十六文字のパスワード。

その無意味な文字の羅列を見つめながら、シオリは身じろぎもせずに椅子に腰掛けていた。

2

日曜日の朝は快晴になった。朝早く目を覚ました久瀬遙は、寮の食堂で朝食を済ませると、大袈裟なボアのついたフライトジャンパーを羽織って外に出た。この上着は、ボストンから帰国する前に遙が自分の小遣いで買ったものだ。校門を出て、ぶらぶらと足を動かしながら、裏山へと続く道を上がっていく。

六年間をボストンで過ごした。東海岸の気候は日本によく似ており、特に秋の穏やかな気候がそっくりだった。ボストンにいるときは、よく両親に連れられて州立公園に出かけていった。

三人で秋の山道を散歩したときのことを憶えている。三人の足元で、カエデの葉がさくさくと潰れていた。その音がおもしろかった。そのまま、いつまでも歩いていける気がしていた。はしゃぎながら歩き続ける遙の後ろから、両親の声が追いかけてきた。

——どこまでいくの、遙？　あまり遠くまで行っては、帰るのがめんどうよ。

——どこまで行けるのか、試してみたいんだよ、子供はね。自分が遠くまで来すぎたことに気づくまで、夢中になって歩くんだ。だから迷子になるのさ。

——あなたもよく迷子になったの？

——子供のときはね。でも、遠くまで続く道を見ると、ひたすら歩いてみずにはいられなかった。ボブ・ディランじゃないけど、その道を最後まで歩けば、早く大人になれるような気がしてね。

——ボブ・ディランって、パパがよく聴いている英語の歌？

――そうだよ、遙。ボブは、子供の心を持ったまま大人になったんだ。子供が大人になるためには、何を捨てて、何を学ばないといけないか教えてくれる歌を作った、最初の人なんだよ。

あれは、何歳のときだっただろうか。あの山道を歩いているときは、本当にそのまま歩き続けていれば大人になれるような気がしていたのに。

今遙が歩いている道は、ただ意味もなくだらだらと続いているだけのような気がする。道の終わりはどこにあるのだろうか。

道の先に目を凝らした。見覚えのある人影が、道端にかがみこんでいた。夏川結子だ。

結子は、遙が気兼ねなしに話すことのできる数少ない女子生徒の一人だった。その実家は、市内で料亭を経営しているという。水商売の家に育ったからか、結子は男のようにさばさばとした性格で、男女を問わず人気があった。

――いくら男に人気あっても、あたし、まったくオンナ扱いされてないからさ。

結子はいつもそう言って笑う。

「あのね。こうやって紅葉の葉を拾って、綺麗に押し葉にしたら、漉《す》き紙に入れるんだよ」

何も遙が話しかけないうちに、結子の方から声をかけてきた。ちょっとびっくりする。

「あたしが来ているのわかってたの?」

「うん、遙のその上着特徴あるから。向こうの角を曲がるときにちらっと見えた。遙は、山道で人に出くわしたら、急に声をかけて驚かすくらいなら回れ右して帰るような性格をしてるでしょう。だからあたしから声をかけようと思ってた」

苦笑してその横に腰を下ろす。

「よく落ち葉を拾いに来るの?」

「暗い趣味でしょ」結子は笑う。「押し葉にして送ってやると、家によろこばれるんよ。店ではいろいろ使い途があるみたいでさ」

「気を遣ってるのね」

「まあね。ほら、あたしショウフクの子だからさ」

その言葉がわからずにキョトンとする遙に、追加で説明してくれる。

「あ、ごめん。妾腹、つまりおめかけさんの子供ってことね。なんていうか、あたしのオヤジが、女房以外の女に産ませた子供ってこと」

さりげなく言う結子にびっくりする。言葉に困ってまごまごしていると、結子はまた笑った。

「悪い悪い、そんな出生の秘密をあっさり言うなって？　でも、別に隠しておくようなことじゃないしさ。あたしんち、今じゃ料亭なんていってるけど、爺さんの代までは芸者の置屋《おきや》だったから。うちのオヤジも相当道楽したみたいで、その最後の名残があたしってわけね。あたしってものが出来て、ようやく心を入れ替えたってところなのかな」

そういえば、遙は結子に兄弟の写真を見せてもらったことがあった。五人兄弟というのは今どき珍しいと思っていたのだが——。遙の思いを読みとったのか、結子は苦笑してみせた。

「そうなのよ。あたし、他の四人とは母親が違うのよね。小さいころに引き取られたし、両親も黙ってたから、小学校に上がるまであたしも気づかなかったんだけど。そういうことって、わかるもんだよね」

遙が黙っていると、結子はばつが悪くなったのか、まあオヤジの悪さが収まったとも思えないから、あたし以降にも隠し子の一人や二人出来ているかもしれないけどね、と言ってからからと笑った。

そんなあけすけな結子に対し、遙は自分のことを素直に話すことができなかった。六年間ボストンにいたおかげで、帰国したときには日本語が大分おかしくなっていていじめられたこと。ボストンでは遙ともよく遊んでくれた父親が、本社に戻った途端に帰りが遅くなり、家でも疲れた、疲れたばかりで笑わなくなったこと。母親が濃密すぎる社宅での人間関係に疲れ、軽い神経症を患ってしまったこと。三人で散歩する機会もなくなって、遙が次第に家でも言葉を発しなくなったこと。

おそらく結子はその気持ちをわかってくれるだろう。共感するものがあったからこそ自分の生い立ちのことを話してくれたのだろうし、今、遙が自分に何かを話してくれることを期待して待ってくれているのに違いない。

だが、遙には話すことができなかった。

押し黙っている遙に、結子が言った。

「今日は、寮でお昼食べるの？　なら、そろそろ戻らないと」

男子棟と女子棟は向かいあっていて、食堂棟がその間にあり、それぞれの側に出入口がある。異性の寄宿棟に入ることは禁止されていたから、この食堂が男女の待ち合わせ場所になることが多かった。

いくつものテーブルが連なり、背もたれのない簡素な椅子が規則的に並べられている。朝食には遅すぎ、昼食には早すぎるこの時間に、用もなくここに現れるものはほとんどない。拓馬は、秀悟と晴哉とともに食堂のテーブルを占領し、壁際に置いてある十七インチのテレビをぼんやり眺めていた。

秀悟が、壁掛けの時計をちらりと見て、

「遅いなあ、オンナどもは」

と、また言った。

「四回目」

と晴哉が呟く。

今日は、近くの町の運動具店まで、買出しに出かける予定なのだ。本来は女子マネージャー二人の仕事だったが、荷物持ちとして選手も何人かお供をすることになった。全員一致で選ばれたのが、イエローカードを出されて罰ゲームが済んでいない拓馬。そしてこういうときに無闇とつきあいのいい秀悟、ぼんやりとしていて逃げ遅れた晴哉が加えられた。

拓馬はあくびをかみ殺した。テレビの画面には、あまり関心もないワイドショーが映し出されている。それまで芸能人のろくでもないスキャンダルを報じていた画面が突然暗転し、書きなぐったような文字を表示した。

『あの悲惨な事件から一年……!』

『凶悪テロリストの立て籠もる島……!』

扇情的な音楽が響き、拓馬は思わず画面を凝視した。そこに映し出されているのは、まるで特撮映画のような映像だ。そびえ立つビルの下部がいきなり火を噴き、積み木の塔が倒れるときのようにあっけなくビル全体が崩壊していく。その後から吹き上げてくる黒煙の塊。

去年の冬、首都庁舎を襲った爆弾テロだ。テロリストたちの仕掛けた爆弾によって、地上五十階、地下七階立ての巨大なビルが、跡形もなく消え去った。被害者は三千人以上とも言われている。

「ああ、あれからもう一年近く経つんだね」

晴哉がボソリと言った。秀悟が応じる。

「そうだったな。この事件のとき、確かまだ晴哉は転校して来てなかったんじゃないっけ」

「うん」画面から目を離さず、晴哉は頷いた。

「僕はまだ、家にいた。あのテロ事件が起きたのは、去年のクリスマス・イヴだったよね。僕はまだ、家でオヤジと二人暮らしだったよ」

深刻な顔の司会者二人の顔を一瞬写し、画面は切り替わった。粒子の荒い、薄暗い部屋で撮られたような画像だ。

バンダナを額に巻いた、若い男が立っていた。両手で銃のようなものを握りしめている。切れ長の瞳でこちらを凝視したまま、言葉を送り出してくる。

——賽《さい》は投げられた。俺たちは、かつて俺たちを殺し合わせてきた、すべての大人を許さない。

男の背後には戦旗のようなものがはためいていた。一旦言葉を切った男は、手にしたものを振り上げ、叫ぶ。

——共に立て。そして共に闘おう。俺たちは今、すべての大人に宣戦布告する！

「七原秋也《ななはらしゅうや》……」

晴哉が、その名前を口にした。この国で今、七原の名前を知らない者はいない。首都庁舎テロ事件の首謀者として国際指名手配されているからだ。交番や駅など、人出の多い場所の掲示板には、必ずこの七原の手配写真が貼ってある。

（これが七原秋也）

拓馬はその顔を凝視していた。

若すぎる。三千人もの命を奪ったテロリストだというのが信じられないほど、七原の顔は若かった。実際年齢も十八歳で、拓馬と三歳しか違わないはずだ。いったいどうすれば、そんな若さで冷酷非情なテロリストなどになれるのだろうか。

拓馬の中にも怒りはある。常に何かがくすぶり続け、事あるごとに噴出してくる。腐った世の中と糞ったれの大人どもが、絶えず拓馬の気持ちを逆なでし続けるからだ。しかしそれは、特定の何か、誰かに対して突きつけ、爆発させればある程度は収まる怒りにすぎない。三千人もの命を奪わずにはおかない怒りなど、拓馬の想像を超えたものだった。

（それはどんな怒りなんだ）

気づくと、秀悟と晴哉が何か議論をしていた。というよりは、晴哉が一方的に熱弁をふるい、秀悟がそれに聞きいっているのだ。

「——七原秋也が首都庁舎を爆破した直接の理由っていうのは、そのときの国会で審議されていたＩＰ

法っていうのに反対して、って言われているんだ。IP法ってのは、住民登録台帳に続く国民背番号制の第二弾みたいなもの」

「ふうん、国民背番号制ってのはあれだべ、俺たち一人一人に登録番号があって、それを申請すれば、いちいち住んでいる町の役所に行かずに住民票が取れたりするやつだろ。便利なものじゃんか」

「そういうことに使われればね。でもその反面、役所に登録されたデータの中には、その人に前科があるかとか、家を建てるためにした借金がいくらぐらいか、とか、そういう個人情報が全部入っちゃうんだよ。国の側からすると、国民一人一人のそういう情報が全部筒抜けにわかったら便利じゃん?」

「それでなんか問題があるわけ?」

「普通に暮らしてたらないかもしれないさ。でも、どうしても秘密にしておきたい情報というのがその中にはあるかもしれないだろ? いざというときにそれを隠しておけないっていうのは、あんまり気持ちのいいものじゃないよ」

秀悟は腑《ふ》に落ちない顔をしている。

「そんなもんかね。で、IP法ってのはなんなのよ?」

「難しい説明と、簡単な説明があるけどどっちにする?」

聞き返す晴哉に、秀悟は軽いパンチをくれた。

「俺の頭のレベルを考えてから言えよ。簡単なコースで一つお願いします」

「うん、わかりやすく言うと、これはインターネットに関する法律なんだよ。インターネットでメールをやりとりしたり、ホームページを見たりするためにはIPという登録番号みたいなものが必要なんだけど、その置き場をドメインというわけ。理屈ではそのドメインというのは、世界中どこに置いてもいいんだよ。わかりやすく言うと、アメリカの人がスワジランドのドメインを使ってもかまわないわけ」

「なんでスワジランド、っていうか、どこよ、そこ」

「そこに引っかからないの。これはとても便利なことで、たとえば、二十年前に隣の国で天安門事件というのが起きたじゃない。国のやり方に反対してデモをしていた大学生たちが軍隊に襲われて、二千人以上が殺された事件。あのとき、隣の国は虐殺を行った事実を隠そうとしたんだけど、インターネットのおかげで明るみに出たんだ。学生たちが、インターネットを使って、レポートや虐殺の証拠写真を世界に発信してたんだね。それは、ドメインを自分の国以外に置いていたから可能だったんだよ」

「ふーん。じゃもし、そうじゃなかったらどうなるわけ」

「もしもだよ。この国が国内のドメイン以外でIPを取得することを禁じたら、自由に国外と情報のやりとりをすることができなくなるんだ。ファイアウォールといって、外からのメールをはじいたり、逆に中から都合の悪いメールが出て行くのを止めたりする機能のソフトがあるんだけど、国全体をすっぽりとそのファイアウォールの中に入れることが可能になる。そうなったら、国によって海外の情報をコントロールされたとしても、国民には何もわからなくなる。一種の鎖国状態になってしまうんだ」

「鎖国かあ、やったなあそれ」

拓馬は口を挟んだ。

「いい国作ろう徳川幕府だっけ」

「はい、もういい。拓馬、おまえ寝てろ」

あきれた声の秀悟にかまわず、拓馬は言う。

「しかし、おまえ本当に詳しいんだなあ。そういう知識って、いったいどこから仕入れてくるわけ？　親戚に学者かなんか、いるの？」

「普通に新聞やニュースを観てれば、自然にわかるよ。それに……」

ちょっと言いにくそうにした後、晴哉は言った。

「うちみたいな家庭だと、自然にそういうことは注意して情報を仕入れるようになるんだ」

「うちみたいなって、……あ」

ドスンと背中に痛みが走った。秀悟が遠慮なしの一撃をよこしたのだ。顔をしかめながら、慌てて晴哉の表情をうかがう。親しい者なら、誰もが知っていた。晴哉の姉は、BRゲームに強制参加させられ、その後行方不明になっていたのだ。


BRゲーム。

この国で暮らしている中学生なら、誰でもその存在を知っている。憲法第九条を暗唱できないやつだって、ゲームを成立させている法律、BR法のことは知っている。

新世紀教育改革法。通称BR法。

それは中学生の、まさしく拓馬たちの世代のためにある法律だからだ。

前世紀の終わりから今世紀の頭にかけて、この国では未成年者による凶悪犯罪が多発した。

十八歳未満の犯罪者は、不幸にして警察に捕まったとしても死刑などの重い刑罰を受けることはまずなく、少年院で数年我慢すれば簡単に娑婆に出ることができる。おまけに実名を公開されることもないため、保護観察期間さえ過ぎてしまえば、何食わぬ顔で社会復帰が可能というわけだ。その法律の甘さに気をよくしたわけではないかもしれないが、罪を犯し、時には人を殺してもなんの反省もなくケロリとしている未成年者が急増した。

法律がそうなっているのだから、しかたないのだ。人を殺しても厳罰を下されないのだから、抑えられるはずがない。本来、その法律は、家庭のしつけや学校における倫理教育をあてにして設置されたはずのものだった。だが、甘やかされて育った親たちがその下の世代の子供たちを厳しくしつけられるはずがないし、度重なる指導要領改正で骨抜きにされた学校で、筋の通った教育ができるはずもなかった。

　ＢＲ法は、そんな状況に業を煮やした一部の政治家が立法化したものなのだ。

　いわく。

　──やつらは罪の重さを知らない。人を殺して平然としている連中は、人の命の大切さをわかっちゃいない。

　──だったら、自分の体でそれをわからせてやろうじゃないか。

　保守系政党の総支持を受けて、新世紀教育改革法、通称ＢＲ法はいっきに国会を通過し、立法化された。そのＢＲ法によって開始されたのが、ＢＲゲームである。

　ＢＲゲームの参加者は、ランダムに選ばれた中学校の三年生一クラス。彼らは予告なしにゲーム・フィールドに連行され、武器を手渡されて、互いに殺しあうように命じられる。自分以外の全員を殺し、残った一人がゲームの勝者となるのだ。なるほど、その生徒はいやというほど思い知らされるはずだった。命というものがいかに重く、死ぬということがいかに無念なものかということを。

　逃亡を防ぐためにゲームの参加者には自爆装置つきの首輪がはめられ、ゲーム・フィールドから出ればその首輪が爆発する仕組みになっている。また、フィールド内はいくつかのブロックに区切られ、時間の進行とともにそれらのブロックは立ち入り禁止区域に指定されていく。もし禁止宣告に逆らってその場に居続ければ、首輪は爆発する。また、ゲーム終了時間になってもゲームの勝者が決定しなかったとき──つまり二人以上の生き残りがいた場合──残りの全員の首輪が爆発する仕組みになっているのだった。

まさに逃げ場なし。

ＢＲの愛称は、法案の内容を聞いた保守政党の議員が「まるでバトル・ロイヤルだ！」と発言したことから生まれたとされている。

その議員は、もともとプロレスラーだった。プロレスの試合には、大勢のレスラーが一斉にリングに上がって闘い、最後の一人が勝者となる形式のものがあり、バトル・ロイヤルと呼ばれている。当然闘いは腕力だけの勝負ではなく、弱い選手同士が組んで強い選手と戦うような頭脳プレイが必要になるし、今まで組んでいた選手を後ろから襲うような卑怯な策略もめぐらさなければならない。生き残りのために知力体力のすべてを駆使しなければならないわけだ。

ゲームはまさにそのバトル・ロイヤルをさらに過激にしたものといえる。なにしろリングを降りて、試合を棄権することさえできないのだ。リングの外に逃亡しようとした選手を強制的にリング内に押し入れるランバージャック・マッチ、それどころかリング外に選手が出ることを阻止する金網デスマッチ、そんな過酷な条件がＢＲゲームの参加者には課せられていた。

「姉ちゃんはね、ＢＲゲームの勝者になったんだ」

頬に微かな笑みをたたえながら晴哉は言う。

「ということはつまり……」

「そう、生き残ったんだ。でも、ゲームが終わったあと、姉ちゃんは俺たちのところには帰ってこなかった。政府の船で本土まで連れてこられて、その後、行方不明になった」

「なんで」

晴哉は首を振る。

「逃げたんだと思う。迎えにいってた親父と俺は、そういう説明を受けた。なんで逃げたのか、そこまではわからないんだよ。親父はずっとそれを知りたがっていた。けど、わからないままだ」

噂は知っている。せっかくゲームに勝利しても、過酷な時間を過ごしたことに精神が耐えられず、発狂したり、廃人のようになってしまう者も少なくないという。

「姉ちゃんの身に何が起きたのか、まったく連中は教えてくれなかったよ。ゲームの恐ろしさを知っているのは、結局ゲームに参加した人間だけなんだ。それで関心が出てきて、新聞を詳しく読むようになったんだよね」

「そうかぁー」

言ったきり、拓馬は次の言葉が出てこない。

わかるよ、と言うのは簡単だ。言うだけなら。だが、家族を失った者の本当の痛みがわかるはずがない。それがわかるのは、拓馬自身にも家族を失った経験があるからだった。その悲しみが他の人間にわかるはずがない。ということは、晴哉の悲しみも本当の意味で拓馬にわかるはずはないのだった。

わかりあえないということが、こんなにもよくわかるなんて。

「七原秋也も、BRゲームの生き残りなんだってな」

秀悟がポツリと言った。

「だから、やっぱりおかしくなっちまったのかな。何千人もの人を殺して平気でいられるなんてよ」

その言葉を聞いて、さっきの画像が甦ってきた。画面の奥からこちらを見据えるあの瞳。

七原秋也は『ワイルド・セブン』という組織を作り、政府に対する抵抗活動を続けていた。首都爆破テロの直接の動機はさっき晴哉が口にしたIP法に反対するためだが、組織の目的はBR法を廃止に追い込むためだと聞いたことがある。国が権力を振って国民を支配しようとする、その最悪の例がBR法だと、七原たちは主張しているという。

（俺と、そう変わらない歳の男が、国なんてでかいものと闘っている）

そう思うと、胸の奥で微かにうずくものがある。テーブルの向こう側で、晴哉が話し続けていた。

「やっぱり抵抗の方法としてテロはまずかったと思う。『ワイルド・セブン』はいっきに全国民を敵に回したから。それまでいっぱいあったBR法廃止運動の団体もほとんど潰れたし、協力者もいなくなった」

「テロリストを支援するわけにはいかねえもんなあ」

「そう。今はN県の沖にある、戦艦島という孤島に立て籠もっているんだ。武装して、沿岸の政府軍と睨みあっている。もう半年になる」

「半年か」秀悟があきれたような声を上げた。「政府も政府だよな。なんで一思いに攻撃しちまわねえんだろ……」

不意にテレビの音声が途絶えた。思わずその方向に目がいく。テレビの前に、こちらに背を向けた誰かが立っていた。見覚えのある黒いライダーズ・ジャケットに、たてがみのような髪。

（黒澤？）

一瞬目を疑った。黒澤の背中が、泣いているように見えたからだ。

「なんだよ。乱暴だなあ。人が見てるのにいきなり消して」

秀悟がぼやくと、仁王立ちになった黒澤が、いきなり振り向いた。拓馬はハッと息を飲んだ。今までに見たこともない表情をしている。憤怒だ。怒りが黒澤の形相を変えていた。黒い革ジャンの下で、細い体が細かく震え、床にきしみ音を上げさせている。

「……俺の前で、七原秋也の名前を出すな……」

食いしばった歯の間から、黒澤はそれだけ言葉を吐き出した。

「遅くなって、ごめんなさい！　みんな、待った？」

突然、明るい声が飛びこんできた。部屋にみなぎっていた緊張感がほぐれる。

浅倉なおだった。

「なお……」

拓馬が呟いた。横の秀悟が、しゅっと息を漏らす。

「あれ？　明日香は？」

秀悟が尋ねる。なおの後ろにいつも控えているはずの、おとなしい明日香の姿がない。

「それが、急に用事ができて、来られなくなっちゃって……」

「ということは、なお一人なわけ？」

「そうなの。遅くなって、ごめん」

そうかあ、と言いながら秀悟は何かを考えている。

ぽんと手を打って、

「いやあ、忘れてた。実は俺、先約があるんだった。柴木のやつと約束してた。急いで行かないと、またあいつウルセーからなあ」

どん、と晴哉の肩をどやす。

「ほら、晴哉、行くぞ」

「え、あ、ああ？」

秀悟は晴哉の手を取って歩き出した。がらりと男子寮側の戸を開け、晴哉の手を引きながらすたすた行ってしまう。なおがその後姿をぽかんと見つめていた。

「なにあれ？」

「あのバカ」苦々しい声で拓馬が言う。

「気を利かせてるつもりなんだ」

言いながら気づいて、テレビの方向を見た。

黒澤は姿を消していた。


遙が結子とともに校門が見える場所まで戻ってきたとき、その校門から出ていく二人があった。

青井拓馬と浅倉なおだ。

ちらりと傍らの結子を見た。結子は二人の行く手を目で追っている。

「あの二人、仲いいよね」

ぽつりと言う。思わず遙の心臓が高鳴った。

「ラグビー部のエースとマネージャーかあ。正統派ラブコメみたいで、正しい組み合わせ。あの気の荒い青井君が、なおには怒れないんだから、おもしろいね」

右手に持っていた枯葉の入った袋を持ち上げ、耳のあたりでかさかさと振っている。遙の動揺を知ってか知らずか、結子は続けた。

「知ってる？　青井君って、結構モテるんだよね」

「そうなの？」

「そう。遙って、そういうこと疎そうだよね。怒りっぽいけど、逆にクールな感じがするでしょ。和美なんて、結構ご執心だったみたいよ」

福田和美の名前が出たので、ちょっとびっくりする。和美は、クラスでも目立つグループのリーダー格だ。いつもつるんでいる矢沢愛や三船夕佳らといっしょに、気に食わない女生徒に呼び出しをかけたりもしているらしい。

「なおも和美に呼び出しくらったらしいよ。あの子、はんなりしてるから、あまり手ごたえがなかったろうけどね。なるほど、ああいう子じゃないと、青井君みたいにとんがった男の子とはつりあい取れないんだなあ」

腕を組んで頷いている。遙は改めて浅倉なおの小柄な背中を見つめた。

「え、それじゃあ、あの二人、つきあってるのか？」

なおと歩きながら意外なことを聞かされて、拓馬が素っ頓狂な声を上げた。

「そう。明日香と慎太郎。だいぶ前からよ。気がつかなかった？」

「へえーっ、ぜんぜん。かすりもしなかった」

「拓馬は鈍すぎだよ」

なおは言ってくすくす笑う。

「いつも人の話聞いてないんだもん。目の前で誰かと誰かがデートしていたって、きっと気にもしないよね。僕たちつきあっていまあす、って教えてもらわないと、きっと気がつかないんじゃない」

「アホ言え」

いなしたが、半分は当たっていた。鈍いというか、あまり他人のことに関心がないというのが本当のところなのだ。

中学校に入ったときから喧嘩を繰り返し、敵ばかり作ってきた。友達と呼べるような存在が出来たのは、この鹿之砦中学校に来てからのことなのだ。なおのような女の子にあったのも、初めてのことだった。

何かの歌をハミングしながら歩いている、なおの横顔を眺める。

なおが鹿之砦に来た理由は聞かされていた。なおが小さいときから両親は喧嘩ばかりしていて、小学校を卒業する前に離婚した。父親は感情があまり外に出ないタイプの人だったが、ある日不満が臨界点に達し、家を捨てて出ていってしまったという。

「本当にある日突然」

そのことを話したときのなおは珍しく固い表情をしていた。

「ぷいっと出て、それきり帰ってこなかったの。まるで、猫の家出みたいに」

対称的に感情をすぐ顔に表す母親は、すぐに周囲に当たり散らす性格で、離婚後にはますますそれが昂じて、なおにまで当たるようになった。

そのため、歳の離れた姉がなおを引き取ったのだが、母親に似てきつい性格の姉との共同生活もうまくいかず、ついに親戚の勧めで、全寮制の中学校に転校を決めたのだ。

そんな辛い思いをしたはずなのに、どうしてこんなに屈託ない表情をしていられるのだろう。拓馬にとって、なおは驚異の存在だった。

拓馬はしつこくこだわる。

「しかし、あの慎太郎かよ。あの若年寄。あいつ、あの若さで、もうすっかりオヤジになってんだぜ」

「昨日のこと、まだ根に持ってるの？」

なおは咎めるような表情で拓馬を見た。

昨日の夕方。部室でささやかながら反省会が開かれた。その席で、慎太郎はぐちぐちと拓馬たちにからみ始めたのだった。

手始めは拓馬。慎太郎に文句を言われるのは慣れっこになっている拓馬は黙って聞き流していたが、そのうちに矛先は、黒澤たちと揉めた秀悟に向かっていった。

「――だからよ。俺はあまりおかしなやつをラグビー部に誘ってほしくないんだよ」

ジュースの入った紙コップを口に運びながら、秀悟が頭を掻く。

「ごめんごめん。つい、言っちまった。これから気をつけるよ」

「これから、じゃあないんだよ。いくら俺たちががんばっても、おかしなやつが入ってきたら、ラグビー部全体がめちゃくちゃになっちまうんだぜ」

「わかったよ。わかったから、そうからむなよ慎太郎。おまえ、まるで小姑《こじゅうと》」

「そうだ。いつまでもうるせえよ慎太郎。だいたいなんだよ、おかしなやつって。んな言い方はねえだろ？　やつらをラグビー部に勧誘してなにがわりいんだ」

秀悟を援護するように、拓馬は言った。慎太郎にジロリと睨まれる。

「おまえ、いつから黒澤のダチになったんだ」

「いや、そういうわけじゃねえけど」

（おまえがあんまりしつこいから、口を挟んだだけだって）

だいたい粘着質な慎太郎とは、普段からあまり気が合わない。

「言っときたかったんだけどな、拓馬。おまえ、なんのためにに部活やってんだ」

「なんのためって、そりゃあ試合に勝つためだろ？」

さっきのやりとりを思い出して口にした。かたわらで雅実が吹き出す。

「そういうことじゃねえ。どうして部活をまじめにやらないといけないのか、って話だ。要するにこれは、俺たちがもらった最後のチャンスなんだよ」

「なに言ってんだおまえ！」

慎太郎の意外な物言いに、思わず大声を上げてしまった。

「まあ、聞けよ。俺たちの通う、この鹿之砦中学校というのは、社会の中では最下層に入る学校だ。それは、おまえだってよくわかってるよな？　もちろん受験だとか、就職だとか、そういう将来のことなんか考慮するまでもない。そういうことも考えられないほど、ぐずぐずになった生徒ばかりが来るところだからな。俺にせよ、秀悟にせよ、おまえにせよ、だ。つまり、この学校にいるってこと自体が、大きなハンデなんだ」

「いやらしい言い方すんなあ、おまえ」

「本当なんだからしょうがないだろう。勉強とかそういう正規のルートで鹿之砦が他の学校に勝てるはずがない。でもスポーツだけは別だ。スポーツってのは、練習すればその分だけ、上にいける世界だろう。こんなところにいる俺たちだって、十分リターン・マッチが可能なんだよ」

「じゃなにか？　おまえ、スポーツでもって高校の推薦でもとろうって……」

「そういうことじゃねえよ、このオタンコナスの単細胞が。スポーツは俺たちが社会に認められる唯一のチャンスだって言ってんだ。いいか、拓馬。俺たちが今いるここは、負け組の場所なんだよ。もうすでに俺たちは負けてんだ。社会は俺たちをこの学校に送りこんで、蓋をして、存在自体を抹殺しようとしてるんだ。社会も、俺たちの親もな。そうだろう？」

「ああ？　なに言ってんだおめえは……」

親のことを言われると途端に頭に血が上る。不穏な空気を察知したのか、秀悟が急いで間に入った。

「おい、そのくらいにしとけよ慎太郎。酔っ払いオヤジがクダ巻いてんじゃねえんだから」

「いや、俺はこの機会だから言っておきたいんだよ。いつまでも鹿之砦で安心してちゃだめだ。俺たちだって負け組でいなきゃいけないってはずはない。勝ち組をめざさないといけないんだよ。だから黒澤たちみたいな連中とはつきあうな、って言ってるんだ」

「やつらと俺たちと、どう違うってんだよ」

拓馬がぶすっと言う。慎太郎は強ばった表情で、拓馬の目を見据えた。

「この学校は確かに居心地がいいかもしれない。そりゃあそうだ。俺たちはみんな似た者同士だからな。この学校にいる者で、どこかに問題を抱えてないやつはいない。しかしだからといって、安心しちゃいけねえんだよ。俺たちの行動は絶対に監視されている。担任のリキがぼんくらだからって、油断をしちゃあいけないんだ。絶対に俺たちの生活評定はどこかに報告されてるんだ。みすみすチンピラ気取りの連中に近づいて、ラグビー部の評価を落とすことはない。もっと言えば、俺たちまでとばっちりを受けてチンピラの仲間に見られることはないんだ」

「おまえ、いつからそんないい子ちゃん気取りのセリフを吐くようになったんだ！」

怒鳴った拓馬の顔をじっと見つめ、慎太郎は視線をそらした。

「拓馬、おまえも利口になれ」

「あのカタブツ、言ってることは正しいのかなんかわからねえが、とにかくあの偽善者ぶった態度が許せねえ……」

「慎太郎はみんなのことを本当に心配しているだけよ。だってキャプテンじゃない」

「でもよお」

ぶつぶつ言い続ける拓馬の手をぐいぐい引っぱり、なおはさっさと歩いていく。

その背後には、すっかり紅葉に染められた、なだらかな山の稜線が広がっていた。

3

シオリは暗い部屋の中にいた。

鹿之砦中学校の寮の部屋ではない。板張りの床、オフホワイトの壁紙。壁際に飾られた花瓶のカーネーションが枯れている。

そして部屋の片隅にアップライト・ピアノ。

(うちだ)

四歳から始めて、ずっと習い続けていたピアノ。懐かしさのあまり、二三歩近づいた。忘れもしない、この光沢。誰かが触って指紋がつくたびに、大袈裟に騒いで布で拭き取った。

蓋に手をかけようとしたその瞬間、視界の隅に何かが入ってきた。振り向く。

どこからか陽が差しこみ、ピアノの向こうの壁に一条の光を投げかけていた。淡く浮き上がる四角い輪郭。目を凝らした。

額縁だ。その中に収められたのは――。

水彩画だ。

あの人がよく描いていた水彩画。

シオリに下手くそと揶揄《やゆ》されながらも、黙々と描き続けていた。あの人の唯一の趣味だったのだろう。

シオリが近づくと、額はぼんやりとした光を放って、中の絵を浮かび上がらせた。

それは、凄惨な光景だった。

緑色の大地の上に、無数の死体が転がっている。なにか大きな手でたたき潰されたかのように、四肢がもげた無残な有り様の死体。それはみな、シオリと同じ年頃の少年少女たちだった。動かない死体には、陽光がさんさんと降りそそいでいる。凄惨な光景の上方には青空が広がり、血みどろの死体とあからさまなコントラストを描き出していた。

死体に取り囲まれて、一人の少女の姿がある。

シオリはさらに近づいた。

シオリではなかった。それはシオリが会ったこともない少女だった。西洋美術館で見た、ロシアのイコンに描かれたマリア像のように、穏やかな笑みを浮かべて立っている。

無数の殉教者と、一人のマドンナ。

これは誰だ。誰なんだ。

ピアノの椅子を摑み、額に叩きつけた。マリアの顔が破れ、そこからどろどろとした血が流れ出してくる。大地にひれ伏していた死体たちがもげ落ち、ぼろぼろと絵からこぼれ出してくる。死体となった中学生たちは、描かれたままの苦悶の表情を浮かべながら、呆然と立ち尽くすシオリの足にしがみついてきた。

助けて。

助けて——。

救いを求めて助けてくれるはずの人の名を呼ぼうとしたが、奇妙なことに思い出すことができなかった。大きく開けた口の中に、粘つく血液が流れこんでくる。


目を開いた。

いつの間にか、机でうたた寝をしてしまっていたらしい。

机？

シオリはハッとして身を起こした。寮の部屋に置いているライティング・テーブルとは違う。脚が折れ曲がったデスクライト。厚いビニールの下に挟まれた、時間割や記念写真の数々。木目印刷の合板張りの引き出しに貼られた、旧いシール。

あたしの机だ。


机の上の携帯電話が鳴っている。思わず手に取り、受話ボタンを押した。

——もしもし？

——シオリ、いるか？

聞き覚えのある声がした。ドアが開き、声の主がのそりと入ってくる。ドアを半開きにしたまま向き直って、シオリの方を向いた。

（知っている）

（あなたが誰だか、あたしは知っている）

シオリの口が開き、自然に言葉が飛び出した。いや、しゃべっているのは今のシオリではない。いつか別の時間にいた、もっと以前のシオリの声だ。

——なにやってんの？　部屋に入るときはノックしてって言ったでしょ！

その人は押し黙っていた。冴えない身なりをした、中年の男だ。

——クサイな、もう。入ってこないでよ！

――おまえ今日、誕生日だったろ？

男は平板な声で言った。

――よかったら母さんと三人でメシでもと思ってさ……。

――マジ信じられない！　あたしの誕生日、昨日だよ！

その人は一瞬その場に凍りつき、訝《いぶか》しげな声で続けた。

――だったか？　いや、今日だろ？

――昨日だよ！　なんなわけ、アンタは。もういい。いいから出てって！

机をバンと叩き、睨み据えた。

何もかもが腹立たしかった。その人の無表情な顔。渇いた肌に刻みこまれた皺《しわ》の数々。しょぼくれたその存在感。ふと気づいた。左手に何か、小さなものを持っている。

――あのさあ、シオリ。

口から溜息が漏れ出す。

――まだなんかあんの？　なに？

その人は、右の拳をゆっくりと上げた。人差し指と親指を立て、その人差し指をこめかみに押しつける。まるで――拳銃のように。

――やっぱり俺、こうした方がいいよな？

（あんたは何を言いたかったのよ。あたしに、本当は何を言ってほしかったわけ？）

シオリの中のシオリは叫んでいる。だが、その言葉がシオリの中から漏れ出すことはなかった。今しゃべることができるのは、そのシオリではないのだ。蔑んだような笑みが自分の口元に上るのがわかる。

そして、言葉。

――……バカじゃない？

その人は、フッと笑みを浮かべた。これまで何べんも思い出してきた、笑い顔だった。左手がゆっくりと動き、傍らのベッドの上に手にしていたものを置く。後ずさりし、部屋を出ると、音もなくドアを閉める。

シオリは閉まったドアを見つめた。そしてベッドの上の小さな包み。シオリはその中身を知っている。その中には。

中には――。


再び目を開いた。

目の前には見慣れたライティング・テーブル。パソコンの液晶パネルが、ウェブ画面を映し出したまま静止していた。

すでに室内は闇に包まれていた。液晶パネルのみがぼんやりと光っている。

シオリは目で画面に映し出された文字を追った。

『BRゲーム参加希望者登録フォーム』

すでにそこには、シオリの氏名と学校名、郵送されてきた封筒で知らされたIDとパスワードが記入されていた。

シオリの右手が動き、マウスを握る。『ENTER』と記されたアイコンを、クリックする。


この建物の中にいる人間で、その夜過去の残像に悩まされたのは、キタノシオリだけではなかった。

悪夢を食らう貘《ばく》がもし本当にいるものならば、その夜はさぞかし食らい甲斐があったに違いない。ある者の夢は、ただ怯えるばかりの、恐怖の夢。そしてまたある者は、優しく、暖かく、何も恐ろしいものはいなかったころの楽しい夢。だが、その夢は恐怖の夢以上に残酷な夢だった。なぜならば、夢を見る者が、その幸せな時間の中に戻ることは、もう二度とないのだから――。

幾人かは、まったく同じ夢を見ていた。いや完全に同じ夢というわけではない。正確にいえば、同じ光景を眺めている夢だ。

よく晴れ渡った空。朝の空気の中を人々が一つの方向をめざして歩いていく。スーツの群れ。道路を通り過ぎていくタクシーやバスの列。

みなが向かう先には、午前中の低い太陽を背に、黒々とした影がそびえ立っていた。巨大な建造物。人々を威圧するかのようなフォルムの建物の、大きな口を開けた玄関が次々に人を飲みこんでいく。

不意に閃光が走る。

脚がくにゃくにゃに曲がってしまったかのように体が揺れ、地平線が大きく傾く。その向こうで、建物の窓という窓が内側から膨らんで張り裂け、中からどす黒い煙とともに炎を噴き出す。瞬く間に炎は大きく膨れ上がり、自分の周囲のものすべてを飲みこんでしまう。

熱い。何も見えない。そして脳髄が痺れるほどの轟音。

喉の奥まで押し寄せるきな臭い匂い。

目が、目が痛い——。

ほとんど塞がれた視界の向こうに、幻視者たちは、この世のものとも思われない光景を見ていた。

崩れていく。

空にそびえ立った壮大な伽藍が崩れ折れていく。それは世界の終わりを思わせるような、荘厳な眺めだった。その前に立ち尽くす者たちは、最後の審判を待つ亡者のように、ただ目を見開いているだけだった。

永遠に続く瞬間と崩壊のアリア。

鹿之砦中学校のはるか上空。オレンジ色を帯びた月が輝いていた。その月だけが、建物の中に眠る者たちの苦悩の呻きを聞いている。

山守中との試合の日から一月余りが過ぎた。師走と呼ばれる月に入り、世間では浮かれ騒ぎが始まる時期。だが山間の僻地にある鹿之砦中学校には、都会のその喧騒も届いていなかった。

「――はい、全員揃ったかぁ。バスに乗る前に点呼をとるぞぉ」

朝の冷気の中に、リキのぼんやりとした声が漂っている。いつもの体育ジャージの上に、チョークの粉がついて白く掠れたビニール地のジャンパー。声を発しながらも、リキの目は薄ぼんやりと濁っていた。

正面玄関の前。三年B組の生徒四十二人は、整列というにはばらばらすぎる塊をなして、集まっていた。拓馬たちの前には地元業者の貸切バスが停まっている。

玄関横のモミノキには、いつの間にか誰かがやったのか、下手くそな飾りつけがぶら下がっていた。

「あれなに?」

後ろにいた渉をこづいた。

「なにって……」

拓馬の指さす方向を見て、渉がキョトンとした表情を浮かべる。

「なにって、クリスマス・ツリーに決まってんじゃん」

「クリスマス・ツリーなら飾るのは星とか蠟燭とか靴下とか、らしいもんにしとけよ。なんだよ、あの色紙の鎖は。貧乏くさい」

「しゃあねえじゃん。予算不足なんだから」

いつものようにシュヴァルツ・カッツの面々と福田和美のグループが不満の声を上げている。

「点呼なんて必要ねえだろ、いつものことなんだからよお」

「どうせバスに乗りゃあ、誰がいねえかなんて、一発でわかるべえよ」

「それより早くバスに乗らせてくださあい。寒くて寒くて風邪ひいちゃいますぅ」

罵声が飛ぶ中を、リキが愚直に頭数を数えて回っている。

やつらの言うとおり、バスに乗れば出席番号順に座るのだから、点呼の必要などないのだ。毎度のことながら、リキの要領の悪さにはいらいらさせられる。

「よし、全員いるな、乗車」

やっとドアが開き、生徒たちは我先にと暖かいバスの車内に逃げこんでいった。

その日は、月に一回のカウンセリングの日だった。児童の社会復帰を主目的としたカリキュラムを組んでいる鹿之砦中学校だから当然教科書のお勉強などは二の次になっており、きちんと全員が揃う授業などは無いに等しい。

その代わり、月に一度近くの健康管理センターに赴き、メンタル面のチェックを受けることが義務づけられており、その日ばかりはどんなに面倒くさかろうと、こうしてバスに乗ってカウンセラーに会いにいかなければならない。

当然のことながら、カウンセリングをありがたがっている生徒は皆無である。過去の傷口をほじくり返すに決まっているカウンセラーのところなど、進んで行きたがるわけがない。

一応これは授業の一環ということなので、バス内に遊び道具や飲食物の持ち込みは認められていなかった。だが、カウンセラー通いが始まってすぐにその決まりは反故《ほご》にされ、バスの中は毎回遠足にでも行くかのようなバカ騒ぎになった。リキが何も言わないのをいいことに、煙草をふかしている者さえいる。

出席番号一番の拓馬の席は右列の一番前だ。一服点けたいところだが、はばかられる。それは、左列の一番前にぼんやりとした顔のリキが座っているからではなく、拓馬の隣に、やはり出席番号一番のなおが掛けているからだった。

なおは煙草を吸わない。

通路側に座ったなおは、椅子の上から後ろを向いて、秀悟と何かを話している。拓馬はなおの背中越しに、通路の向こうの左側座席を見た。

最初のころになんとなく決まったことで、男女出席番号一番から十一番までの二十二人が右側、十二番以降の二十人が左側に座ることになっていた。左側の一番前は担任のリキの席だ。

そのリキが座る椅子の後ろを見て、拓馬はあれ、と思った。そこには本来女子出席番号十二番の野坂真帆がいるはずだったが、代わりに十一番の新見麗奈がいた。通路越しに身を乗り出して、右側座席の池田美希と話をしている。

たぶん野坂真帆が気を利かせて席を替わってやったのだろう。麗奈と美希は、いつでも教室の隅に座ってなにか拓馬にはよくわからない話をしている。麗奈たちがどこかに遠出をするところを見たことがあるが、あれはなんというのか、まるで昔のメイドが着ていたようなヒラヒラが着いた、そのくせ妙に真っ黒な、拓馬の理解を完全に越えた服に身を包んでいた。ああいう格好は、鹿之砦のような田舎町ではえらく目立つはずで、麗奈と美希、そしてもう一人の仲間の波多量子以外に着ている者を見かけたことがない。

その量子は、麗奈から一つ挟んだ後ろの席にちょこんと座っている。前の席の蓮田麻由に席を代わってもらえばいいのに、それを言い出せないでいるのがいかにも量子らしかった。量子は三人の中でもさらに引っ込み思案な方で、誰かと話しているのを見たことがない。いつもノートを広げて何かを書きつけているので、口の悪い長谷川達彦に「魔太郎」とあだ名をつけられたことさえある。

頭にこつんと何かが当たる。

顎を持ち上げた。ラグビーボールだった。なおがボールを両手で持って軽く振ってみせる。

「ね、拓馬も書いてよ」

「なんじゃそら」

「みんなに寄せ書きしてもらってるの。ほら三年生の引退試合は終わっちゃったし、もう何もないでしょう。だから、最後にみんなの記念になるものを、と思って」

ボールを受け取って、マジックで書かれた文字を眺めた。

『ありがとう。最高のチームメイトだった』

『激走ラグビー一代人生』

『短い間だけど、お世話になりました』

『真っ白な灰に燃え尽きたぜ』

『山守中のやつらぶっ殺す。あれは絶対にファールだった――しつこいですか?』

『この三年間の思い出を俺は一生忘れへんで……と言ってみるテスト』

『うけないギャグばかり連発する寒ーい関西人がいるクラブはここですか?』

『みんなの走る姿を見ているだけで、とても楽しかった。最高の思い出です』

『この中学に来て、こんないい仲間にめぐりあえるとは思いませんでした。思い出をありがとう!』

「へったくそな字だなあ」

「いいの、寄せ書きなんてこんなものなんだから」

ふん、と鼻を鳴らしてボールをなおに投げ返し、拓馬は呟いた。

「まだ何も終わってねえよ」

「タク!」

肩をすくめて向こうの座席にいるリキを指さした。

「書いてもらうなら、まずそこにいるオッサンからにしろよ。一応うちの顧問なんだろ」

「んもう」

なおは膨れ面でボールを抱きしめた。

「大人げねえの」

頭上から声が降ってきた。

覗きこんでいるのは秀悟だ。

「そういうのは面倒くさくても、はいはいって書くもんなんだよ」

「うるせえよ」

拓馬はその顎に軽くアッパーをくらわせて、そっぽを向いた。


バスから見える風景は、単調なものだった。片側に崖の斜面、そしてもう片方には黒々と広がる樹海。もう何度も見たことがある光景だ。短いトンネルを断続的に通り抜けるが、そのたびに耳の奥がきんと鳴る。単調な光景の連続に、瞼《まぶた》が重くなってきていた。

(朝早かったから……)

フロントガラスの向こうに、大きなトンネルが迫っていた。数キロは続く、この辺りでは一番長いトンネルだ。このトンネルを抜ければ、施設まではもうすぐ。

車内に闇がさっと侵入し、後からオレンジ色の光が追いかけてきた。うわんうわんという耳鳴りの音。

鼻腔の奥に、なぜか甘い薫りがした。

瞼が重い。目を開けていられないくらいだ。体中の筋肉が弛緩し、背中が座席にめりこんだ。

傍らのなおが身じろぎをし、手に持っていたボールが床に落ちる。たんたんと転がっていく音。

(ボール……)

首だけねじ曲げてその行方を追う。向こうの座席にいるリキと目が合った。

いや。

リキではなかった。リキのいるべき位置に、誰か違うやつがいる。異様な器具で顔面を覆った、あれは……？

いや、あれはリキだ。リキが顔に何かをつけている。

あれは。

（ガスマスク？）

なぜそんなものを。その問いに対する答えを探す暇もなく、拓馬の目は塞がり、意識は深奥へと落ちていった。

第二部

スクラム

FORM A SCRUM

4

(昔はよく家出をした)

(鹿之砦《しかのとりで》中学校に転校する前のことだ)

(家にいると、気持ちがささくれだった。少しも、安らぎの場所じゃなかった)

(青井拓馬という人間でいることが、いらだたしかった。できれば、名前の無い誰かになりたかった)

(よく、家出をした)

(無一文で家を出た。疲れたら、街角でうずくまって眠った)

(深夜でも、人気の絶えない街がある。その中で、雑踏のざわめきを子守唄に眠った)

(人々の履いた靴が、アスファルトに叩きつけられる。その震動がジーンズの尻に伝わる。じんわりとした冷たい感触と、靴音の震動。それが、心臓の鼓動と重なった)

(俺は、雑踏のざわめきの中で、初めて俺自身になれた)

(鹿之砦中学校に転校する前のことだ)

「……こをどけ！」

「……スが入ってくるぞ！」

ざわめき？

ここは……？　頬が、ひんやりと冷たいものに触れている。ガラスだ。電車？　違う、バスか？

「——おおっと、今、バスが到着しました！　窓からは挑戦者・鹿之砦中学校三年B組の姿が見えます！　総勢四十二名。この少年少女たちが、今から法改正後、初のゲームに挑むのです。その全体像は、まだ明かされておりません。いったいどのようなゲームルールとなっているのでしょうか。われわれ報道陣も期待とともに見守っております！」

「こらそこ！　ラインから中に入るな！　報道許可を取り消されたいか！」

バス！

拓馬は眼を開いた。背筋に汗をかいた、いやな感触が残っている。窓ガラスに押しつけていた左頬が冷たい。

（健康管理センターに向かうバスに乗っていたんじゃなかったのか？）

車内には静寂が漂っている。それでもどこかから騒音が伝わってくる。窓の外か？

拓馬は、窓外を見下ろした。

暗闇の中に無数の明かりが閃いている。その後ろでうごめくもの——人だ！　無数の人影がバスの周囲に押し寄せ、我先に近寄ろうとしていた。

「今、一人の生徒が目を覚ました模様です。窓越しにこちらを見ております。……あれは、いったい、どの生徒でしょうか！　鹿之砦中学校三年B組の生徒名簿はすでに公開されております——」

なんだ？　拓馬は横の席で眼を閉じているなおを揺り動かした。

「おい、なお、起きろ。起きろ！」

「……ん、眠っちゃった」

「なお？　おまえその、首輪はなんだ？」

「え、なに？　いきなり、首輪って……？　その拓馬がしているやつのこと？」

「俺が？」

自分の首に手をやる。冷たい金属の感触。確かに自分の首に、首輪——。

（なんだこれは！）

車内のあちこちで、拓馬と同じように目を覚ました生徒たちが慌てふためき始めた。目を覚ましきるより早く、窓の外を見てしまい、素っ頓狂な叫び声を上げる者があれば、いまだ事態を把握できず寝ぼけている者もある。そのすべての首に、同じ首輪。

「なに、あんたそれ?」

「おまえだって。首にそれ、何つけてんだ!」

「ここどこ? センターに行くんじゃなかったの? なによこの人ごみ?」

「まさか、まさかこれって……」

空気の抜ける音とともに、バスの扉が開いた。荒々しい足音を立てて、乗りこんでくる者たち。

全員の視線が前に集中した。

それは、くすんだ緑の服を着た三人の男だった。三人とも、両腕でごつい金属の塊を抱えている。電気ショックでも受けたかのように、顎をぴんと跳ね上げ、脳天に響くような声で叫んだ。

「貴様ら、早く外へ出ろっ!」

「なんなんだよ、おまえら!」

叫んだ瞬間に顎に衝撃を受けた。体が跳ね飛ばされ、ガラス窓に後頭部がぶつかった。男たちの一人が、手にした金属の塊で殴りつけたのだ。そのままくるりと持ち替えて、先端を拓馬の眼前に突きつける。

金属の筒の先端に、ぽかりと空いた丸い穴。銃だ! その向こうに見える男に焦点が合う。軍服だ。こいつら——。

「タク! 大丈夫?」

兵士たちが再び声をはり上げた。

「指示は一回でちゃんと聞け。すぐにバスの外に出るんだ!」

今度はその銃口はバスの中に向けられた。拓馬の後ろで、一斉に立ち上がる物音がする。

バスは、コンクリートで舗装された路面の上に停まっていた。その両脇には、おびただしい人の群れ。手に手にカメラやマイクを持ち、拓馬たちの方に突きつけている。フラッシュの閃光が視界を奪う。

それを除けば周囲は暗く、かなたの景色はほとんど見えなかった。

バスの後方は、たぶん崖。前方には、ただ闇が広がるばかりだ。それでもところどころにほのかな明かりが見える。そしてざわめきに混じって聞こえてくる音。鼻腔をくすぐる潮の香り。

海だ!

車内に入ってきた三人とは違う軍服を着た二人が前に出て、言った。

「徳川三尉である!」

「同じく、増田三尉である!」

増田三尉は女の声だった。しかし、性別どころか、一切の人間らしい感情を示さない眼で拓馬たちを睨み据えている。

「これよりテントに入る! 一同、整列。前に進め!」

鼻先に突きつけられた銃にうながされながら、歩き始めた。学校行事のほとんどない鹿之砦中学校では、普段から行進の習慣などない。すぐに列から誰かがはみ出しそうになり、はみ出るとすぐさま傍らの兵士にこづかれ、元に戻らされた。

二つのテントが眼の前に迫っていた。

増田三尉が右手をしゅ、しゅっと振った。

「女子は右、男子は左だ!」

「各自、私物をロッカーに置き、準備された戦闘服に着替えろ!」

「そこ!」

寄り添っていた拓馬となおの間に兵士が割りこみ、一瞬のうちに引き離された。手をとられ、なおが引きずっていかれる。思わず後を追いかけたが、目の前に銃の台尻が突き出され、胸を衝かれた。

「男子は左だ!」

夜の空気の中に、乾いた声が響く。

拓馬たちが着替えさせられたのは、兵士たちが着ているのに似た迷彩服だった。四十二人全員が着替え終わると、さらに前進を命じられた。

更衣テントの向こうに、さらに大きなテントがあった。まるでサーカスの興行にでも使うような、天井の高い、だだっ広いテントだ。銃を構えた兵士たちの列が入り口をはさんでゲートを作っており、その中に追いこまれる。有無を言わせぬ圧力が背後から突きつけられていた。

テントの中にも、武装した兵士が列を作っていた。こづきまわされながらその間を進んでいく。すぐ正面に、金網が見えた。それが左右に分かれる。ただの金網ではない。扉なのだ。全員が入り終わった瞬間、その扉が閉まった。

呆然と四囲を見まわした。

それは金網に囲まれた檻だった。そう、檻というしかない。あちこちで金網を上ろうとする生徒と、それを蹴落とそうとする兵士との小競り合いが始まった。駆け出して金網にとりついた生徒の指に、兵士が容赦なく銃の台尻を叩きつけてくる。指を押さえて転がった生徒の悲鳴があたりに響き渡った。なおがそっと拓馬の手を握ってきた。

なんだこれは。

金網の向こうから、兵士たちの冷たい目が見返してくる。

（俺たちは、獣か！）

胸の奥で煮えたぎったものが喉元からこみ上げようとした瞬間、甲高い声の号令がかけられた。

「気をつけーッ！」

その声に気勢を殺がれた。一瞬の静寂を縫って、物音が聞こえてきた。ざっ、ざっ、ざっという靴音だ。金網の向こうから、誰かがこちらに向かってくる。それは明らかに、なにかまがまがしい意志を備えた者だった。

金網が開いた。銃を構えた兵士が飛びこんできて、生徒たちを威圧する。その間を抜けて、一人の男が入ってきた。その男は、周囲の兵士たちとは異なり、暗い色のコートを着込んでいた。頭上の蛍光灯が、顔を照らし出す。周囲の生徒たちが一斉に息を飲む音が聞こえた。

「タケウチ先生……！」

リキだった。だが、体育ジャージに身を包んだ、いつものしょぼくれ教師の面影はどこにもない。薄暗い照明の下、その顔が奇妙な具合の陰影に彩られていた。

（あれは）

拓馬はリキが右の小脇に抱えているものを見た。なおがバスの中で回していた、あのラグビーボールだ。

けたたましい音を立てて、再び金網が閉まった。

「先生、どうぞ……」

軍服の男がうながし、リキは前に歩み出て拓馬たちと向かい合った。ふと気づく。リキの背後には、黒板が立てられていた。リキとその黒板だけ切り取れば、普段の授業風景と見えないこともない。リキが右手のボールを差し上げ、口を開いた。いつものぼそぼそとした口調だ。

「誰ですかぁー、忘れ物したのはー。バスを降りるときは、ちゃあんと持ち物確認しないと、ダメだろおー。ラーグビー部かあー」

「タク、あれ」

「俺たちの……」

突如、激しい勢いでボールが床にに叩きつけられた。そのまま高くは跳ね上がり、落下していく。

リキの目つきが変わった。

「メリイ・クリスマァース！　今回このクラスを受け持つ事になったタケウチリキです。タ・ケ・ウ・

チ・リーキ？　さてみんな、いま自分たちがどういう状況に置かれているのか、もうよく分かっているね？」

いつもの不景気な声とは似ても似つかない大声だ。その声に堰《せき》を切られたかのように、生徒たちがわめき始めた。

「全然わかんねーよ！」

「ちゃんと説明してください！」

「先生、この首輪苦しいんですけど……」

「うるせぇよっ」

幾人かの生徒がまた駆け出した。兵士の制止を振りきって金網に登り始める。あちこちで金網に人がぶつかる音。兵士のいない場所を探そうと、金網の中をうろうろと駈けまわる者もある。その光景を、リキは、リキは——。

「タク？」

なおに肩を叩かれて、我に返った。リキの顔に浮かんだ表情に見とれていたのだ。それは、満面の笑みだった。これまで見たこともない、嬉しくて、嬉しくてたまらないという笑顔。今にもリキは大声で笑い出しそうだった。

生徒たちの怒号を無視して、リキは背を向けた。正面の黒板にとりつき、殴り書きを始める。

「日本、中国、北朝鮮、グァテマラ、インドネシア、キューバ、コンゴ、ペルー、ラオス、ベトナム、カンボジア、グレナダ、リビア……」

今や金網の中は、本当の動物園さながらの騒ぎになっていた。金網を越えようとしていない者は、拓馬の前に立ち、リキの背中に罵声を浴びせていた。

「何書いてんですかー？」

「意味不明。わかんねー」

「質問に答えてくださいよー」

リキはまったく答えずにひたすら右手を動かし続けている。

「……エルサルバドル、ニカラグア、パナマ」

「無視してんじゃねえよー、この親父!」

シュヴァルツ・カッツの一人、前薗健二が一歩に踏み出した。小さいころから格闘技を習っていて、将来は総合格闘技の選手になると公言している男だ。リキに向かって突進しようとしたそのとき、横からぬっと現れた兵士が前薗の体を受けとめ、軽々と宙を舞わせた。決して小さくはない前薗の体が弧を描き、地面に叩きつけられる。

それを合図に、金網の中にいた兵士たちが散開した。手に持った小銃の銃把で金網にとりついていた生徒たちを殴りつけ、地に這わせる。転がった生徒の目の前には、今度は銃口が突きつけられた。

(野郎!)

左右から秀悟となおに押さえられた。抵抗していた生徒たちも次々にねじ伏せられ、黙らされていく。

やがて、テントの中にはリキの声とチョークの音だけが響くようになった。

「……イラク、ソマリア、ボスニア、スーダン、ユーゴスラビア、そしてアフガニスタン。これ全部、いったいどんな国だかわかりますか?」

くるりと振り向き、リキが問いかけた。

「オリンピックの参加国?」と皆本清の声。

「ブブー。違いましたあ。これらはみーんな、この六十年間でアメリカに爆撃を受けた国です。その数、実に二十二ヶ国。死者およそ八百万人。世界は平等なんて嘘でーす。人の命は平等なんかじゃありませーん!」

リキの顔に再びあの笑みが浮かんだ。表情筋が一斉につりあがり、三日月形に顔が歪んでいた。しかし、ギラつく眼は決して笑っていない。異様な表情だ。

「なめとんのかあ!」

柴木雅実が跳ね起き、右手を鋭く放った。光の矢のようなものが宙を裂き、リキの体をかすめて背後の黒板に突き刺さった。

ナイフだ。

兵士が駆けつけ、雅実をねじ伏せた。リキはちらりとそのナイフを一瞥し、無造作に引き抜いた。それが今自分の体に突き立っていたかもしれないことなど、まるで気にしていないような、無関心な動作だった。そのナイフをぴたぴたと掌でもてあそびながら、リキは再び口を開いた。

「いいですかあ。去年のクリスマス、悲惨なテロが起きてから一年が経ちました。一瞬で大勢の命を奪ったテロリストたちは、いま、海の向こうに浮かぶ戦艦島に立て籠もっています。みなさん、さすがにそのテロリストのリーダーの名前は知っていますね?」

「……七原秋也」

「はい?」

「七原秋也」

「もっと大きい声で!」

「ななはらしゅうや、です!」

「そーうです。すぐに言えなかった人は、もっとちゃんとニュース観ような。特別指名手配になった七原秋也は、先日流された犯行声明の中でこう言いました。『すべての大人たちに宣戦布告する』……大いに結構。ちなみにこの国ではオトナとは、二十歳をすぎた成人を言います。それ以外はみなコドモです。ちなみに七原秋也は十八歳。選挙権はないし、タバコも酒も飲めないコドモだけど、国家反逆罪に問われた不届き者だから、こうやって実名報道されちゃうんですねー」

黒板から引き抜いたナイフを持って、リキはゆっくりと歩いてきた。まるで指揮棒のように、ナイフを楽しげに振っている。

「子供を一人前のオトナに育てるのに、いったいどれぐらいのコストがかかるのか、みんな考えたことはありますかあ?」

ねじ伏せられたままの柴木の前に立ち止まった。顔の片側を大きく腫らした柴木が怒鳴り返す。

「知るかい! おまえ……なんやねん!」

その顔の前に、突如ナイフが突き刺さった。頭上からリキが放ったのだ。その顔に、あの表情がまた浮かんだ。

「武器は大切にしまっておけ。……な」

雅実が無言でこくりと頷いた。リキは顎で指図して、兵士たちを下がらせる。

「雅実!」

なおと秀悟とともに、倒れたままの雅実の側に駆け寄った。助け起こした雅実の体は小刻みに震えていた。

「あ、あ、あ、あいつ、なんやねん……」

静まり返った生徒たちの間を、リキはゆっくりと歩き続けていた。その足元を見て気づいた。コンクリートの床の上に、白く太いラインが描かれていた。入り口の金網扉から反対側の黒板の下まで。線は部屋を二等分して延びている。

リキが再びその黒板の前に立った。

「子供一人あたり、平均して三千万から四千万円。それが今のみんなの命の値段です。こーんなに金がかかる、しかもみんなのように出来が悪い子供を養うことは、もう貧乏なこの国にはできません。だからわれわれオ・ト・ナは、偉い人たちと相談して、今度の宣戦布告は受け入れないことに決めました。そんなに戦争がしたければ、どうぞ子供同士でやってくださぁい!」

拓馬たちの背後で、金網が大きな音を立てて三度《みたび》開いた。ポーターが荷物を運ぶカートのようなものを押した数人の兵士たちが入ってくる。カートの上には黒っぽい袋のようなものが満載されていた。

リキがぱちんと手を打った。

「というわけで、大変長らくお待たせしました。BRⅡ。びぃー・あーる・とぅー？　今日はみんなに、ちょっと戦争してもらいまぁす」

思わず立ち上がっていた。

「ちょっと待て、ふざけてんじゃねえぞ、こらァ！」

その声にもかまわずリキは話し続けた。

「BRⅡはBR法にのっとり考案された、まったく新しい戦争ゲームです。ルールは簡単。島に立て籠もる悪のリーダー七原秋也を見つけ出して殺せば勝ち。制限時間は三日間！　わかりましたかあ？」

（戦争？）

（なに言ってるんだコイツ？）

今聞いたばかりの言葉が、はめる場所を間違えたジグソーのピースのように自己主張をしながら、拓馬の頭の中で旋回し続けた。

戦争。

せ・ん・そ・う？

なおが、秀悟が、雅実が、みな驚愕《きょうがく》の表情を浮かべている。なおたちだけではない。四十一人の生徒が全員、上げる言葉もなく立ち尽くしていた。

リキは能天気な声を張り上げる。

「だぁれですかあ？　戦争なんてタルーい、僕たち闘ったことなんてありませぇん、なんていうのは。もちろん政府が本気で攻めれば、十八歳の小僧くらい退治するのは簡単なことでぇす。しかし、それにはお金がかかります。みなさんは、軍隊の人たちの時給がいくらだか知っていますか？　七原秋也が立て籠もっている島を攻撃するために使う、対地ミサイルが一発いくらぐらいするか知っていますか？　本当に戦争をしようと思ったら、莫大なお金がかかるんです。そしてもちろん、みなさんの命ならタダです。……タダより怖いものはない、なんてね」

生徒たちの一人として言葉はない。

「さ、お話はおしまい。全員起立して、みんなの立っている床を見てください」

白い、一本のライン。

さっき拓馬が気づいたあの線を、全員が見つめていた。部屋の隅にかたまって、中央の線を見つめ、次いで正面のリキに視線を移す。

「ハーイ。みんなの足の下には今、一本のラインが引かれています。これは、何を意味するかわかりますか？——はい、筧！」

筧今日子を指さす。今日子は憤然とした表情で、答えた。

「わかりません！」

「わーからないかあ。さすがの筧でもダメか。ちょーっと難しかったかなあ？　いいですか？　人生には勝ち組と負け組の二つしかありません。このラインは、その二つを隔てるラインです」

まるで平均台の上でバランスをとる体操選手のように、リキはラインの上をゆっくりと往復してみせた。

「みんなが今いるのは、当然、負け組。みんな、自分が人生の負け犬だということを自覚しような、な？　したがって、このラインを越える人は、勝ち組への第一歩を踏み出す勇気ある人です。ゲームに乗る人はこっち、乗らない人こっち。負け組はワル。これは正義と悪を分けるラインです。白か黒か。グレーゾーンはありません」

腹の中で冷たいものが蠢《うごめ》いた。これはBRゲームに参加する意思確認のためのラインなのだ。ゲームに乗る人はこっち、といわれた側の生徒が慌てて反対側に移動してきた。金網の片側に四十二人がひしめきあう。拓馬は金網に押しつけられながら外側をちらりと見た。一人の兵士と目が合う。まるで、ガラス玉のような目だ。金網の中で起きていることに、一切関心がないかのような無表情な目。金網の中では、命にかかわる決断を迫られているというのに。

（畜生。なんだそのモルモットを見るような目は！）

リキが黒板の前に仁王立ちになった。部屋の隅に集まっている生徒たちを一瞥し、言い放つ。

「では出席番号順に確認します。男子一番青井拓馬くん、女子一番浅倉なおさん！」

呼ばれた！　咄嗟《とっさ》に傍らのなおを見つめた。視線がからみ合う。そこに読み取れる感情は、不安と恐怖だけだった。

リキを見返した。急に体が大きくなったようだ。目に威圧的な光を湛え、拓馬たちをねめつけている。これがあの、タケウチリキなのだろうか。

「君たちは勝ち組ですか？　負け組ですか？　負け組は用がないので死んで貰います」

死んで、もらいます？

「参りまーす。三、二、一……」

「ナメんなァ、この野郎ゥ！」

気がついたら体が動いていた。

（ナメきったあの野郎の顔に、一発、ぶちこんでやる！）

リキの顔が眼前に迫った。あの顔に、あの胸糞の悪い笑い顔に、拳を叩きこむ――。

背後でなおの悲鳴が響いた。

「タク、ダメッ！」

突然、突進が阻まれた。たたらを踏んで、前を見直す。

シオリだった。シオリの小柄な体が、ラインの上に立ちはだかっていた。

拓馬はわが目を疑った。これがシオリか？　いつものシオリとはまるで違った表情だった。瞳の奥で燃えるものがある。その視線が拓馬を射抜いた。

「キタノ……？」

「なんだ、貴様はァ！」

銃をかまえた兵士が恫喝する。それを無視してシオリは振り向き、リキの顔を睨みつけた。

「女子四番キタノシオリさん。君は参加でいいんだね？」

「はい」

リキは深く頷いた。

「勇気ある彼女に、クリスマスプレゼントを」

ラインの向こうに待機していた兵士が、ラインを越えてくるシオリに、カートの上の袋を手渡す。黒っぽいその袋には、「4」と数字が記されていた。シオリはそれを受け取り、金網の隅にうずくまった。

それを眺めていたリキが、拓馬の方に向き直った。

「でーは、最初の二人にもう一度聞きます。君たちは、勝ち組ですか？　負け組ですか？」

振り返った。なおの顔を見つめる。瞳が、揺らいでいる。その上の額に浮かんでいる汗の玉の一粒一粒がくっきりと見えた。

ここでラインを越えなければ、なおは？

リキの威圧的な声が迫ってきた。

「参ります。三、二、一……」

「行きゃぁいいんだろ、行きゃぁ！」

叫んだときにはもうラインを越えていた。つかつかと兵士たちのもとに歩み寄り、「1」と記された袋を受け取る。背後でなおの声がした。

「タク！」

「マジかよタク、おまえ何やってんだよ！」

向井渉の声だ。いつものひょうきん者の面影はもう影も形もない、引きつった声が裏返っている。拓馬はその声を受け流し、金網にどさりと寄りかかった。リキを睨みつける。

「おまえら大人はいっつもそうなんだよ！　なんでも頭ごなしに命令すればいいと思ってやがる。けどな、俺は大人なんて信用しねえ！　おまえらの言うとおりには絶対なんねえからな！　覚えてやがれ！」

「タク……」

なおが小走りに駆け寄ってきた。拓馬の横にぺたりと腰を下ろす。兵士が背後から袋を手渡した。

「なお!」

本村明日香の声だ。なおはその方向を見やり、また拓馬に視線を戻した。

「カッとしちゃ、だめよ」

「わかってる……」

再びリキを見た。リキの眼は電源を切られた電球のように暗かった。その場で起きている愁嘆場は、ことごとく自分には関係ないことだ、とでもいうように無関心な表情。その顔に再び生気が甦り、手元のメモを繰《く》った。

「えー、次。男子二番卜部秀悟くんと、女子二番池田美希さん」

「ちょっと待って!」

生徒たちをぐいぐいと押しのけて、ショートカットの女子生徒が前に出てくる。

野坂真帆だった。

真帆は、気の強い性格で、普段からどんな相手にもズケズケと物を言うことで知られていた。教師に対してだけではなく、生徒に対しても同じ態度をとるので、転校前の学校では嫌われて、村八分にされていたほどだという。

リキが不審げにその顔を見た。

「女子十二番野坂真帆さん。なんですか?」

「タケウチ先生、質問していいですか?」

「質問だと。なんだ、授業に関係したことか?」

リキの口からつい「授業」という言葉が出てしまい、兵士の一人がクスリと笑った。

「関係あります。先生、アメとムチって言葉があるじゃないですか。先生はこのゲームに関して負け組は死んでもらうとか、厳しいことばかり言うけど、それってつまりムチの方ですよね。アメはないんですか？　このゲームに勝ったら、あたしたちは何がもらえるの？」

　真帆の言葉を黙って聞いていたリキは、突然直立不動の姿勢になり、斜め四十五度の角度を見つめながら叫び始めた。

「改正新世紀教育改革法、新世紀テロ対策特別法、通称BRⅡ法、第七条、BRⅡの優勝者の生活保障！　BRの優勝者には、国家が理想とする正義のシンボルとして、その生涯における一切の生活の保障がされる！　なお、その費用についてはすべての国民が負担するものとする！　以上！」

　生徒も兵士たちも、あっけにとられてリキを見つめていた。直立不動の姿勢のまま、首だけ回してリキは真帆をギロリと睨む。

「これ、授業でやったろぉー。試験に出るって、言われなかったかあ？　もっともこの間法令が改正されて条文は変わったけどな。大筋は旧BR法といっしょだぞぉー？」

「はい、さんざん聞きました。BRゲームの勝者は、社会の勝者、立派な国民だって」

　真帆は肩をすくめる。

「でも本当のところはどうなんですか？　噂では、BRで生き残ったはいいものの、ストレスから体を壊したり、PTSDで廃人同然になってしまったりする人がゴロゴロいるって聞いてますよ？　せっかくゲームに勝っても、そうなってしまったんじゃ意味がない」

「のさかあー」リキが猫なで声を出した。「おまえ、それマジで言ってんのかあー？」

　兵士たちが手にした銃を持ち替える音が一斉に響いた。金網の中に殺気が漂う。

　突然、真帆はケタケタと笑い始めた。

「やだなあ、先生。マジな顔になっちゃって。大人の先生がそう言うしかないことはわかってます。いちお、聞いただけ」

そして、ぽんとラインを飛び越えた。

「十二番、野坂真帆、参加します」

「お、お、お、俺も」

群れの後ろの方から、男子出席番号十二番の、日笠将太が駆け出してきた。3年B組では真帆の隣に座っていて、ひそかに真帆に気があるのではないかと噂されている少年だ。理屈っぽいわりに教師にはへつらう癖があり、生徒たちの間で評判はかんばしくなかった。彼の部屋を訪ねたことがある人間は一人もいない。

「お、俺も納得しました。参加します」

そのまま勢いでラインを駆け抜け、真帆の隣に腰を下ろす。真帆はそ知らぬ顔をしていた。

「うーん、青春だなあ。おまえら、そういう関係なのか、野坂？　……まあいいや、どんな理由だろうと、決めるのはおまえらだ。言っとくけど、この道は一方通行だから、後戻りはできねえからな。んじゃ、続きいこう。男子二番卜部秀悟くん、女子二番池田美希さん」

二人が前に出る。拓馬はチームメイトの日焼けした、たくましい顔を見た。

秀悟は、必要以上に周囲に気を遣う男だ。秀悟が五歳のとき、母親が亡くなった。七歳のとき、秀悟の父は再婚し、さらに二人の子供をもうけたという。長男ということもあるだろうが、秀悟は母親の違う兄弟たちを可愛がった。義母になった女性は感情の起伏を抑えきれない人で、よく子供に当たり散らすことがあった。そんなとき、矢面に立って母親の叱責を受けるのが、秀悟だった。

鹿之砦中学校に入学した理由もそうだ。秀悟の成績ならもっと別の学校に行くこともできたのに、全寮制だからという理由で、あえて鹿之砦にやってきたのだという。秀悟は、拓馬だけにそんな話を漏らしたことがあった。

　秀悟と並んで立っている池田美希は、秀悟と正反対に、誰かにかまってもらえないとやっていけないところのある少女だった。

　美希の父親は小学校の教頭で、厳格な人だった。子供の資質は六歳までに決まるという信念を持ち、幼稚園に上がる前から英才教育と称したものを施そうとしてきた。だが、生来おっとりとした性格の美希にはその教育方針は合わず、間違えるたびに狂ったように叱りとばす父親のために、かえって引っ込み思案な性格となってしまったのだ。そればかりか、小学校に上がる前には喘息の発作を起こすようにさえなった。そんな美希に、彼女の父は、「それはイヤイヤ病だ」と冷たい態度をとり続けたのだという。その世代には、喘息の発作は無気力な態度の人間に起こるという迷信があったためだ。夜中に喘息の発作で目を覚まし、背中を丸めて苦しんでいる美希に、父親はうるさいから黙れ、と怒鳴りつけることさえあった。

　当然まともに体育の授業に参加することもできず、美希はいつも「見学」している子として、仲間の輪から外れるようになった。遊びの輪に入れない子供は致命的だ。小学校のころから、美希はいじめられる存在だった。この学校に来て、周囲に似たような境遇の生徒が増え、美希が安心していたのは確かだったろう。

「いってみよう！　三、二、一」

　秀悟は憤然としてラインを越えた。

「クソ野郎！」

　足を踏み鳴らしながら、カートの側に歩みより、「2」と書いた袋を受け取る。その袋を抱いて、なおと拓馬の前にどすんと腰を下ろした。

　ラインの向こう側では、美希が目を瞑《つぶ》って震えていた。

「いやです。あたし厭！」

リキの冷たい声がそれを制する。

「池田、自分の運命は自分で選ぶんだ」

「池田！」

秀悟が呼びかけた。美希ははっと目を開き、その声に誘われるようにしてラインを越えた。

リキが首を振った。

「はーい、時間もないんだし、サクサクいこうなー。次、男子三番葛西治虫くーん、女子三番筧今日子さーん」

5

すでに四十二人の生徒のうち、過半数がラインを越えていた。同じ出席番号四番のキタノシオリが先に参加意志を表明していた黒澤凌をも含め、拒否の意志表示をした者は誰もいない。

命を賭ける選択だったわりには、本当にあっけなかった。

金網の向こう側から、無遠慮な視線が寄せられていた。やつらにとって、俺たちは獣も同然なんだ。そんな声が拓馬の胸中を去来した。

（じろじろ見やがって）

黒板の前のリキは、気だるげに名前を呼び続けている。

「——男子十三番保坂康昭くん、女子十三番蓮田麻由さん」

度の強い眼鏡をかけ、むちむちと肥った保坂と、肩幅が広く、ひきしまった手足をした蓮田が立ち上がった。この二人も対照的なペアだ。

さっき、首輪のキツさについて間抜けな質問をしていたのが保坂だ。

保坂はもともと小学校から大学までエスカレーター方式の名門校にいたが、中学一年のときに大病をしてしまい、まるまる一年間学校を休んでしまった。そのため留年せざるをえなかったのだが、閉鎖的な環境の進学校だけに、一年下のクラスでひどいいじめに遭い、不登校になってしまった。

保坂には二つ下の弟がおり、中学受験でその学校に入ることが決まっていた。そこで両親がどうしたかといえば、保坂を退学させ、鹿之砦へと移らせたのだ。保坂自身は、カリキュラムのキツい学校でやっていくのはしんどいから、と話していたが、周囲の人間はほぼ裏の理由を察し、触れないようにしていた。

本来保坂の両親にとって、お受験で小学校から名門校に入学できた保坂は一軍で、それに失敗した二つ下の弟が二軍だった。ところが、保坂が病気で留年し、弟が中学校でその学校に入ってきたことから、二人の立場が逆転した。

弟が一軍に昇格し、保坂が二軍扱いになったのだ。しかも学校では、保坂に対してえげつないいじめまで始まったという。そこに保坂の弟が入学していったらどうなるか。「あのダブりの弟」と言われて、弟までがいじめの対象になるのではないか。そう考えた両親が、保坂を退学させ、弟と離れた場所に移したのだろう。それが、3年B組の生徒の一致した意見だった。もっとも、そんな暗さを感じさせずに平気にしているのが保坂の救いだった。

蓮田麻由は、クラス委員の筧今日子と親しく、運動能力の優れた少女だ。これまで県大会に出場した経験も多く、学内でも彼女に憧れている男子生徒は多いという。

彼女が鹿之砦に入学したのは、両親が離婚した為だ。父親が浮気相手と家を出てしまったのが直接の離婚の引き金となり、麻由の親権は母親が取得した。だが、父親は麻由に未練があるらしく、しばしば誘拐まがいの手段で連れ去ろうとしてきた。その父親から保護するために、母親が転入の手続きを取ったのだ。

その麻由が保坂の背中をばしっと叩いた。

「それじゃ、行くよ。保坂くん」

「あ、ああ」

二人は並んでラインをひょいと飛び越した。いかにも麻由らしい越え方だ。

「男子十四番前薗健二くん、女子十四番波多量子さん」

名前を呼ぶリキの声もだれ気味だ。無理もない。まったく波乱なくここまでは全員参加だったのだから。十四番の二人も、特に異を唱えることなく、ラインを越えてきた。

「はぁい、次。男子十五番槇村慎太郎くん、女子十五番福田和美さん」

福田和美が立ち上がった。ラインの方に向かって進もうとしたそのとき、慎太郎がくるりと背を向けた。床に転がっていたラグビーボールを拾い上げる。

そしてそのボールを抱え、リキの顔を見ながらはっきりと宣言した。

「俺は、絶対いやだ」

離れた場所からでもわかった。リキの両眼に突如冷たい光が点り、慎太郎をねめつけた。

「ああん？　慎太郎？」

「俺はこんなの、絶対に認めねえ！」

拒否だ！

あの慎太郎が拒否……？

すでにラインを越えてしまった生徒たちの間にざわめきが走った。ラインの向こうの生徒たちは、目を凝らして慎太郎を見つめている。

拓馬はあのときの会話を思い起こしていた。

――これは、俺たちがもらった最後のチャンスなんだよ。

――俺たちだって負け組でいなきゃいけないってはずはない。勝ち組をめざさないといけないんだよ。

――拓馬、おまえも利口になれ。

そんな年寄りめいたことを言ったのは、慎太郎おまえじゃなかったのか？

袖を引かれて振り返った。血の気のひいた顔のなおが、ラインの向こうにいる本村明日香を指さしている。慎太郎とつきあっているはずの明日香。その目は驚愕に見開かれ、今にもその場に倒れ伏しそうに見えた。

すでにラインを越えた黒澤が呟いた。

「負け犬」

「なんだとォ！」

色めきたって摑みかかろうとする慎太郎を、背後から近寄った兵士が羽交い絞めにした。

その背中に向かって、福田和美が声をかける。

「悪いけど、あたし行くよ。あんたにつきあってるわけにはいかないから」

「勝手に行けよ！　どうして俺たちが戦わなきゃなんねえんだよ！」

「バカヤロウ、てめえ自分自身で言ったことを忘れたのかよ！　負け組のままじゃおしまいだ、そう言ったのはてめえじゃねえか！」

怒鳴った拓馬を見据えて、慎太郎は静かに言う。

「それはきちんとした競争の中での話だ。拓馬、俺にはどうしてもこれがまともなことだとは思えねえ。人を殺して自分が勝者になるなんて、そんなことがあっていいはずはないんだ。俺は絶対に認めねえぞ」

その言葉を背中で聞きながら、和美はフンと鼻を鳴らした。ラインを越え、カートの袋を受け取りにいく。

「バカヤロウ、難しいこと言ったたって、俺にはわからねえぞ、この石頭！　とにかく、来い！」

その叫びにも、慎太郎の固い表情は崩れなかった。

リキが、爬虫類のような表情を浮かべて慎太郎に話しかけた。

「いいのか慎太郎？　いくぞ」

慎太郎はぐっと目を閉じた。その額に脂汗が滲んでいる。

リキは、おもしろくなさそうに三つ数えた。

慎太郎は動かない。

「ふむ」リキは驚いたように眼を見開いた。

「よーし、わかった」

その言葉が終わりもしないうちに、リキの背後から歩み出た兵士が小銃をかまえ、慎太郎の右膝に一発撃ちこんだ。声にならぬ叫びを上げ、慎太郎は地べたに崩れ落ちる。

冷たい手で心臓を摑まれたようだった。

あいつら、本当に撃ちやがった。


「なにすんだ、てめぇ！」

駆け出していた。小銃を持った兵士に背後から体当たりをかました。床でのたうちまわる慎太郎に抱きつく。両腕でその体を抱き寄せようとしたが、慎太郎は肘《ひじ》をこわばらせ、乱暴にふりほどいて拓馬を押しのけた。慎太郎の体から流れ出た血の上に拓馬は転がった。

目の前で頑固者の瞳がこっちを睨んでいた。頑固者。こんなときまでバカヤロウが。頭上でまたたく蛍光灯が不意にぐるぐると回転しだしたように思えた。慎太郎の顔が幾重《いくえ》にもぶれて見える。一瞬にして、慎太郎が別人になってしまったようだった。

「なんでだよ？　こっち来いよ、早く！」

「俺は絶対に行かない」

息を荒げながら、慎太郎は仰向けになった。転がったラグビーボールを、もう一度胸に抱きしめる。それがまるで、自分自身の命であるかのように。砕けた膝蓋の辺りから、どす黒い血が滴っていた。

「やめて！　慎ちゃん、お願い。もうやめて！」

明日香の絶叫がむなしく響いた。一歩、また一歩とリキの長靴が近づいてくる。膝を折り、慎太郎の上に屈みこんできた。ゆっくりと囁く。

「よく考えろ、慎太郎。おまえらはもう十分いろんなことに負けてきた。これが最後のチャンスだぞ。家族をおいて逃げた父親も、アルコール依存症の母親も、親戚に預けられて散り散りばらばらになった兄弟たちも、すべてチャラにするチャンスだ。ゲームに参加して生き残りさえすれば、お前は本当に人生に勝てるんだぞ?」

だらりと両脚を伸ばし、仰向けになって呻きながらも、慎太郎はラグビーボールを抱きしめ、首を振った。リキが鼻を鳴らして立ち上がる。

視線が慎太郎の強ばった顔に吸い寄せられていた。固く目を瞑り、すべてを拒むような表情だ。


（バカヤロウ）

「参ります……三！」

喉が涸れた。言葉を口から押し出すこともできない。必死に胸の中で呼びかけた。

「……二！」

俺に気づけ。俺の叫びを聞いてくれ。

「……一！」

慎太郎の目がカッと見開き、その口から言葉がすべり出た。

「慎太郎！」

その顔が、拓馬の網膜に焼きついた。その眉、双眸、鼻、口元……。その眉間にぽかりと黒いしみができた。そのしみが眼と鼻を押しのけて顔が歪む。少し遅れて轟音が聞こえてきた。慎太郎の横に立った兵士が構えた小銃の銃口から、硝煙がたなびいている。

固く握りしめていた慎太郎の指がほどけ、ボールが落ちた。

頭部が床に落ち、二三度バウンドしてごろりと寝そべった。その横をラグビーボールが転がっていく。

拓馬は必死で前に乗り出した。たった今しがたまで、決然とした光を宿していた頑固者の瞳が、今はもう虚ろな洞《ほら》のように昏《くら》く澱《よど》んでいた。

嘘だろう。これは慎太郎じゃない。慎太郎じゃなくて、なにか他の物体だ。あの意固地な慎太郎が、こんなにだらしなく床に寝そべっているはずがない。あの慎太郎が。あの頑固者が。

「慎太郎ーっ!」

顔面を固いものが見舞った。目の前に火花が散る。銃把で殴られたのだ。だが、前に出ようとする体を抑えることはできなかった。

「どうして? どうしてよ、慎ちゃん!」

ラインの向こう側から亡骸に抱きつこうとした明日香が足蹴にされた。

バカヤロウ。明日香は、そいつの彼女だったんだぞ。てめえら――。

再び銃把で殴り飛ばされた。冷たい声が飛んでくる。

「勝手な行動をとるな!」

「拓馬! やめろ!」

「タク!」

両脇をがっしりと摑まれた。首筋に拳が押し当てられ、むりやりに引き起こされる。ふりほどけなかった。両脚に力をこめたが、無駄に地面を蹴りつけるだけだった。ラインの上から引き戻され、金網に押しつけられる。

その間、一度も視線を慎太郎から外すことはできなかった。どくどくと眉間から血を流し続ける亡骸を見つめているうちに、鼻腔の奥に血の匂いがこみ上げてきていた。両手の指がわなわなと震え、いまそこにはない慎太郎の胸倉を摑もうとあがいている。

「おい、おまえ何やってんだよ？　俺たちは仲間だろ？　自分だけ勝手なことして死んじまいやがって……ふざけんな、ふざけんじゃねえぞ、慎太郎ーっ！」

肩を掴む手をふりほどいた。

殺してやる！

てめえらみんな！

「拓馬、よせ！　おまえまで……」

秀悟が叫ぶ。

そのときどこかで、ピピピピピという電子音が鳴り始めた。

あきらかに異質な音に、テントの中がざわついた。音は、生徒たちの間から発している。

「なんだよ、この音は……」

辺りを見まわしていた矢沢愛が、動きを止めて叫んだ。

「和美ちゃん！」

「ゲッ、あたしぃ？」

音の発信源は、今ラインを越えたばかりの福田和美だった。和美の首輪についたＬＥＤが点滅し、鳴り続けている。

「和美ィ！」

リキがぱちんと額を叩いた。

「あー、ゴメン、先生忘れてた。今度のゲームはタッグマッチです」

「た、タッグマッチ？」

「まあ、正確に言うと、二人三脚とでも言った方がいいのかな？　みんなの首輪は同じ出席番号の人と連動していて、一人が死ぬともう一人も自動的に爆発しまーす」

前薗が呆然と、呟いた。

「な、なんのためにそんなことを……？」

「もっちろん、仲間としてチームワークを学んでもらうためです」

リキは再び直立不動の姿勢になり、がっと踵を合わせた。喉の奥から声が飛び出してくる。

「BRⅡ法こと新世紀テロ対策特別法、第三条、BRⅡの方針！　BRⅡのすべての対象者は明るく、楽しく、元気にテロリストを撲滅しなくてはならない！　明るく、楽しく、元気ということは、みんなが社会に出たときに、健やかに暮らしてほしいという理念からきていまーす。そしてもちろん、社会においては個人プレイだけではなく、周囲とのチームワークが必要になってきまーす。これはそのチームワークを強化するための、BRⅡの改革ポイントなのでーす。福田、お前慎太郎と同じ十五番だったな」

呆《ほう》けたように和美がうなずき、一斉に周囲の生徒たちが後退した。それを見た和美がおろおろと叫んだ。

「ちょっと、みんな！　なんだよ、それぇ！」

「首輪同士は、同調する電波で呼びあっているから、逃げても無駄だからなぁー。それに、互いに五十メートル以上離れても爆発するから、みんなくれぐれも気をつけるんだぞぉー」

金網の中の全員が、蒼白な表情でリキの言葉を聞いていた。顔をゆがめた和美が、よろよろと膝をついた。

「なんであたしだけ？　マジこんなのヤダ！　……ねえ、愛、助けてよぉ！」

てのひらと膝でにじり寄り、矢沢愛に抱きついた。愛は和美の親友だ。だが——。

「それとな、その首輪の自爆装置が作動してから爆発するまでの時間は、一秒から二百五十五秒までの間でランダムだから、気をつけるんだぞー」

それを聞いた瞬間に、愛が和美を突き飛ばした。和美は床で顔面を打ち、泣き顔で立ち上がった。

「ちょっと、愛ぃ……」

「和美……、ごめん！」

愛の側にいた、三船夕佳が後ろを向いて逃げ出した。その後ろ姿を呆然と見送っていた和美が、駆け出した。

「お願い、助けて……あたし、ヤダ、死にたくない……誰か助けて……助けてよォ！」

和美の顔面は、涙と鼻水で顔面をどろどろになっていた。金網のあちら側からこちら側まで、すがれる者には誰にでもすがろうと、両手を高く差し上げて走ってくる。

「来たぞー！」

「ば、バカ、こっち来るな！」

「向こう行け！」

和美の首輪の点滅は刻々と速くなっていく。その電子音をかき消さんばかりの和美の咆哮と、生徒たちの逃げまわる靴音が、テント中に響き渡る。拓馬はなおを庇《かば》いながら金網の隅に張りついていた。

いや、動けなかった。身体が麻痺していたのだ。目の前で起きていることがこの世のものとは思えなかった。

人間が、同じ人間にこんな仕打ちをできるなんて。拓馬は信じられないものを見てしまった。金網の向こうにいる兵士たちが、笑っている。必死の形相の和美と、逃げ惑う生徒たちを指さして大笑いしているのだ。さもおかしそうに、大口を開けて。

（楽しんでいやがるんだ！）

抱きつこうとした城直輝に思いきり平手打ちをくらい、和美は再び倒れ伏した。その隙に生徒たちはかたまって一隅に逃げる。

よろよろと和美が立ち上がった。血の気が引き、凍りついたような表情だ。涙と鼻水で汚れた顔面が、さらに鼻血で赤く染まる。

その喉の奥から、声がほとばしり出てきた。とても人間のものとは思えない、意味をなさない絶叫。突如和美は駆け出した。金網に向かって。さっき全員で通り抜けてきた、あの入り口だ。いやな響きの電子音の間隔が、短くなる。和美は駆け出した――開くはずのない、出口に向かって。

「お母ぢゃぁーん！」

突然、和美の頸部からまばゆい光が走った。一瞬首筋が、風船がはち切れるときのように膨らみ、光の奔流とともに引きちぎれた。轟音が響き、残された体がすっ飛んだ。金網に――、走ってなおたどりつけなかった金網に叩きつけられ、ささくれだった肉が網目にめりこんだ。

「ぶ、ぺ、ぺ、ぺえっ」

向こう側にいる兵士たちが、真っ赤な顔面シャワーを浴びて、身をよじらせている。

「ひぃーっ」

誰かが叫び、その声が堰を切ったかのように、全員が夢中で前へ飛んだ。

白いラインを飛び越える。

「残り四十名全員参加！」

ラインの向こうには、誰も残っていなかった。ただ一人、慎太郎の亡骸を除いては。

（見たかよ、慎太郎。俺たち、なんて無力なんだ。おまえが体を張って、意地を通したのに、なんにもならなかったぞ。馬鹿だ。馬鹿だよおまえは……）

がくりと膝をつき、日笠将太がうめいた。

「むちゃくちゃ……、むちゃくちゃですよこんなの。自分のミスだけじゃない、ペアの相手がミスしただけで、自分まで死なないといけないなんて。こんなの、不公平だ、不条理だ」

「世の中とは、そういう風に不公平で、不条理なものなんでーす。最初に言ったでしょう。人間の命はちっとも平等じゃないんだって。こうやって、自分はちーっとも悪くないのに、人間は死ぬこともあるんでーす。通り魔に刺されたり、地下街でガス爆発に巻きこまれたりしてね。このルールは人生のその厳しい面を教えてくれる、ありがたーい追加ルールなんですよー」

「それにしたって」

シュヴァルツ・カッツの一員、志村鉄也が反論した。海外旅行で実弾を撃ったことがあるというのが自慢の軍事オタクで、暇さえあれば銃のことばかり話している。さっきも自分だけは生き残ってやると、意気揚々ラインを越えていた。

「それにしたって、おかしいじゃないですか。今度のBRゲームの目的は、仲間同士殺し合うことじゃなくて、七原秋也というラスボスを倒すのがミッションですよね。なのに、意味もなく戦闘員が減るような、おかしなルールがあるなんて」

「だぁかぁらぁ」

リキはきかない子にでも言うように、かんで含める口調になった。

「だったらコンビを組んだ相手が死なないように庇《かば》いあえばいいだろう？　このゲームは別に最終ミッションを果たすことだけに意味があるんじゃないの。みーんなに教育的効果を与えることも重要な目的の一つなんだからなー。そこんとこ、忘れんなよ？　たがいに助けあって、未来を摑みとるんだ」

その言葉を聞きながら、拓馬はなにか熱いものが頰を濡らすのを感じていた。

涙だ。どうにもとまらない涙が、拓馬の両頰を濡らしていた。慎太郎の亡骸が、傍らに立つなおの顔が、霞んで見えなくなっていった。そしてその代わりに、胸の奥にずしりと重たい何かが芽生えつつあった。

慎太郎と和美の遺体が兵士たちに運ばれていった。あたりに漂う火薬の匂いも薄れていく。

拓馬たちは、手渡された袋の中から取り出したものを、身につけていた。ゴーグルつきのヘルメット、ポケットのたくさんついたアーマー・ベスト、そしてザック。それらを装着すると、中学生の集団のようにはまるで見えなかった。

リキは慎太郎が倒れていた辺りの床を眺め、言った。

「よーし、じゃあこれで参加意志確認はおしまいな。なにか質問はあるか？　はい、黒澤くん」

黒澤が爛々《らんらん》と目を光らせ、言った。

「要は、七原秋也を殺せばいいんですね？」

「そのとおり」

「わかりました」

食堂で黒澤が言った言葉を思い出した。

――俺の前で、七原秋也の名前を出すな……。

そのときの黒澤の背中が、まるで泣いてでもいるように震えていたことを憶えている。

新藤理沙がきっと黒澤を睨んだ。蓮田麻由と同じく、筧今日子らと仲のいいグループの少女だ。三年B組のクラス委員でもある。

「黒澤くん、あなた、なに言ってるか、わかってんの？　人を殺すんだよ？」

黒澤は、理沙を見ようともしない。

「七原は悪だ。あのテロで何人が死んだ？」

麻由が叫んだ。

「だからって、なんであたしたちが？」

シュヴァルツ・カッツの男たちが次々に声をはり上げる。

「うるせぇ！　やったら生きて帰れんだよ、なぁ」

「やってやるよ！　七原ぶっ殺して、俺たちは必ず勝ち残ってやるよ！」

怒号の響くなか、おずおずと新見麗奈が手を上げた。

「あのう、先生」

「はい、新見さん」

「シャワーはちゃんと毎日浴びられますか？」

視線が麗奈に集中した。麗奈はどぎまぎとした表情でうつむく。

「だって、あたしアトピーだから……」

出席番号二十二番の夕城香菜と二十三番の善山絵里が手を挙げ、許しの出ないままに話し出した。

「先生。出席番号順だと、あたしたち女同士なんだけど」

「こんなの不公平じゃないですか！」

このクラスは男子より女子の方が四名多いため、女子のペアが二つできてしまうのだ。

筧今日子も口をはさむ。ペアを組む葛西治虫を指さし、

「せめて相手選ばせてください！」

と冷たく言う。いじめられっ子然とした治虫が、愛想笑いを浮かべた。

「だあっっッ！」

リキが突然叫んだ。

「だあっ！　だあっ！　だあっ！」

床を蹴り飛ばし、手にしていたバインダーを投げつける。田口正勝がそれを顔で受けて、悲鳴を上げた。

リキが眼を剥《む》く。ぼんやりとした普段の顔とも、先ほどまでのおもしろがるような表情ともまったく違う、壊れたような表情だった。髪が乱れ、こめかみに血管が浮き出していた。

「黙りやがれ、この蛆虫《うじむし》ども！　おまえら、なんか勘違いしてねえか？　これは戦争なんだよ。戦争に不公平も正義もあるかァ！」

「ねえ！」

これまで一言もしゃべっていなかった人物から声が発せられた。出席番号五番の久瀬遙だ。クラスで唯一の帰国子女の遙は、普段から言葉を発すること

がなかった。その声を聞いたことがない生徒さえいたかもしれない。その久瀬遙の口から、意外な言葉がすべり出してきた。

「じゃあ、戦争って一体なあに?」

だがリキは、その言葉を無視して、遙の背後で手を挙げていたシオリを指さした。

「はい、キタノさん」

「武器はいつもらえるの?」

シオリは、ラインを越えてから一切言葉を発さずに、片隅で装具の点検をしていた。言われて初めてそのことに気づく。受け取った装備の中に、武器らしいものはまったく入っていなかった。

リキはシオリの目を見返し、言った。

「テントを出るときに、小銃を渡す。ただし、弾は島に上陸した後で投下する。いま渡して俺たちがやられちゃたまらないからな」

「新世紀テロ対策特別法、第五条第二項。担当教官並びに運営協力者への反抗、妨害、復讐などについては厳重に処罰される——そうね?」

スラスラと暗誦《あんしょう》したシオリに、リキはぱちぱちと手を打った。

「おーう、優秀優秀。キタノ、ちょーっと予習したかぁ? その調子で、どんどんがんばってくれなあ。くれぐれも死んじゃった二人みたいに、無駄な死に方をしないように」

胸の中に炎が点った。リキの姿が瞬時にぼやける。

(慎太郎と福田を、まるで用済みの生ゴミみたいに言いやがって)

思わず手にしたものを投げつけていた。ヘルメットだ。だがリキは、拓馬の方を見もしないでそれを受けとめた。

「キャーッチ」

リキは首だけ回してニヤリと笑ってみせた。次の瞬間、矢のような速さでヘルメットが投げ返される。

後から馬鹿にしたような声が追いかけてきた。「鹿之砦中学校一のトライゲッターにしては、へたーなスローインだったなあ。ちゃんと持っとけ！　おまえは裸で戦争すんのか？」

その言葉に再び怒りがかき立てられる。秀悟が肩を摑み、耳元に囁きかけてきた。

「拓馬、無駄に命を落とすな！」

なおの手に右腕が押さえられる。その押さえられた場所から静かな波長が伝わってきた。燃え盛っていた火勢が、すっと鎮まっていく。リキの顔を睨み据えながら、拓馬ははき捨てた。

「わかった。いまは無茶しねえ。……いまはな」

今、ここで死んだら、慎太郎に叱られる。理由はよくわからないが、慎太郎がどこかで見つめているような気がした。いつものように、拓馬を「バカヤロウ」と罵りながら、必死に何かを伝えようとしている。


その意味がわかるまで、死んじゃいけない。

（そうだろう、慎太郎……）

リキが再び直立不動の姿勢をとった。

兵士たちが叫ぶ。

「気をーつけぇぃ！」

打ち鳴らされる軍靴の音。くいっと顎を上げ、リキは怒鳴る。

「いいか？　敵は無差別に一般市民を虐殺した悪のテロリストだ。一切の情け容赦は無用。殺して、殺して、殺しまくれ！　すべての大人を代表して、みんなの幸運と健闘を祈る。絶対負けんなよ、以上！」

「先生に対して礼！　ありがとうございましたー！」

「ありがとう、ございましたー」

頼りなげな声が、テントの中に流れた。

十二月二十四日　〇五三〇時

【新たな死亡者】
男子十五番　槇村慎太郎
女子十五番　福田和美

残り四十名

6

テントを出たところで、脇から鋼鉄の塊を手渡された。生まれて初めて持つ銃の重みにとまどいながら、銃把にかけられたストラップを右肩に通し、右腕でグリップを握りしめる。そしてもう一方の手で銃の前部を支える。

（重い）

その重みで、体が前によろける。背中を押され、前進をうながされた。葛西治虫が銃を持ったまま派手に前につんのめり、横にいた兵士に尻を蹴飛ばされた。ゆっくりと手に持っている銃を見る暇もない。

〇三式ＢＲ小銃。

そういう名称の銃だと聞かされた。

この鋼鉄の塊が、人の命を奪うのか。

もう一度振り返ろうとした拓馬の目に、まばゆい光が突き刺さった。

サーチライトが、拓馬たちを照らし出していた。

「そこ！　立ち止まるな」

叱声が飛び、周囲の兵士に銃を向けられ、やむを得ず走りだした。ぎらぎらとした光が、背後から追いかけてくる。足元を照らしてくれているというよりは、光の輪で追いまわされているといった方がいい。さっきまでバスの周辺で聞こえていた人々のざわめきも、拓馬たちの後から追いかけてきている。

駆けながら、周囲を見回した。どの顔からも表情が奪われ、まるで仮面のようだった。奇妙なゴーグルをつけたヘルメットを頭に載せ、兵士そのものだ。

これは本当に三年B組の仲間なのだろうか。

右横を走る黒澤凌を見る。昏い眼をして、一心に走る横顔。その後ろに、鷺沢希がやってきていた。いつもぼんやりとした顔をしていて、女子の中では目立たない部類に入る。「その他大勢」の一人だ。希の定位置は教室の隅。しかし、彼女にも意見があり、彼女なりの考えをもってその日その日を生きてきたはずなのだ。

左側を向いた。いったい今、何を考えているのだろう。なおの向こう側に、思いつめたような久瀬遙が走っている。拓馬は、遙とも口を利いたことがなかった。

遙の考えが無性に知りたかった。なぜ遙はあんなことをリキに訊いたのだろうか。

——じゃあ、戦争って一体なあに?

(そうだよ。なんなんだよ。なんで俺たちが戦争に行かないといけないんだよ)

先を行くシオリの背中が目に入った。

シオリは、どうしてあのときまっさきにラインを越えたのだろうか。周囲の生徒と違い、シオリに動揺した様子が見えなかったのはなぜなのか。

同じラグビー部のチームメイトなのに、拓馬はほとんどシオリのことを知らなかった。よく考えたら、世間話すらしたことがない。

キタノシオリ。

苗字の漢字を明かさず、名簿にもカタカナ表記で載るというのは異例ではあったが、鹿之砦中学校では前例のないことではなかった。親の借金のために逃亡生活を送っている生徒、興信所の調査で出身地を調べられることを恐れている生徒、そんな事情がごろごろ転がっているからだ。

しかしシオリには、そういう生徒とは別の秘密を感じた。

「おい、キタノ」

呼びかけてみたが、耳に入らなかったかのように
シオリは前を見て駆けていく。

潮の香りが濃くなり、すえた匂いが強くなった。

鼻腔を刺す、海草の匂いだ。さっきまで遠くにあった潮騒に加え、波が岸辺に当たる音が聞こえてくる。サーチライトの光が、コンクリート造りの護岸壁を照らし出した。そこに六艇の小舟が見えた。笑ってしまうほどに小さいボートだ。

まさか、あれが俺たちの舟なのか。

岸辺に立っていた一群の兵士たちが、さっと二つに分かれ、拓馬たちを迎え入れた。

徳川三尉と増田三尉と名乗った二人が、その中央に立って、やってくる生徒たちを見据えていた。

「これよりボートに乗りこみ、最前線へ向かう!」

「各員、出席番号順に分かれてボートに乗りこめ！出席番号一から三番まで！　一班Aボート！　同じく七番まで！　一班Bボート！　同じく十番まで！　二班Cボート！　同じく十四番まで！　二班Dボート！　同じく十八番まで！　三班Eボート！　それ以降は三班Fボート！　装備点検の上、乗船!」

なにを言い返す暇もなかった。背後から押し寄せてきた兵士たちが、小銃をかまえて背中を突いてきた。

「行くよ、行きゃあいいんだろ!」

なかば落ちるようにして、ボートの中に転がりこんだ。先に乗りこんでいた秀悟が、不安げな表情を浮かべて拓馬の顔を見る。言いたいことは、その顔に書いてあった。

——こんな小舟なのかよ!

まるで難破船から逃げ出した救命艇だった。一人生徒が乗るごとに、船縁が危なっかしく揺れる、本当の小舟だ。足元から波の動きが伝わってくる。胸の中に漂っていた不安が、舟に揺られるうちに恐怖

に変わってきた。

こんな舟でテロリストの待ち構える島までたどり着けるわけがない。

死ぬ。

俺たちはきっと死ぬ。

無謀な突撃をして、殺されるんだ。

そう思った瞬間に、足の先から冷たい震えがはい上がってきた。

「モーターボートなんか運転したことねえよ！」

誰かが叫んだ。Cボートに乗っている城だろう。

徳川三尉が冷徹な声で怒鳴り返した。

「安心しろ！　一定の地点までは自動操縦で進む。実際に操舵の必要があるのは、湾の中に入ってからだ！」

なんだよそれは、と怒号が渦巻く。その頭上に、威嚇射撃の発砲音が響いた。怒りの声が悲鳴に代わり、ボートの上に突っ伏した動きのために、周囲の海面が波打った。

呆然と腰を下ろした。五つの顔が覗きこんでくる。なお、秀悟、美希、今日子、治虫。

その顔に浮かんでいる不安の表情は、きっと拓馬自身のものなのだろう。いや、治虫の顔はさらにひどかった。ギャグマンガのいじめられっ子を思わせる顔から、血の気がひいている。

「お前、大丈夫か？」

秀悟が聞くと、引きつったような表情をうかべて治虫は頷いた。

「ぼ、僕、船酔いするんだ」

今日子があからさまに舌打ちをした。

「やれやれだわ」

その言葉に治虫が卑屈な笑いを浮かべた。

「イヤだ！　あたしイヤだ！　なお！」

突然、どこかで叫び声がした。なおが立ち上がろうとし、今日子に制された。

「明日香！」

陸の上で、兵士にこづかれている生徒がいた。顔は見えないが、その華奢な体は見間違えようもない、本村明日香だ。

「明日香、逆らっちゃだめ。ボートに乗って！」

なおの声も耳に入らないのか、身をよじらせて明日香はもがいている。

「なお、なお、あたし一緒に」

明日香が鹿之砦中学校に転校してきた理由は、不登校のためだが、彼女がそうなった直接の原因は、父親の自殺を目撃してしまったためだと、以前なおから聞いたことがあった。ラグビー部のマネージャーとして働いているときの明日香は明るく、そんなことを微塵も感じさせなかったが、それも慎太郎となおという二人の存在が大きかったのだろう。その慎太郎が目の前で殺され、なおとも引き離された明日香は、どんなに心細い気持ちでいるだろうか。


また慎太郎の顔を思い出してしまった。

胸が一瞬で苦しくなる。

「手こずらせるんじゃない！」

拳が肉を打つ音がした。突然、波が押し寄せ、ボートが揺れた。殴られた明日香が、自分のボートの上に落ちたのだろうか。

「明日香、明日香……明日香！」

嚙みしめるように明日香の名を呼び続けるなおの右手を、秀悟が握りしめた。

「大丈夫だ。あのボートには渉がいるよ。大丈夫。渉がきっと明日香を守ってくれる」

拓馬はEボートに乗るほかの五名の顔を思い浮かべた。

ラグビー部のムードメーカーの向井渉。彼にも両親の離婚という触れられたくない事情があるはずなのに、周囲の人間を笑わせ、明るくさせることに異常なほどに気を遣う。

そうだ、渉はいいやつだ――。

だが、ほかの二人の男子については、渉ほどよくは知らなかった。学年でも一、二を争うほどの駿足の皆本清。だが一、二を争う劣等生でもある。

「九九も言えないのか、お前は」

と数学の教師にはよく怒鳴られていたが、そのたびに清はニヤリと笑い、級友の方を照れくさげに見た。

　九九が言えないというのは大袈裟にしても、清は本当に勉強全般が苦手だった。拓馬は、一度そのノートの中を見たことがあるが、そこには文字とも絵とも判別できないものが殴り書きされているだけだった。ノートの表紙に書かれた名前の文字は整然としていたので、その落差にぎょっとしたのだが、驚いた顔の拓馬を見て、清は、

「母ちゃん」

と照れくさげに笑った。あれからもう半年以上がたつが、母に名前を書いてもらったというノートが更新された形跡はない。

　宮台陽介。陽介もどちらかといえば、勉強は苦手な部類に入る。所属していた野球部の内規で頭を坊主に丸めさせられていたが、引退してから急にその髪が伸び出した。高校生デビューを狙っているのかもしれないが、いまの段階ではウニのような髪型は異様なだけだった。陽介も鹿之砦中学校に入った理由がよくわからない生徒の一人だ。

　三船夕佳。死んだ福田和美と同じ不良グループのメンバーだ。鹿之砦中では和美ほどに目立った存在ではなかったが、前の学校での評判は聞いたことがある。仲間とつるみ、援助交際のオヤジ狩りで荒稼ぎをしていたという。中学生とのセックスは、同意の上でも犯罪になる。そのことを盾にとり、出会い系サイトで引っかけたオヤジから金を脅し取っていたのだそうだ。あまりにも荒稼ぎがすぎ、地元のヤ

クザに知られることになって、夕佳を含む何人かのメンバーが拉致られた。さんざんな目に遭った後、警察に助け出された。だが、そのことでオヤジ狩りが明るみに出てしまい、鹿之砦に送られることになったのだ。

その夕佳と仲が悪いのが、松木志穂だ。だが志穂は、誰とも仲良くしていないようでもある。おそらく、志穂はこの中学校にいること自体を憎んでいるのだろう。たぶん、早くここを出て行きたいと思っているのだ。彼女はすべてが大人びていた。使っているノート一つとっても、同級生のようにファンシーなものではなく、大学ノートのように実用本位のものだった。はしゃぎ声を上げるクラスメイトを尻目に、開いた文庫本に顔をくっつけるようにして読んでいた姿が目に浮かぶ。

渉と明日香、皆木、宮台、松木、三船。

一緒に闘う仲間にしては、この六人の顔ぶれはあまりにもばらばらなように思えた。

下半身にびりびりとした震動が伝わってきた。周囲の海面に波紋が広がる。ガソリンの匂いが漂い、発動機が唸りを上げ始めた。兵士が駆け寄ってきて、ボートをもやっていたロープを外し、船内に投げこんだ。船縁《ふなべり》に当たって、海水が跳ねる。

「出撃！　武運を祈る！」

増田三尉の号令とともに、背後で一斉に踵を打ち鳴らす音がした。

（なにが武運だ！）

発動機が、一度、大きく咳き込んだかと思うと、船体全体が大きく揺れ始めた。船底がふわっと浮き上がる。黒々とした海面を切り裂いて、ボートはゆっくりと前に進み始めた。

突如、胸の奥がきりきりと痛くなった。まるで体のどこかが、切り離されたようだ。

もう帰れない。

生きてここに戻ってくることはないかもしれない。

思わず船の艫《とも》に手をかけ、身を乗り出した。岸辺の兵士たちが一斉に小銃を構え、こちらに向けて狙いをつけた。

——行け！

銃口が威嚇していた。

はらわたを振るわせるような、重低音が拓馬の顔面に叩きつけられた。薄暗闇の中に、金管楽器ものらしい鈍い光が見えていた。いつの間にか、ブラスバンドが出てきたらしい。その音に乗せて、野太い歌声が六艇のボートを追いかけてきた。

「国歌だわ」

蒼然とした顔色の今日子が呟いた。

「こんなときでも、出陣のときにはちゃんと国歌斉唱かよぉ」

治虫が情けない声を上げる。

秀悟がその単調なメロディに合わせ、でたらめにがなりたてた。

「クソッタレ、クソッタレ、クソッタレがァ」

陸地がどんどん遠くなっていく。拓馬は無理矢理視線を引き剥がし、ボートの前方へ振り返った。

前には何も見えず、ただ闇が広がるだけだった。

左右に激しく揺れるボートの舳先《へさき》は、絶えず波をかぶり、拓馬たちの迷彩服を濡らしてくる。十二月の海の水に手が触れるたび、指先が痛いほどかじかんだ。ボートは、滝壺に飲みこまれた木の葉のように、頼りなかった。本当に前に進んでいるのだろうか。拓馬には、このボートが底なしの奈落へと堕ちていくように思えた。

しつこくがなりたてられていた国歌が、ようやく聞こえなくなった。その代わりに、なにか規則正しく風を叩き続ける音が近づいてくる。すぐに耳を聾《ろう》せんばかりの爆音に変わった。

「ヘリだ!」

秀悟が叫んだ。その声で、Aボートの六人が一斉に空を振り仰ぐ。東方の空がうっすらと青みがかって明け始めており、その空を切り裂いて一台の軍用ヘリが近づいてきていた。低空飛行の風圧で、ボートがふらふらと揺れる。

青い顔をした治虫が呟いた。

「掩護《えんご》のヘリなのかな」

「バカね! そんなわけがないじゃない。監視してるのよ。あたしたちが海に飛びこんで逃げ出そうとしないかどうか」

今日子が、語気荒く言い捨てた。

「もっとも、この首輪がある限り、逃げようたって逃げられないけど。このボートだって、ラジコンみたいなもので完全に遠隔操作されているし。見たけど、方向転換は不可能みたいだわ」

——ほほう! もうそこまでチェックしたのか! 筧、さっすがー!

ヘルメットの中に聞き覚えのある声が響いた。リキだ。思わず頭上のヘリを睨みつけた。黒々としてまがまがしいヘリコプターの機体が、拓馬たちを見下ろしていた。その輪郭が少しずつはっきりしてきたのは、夜が明け始めたのだろう。機首から突き出した機関銃らしき砲身も今は見分けることができた。それは他でもならぬ、拓馬たちに向けられていた。

リキの声がくっくっと笑った。

——あ、俺はそのヘリの中にはいないぞぉ。残念でした。みんなのヘルメットについているインカムは暗号化された電波で結ばれていて、本土にいる先生とも交信が可能だぞぉ。戦闘中はなかなかつながりにくくなるとは思うが、大事なことはインカムの放送を使って連絡するから、聞き漏らさないようにな。戦死者のリストとか、禁止エリアの発表は、六時間おきにこのインカムを通じて放送するぞ。もしなにか問題があったら、この通信を使って先生に質問してもらってもいいからなぁー。

——誰がするかよ！

——いまの声は誰だぁ？　前薗か？　いやいや、結構結構。そのくらい元気でがんばってくれ。

——先生、一つ質問があるんですが、七原のテログループはいったい何人くらいの規模なんですか？

戦争オタクの志村の声だ。

——それと、アジトまでの島の地図はナビに表示されるのがわかりましたが、途中にトラップが仕掛けられている可能性は当然あるでしょう。その辺の情報はもらえないんですか？

——七原を含め、テロリストはいっぱいいまぁす。ですから七原と一緒になるべく沢山殺してください！　罠は当然仕掛けられていると思います。みんな知力を尽くして避けるように！　以上！

——そんな、適当な。テロリストが立て籠もっているアジトを襲撃する場合、相手の人数の何倍かのチームを準備するのが普通ですよ……。それじゃあまりにも無為無策です！

——あまったれんじゃなあい！

突然リキが大声を張り上げ、インカムが震えた。

——一人前の大人みたいな口を叩くんじゃなぁい。みんなはまだ中学生なんです。聞きかじりの知識なんてなぁんにもなりません。体当たりで向かっていく勇気を持ちなさい！

「体当たりして玉砕かよ」

秀悟がポツリとつぶやいた。

「都合悪い質問は、怒鳴ってごまかしやがって」

——対人兵器としては、自動小銃である〇三式BR小銃のほかに、小銃に取りつけられるグレネードランチャーを準備しています。それを使えば、効果的にテロリストを無力化できるはずです！

——それ以上に効果的な武器を敵が用意していたらどうするんですか！

野坂真帆の声だ。

——ちなみに、戦場で不幸にも負傷してしまった場合の処置ですが……。

——話をそらすな！

「もうヤダ、あたしこんなの下りる！」

インカム越しではない肉声が伝わってきた。ボートの外からだった。薄闇越しに、ほかの五艇の船影が見えてきていた。明るくなってきたのだ。

一艘のボートの上で、誰かが暴れていた。ほかの生徒たちが、その体を押さえつけようとしている。

「ちょっと、何やってんの！」

「バカ野郎、やめろ！」

「響ちゃん……」

なおが呟いた。Fボートに乗る出席番号十九番の矢野響は、極度のパニック障害に悩まされている生徒だった。特に暴力場面に弱く、テレビで人が殴られている場面を見たり、ひどいときには机から物が落ちた音を聞いたりするだけでも、パニックに陥り、倒れてしまうことがあった。

その響が暴れている。取り押さえているのは、八木綾音、そしてレディースグループの矢沢愛だ。響の手足の動きにつれて、ボートは右に左に危なっかしく動いている。

そのとき、新たな声がインカムから響いてきた。あの増田三尉という兵士の声だ。

——全員に告ぐ！　これより作戦開始時間を確認する！　時計合わせろ、現在〇六〇〇時！

支給された腕時計に目を落とした。大ぶりの文字盤が、確かに「０６００」の数字を表示していた。

——各自ナビを出し、地図をチェックしろ！

ライフ・ベストの胸には、掌に乗るくらいのＰＤ

Aが入っていた。それを取り出し、電源を入れる。即座に液晶画面が点灯し、カラー画面に地図が映し出された。これから上陸する、戦艦島の地図だ。

地図で見る戦艦島は、北東から南西にかけて細長く、全長三キロもない小さな島だ。島の中ほどに二つの小高い丘があり、その上に無人の廃墟が立ち並んでいた。その姿が艦橋や砲塔を思わせるのが、戦艦島の名前の由来のはずだった。島の北東端にはかつての集落跡があり、南西端には灯台がある。灯台から五百メートル東にいった海岸に入り江があり、そこがこの島唯一の港だった。島の周囲はほとんどが切り立った岸壁だから、入り江以外から上陸することはまず不可能といっていい。

指示に応じてカーソルキーを動かすと、画面の一部が拡大された。入り江周辺の地図が大きく映し出される。入り江の上には炭鉱跡があり、そこからさらに北へ向かった丘の上に目立つ印があり、北、南、東の三方向にフラッグが立てられていた。

——敵が立て籠もるのは丘の上のアジト。突入地点は三ポイント！　アジトの正面になる東側が突入ポイントA！　北側がポイントB！　南側がポイントCだ！　当然その周辺にはなんらかのトラップがあることが予想される！　各人十分に気をつけるように！

「言うだけならタダや思うて、好き勝手に言ってくれるわ！」

向こうのBボートから毒づく声は、柴木雅実だ。

——地図上では島はいくつかのエリアに分かれていて、禁止エリアは一時間おきに更新される！　時間になってもエリアに残る者は首輪が爆発するので、すぐ外へ出るように！

つまり、退路を断って前に進むしかないように仕向けられるということだ。当然戦場周辺のエリアはすぐに禁止エリアに指定されるだろうし、自分だけが隠れて戦闘をやり過ごすこともできないだろう。

——間もなくボートは自動操縦から手動へと切り替わる。直ちに上陸の準備に入れ……。

不意に音声が途切れた。

木片でガラスをこするような耳障りな音がした。それに続いてまったく別の声が飛びこんできた。声音を抑えて話しているらしい、男の声だ。リキや増田三尉のものとは違う、澄んだ声だった。

——聞こえるか?

「誰? なにこの声?」

今日子が不審げに呟く。

(あいつだ!)

拓馬は直感した。

——俺は七原秋也だ。……警告する。これ以上島に近づけば直ちに攻撃する。繰り返す……。

思わず顔を上げた。前に座る秀悟と目が合った。きょとんとした表情で拓馬を見返していた。


まだ見ぬ敵が、話しかけている。いまから、自分たちが殺そうとしている敵が……。

——これ以上島に近づけば直ちに攻撃する……繰り返す……。

拓馬の脳裏にいつか見た映像が甦ってきた。長髪にバンダナを巻いた、青年の顔が。こんな若い男が本当にテロリストなのか、といぶかしんだことを思い出した。いま、インカム越しに届いてくる声も、驚くほどに透き通った、物静かな声だった。

(本当にこいつが、凶悪な殺人者なのか?)

——うぉっほん!

七原の声をかき消す大声が割りこんできた。

——タケウチリキでぃす! おら、おまえら、ぼんやりしてんじゃねえ! 聞いたか、今の? いいか、奴らは本気だぞ。望むところじゃねえか! おまえたちにはもう何も失うものはない。燃え尽きるまで戦い続けろ! さあ、みなさん、ゲームの始まりです！

不意にボートの速度が落ちた。鋭く水面を切り裂いていた舳先が危うく揺れ、ボートが左右にガタガタと動揺し始める。

「手動操縦に切り替わったんだ！　誰か舵とれ！」

拓馬が叫ぶと、治虫がへっぴり腰で操縦桿にとりついた。よろよろと何度か大きく揺れた後、ボートは再び元の航跡の上に乗る。

頭上の爆音が突如大きくなった。ヘリコプターがいきなり高度を落としてきたのだ。ローターが巻き起こす風が、激しく海面を泡立てる。

「ちきしょう！　威嚇していやがる。治虫、とにかく前に進め！」

「わ、わかったぁ！」

いつの間にかくっきりと明るくなっていた朝日が、六艇のボートの進路を映し出していた。

前方には静かに水を湛《たた》えた入江が広がっており、拓馬たちのボートはその中へ向けて吸いこまれていくようだ。入り江の向こうには砂浜の海岸が広がっているが、丘陵の岩肌が海岸線近くまでせり出しており、砂浜の面積は猫の額ほどに狭い。その砂浜には、巨大なマキビシのような形をしたものが転がっている。奇妙にまがまがしい切っ先を持つその物体は、この島の先住者に歓迎の意志がないことを誇示していた。

「見て、あれ！」

今日子が丘陵の上を指さした。蔦のからまった岩肌の上には、明らかに人造物とわかる四角い建造物が立ち並び、威圧的に見下ろしていた。その建物のあちこちに無数の旗がはためいている。

「なんだよ、ここ……」

操縦桿を握る治虫が、呆けたように呟いた。

そのとき、建造物の窓の一つで微かな光が閃いた。

拓馬の背筋を冷たいものが貫く。

Eボートの船上で、誰かの頭が砕け飛ぶのが見えた。

7

宮台陽介が鹿之砦中学校に入った直接の原因は、小学校のころから続けていた野球にあったといってもいい。

リトルリーグ時代から、投手として地区では知られた選手だった宮台は、中学校でも入学した直後から頭角を現し、二年生になるとすぐに公式試合にも抜擢された。同世代の投手の間では群を抜いた存在となり、やがてエースとして重用されるようになったが、そのことが彼の選手生命を縮める元にもなった。変化球の連投のしすぎで、利き腕の肩を壊してしまったのだ。

誰も投げられなくなった投手に用はなく、陽介は野球部の花形選手の座から陥落した。それまで彼をちやほやしていたコーチも、掌を返したように彼を無視するようになったのである。当然その鬱屈は生活態度にも表れたが、担任教師は、

——中学生の本分は勉強なんだから、部活が一段落したら、今度は勉強の方に身を入れないとな。

と、毒にも薬にもならないアドバイスをするだけだった。

そんな彼を野球部につなぎとめていたのは、女子マネージャーの存在だった。エースピッチャーとして活躍していたころ、その女子マネージャーは明らかに陽介に好意を示していた。その視線が忘れられず、またチームのエースの座を退いても、彼女は自分に好意を示していてくれるはず、という根拠のあ

まりないうぬぼれが、陽介を実りのない部活動に縛りつけていたのだ。

ある日、陽介は用具の片付けに手間どり、いつもは使わない裏門からこっそり学校を出た。その門は閉鎖されていたため、生徒の出入りは禁止されていたのだ。

人目を気にしながら門を乗り越え、地上に降りると、その先に見覚えのある車が停まっていた。——コーチの車だった。中学校のOBで、いまは近くの体育大学に通っているはずのコーチは、週に三回その車で通ってきていたのだった。

車が奇妙に震動していることを不審に思った陽介は、なんの気なしにその窓の中を覗いた。そして彼が見たのは、車のシートを倒してコーチと熱い抱擁をかわしているマネージャーの姿だった。

気がつくと、手にした金属バットで車をめった打ちにしていた。物音を聞きつけた住民が通報し、警官が駆けつけるまで時間はかからなかった。

不祥事として事件はもみ消され、コーチは解任、陽介は転校という処分がとられた。転校先の鹿之砦中学校でも陽介はなかば強制的に野球部に入部させられたが、もはや部活をまともにやる意志などはなかった。それよりも一刻もはやくこの野球部独特のイガ栗頭をやめ、髪を伸ばして女の子と遊びたかった。たいした成績も残せずに野球部がその年の公式試合を終えた途端、陽介は髪を伸ばし始めた。

ホローポイントの七・六二ミリ弾は、陽介のその頭の生え際辺りから頭蓋骨を突き破って突入し、柔らかな大脳組織をずぶずぶと貫きながら脳幹を破壊し、銃弾の先を石榴《ざくろ》のように変形させながら頭蓋骨の内壁を飛びまわった。即死だった。

宮台陽介が倒れ伏すと同時に、六艇のボートの周辺には雨霰《あめあられ》のように弾が飛来した。海面が波打ち、放射状に細い水柱が上がる。その合間にひゅるひゅると音を立てて迫撃弾が落下し、水中で炸裂して海面を膨らませた。その衝撃が不規則な波を引き起こし、ボートが木の葉のように揺れる。

低空飛行をしていたヘリコプターが、急上昇し始めた。

「ちきしょう！」

「撃ってきた途端に逃げ出しやがった！」

生徒たちの怒号は、うわんうわんと反響を続ける着弾音にかき消されてどこにも届かない。その怒りに燃えた視線を無視するかのように、ヘリコプターはいっきに高度を上げ、戦闘地帯から離脱していった。

宮台陽介の死体が転がるEボートの中は修羅場と化していた。操縦席にいた宮台の死体の手から操縦桿をもぎ取り、向井渉が舵を取ろうとする。その周囲でちゅんちゅんと音をさせて銃弾が船体を叩き、合成樹脂製の船体を削り取っていた。破片が飛び、ぶすぶすと船室内のゴム部品に突き刺さる。

「イヤァ！　なにこれぇ！」

「伏せろ！」

三船夕佳の声に、渉は反射的に叫んでいた。

——伏せろ！　逃げろ！

そうだった。渉の父親は、家族によく暴力を振るった。そのたびに、まず母親が殴られ、次いでママを殴ったと言って抗議の泣き声を上げた渉の幼い弟が犠牲になるのだった。まだ力の弱かった渉には父親と戦う術もなく、ただ弟たちを抱え込み、父親に見えないようにベッドの下などに隠れては、その怒りが鎮まり、暴力の嵐が過ぎ去るのを待っていた。

だが、この嵐が過ぎ去ることはない。渉たちがみな息絶えるまでは。

操縦席から払いのけた宮台の死体を、渉の背後でみなが奪いあっている。飛来する銃弾の盾にしようと死体の下にもぐりこんでいるのだ。

「どけよ、このバカ！」

「あんたこそ、男のくせに！」

「くらぁっ！」

耳障りな電子音が鳴り始め、残された五人がその場に凍りついた。宮台陽介が絶命したため、パートナーの首輪が作動したのだ。

「だ、誰だ！」

「三船だ！」

降り注ぐ銃弾の雨に頭を抱えてうずくまりながら、皆本が叫んだ。

「あんた、降りなさいよ！　爆発しちゃうじゃないの！」

「バカ言ってんじゃねえ、この……」

必死の形相で松木志穂が三船夕佳に組みついた。

こいつをボートから落とさないと爆弾が爆発しちゃう。みんなが爆発に巻きこまれちゃう。

「やめて、志穂。やめてーッ！」

「落ち着け、落ち着くんだ！」

右に左に揺れるボートの舵取りのために、渉は振り返ることさえままならない。ラグビー部員たちを和ませるムードメーカーの声は、今では醜く引きつれていた。その声も怒号と爆音にかき消される。

もともと志穂はこの三船夕佳が嫌いだった。夕佳だけではなく三年B組が、そして鹿之砦中学校全体が嫌いだったが、この三船夕佳と夕佳が属するグループがとりわけ嫌いだった。

そもそも志穂が鹿之砦中学校に転校することになったのは、志穂のクラスでひどいいじめ事件があったからだった。下着姿で冷水をかけられたり、腐敗した生ゴミを鞄の中に詰めこまれたりするなどのいじめを受けたその女生徒は、恨みがましい遺書を残して自殺した。

その遺書でいじめの当事者とともに告発されたのが、いじめに直接かかわらなったが見て見ぬふりをしていた松木志穂たち一部の女生徒だった。その名前が外部に漏れ、体面を気にする学校からの勧告によって志穂は転校を余儀なくされた。

――なんであたしが。

その言葉を志穂は何度となく口にした。巻き添えにされたとしか思えなかった。

志穂にとって我慢ならなかったのは、三船夕佳のようなわかりやすい不良だった。学校生活になじめないという不満を、グレるというわかりやすい形で表現する、どうしようもなく単純な連中。いじめの対象となって自殺してしまうような弱さも嫌いだったが、そういった弱い人間をいじめて憂さばらしをしている連中のわかりやすい愚かさも嫌いだった。そんな連中に囲まれて学校生活を送っているということが、嫌で嫌でたまらなかった。嫌いだったのだ――普段から。

「おまえなんかの巻き添えにされてたまるか。離せ！」

あがく夕佳の胸を蹴り、顔面に〇三式BR小銃の銃架を叩きつける。鼻柱が折れ、真っ赤な血が飛び散った。

三船夕佳は、最初から「わかりやすい」不良だったわけではなかった。携帯電話の出会い系サイトで小遣い稼ぎができることを発見した友達に誘われ、素人売春に手を出した。最初は本当に小遣い稼ぎのつもりだったし、実際体を売っているというわけではなかった。オヤジの中には、食事や、カラオケに行くだけで金を出すという愚かな連中もいたからだ。ジャンクフード好きな夕佳はオヤジがおごってくれる高級料理を食べても別においしいとは思わなかったし、オヤジたちが、夕佳の年に合わせたつもりで、微妙に流行遅れになった若向きの歌をカラオケで唄うのを聴いても、ただウザいと感じるだけだった。だが、それだけで金がもらえた。

そのうちに、ただ金をもらうだけではなく、それをネタにオヤジを狩ることを思いついたが、それが間違いの始まりだった。派手な稼ぎをしていることをヤクザに知られ、さらわれてしまったからだ。さんざん殴打されながら、夕佳は輪姦された。

(あのときも、誰も助けてくれなかったんだ)

志穂の振るう小銃が、船縁にしがみつこうとする指の骨を砕いた。

(どうせ、誰も助けてくれないんだよ)

志穂の鬼気迫る顔が見えた。その背後から、悪意のかたまりのような弾丸が飛来してくる。

(もういいよ……)

夕佳はゆっくりと体の力を抜いた。海面が迫り、体を優しく迎え入れてくれる。

(やった!)

ボートから落ちていく三船夕佳を見ながら志穂は歓喜した。だが、次の瞬間、背中にすべてを砕かんばかりの衝撃が響き、志穂はたったいま夕佳を追い落としたばかりの船縁に放り出された。宮台陽介を即死させたのと同じ弾が志穂の右腰下部から侵入してその脊髄を損傷させ、その勢いで彼女の体を船外に飛び出させたのだった。

「あがぁ!」

「松木!」

その腕をかろうじて皆本清が受けとめた。

「は、早く、引き上げて」

「う、うん」

だがしかし、敵の掃射は容赦なかった。皮肉なことに、皆本清の屈強な腕力で落下をまぬがれた志穂の体が抵抗物となり、ボートはあっという間に減速していた。それが恰好の的となり、弾幕が降りそそぐ。

清の広い背中に突然ぼこぼこと穴が空いた。うちの一発は分厚い広背筋の中に留まったが、残りの銃弾はいずれも腹腔内の重要な臓器を引き裂いて体の前部から貫通し、ボートの床に当たって火花を立てた。

志穂の腕を掴む手が硬直し、清の口から大量の血液が噴き出した。それを顔面にくらい、志穂の視界が奪われた。

「バカ！　なにしやがんだァッ！」

「もういや、もうイヤッ！」

本村明日香は、最初からボートの床にへたりこんでいた。血の色から目を離すことができない。あの日、父親の口から漏れ出していたのと同じどす黒い血の色。父は農薬をあおり、殺虫剤をかけられたゴキブリのように狂おしく暴れながら死んでいった。その断末魔の姿を、偶然明日香は目撃してしまったのだった。それ以来、荒れ狂う人の姿と血の色は、明日香の理性を狂わせるものとなった。

（血だ。血だ。血だァァ！）

明日香の周囲で弾着がけたたましい音を立てる。すでにそれを避けるという考えが浮かばないほどに、明日香の精神は均衡を崩しつつあった。

「落ち着け！　落ち着くんだよ！」

向井渉は叫び続けていた。だが、その叫びも周囲の轟音の中ではかき消されていくだけだ。渉自身も、飛び散るボートの破片で体中をえぐられ、いまや血だるまの有り様だった。だが、操縦桿だけは離すことができない。

足元で何かが轟いた。ボートの底がせり上がり、木の葉のように空中に投げ出される。

船上の人間にはわからなかったが、海中に没した夕佳の首輪が爆発したのだった。その勢いが衝撃波となってボートに襲いかかり、船縁にしがみつく志穂の頭部を、船側に叩きつけた。

(ちきしょう。ちきしょう。ちきしょう。こんなところで、こんな奴らと一緒に死ぬだなんて!)

呪詛の言葉を吐き出す間もなく、志穂の意識は途切れ、虚空の彼方へとはじけ飛んだ。清の絶命によって作動した首輪の自爆装置が、彼女の頭部をいっきに破壊したためだった。

最後までボートにしがみつこうとした志穂の執念は、思わぬ災いをもたらした。志穂の腕を握る手によって志穂とつながっていた皆本清の、すでに生命を失った体がその爆発に巻き込まれたからだ。清の首輪が誘爆し、ボートの船底に大きな穴を空けた。破片が飛び散り、そのいくつかが本村明日香の顔面を襲った。


衝撃。そして突然に視界が閉ざされる。

その一撃は、明日香の両眼球を潰し、失明させていた。

「明日香!」

明日香の悲鳴に、渉は思わず棒立ちになって振り向いた。その背中に容赦なく銃弾が突き刺さる。

「ぐはっ……」

ひとたまりもなく、渉は海中に転落していった。

同じころ、三班Fボートの上でも地獄絵図が展開していた。迫撃弾が次々に落下して水のカーテンを作る中、唯一の男子生徒である森島達郎が操縦桿を握るボートは、右に左に船首を振りながら次第にコントロールを失いつつあった。

「なにやってんだ。しっかり運転しろよ!」

「そんなこと言ったって、この攻撃じゃ」

「とりあえず、早く岸につけて! お願い!」

どちらかといえば非力な部類で腕力には自信のない達郎の手の中で、操縦桿はまるで自立した生き物のように暴れまわった。銃弾が目の前の甲板をうがっていく。

そのとき、迫撃弾の一発がボートの後部に命中し、こなごなに砕いた。飛び散った破片の一つが夕城香菜の左胸に命中し、あばら骨を粉砕して大動脈を切断し、息の根を止めた。傍らに座っていた善山絵里の全身には爆撃の衝撃波が襲いかかり、その細い首をねじ折った。倒れ伏す二人の身体から膨大な血流があふれ出す。

「香菜ちゃん！　絵里ちゃん！」

「ふ、ふたり同時に」

夕城香菜と善山絵里は、まったく違った経緯をたどって鹿之砦中学校に転校してきた生徒だったが、にもかかわらず一つの共通点があった。それはこの学校がある種の避難所だったということだった。

夕城香菜が転校することになった原因は、極度の過食症のためだった。もともと香菜はかなりふくよかな体型だったが、そのことが前の中学校ではいじめの対象となった。ありもしない体臭をことさらにあげつらったり、ひどいときには「拓をとる」と称して香菜の背中に墨が塗られ、そこに紙を押しつけて型をとられるようなことさえあった。

ある日から香菜の体は、一切の食物を受け付けなくなった。飲みこんでも受けつけず、強烈な吐き気が襲ってくるのだ。やがて香菜の体重は元の三分の二程度まで減少したが、それにともなって体もみるみるうちに衰弱していった。その疲れが限界まで達したとき、今度は猛烈な食欲が襲ってくる。冷蔵庫の前に座りこんで夜が明けるまで食べ物を口につめこみ続ける。そうすると、いっきに体重が元に戻るのだ。

やがて香菜は、食べたものを吐くことを覚えた。

つめこめるまでつめこんだら、腹に手を当ててすべてを吐き出す。たびたび腹部を押さえ続けたため、その手のあたる部分のあばらは、ぺこんとへこんでしまった。

だが、娘が明らかに精神に異常をきたしていることに、両親は向かいあおうとしなかった。それどころか、その異常な食生活を不摂生のせいとして、寄宿制の学校に押しこめることを選んだのだった。皮肉なことに、鹿之砦中学校にやってきた途端、香菜の過食は穏やかになった。

善山絵里の家庭が抱える問題は、母親の新興宗教狂いだった。最初は知人に誘われてつきあいという程度だった宗教熱が、やがてお布施と称する多額の寄付金を教団に納めるところまでエスカレートした。比較的裕福だったはずの家業は傾き、金がなくなると母親は絵里の学資保険まで解約して献金しようとした。絵里の父親は末期癌のために長く入院しており、母親の暴走を止める人は誰もいなかったのだ。

親戚一同は相談の上で善山家の家業をたたみ、残された金を父親のための治療資金と絵里の学資のための信託財産扱いとした。そして、母親から絵里を隔離するために全寮制の鹿之砦中学校に入学させたのである。

二人とも、辛い体験を経て、この学校に入学してきた。そして、もうすぐその中学生活も終わり、晴れて卒業を迎えるところだったのだ。

一発の追撃弾によって希望は断ち切られた。

「だめだ！　響を押さえきれねえ！」

矢沢愛が絶叫した。その手の下で、パニックに襲われた谷野響がもがいている。

「わかった！　八木さん、操縦代わって！」

操縦桿を八木綾音にあけ渡し、森島達郎が谷野響のもとに駆け寄った。

「しっかり押さえとけよ。なにしろそいつが死んじまったら、あたしも……」

その言葉を最後まで言いきることはなかった。迫撃弾の破片が上顎部から上の矢沢愛の顔面をざっくりと持っていってしまったからだった。切断面から動脈血が噴き上がり、血流が残された舌を吹流しのように振るわせた。

「達郎くん、あたし、死ぬ、死んじゃう」

響は両目を見開いて震えていた。すでにその瞳には何も映っていない。達郎がその体を抱き寄せた。

「大丈夫。一人じゃないから。みんな一緒。一緒だよ。だから落ち着いて。落ち着いて……」

「森島くん、響の首輪!」

操縦桿を握る綾音が叫ぶ。矢沢愛の絶命により、パートナーである谷野響の首輪の点灯が始まっていた。

「早く! 早く響を離して!」

ボートの近くでまた一発迫撃弾が炸裂し、水柱が上がった。

拓馬たちを乗せたボートAは、集中攻撃から外れた地点をひた走り、いち早く砂浜へと達しようとしていた。他のボートがいるはずの付近は弾幕と水柱に囲まれ、船影さえ確認することが難しい。爆発によって海面が膨れ上がり、沸騰した海水が頭上から降りそそいでくる。その繰り返しの中で、はるか彼方に数艇のボートが翻弄されているのが見えるだけだった。

なおが突然海上を指し示した。

「あれ! 明日香だわ!」

「なおーっ」

荒れ狂う波間を、切れ切れに届いてくるのは、たしかに明日香の声だ。そのとき奇跡のように爆煙が晴れ、Eボートの船影が見えた。

ズタズタに船体を引き裂かれ、白煙を吹き上げているボートの上にいるのは、明日香ただ一人だった。渉も、他のみんなも、誰も姿が見えない。

「明日香?」

なおの動きが止まった。拓馬はその視線を追い、理由を理解した。明日香の顔面はずたずたに切り裂かれ、かつて目があったはずの眼窩のくぼみからは、なにか下卑た感じの赤黒い肉切れがはみ出している。視力は完全に失われているはずだった。

「なお! 見えない、どこ!」

「明日香、明日香—っ!」

絶叫したなおが海中に飛びこもうとした。その体を秀悟と拓馬が押さえる。

「バカ! いま飛びこんで何になる」

「でも、明日香が!」

「死にてえのかよっ!」

「見て!」

治虫の言葉に再びEボートを見た。舵取りを失ったボートはジグザグと進路を変えながら、浜辺とはまったく別の方向をめざして疾走していた。その方向にあるのは、別のボートだ。

「Fボートだ!」

秀悟の声に、拓馬はわれに返り、なおの体を抱き寄せた。頭を胸に抱き寄せ、無理やり視界をふさぐ。

「見るな!」

二つのボートはまったく減速することもなく、横腹をぶつけあった。明日香の乗るEボートがFボートの左舷側に突っこみ、船体を引き裂きながら進む。Fボートの上にいた人影が海中に振り落とされるのが見えた次の瞬間、二つの船体のどちらからともなく火花が飛び、けたたましい音とともに黒煙を吹き上げた。

「明日香は、明日香は……?」

なおの言葉には答えず、拓馬は惨劇を睨み続ける。

やがて二つのボートの周辺から、いくつもの火柱が上がり始めた。おそらく海底に没した生徒たちの首輪が誘爆しているのだろう。辺りの海面は朱に染まり、高熱で視界さえもが歪んだ。

ヒュヒュヒュヒュヒュン。

爆発に気圧されたかのように鳴りを潜めていた銃撃が再び激しさを増してきた。

船底が何かにあたった。岸辺だ！

「上陸するぞ！」秀悟が叫んだ。

十二月二十四日　〇六一〇時

【新たな死亡者】

男子十六番　皆本清　十七番　宮台陽介

十八番　向井渉

女子十六番　松木志穂　十七番　三船夕佳

十八番　本村明日香　二十番　矢沢愛

二十一番　谷野響　二十二番　夕城香菜

二十三番　善山絵里

残り三十名

8

ヘルメットを目深にかぶり直した。両腕で〇三式BR小銃の重量を支え、体をくの字にしたまま船側に足を掛け、跳躍した。砂にめりこんだ足に力をこめ、大地を蹴る。背後で派手な水音を立てて、誰かが浅瀬に転がり落ちた。

「行くぞ！」

叫んで走り出した。沖合いで二艇のボートを沈めた弾幕が、今度は唸りを上げて拓馬たちに襲いかかっていた。なおの背中を押して、目の前の奇怪な逆《さか》茂木《もぎ》の下に潜りこんだ。

断続的に弾が降り注ぎ、逆茂木に当たって極彩色の火花を散らした。なおの華奢な体が拓馬の腕の中に飛びこんでくる。弾着の音が響くたびに、その肩がびくっ、びくっと震えた。

（なお！）

震えているのはなおだけではなかった。拓馬の膝もがくがくとおののき続けている。あっという間に十人以上の仲間が命を落とすのを見た後だった。怖かった。

銃弾の嵐の中に飛び出していきたくはなかった。だが、この鉄骨と木材を組み合わせただけのみじめな代物が、いつまでも掩護物になってくれているはずがない。

逆茂木の影から、頭上かなたを透かし見た。あの建築物の中で、確かにこちらを見ている奴がいる。窓辺から身を乗り出し、銃をこちらに向けている奴が。その憎悪の矛先が向けられているのは、自分たちなのだ。

この瞬間、拓馬の頭の中に慎太郎も明日香も、死んでいった仲間たちのこともなかった。爪先から頭頂まで、じんじんとした恐怖が突き抜けていく。殺される、という言葉だけが頭の中を駆けめぐっていた。

足元に細波が押し寄せ、ブーツの足元を洗っては、去っていく。冷たい海水が、ブーツに砂を吹きかけていた。ふとその流砂が、自分の足をからめ取っていくような気がした。

このままここで動けなくなったら、おしまいだ。

「なお、行くぞ！」

強引に手をとって駆け出した。怒濤の射撃が襲ってきた。まるで銀の壁のように、拓馬の周囲に水柱の列ができる。十メートルほど前の砂浜が、突如大きく膨れ上がって火柱を上げた。狙撃の弾着とは違う。二艘のボートに致命傷を与えた迫撃弾だった。

熱い砂を顔面に叩きつけられ、思わず立ち止まった。

「バカヤロウ！　動きを止めるな！」

背後から言葉が飛んできた。立ちすくむ拓馬となおの側を、誰かが通り過ぎていく。ヘルメットの下から覗く、見覚えあるたてがみ——黒澤凌だ。その後から、小柄な体が矢のように駆け抜けていった。

キタノ！

「崖下へ！」

シオリは足も止めず、言い捨てていった。

その言葉に促され、前方を見た。砂浜の向こうに、筋骨隆々とした腕のような岩盤がせり出していた。あそこまで行けば、とりあえず上からの射撃を避けることはできるはずだ。なおの左手を強く引っぱり、意思を伝えた。

拓馬は駆け出した。口から声にならない叫びが漏れ出す。目じりに熱いものがたまり、向かい風に吹き飛ばされていった。ブーツの中で足裏にじんじんと冷ややかな恐れが走っていた。

縦に、斜めに、銃弾の列が拓馬の前後から襲いかかってくる。身が竦《すく》む。恐怖で胸が押し潰され、体の内部に向けてばらばらと崩落していきそうだ。岩盤以外何も見ないように、おのれの足音以外何も聞かないように、念じてひたすら足を動かし続けた。

最後の二、三歩は、飛びこんだも同然だった。倒れ伏した体の下で生暖かい泥が潰れ、何かぬるぬるしたものが逃げ去っていく。拓馬の傍らに倒れこんだ人影が、肩で大きく息をついた。

なおだ。

身を起こすと、目の前に黒澤凌とシオリが膝立ちになっていた。二人とも、泥にまみれた顔だ。息を切らして咳きこむなおを、二人は無表情に見ている。改めて、二人が別のBボートに乗っていたことを思い出した。

迷彩服を着た生徒たちが、次々に駆けこんできた。

雅実、晴哉、今日子、希、遙。少し遅れて治虫と秀悟と美希。おそらく遅れがちな美希を庇いながら秀悟は駆けてきたのだろう。拓馬と目が合うと、全身で溜息をついてみせた。シュヴァルツ・カッツの一員の志村鉄也と、パートナーの汐田早苗がその後に続いた。

一班十四人、全員無事だった。

思わず安堵の吐息が漏れそうになった。だが、その息も途中で止まってしまう。

さっきまで拓馬がいた砂浜は、焦熱地獄と化していた。巨人の手がすくい取ったかのように突如砂浜がえぐれ、次の瞬間にはそこに火柱が上がる。絶え間なく落ち続ける迫撃弾のため、まるでギリシャ神殿に並ぶエンタシスのように、火柱の連なりが出来上がっていた。その向こうはすでに見えない。拓馬たちの乗ってきた舟も。

もう帰れないのだ。

引き返せないところまで来てしまった、という悔恨が、胸中を支配した。もう戻れない。引き返す手段は失われてしまったのだ。

胸が痛い。

「まずい、あいつら逃げ遅れた！」

晴哉の言葉が、拓馬を現実に引き戻した。舞い上がる砂煙の向こうに、ひょこひょこと無様《ぶざま》に舞っている人影があった。

二班の名波たちだ。

進むことも引くこともできず、波打ち際の辺りで足止めされていた。身を隠すべき援護物を探して駆けめぐる姿が火柱ごしに透かし見えた。

黒澤がインカムに向かい、狂ったように仲間の名前を呼び続けている。その声も迫撃弾の爆発音に阻まれ、すぐそばの拓馬にさえ届かなった。

不意に、すぐ目の前の砂地が爆発した。爆風が拓馬たちをなぎ倒し、焼けた砂の塊が頭上から降り注ぐ。それを皮切りに、フルートのような悲鳴を上げるなにかが、近くの地面を粉砕し始めた。

雅実が絶望的な声を上げる。

「あ、あかん。あいつら、迫撃砲の高度を上げて撃ち始めよった。このままだと、もっと手前に落ちてくるで！」

「このままここにいてもいぶり出されるだけだ！一か八か、駆け出して突っきろう」

秀悟が叫んだ。血の気の引いた顔の中で、目が爛々としている。

「それしかねえ！」

拓馬も叫び返した。そのとき、

「冗談じゃない！　あたしもう家に帰る！」

金切り声を上げて、誰かが砂浜に駆け出した。汐田早苗だ。小銃も放り出し、頭を抱えて飛び出していく。

「何やってんだ、バッキャローッ！」

ペアを組む志村鉄也が、蒼白な表情でその後を追った。

よろよろと惑い歩く汐田早苗の足元で、パチパチと銃弾が爆ぜる。吹き飛んだ小石がすねをうがち、よろめいたところにさらに掃射の嵐がきた。肩に熱い衝撃が走った。

（いや。いや。こんなところはいや。あたしは家に帰る。家に）

（お母さんとお父さんがいて、伸介がいる、家に。誰も他の人はいない家に）

（みんな嫌いだ。みんな、お母さんたち以外の人はみんな。みんなあたしをいじめる。みんなが）

汐田早苗は幼いころに交通事故で両親をなくし、弟とともに親戚の家に預けられて育った子供だった。親戚たちは明らかに早苗たちを厄介者扱いし、姉弟は虐待ともいえる仕打ちを受けて、ただ我慢するしかなかった。同い年の従姉妹たちに早苗の持ち物は奪われ、代わりに汚らしいお下がりが与えられた。早苗が成長すると、従兄弟たちが嫌らしい目を向け、中には暴力をちらつかせて、いかがわしい行為に及ぼうとする者さえあった。だが、早苗の養い親たちは、それを黙認した。

早苗が鹿之砦中学校に転入したのはそのためだった。早苗にとっても鹿之砦は最後の駆け込み寺だったのだ。

なのに。

そこからも早苗は追い出された。こんな場所まで引っぱり出され、持ったこともない銃を押しつけられて。

みんなが、みんなが、あたしをいじめる。

お母さん。

お父さん。

伸介。

左の背中に鋭い痛みが生じた。なにか巨大な力によって、体が砂浜にたたきつけられる。胸を打って一瞬息ができなくなった。肩を誰かにわし摑みにされた。めちゃめちゃに腕を振りまわし、その誰かに殴りかかった。

「イヤ、イヤア!」

「バカ! 俺だ! 志村だ!」

体をかつぎ上げられた。その誰かの背中に、自分の体重をかける。ざくざくと砂を踏む音がして体が揺れた。いま来た方へ、その誰かが戻っていこうとしている。砂浜を横切って、いま来た方へ。水平線が遠くなる。おうちがだんだん遠くなる。

汐田早苗は目を瞑った。

「よし! 志村が汐田をつかまえた! ——こっちに戻ってくるぞ」

手をかざして見ていた晴哉が怒鳴った。

「クソォー！　どうすりゃええんや！　援護しようにも丸腰じゃどうしようもない。早く弾くれ、弾ぁーっ！」

「行くぞ、おまえら！」

黒澤が一同の顔を睨んだ。

「俺たちが一斉に駆け出せば敵の注意もこっちに集中する。それしか志村たちが生き延びる手段はねえ！　どうせ俺たちもいつまでもここにいるわけにはいかねえんだ」

「二班は、名波君たちはどうするの？」

筧今日子が訊ねる。

「いまは助けに戻れねえ。行くぞ！」

黒澤は叫び、岩陰から駆け出した。その後に影法師のようにシオリが続いた。

黒澤の言うとおりだ。ここに留まっているわけにはいかない。あの爆撃は、いまにもこの隠れ場所に迫ってきそうだった。背中にざわめく悪寒を無視し、叫んだ。

「なお、行くぞ！」

その手を取り、黒澤たちの後を追った。

ぬるぬるとした赤土を蹴り、道端の雑草に足を取られそうになりながら、拓馬たちは走った。すべらないように、転ばないように。転んで、動きが停まったら、いつ狙い撃ちされてもおかしくない。

つづら折りにうねった小道をひたすら駆け上った。目の前を覆っていた茂みが切れ、視界が開けた。あの四角い建造物が見える。だいぶ駆け上がったからだろう、窓の中でうごめく人影も判別できるようになった。銃をかまえ、拓馬たちを捜している。振り返り、いま来た道を見下ろしたが、二班の連中がいるはずの砂浜は、茂みに遮られ、もう見えなかった。

——あいつらとも、もう会えないかもしれない。

そんな声が耳元で囁きかけてきて、首筋の毛が逆立った。

（そんなことあるか！　きっと、きっとまた会える！）

必死に声を振りきって、駆けていく前方に神経を集中させた。

そこは、膝丈の草が生い茂る野原だった。あちこちに、掩護物になりそうな壁がぬっと立っている。壁は、おそらく建物の一部だったのだろう。だが、まるで強烈な酸をかけて溶かされてしまったようにぼろぼろに崩れ、元の形を想像することさえ難しい。壁と壁の間に、猫車や三角コーンなどの用具が放置され、草に埋もれていた。冷たい風が吹きつけ、草をなびかせる。

秀悟がＰＤＡを引っぱり出し、ナビで位置を確認した。

「Ｊ＝６ブロック、炭鉱跡だ！」

「なに、あの音！」

筧今日子の声に、耳を澄ました。

さっき海上でいやというほどに聞かされていた、ローター音が戻ってきていた。

「ヘリ！」

シオリが短く叫んだ。

沈黙していたインカムが耳障りな音を出し、聞きなれた増田三尉の声が流れてきた。

――これより弾薬を投下する！　弾は大切に、無駄撃ちはするな！

どこから近づいてきていたのか、あの黒いヘリが突然上空に姿を現した。その横腹の窓が開き、中から無数の物体が放り出される。

パッと空中に花が咲いた。パラシュートだ。柔らかい風にあおられながら落下してくる。それぞれのパラシュートの下に、箱がくくりつけられているのが見えた。そうだ、あれが弾薬箱だ。島に着いてから弾を渡すと言ったリキの言葉を思い出した。

弾を手に入れなければ。

全員の視線がゆっくりと落下するパラシュートに注がれていた。その先陣を切って駆け出したのは、シオリだった。

草の根を蹴りつけ、ジグザグに走りながら、弾薬箱の一つを拾い上げる。シオリはそれを小脇に抱えこみ、廃墟の壁の裏に逃げこんだ。後を追う。草の間に転がった弾薬箱を引っつかみ、シオリのいる壁の後ろに飛び込んだ。壁越しに、駆けてくる生徒たちの姿が見えた。

ブリキの感触がする箱を開いた。上蓋の裏には、なぜか「ガンバレ」と書かれた紙が貼ってあった。その下に、バームクーヘンを切り取ったような、湾曲した形の弾倉が三つ、入っていた。

「なんだこりゃ!」

背後で治虫の悲鳴が聞こえた。振り返ると、眼鏡を曇らせた治虫が、箱の中を覗きこんで途方にくれていた。箱の中には「ハズレ」という文字と、三個のトイレットペーパーロールが転がっている。

「は、ハズレェ?」

また、大人どもの悪ふざけなのだろうか。

しかし、人のことばかり気にしているわけにはいかない。小銃の弾込めなど、したことがない。〇三式を引っくり返し、下部を見た。トリガーのついているグリップの後ろに、ぽっかりと四角い穴が開いている。弾倉を取り上げ、その穴に押しこむと、かちんとバネがはまった感触がした。

これでいいのだろうか。

空に向けて、小銃をかまえた。

左手で前部を押さえながら、右の人差し指でトリガーを引いてみた。手ごたえがない。

弾は出なかった。

「これ、どうやって撃つんだよ!」

背後から手が伸びた。右肩越しに振り向く。

シオリだ。無言のまま小銃の先を押さえて銃の向きを変え、その横腹にある丸いつまみを指さした。

「これ、安全装置。撃たないときは一番上の位置。一つ下に動かすと、安全装置が解除になって、弾が出る。この位置だと単発式だから、銃の上にあるボルトを使って、一発撃つごとに弾を込める」

言われて見ると、確かに銃の上に前後に動くようになっているボルトのつまみが突き出していた。

「さらにコックをもう一つ下に動かすと、オートマティック状態になる。トリガーを引き続けると弾倉の空になるまで発射が止まらなくなるから、注意」

言い置いて、シオリは自分の銃の点検に戻った。傍らで見ていた今日子がその顔を見て呆然としている。

「なんでこんなこと知ってんの！」

シオリに言われたとおり、安全装置のコックを一つ下に動かした。もう一度天に向かって銃を構え、引き金に指を当てた。

途端に右耳の横で轟音が響き、聴覚が奪われた。銃が生き物のように前後にもがき、銃床が右胸を叩く。その反動で、思わず後ろに倒れこんだ。

聴覚が少しずつ戻ってきた。貝殻に耳を押し当てたときのような、木霊が耳の中で回り続けている。銃を支えていた左手は、まだびりびりと痺れていた。

「な、なんだよ！　これ……」

腰を下ろして銃をいじっていたシオリが、ちらりと拓馬を見た。

「反動は意外と強いから、射撃姿勢に注意すること。一つの弾倉に弾は三十発。薬莢の排出口は銃の右側」

淡々と言いながら、シオリは自分の銃に何かボンベのようなものを装着している。銃の前部からそのボンベのようなものをスライドさせてはめこむと、カチッと音がして固定された。

「それは？」

「グレネードランチャー。アタリだったみたい」

言いながら、シオリは箱の中にあった紙を指さしてみせた。人を小ばかにしたようなゴシック体で、「アタリ」と書いてある。

「四〇ミリグレネードランチャーが六発。助かるね」

言い捨てて、シオリは壁の向こうへと駆け出した。草原から上に続く坂道を登っていく。

不意にシオリの周囲に弾幕が現れた。上の敵に気づかれたのだ。シオリは左回転で丘上の方へ向き直ると、左足を前に半身となり、右肩に銃床を当てて銃を構えた。

銃口から火花が迸《ほとばし》った。一瞬、敵の銃弾が途切れる。その隙をついてシオリは駆け出し、次の遮蔽物へと転がりこんだ。

その背中についた見えない糸にひきずられて、駆け出した。だが、それを待っていたかのように、頭上から不吉な音が響いた。


フルートで奏でる不協和音のような、不快な音。

（やばい！　またあの迫撃弾だ！）

数メートル離れたところで赤土と草むらが爆発し、土くれの塊が拓馬たちの上に降りそそいだ。次の爆発のあおりをくらって何人かがなぎ倒されてしまった。

なおはどこだ。

今地面に突っ伏した人影を見た。見覚えのある、華奢な肉体。あれは——。

（なお！）

弾幕の中を飛び出した。またもやあの音だ。まがまがしい殺気とともに、なおに襲いかかろうとしている。

（間に合わない！）

秀悟が倒れ伏したなおに飛びつき、体を突き飛ばすのが見えた。次の瞬間、目の前に火柱が吹き上がる。秀悟の体が、はじき飛ばされた。

「秀悟ぉ！」

晴哉と治虫がぐったりとしている秀悟の体にとりつき、抱え上げる。拓馬も駆け寄り、胴の辺りを持ち上げた。

なま温かい、いやな感触。

両手の指がぐっしょりと濡れたのがわかった。

ぞわぞわと悪寒が背筋を立ち上ってくる。

次に見えた壁の裏に秀悟を担ぎこんだ。駆け寄ってくるみんなの足音が聞こえる。

眼を閉じたままの秀悟の顔に叫んだ。

「おい、秀悟！」

ぴくりとも動かない。顔の下半分は朱に染まり、首筋からはなおじくじくと血が流れている。あきらかに傷を負っているとわかるのはその腹部だ。アーマー・ベストに覆われた迷彩服の腹から、どす黒い血が溢れてきている。

「秀悟！」

悲痛な声で叫ぶなおを押しのけ、晴哉がかがみこんだ。手早くアーマー・ベストを脱がし、迷彩服のボタンを外す。

「おい、救急セットだ！」

秀悟のザックに飛びつき、包帯を取り出した。しかし、じくじくと血が吹き出る傷口に布を当てても、瞬く間に赤く染まっていくだけだ。

「だめだ！　こんなもんじゃ止血できねえよ！」

「こ、これ使って……」

治虫がさっきのトイレットペーパーを差し出した。荒々しくむしりとって患部に押し当てる。

だめだ。赤く染まっていく。ぐじぐじと染み出る血が、大事な秀悟の血が、どんどんと流れ出ていってしまう。秀悟の命が――。

背後で黒澤が舌打ちをした。

「ったく、足手まといがっ！」

「ンだとォ！」

ぶっ殺す。頭が沸騰して立ち上がりかけた。そのとき、秀悟の口が開いた。黒い血の塊が、堰を切ったように溢れ出してくる。

眼がうっすらと開いた。

「クソッ、やられた……！」

いまにも途切れそうな声だ。晴哉が秀悟の腹部に布を押し当てたまま叫んだ。

「大丈夫かよ、秀悟？」

「は、腹の感覚がねぇ、……どうなってる？」

治虫が泣き声を上げた。

「血が！　血が止まんねえよ！」

再び秀悟が血反吐を吐いた。それとともに患部がずるっと動き、中から赤黒いものが飛び出してくる。

鷺沢希が呆然と呟いた。

「なんか出ちゃってる……」

秀悟の目に怯えの色が走った。

「なんかって何だよ。……おい！」

そのとき。

聞き覚えのある電子音が鳴り始めた。

反射的に立ち上がった。そして、見下ろした。電子音は、秀悟の首輪から鳴り出していた。拓馬の視線に気づいた秀悟が、胸元を見下ろして呟く。驚愕で眼が見開かれていた。

「お、俺、なにもしてねえぞ？」

壊れた壁の側にいた今日子が背後を振り向き、後方を指さして叫んだ。

「たいへん、美希が！」

言われてその方角を見たなおの顔色が変わる。

「あそこ！」

「あのバカ！」

今日子の指さすその彼方に、いま拓馬たちが後にしてきた炭鉱跡に、池田美希が残っていた。単独の標的となった美希の周囲を掃射の嵐が、迫撃弾が襲い、美希は跳ねまわるベーゴマのようにちょこまかと逃げまわっている。

なおと今日子が声を限りに叫んだ。

「美希！」

「こっちよ！　早く！」

呆然と雅実が呟く。

「逃げ遅れたんや。あそこからここまで、五十メートルはあるで。ペア同士が五十メートル以上離れたら、首輪は反応する仕組みや」

「何やってんだ。早く来い！」

だがその声が美希に届いた様子はない。その背後で火柱が上がり、美希はうずくまってしまった。

ナビを取り出した治虫の顔色が変わった。

「まずい！　あっちはもう禁止エリアだ」

つまり誰も助けには戻れないということだ。そのエリアに足を踏み入れた途端、入った人間の首輪までが作動してしまう。

「美希ーっ！　何やってんの。早く来てぇ！」

「おまえが離れたら秀悟の首輪かて、いてまうんやぞ！」

「あたし、連れ戻してくる！」

飛び出そうとしたなおの体を、シオリが抱きとどめた。

美希の下腹部がじんわりと温かい。

（もらしちゃった。もうダメ。あたし死んじゃう、みんな死んじゃう）

叩きつけられる爆音のため、すでに美希の鼓膜は破れ、聴覚は失われていた。うわんうわんというぅねりだけが響く世界で、美希は幻覚を見ていた。父に叱られるたびに逃げこんだ母の懐、その笑顔。

――美希ちゃん、笑いましょう。そうやっていつも泣きべそをかいていると、泣きべそ顔になっちゃいますよ。女の子が泣きべそ顔なんて、もったいないわよ。さ、笑いましょう？　元気に、さあ。

——でも、もうダメ。ママ。あたしもう笑えない。

——いいのよ、美希ちゃん。美希ちゃんはがんばったんだから、もういいのよ。

父の苦りきった顔が浮かぶ。

——しょうがないなあ。本当にできないのか？　じゃあ、いいぞ。今日はそこまでにしておきなさい。美希、やめていいぞ。

——本当？　本当にやめていいの……？　もう叱らない？　美希のこといじめない……？

迫撃弾が美希の頭上を直撃した。落下の衝撃で美希の鎖骨を粉砕陥没させた弾頭は、瞬時にしてその威力を解放し、美希の体腔を内部から吹き飛ばした。

「美希ィーっ！」

なおの悲鳴がこだまする。その声を吹き飛ばし、突如秀悟が咆哮した。


体を支えていた晴哉と希の腕を振り払い、〇三式BR小銃を摑んで脱兎と駆け出す。ずるずると吹き出そうになる腹の臓物を押さえ、足をもつれさせながら前へと走り、十メートル後方の廃墟の陰に飛びこんだ。

拓馬は叫ぶ。

「秀悟！　な、なにやってんだおまえ！」

「俺に構わず、先へ行け！」

「何言ってんだよ！」

「こっちに来るな！」

「バカ言ってんじゃねぇ！　いま……」

壁から飛び出そうとする拓馬の眼前を、頭上からの弾幕が遮った。激しく降り注ぐ弾丸の嵐に、一歩も前に進めず立ちすくんだ。

気づけば、その銃声を縫って秀悟の声が聞こえてきていた。インカムだ。インカム越しに話しかけてきているのだ。

——聞こえるか？　拓馬。

「秀悟……」

——ずっと一緒だったな、俺たち。おまえが鹿之砦に転校してきて以来。

そうだった。同じクラスになった拓馬に気安く話しかけ、ラグビー部へと勧誘したのは秀悟だった。そして入部テストで自分よりも拓馬の方が駿足だということを見てとるや、気前よく自分のポジションを明け渡し、拓馬にラガーメンとしての道を開いてくれたのも秀悟だった。

——おまえと俺はずっと仲間だった。だから、俺はここに残り、おまえはいま行かなくちゃいけないんだ。

「な、なにバカなこと言ってんだ、秀悟」

——俺は聞こえたぞ。慎太郎が、死ぬ間際に言った言葉。おまえにも聞こえたろう？

「それは……」

——俺には聞こえた。あいつは言ったな……『おまえたちは前に進め、そして生きるんだ！』と。同じだ。おまえたちは進め。

掃射が激しさを増してきた。秀悟と拓馬を隔てる地面にも、竜巻のような砂塵が舞い飛んでいる。

インカムの向こうで、秀悟が笑ったような気がした。

——なおを頼む。あれは、いい子だぞ。あまり、泣かせんな。

「秀悟！」

離れた場所からでもわかった。秀悟の首輪の点滅は速度を増していた。〇三式BR小銃を手に抱えて、秀悟は飛び出した。口から血反吐とあらん限りの声を吐き出しながら。

BR小銃を連射しながら、秀悟は走った。一歩、二歩、三歩と。だが、次の瞬間、巨大な拳を撃ち当てられでもしたかのように動きが止まり、その足がふっと地面から浮き上がった。次いで背中が張り裂け、無数の射出口が口を開いた。体組織を引き裂き、突き抜けていく弾丸たち。

麻痺した鼓膜に、一瞬遅れて轟音が届いた。風に飛ばされたボロ切れのように、秀悟の体は一回、二回、ひらひらと舞い、その場に叩きつけられた。

「秀悟ォォーッ！」

絶叫はむなしく硝煙の中に吸いこまれるだけだった。

ずたぼろになって倒れている秀悟の体が、動くことはもうなかった。

熱いものが胸に立ちこめてきた。視界のすべてがゆらゆらと歪む。夏の陽炎のように、怒りの熱が拓馬の視界を歪めていた。

秀悟。

最後の最後まで人に気を遣ったまま逝きやがって。

「クソォーッ、殺してやるッ！　おまえらみんなブッ殺してやるーッ！」

小銃のコックをフル・オートマティックに固定し、銃身を振り上げた。射撃姿勢も糞もあるものか。この先にあるもの、すべてを殺し尽くしてやる。

トリガーを引き、弾丸の奔流を迸らせた。右胸に伝わる発射の衝撃。左胸では怒りに燃える心音。そして銃口から発せられる爆音のシンコペーション。

走り出した。

丘の向こうに、七原秋也がいる。

拓馬は、あの四角い建造物に銃口を向け、怒りの銃弾をはじき出した。

七原秋也へ向けて。

ト部秀悟を殺した、七原秋也へ向けて。

（見てろ秀悟。あいつら全員、俺がぶっ殺してやる）

背後でなおが拓馬の名を呼んだ。

重い。

はるか前方で繰り広げられている戦いを眺めながら、志村鉄也はひたすら足を前に運んでいた。背中にかついだ汐田早苗の体がズシリと重い。だが捨てていくわけにはいかない。早苗が死ねば自分の首輪も爆発するし、早苗から五十メートル離れれば、やはり爆発してしまうのだ。

前方に攻撃が集中し始めたのはいいことだった。だが、しかし重い。重すぎる。

鉄也にはこの戦争を勝ち抜く自信があった。四十二名の中で実弾射撃をした経験があるのは自分だけだったし、趣味でさまざまなサバイバルマニュアルも読んできた。自分はリアル・ランボーなのだ。火器さえあれば、いっきにテロリストどもを殲滅《せんめつ》する自信もある。今手にしている〇三式BR小銃は、五・五六ミリ×四十五ミリ口径の弾薬を三十発連射できるはずだ。それに四十ミリのグレネードランチャーを装着すれば、まとめて敵を排除することもできる。戦闘理論に長けた自分にかかれば、テロリストなどいちころだ。

銃の中に弾薬さえあれば。

背中にのしかかる汐田早苗の重みさえなければ。

志村鉄也がマニュアルから学んだ戦争は、こういうものではなかった。ひたすら先制攻撃で敵を撃ちまくり、無力化する。それこそ戦争だった。そこに、自分が生き延びるための泥臭い努力のことなどは書いてなかった。

こんな、けが人を背負いながら道を歩く苦労のことなど。

この首輪さえなければ。

そのとき、志村鉄也の背中で汐田早苗が息を引き取った。そのためか、はたまた、志村が知らずに禁止エリアに踏みこんでいたためか、首輪が反応し、電子サイコロが一から二百五十五秒までの猶予時間のうち、最短の一秒を引き当てた。

ぽん

という間抜けな音が鳴り、志村鉄也の頭蓋を上空十メートル近くまで吹き上げた。

リアル・ランボーの活躍は、誰にも知られずに終わった。

十二月二十四日　〇七〇五時

【新たな死亡者】

男子二番　卜部秀悟　七番　志村鉄也

女子二番　池田美希　七番　汐田早苗

残り二十六名

9

N県入船島、通称戦艦島の周囲は、切り立った崖に囲まれている。東シナ海の荒波が長年かけて削り取った岩肌は、ねずみ返しのように反り、近づく者を拒んでいる。船舶による上陸ポイントは、鹿之砦中学校三年B組の四十人が突入した南岸の入り江にしかない。

だが、かつて島の外周で漁を行っていた漁師たちが、突然の悪天候を避けるために利用していた岩鼻がいくつか存在する。その陰までは波も届かないため、漁師たちもつかの間の休息をとることができたのだ。入り江から海岸線沿いに少し行った岬の突端付近、そこにも「鼻」の一つがあった。

自然のいたずらで造形された奇岩の間を通り過ぎると、驚くほどに水面が静まり返る。そこは小さな入り江になっており、黒々とした岩に囲まれた一帯は、さながら何かの神殿のようだ。

そこに、うごめく影があった。一体、二体、影はそろそろと身を起こし、互いに寄り添おうとしている。

入り江を見下ろす丘陵には、先ほどまでの戦闘が嘘であったかのように静寂が流れていた。それが嘘でないことを証明するのは、ところどころで迫撃弾のためにえぐられた地面、そしてあちこちに倒れ伏した生徒たちの亡骸だった。

頭蓋骨をはじき飛ばされた志村鉄也と、肩に負った銃創のために失血死した汐田早苗。

冷たい風が、二つの骸を撫でては過ぎ去っていく。風に飛ばされて吹き寄せられてきた冬蝿が、気がなさそうに早苗の見開かれた瞼に止まり、顔の上をうろうろと動いていく。

突然、蝿が飛び去った。耳障りな騒音が、汐田早苗の半ば外れかけたインカムから漏れている。それに続いて男の声が流れてきた。拓馬たちに、リキと呼ばれた教師の声だった。

――お昼になりました。みんなちゃーんと戦争してるかぁ？　先生はこっちで見守っているからなぁ！

――これまでに戦死した生徒の名前を発表します。男子十五番槇村慎太郎、女子十五番福田和美、男子十七番宮台陽介、女子十七番三船夕佳、男子十六番皆本清、女子十六番松木志穂、女子二十二番夕城香菜、女子二十三番善山絵里……。

その声は、二体の影がうごめく岩鼻の中にも流れていた。岩の上に、無造作にインカムが放り出されている。

一体の影が、今はいずりながらもう一体の上に覆いかぶさろうとしていた。目が見えているものの動きにしてはおそろしく鈍く、不正確な動きだ。

影は、もう一体の影の体の上を緩慢に動き回り、海水のために湿った腹部や、その上のふくよかな胸の上を逍遙した後、ほっそりとした首筋にたどり着いた。影は急に動きを早め、両腕を使って相手を胸に抱きとろうとしていた。言葉ともいえないような呻《うめ》きが、絶えずその口からは漏れ出している。

——男子十八番向井渉、女子十八番本村明日香、女子二十番矢沢愛、女子二十一番谷野響、男子七番志村鉄也、女子七番汐田早苗、男子二番卜部秀悟、女子二番池田美希、以上戦死者十六名だ、……ん？　三班の男子十九番森島達郎と女子十九番八木綾音は、生きているみたいだな。ラッキーだなあ。引き続き武運を祈るぞお。

——じゃあ、次は現在までの禁止エリアと、午前零時から追加になる禁止エリアの確認だあ。まごまごして禁止エリアに留まっていると、すぐに首輪が作動するから、気をつけるんだぞう。じゃあ、発表しまぁす。現在までに禁止エリアになっているエリア、I＝7、J＝6、K＝5、J＝5、J＝7……。

　二つの影、それは森島達郎と八木綾音だった。二人は、いまや互いの体を探り当て、相手を抱きとめようとして必死にもがいていた。

　爆発がEボートとFボートを巻きこんだとき、二人は操縦席から投げ出され、海中に没したのだった。二人は無意識のうちに互いを抱きしめあっていたため、もぎ離されることもなかった。そのまま底流に引きずりこまれることをまぬがれ、潮に乗せられてこの小さな岩鼻へと打ち上げられた。

　森島達郎は、中学二年生の一年間をほとんど外出せずに過ごした。自室に閉じこもり、テレビの電波と、インターネットだけを通じて社会とつながっていた。

　親の名義でプロバイダ登録したＩＤからは、いくらでも十八歳未満禁止のサイトにアクセスができる。

テレビの画面で媚を売るアイドルの笑顔に、無修正画像の肉体を貼りつけたり、埒もない噂話に花を咲かせたり、パソコン画面に向かいあっているだけで、一年という時間はまたたく間に過ぎていった。そして桜の季節がやってきて、両親は達郎を鹿之砦中学校に転校させることを決めたのだった。

達郎にとって、クラスメイトからの干渉がほとんどない鹿之砦中学校は、社会復帰にもってこいの環境だった。特に気に入ったのは、三年B組の教室でもすぐそばに座る女性、谷野響の存在だった。響には、達郎が入れこんだ十代のアイドルの面影があった。達郎は密かに教室にデジカメを持ちこみ、響の写真を撮りまくった。毎晩それを加工し、自分だけの響写真集を作っていたのだ。達郎の目の前で空想のアイドルが現実になった。

その響が――。

あのボートの上で、達郎が最後に見たのは、矢沢愛の死によって首輪が起爆し、響の顔面が真っ二つに引き裂ける「画像」だった。下顎を直撃した爆発のインパクトは、顎から額に向けて顔面を真っ二つに割り、頭蓋骨に封じこめられた脳漿をぶちまいた。それを顔面にくらい、達郎は意識を失った。

――ボクノ、ヒビキチャンガ……。

その凄惨な映像と、爆風の衝撃によって、達郎の脳のどこかにノイズが生じていた。すべての知覚が麻痺し、頭の中には在りし日の響の笑顔だけが漂っていた。

――ヒビキチャン……。

動かした手が何か柔らかいものに触れた。曲線に沿って手を這わせ、その形を確かめる。女性の体だ。

――ヒビキチャンダ!

脳下垂体のどこかで火花が散り、その電気刺激が全身に行動を起こすように告げた。響の、あの醜く引き裂けた顔面の記憶を上書きしようとするかのように、達郎の脳は全身に偽りの情報を流し続けた。響の可憐な唇の「画像」が絶えず脳裏に揺れていた。響の唇が欲しい。

八木綾音は、可愛らしい風貌に生まれついた子供だった。一人娘のため、幼いころから父親には溺愛された。その可愛がりようには、単なる父性愛というより、もう少し別のニュアンスがあったはずだが、年端もいかない綾音にはわからないことだった。綾音には、ある種の成人男性を惹きつけるコケットがあったのだ。

小学校の担任教師たちも、綾音を特別扱いして可愛がった。それが度を越していたのは、綾音が四年生のときの教師だった。彼は、歴代の教師たちとは逆にことあるごとに綾音にきつい叱声を浴びせ、綾音を涙ぐませた。そして放課後に綾音を残らせると、今度は打って変わってべたべたと甘い声を発しながら、スキンシップを図るのだ。その行為は、彼が綾音のいかがわしい写真を撮っている場面を押さえられるまで続いた。

どんな大人の男も、綾音をちやほやと可愛がった。それをいちばんあからさまにしていたのは、もちろん父親だった。綾音が第二次性徴を発する年齢に入る年頃になっても一緒に入浴しようとしていたし、母親に黙って綾音の寝室にも入ってきた。そして、綾音の布団にもぐりこみ、一緒に寝ようとせがむのだ。

父親がそばにいるとき、綾音は緊張のあまり絶対に眠ることができなかった。背後から押しつけられている父親の肉体に、まがまがしい意志を感じとっていたからだ。綾音が眠りについた瞬間、その意志は何かとんでもない形で綾音を脅かすような気がした。

極度の睡眠不足から来る体調不良のため綾音が学

校で倒れ、そのことから寝室の異常が発覚した。綾音の母親は、綾音のため、ただちに鹿之砦中学校への転校手続きをとったのだった。

いいま、誰かが綾音の体に触れていた。

——誰、誰なの？

——パパなの？

——パパ、ごめんなさい。あたしがママに言ったから、パパと一緒にいられなくなって。

熱い息遣いを首筋に受ける。

リキの放送は続いている——。

——一二〇〇時現在で追加される禁止エリアは以上。いいかあ、気をつけろよぉ。戦闘と関係ないゾーンや、入り江付近の海岸線が禁止エリアになるからな。そこにいるとすぐに首輪が作動し始めるから、まだ禁止エリアにいる者は、すぐに立ち去るんだぞおー。


放り捨てたインカムから微かに聞こえるその声にかまわず、入り江の二つの人影はうごめき続けた。二人は隙間もないほどに固く抱き合いながらも、まったく別の世界にいた。一人は失われた偶像を再び取り戻すため、もう一人は罪の意識とともに引き離された父親の寵愛を取り戻すために。失われた視力にも負けず、相手の唇を探し求めた。唇で優しく触れて、癒しと赦しを捧げたい——。

やがて耳障りな電子音が響き始めたが、感覚が麻痺した二人には聞こえようもなかった。電子音は次第に切羽詰った調子で鳴り始め——そして……、互いに唇を重ねあう森島達郎と八木綾音の命を、薄暗い闇の中に吹き飛ばした。

——それじゃあ先生の定時連絡は以上で終わり。次回は一八〇〇時だからなあ、ちゃんと準備をして聞けよぉ。みんな元気に戦争するんだぞぅー。

「ああ、うざってえ!」

小銃をかまえながら走る黒澤が怒鳴った。怒号に拓馬は振り返る。

「のんきな声出しやがって、こっちが今どんな状態かわかってやがんのか!」

怒鳴りながらも、足は休めずに走り続ける。木製の手すりが崩壊した、コンクリートの長い階段を駆け上がる。ときおり腐った木材のかけらを踏みつけ、足元でそれが潰れた。

炭鉱跡を抜けた後、拓馬たちは坂道をいっきに駆け上がろうとしたが、敵の掃射は激しく、やむなく迂回せざるを得なかった。どの方向から進もうとしても、敵に見つけ出されてしまう。うろうろとしている間に、何時間も無駄にしてしまった。

そのうち、低い木造建築が立ち並ぶ地帯の向こうに、十階建ての高い建造物が並ぶ場所を見つけた。それまでの道とあきらかに違い、舗道がコンクリートで完全に舗装されている。昔の集合住宅が廃墟になったものなのだろう。子供のころに団地に紛れこんでやったかくれんぼよろしく、その建造物の間を縫ってアジトに近づくことに決めた。

物陰に潜む敵を警戒しつつ、通路を進む。長年の間に積もったほこりが、拓馬たちが駆けるたびに舞い上がり、足元に小さな砂嵐を作った。両脇に迫る建物は静まり返っていたが、まるで誰かに見られているかのような威圧感を感じた。

その建物の一つに駆けこんだ。

「裏を見てくる!」

言い捨てて、黒澤が建物の奥へと駆け込んだ。廊下に並ぶドアの一つをシオリが蹴り開けた。中にすべりこむ。

扉の中に躍りこんで銃をかまえる。

家だ。

あがりかまち、古風な引き戸、その向こうにある台所、居間、けばだった畳敷きの部屋——それは、なんの変哲もない、3DKの住宅なのだった。主が出て行ってから三十年、ほこりをかぶったままで放置されていた住宅。台所には錆びた包丁とまな板が、おそらくこの部屋の住人が出て行った朝の状態のままで放置されていた。まるで住人はちょっと買い物にでも出かけただけで、今にもここに戻ってくるような、そんな錯覚を覚えた。

壁に並べられたコケシを、小銃が払い落とす。サイドボードを銃把で叩き割る。壁を蹴った。

さっきからずっと、はらわたの中で熱いものがたぎり続けていた。

奴らを殺す。殺してやる。

だが、その怒りとは裏腹に、やつらが立て籠もるアジトに近寄ることすらできなかった。

もどかしい。

秀悟の仇を討つ、と息巻いておいて、このざまだ。

拓馬の起こした騒ぎを尻目にシオリが窓敷居に腰を下ろした。肩にかついだ〇三式BR小銃を下ろし、アーマー・ベストから取り出した道具を使って小銃の点検を開始する。それにつられて、部屋のあちこちで生徒たちが腰を下ろし始めた。

十四人で戦闘を開始した一班も、卜部秀悟、池田美希、志村鉄也、汐田早苗の四人が欠け、十人にまで減っていた。それも最初の五時間で。

「ほら!」今日子の怒声を上げる。「あんたも銃の手入れくらいしなさい!」

治虫が情けない声で応じた。

「で、でも俺ハズレを引いちゃって、肝心の弾薬が、トイレットペーパーだったから……」

イライラとした声で今日子が遮った。

「それにしても銃の手入れはしとくの! 手入れをしとかないと、肝心なときに役に立たないでしょう!」

そのやりとりが癇にさわる。拓馬は腰も下ろさずに、室内を歩きまわった。戸口ばかりが気になって仕方ない。こんなところでのんびりとしていられない。

背中に声が投げかけられた。

「タクも少し休んで。外で、地べたに座るよりやっぱり楽よ。家の中だから」

振り向き、畳の上に座りこんだなおを睨んだ。

「うるせぇよっ！　お前は悔しくねぇのかよ、秀悟が死んで！　殺されたんだぞ、秀悟は！　あの七原秋也の野郎に！」

怒声に気圧され、なおはうつむいた。

「悔しいよ、本当に」

言葉を切った。その瞳にみるみる涙がたまっていくのがわかる。

「そして、こんなところで戦っている自分がすごく悲しい」

なおの頭頂部を見つめた。

秀悟、慎太郎、明日香、渉。

友達を失って哀しいのが、拓馬だけであるはずがなかった。

「わかったよ……、ゴメン」

その場に腰を下ろした。途端に畳からすえた匂いが立ち上がり、ほこりが舞った。まるで畳に生気を吸い取られていくかのように、腰から全身に疲れが広がっていく。

軽く眼を閉じ、開いた。目の前で久瀬遙が、腰に巻きつけたポシェットから、何かを取り出していた。注射器だ。ペンシルタイプの、とても小さい注射器。

「どうしたんだよ？　久瀬……なんだよ、それ？」

拓馬の声にはっと振り向き、遙は照れたような顔をした。

「インシュリン。笑っちゃうでしょ？　親の遺伝の糖尿病で、これを打たないとダメなの」

じっと拓馬が注射器を見ていると、遙は小さな声で、見ないで、と言って後ろを向き、注射を始めた。急いで視線をそらす。

「それ、毎日なの?」

なおが訊ねる。遙は振り返らずに、

「そう。でもさ、三日分しかないんだよね。こんなことになるなんて思ってもみなかったからさ」

部屋の向こう側では、鷺沢希がいつものぼんやりとした顔でうつむいている。海岸の戦闘を経てから、その上の空の状態には拍車がかかり、まるで瞳に霞がかかったかのようだ。パートナーの柴木雅実は、といえば、ポケットから取り出したセブンスターに火を点けている。

そういえば、雅実のそういう場面もあまり見たことがなかった。鹿之砦中学校ではラガーメンとして活躍していた柴木だが、もとは相当にグレていたと聞いたことがある。大テントで、リキに投げつけたナイフも、コケ脅しで持っていたものではないはずだ。

雅実は煙を深く吸いこみ、鼻から吹き出した。目に見えて全身の筋肉を弛緩させ、手を伸ばして希の肩を二度、ぽんぽんと叩いた。希が少し顔を上げ、雅実に頷きかける。

横の桜井晴哉が声をかける。

「乾燥しているみたいだし、ちゃんと火消せよ」

「へっ、こんなボロ家に火事の心配もなにも……、ま、火の始末は愛煙家のマナーやしな。どや、吸うか?」

言われるままに煙草を受け取り、ふかした晴哉が咳きこんだ。

いつの間にか注射を終えていた遙がそれを見て微笑んだ。

「初めてか。青井君も煙草吸うの?」

「ああ。久瀬は?」

「少しね」

「そうなのか。知らなかったな」

「でしょう？」遙は、額に汗の粒を浮かせ、弱々しく微笑んだ。「お互い、知らない事とかやってない事、まだたくさんあるんだね」

「そうだな」

「あたしたち、何こんなとこで戦争なんかしてんだろ？」

その言葉で、不意に記憶が甦ってしまった。慎太郎が拓馬を見つめたときの穏やかな表情。秀悟の何かを託すような真剣な声。涙がこみ上げてくる。急いで右腕で顔面を覆った。

なおが気遣わしげな声を投げかけてくる。

「ねえ、タク、あたしには聞こえなかった。慎太郎は、あのとき、なんて言ったの？」

「なんて言ったと思う？」

顔に手を押し当てたまま拓馬は応えた。

「あいつ、『おまえたちは前へ進め』って、そう言った。前へ進めって。自分はあんなに戦場に出ることを拒んでいたのに」

「それはきっと、あたしたちに生き残ってほしかったんだわ」

なおは続ける。

「拓馬も知っているでしょう？　慎太郎はきつい言い方をする人だったけど、その分正義感も人一倍強かった。だから、だからきっと、自分が人を殺してまで生き残るということが許せなかったんだわ。でも、あたしたちには生き残ってほしかった。たとえ人を殺したり、どんな悪いことをしたって、仲間のあたしたちには生き残ってほしかったのよ。だから、自分は残るって、そう言ったんだわ。自分があたしたちの『良心』になって残るから、あたしたちは前へ進めって。『良心』なんて捨てて、ただ生き残ることだけを考えろ。その捨てた『良心』なら、自分と一緒にここにあるからって。きっとそう言いたかったのよ」

塩辛いものが喉に吹き上げてきて、拓馬は歯をくいしばった。

「秀悟も……、秀悟も同じことを言ったんだ。『おまえたちは前へ進め』って。自分が怪我をして、もう先には進めないのに。俺たちには前へ進めって。あいつは、秀悟はもう前に進めないのに」

「ラグビーのルールって、考えてみたら変なルールよね。なんで一人がボールを持って走り始めたら、他のチームメイトがその前に出るとオフサイドになるの。どうして、前に出ちゃいけないんだろう」

拓馬の髪がそっと撫でられた。心を落ち着かせる、なおの指だ。

「秀悟はいつも、タクに走らせようとしていたよね。秀悟だって足は速いし、その気になればいくらだってトライできたのに。秀悟は、きっと、タクが走る姿を見るのが好きだったのよ。チームメイトだから……、仲間だから……、きっとタクにはいつまでも走り続けてほしかったんだわ」

「バカヤロウ!」

顔を膝に埋めた。こらえてもこらえても、熱いものがこみ上げてきて止まらなかった。

廊下に続くドアが開き、黒澤凌が室内に戻ってきた。左手でインカムを調整している。

「くそっ。二班の連中と連絡が取れねえ!」

黒澤は憤然としながら、なおインカムをいじり続ける。シュヴァルツ・カッツのメンバーは、二班には前薗健二と名波順、城直輝がいて、黒澤自身の一班には志村鉄也がいるだけだった。その志村鉄也も、すでにこの世にはない。

いけ好かない野郎だが、気持ちはわかった。今黒澤は、不安でたまらないはずだった。自分だって、ここになおや雅実たちがいなかったら、どんなに心細いことか。

突如、窓の外が閃いた。続いて落雷に似た轟きが耳を襲い、震動が薄汚れた窓ガラスをビリビリと振るわせた。窓枠にもたれかかっていたシオリが、猫のような動作で床に降り立った。

明らかに、いまのは爆発音だった。

「城たちだ!」

黒澤が叫んだ。

十二月二十四日　一二〇五時
【新たな死亡者】
男子十九番　森島達郎
女子十九番　八木綾音

残り二十四名

10

絶対生き残ってやる。

ゲームへの参加を求められたときに、野坂真帆はそう考えた。

真帆は中学生にしては新聞やニュース番組が好きで、社会情勢にも強い関心があった。だからBR法が立法化されたときの経緯についてもよく知っていたし、それが子供の暴走を恐れる大人から子供に対する、懲罰の意味を持っていることも理解していた。

大人がそれを子供に押しつけたがるのはやむを得ない。だったら、それを利用してやるだけだ。それをできるかどうかが、リキの言う勝ち組と負け組の違いなのだ、と真帆は考えていた。

正義も糞もない。以前のBRに比べれば、BRⅡは、殺す相手が顔見知りのクラスメイトではないだけ、ましというものだ。

七原秋也を殺すことについては、まったく良心の呵責を感じなかった。大規模テロで多くの人の命を奪った男だ。今度は自分が死ぬ番が来たというだけのことだ。

だから、真帆にとってゲーム参加のネックは、タッグマッチというありがたくないルールが追加されたことだけだった。パートナーがドジを踏んだら、自分まで死ぬことになる？　それは、あってはならないことだ。

パートナーに指名された日笠将太は、生き残りを賭ける相手として極めて力不足だった。例えばシュヴァルツ・カッツの黒澤凌や、ラグビー部のエースの青井拓馬だったら申し分なかった。日笠は日ごろ大きなことを口にしていたが、十中八九フカシであり、インターネットで仕入れたネタに違いないと真帆は睨んでいた。内心真帆に気があることも、真帆は勘づいていた。だれが、あんな男。考えただけでも虫唾が走る。

福田和美が爆死したときもそうだ。タッグマッチのルールが説明されると、リキに向かって「ペアの相手がミスしただけで、自分まで死なないといけないなんて不公平だ」などと不平をこぼしていた。そばに真帆がいることにも気づかずに。

（それはあたしのセリフだっつーの）

（あんたみたいなオタク野郎がミスしたからって、なんであたしが死ななくちゃなんねーんだよ）

だが、真帆は絶対に死なない決心を固め、そのための作戦も組み立てていた。真帆だけではうまくいかないが、パートナーがいれば――。

出撃のとき、出席番号十二番の真帆は二班のDボートに乗ることになった。不安定なボートで洋上を進みながら、真帆はこっそり自分以外の七人のメンバーを観察していた。

なんといっても健康優良児の蓮田麻由は大きな戦力だった。男子でいえば、黒澤や青井クラスのサラブレット。つまらないところで蓮田がつまずかないよう、気にかけておかないといけないだろう。問題はペアを組む保坂康昭で、こいつは日笠とはタイプが違うものの、やはりオタクタイプのデブ野郎だった。こいつが麻由の足を引っぱらなければいいのだが……。

あとの女子二人ははっきり言って問題外。新見麗奈と波多量子はクラスでもおとなしい方で、運動能力も高そうには見えなかった。この二人をなんとかペアの男子に支えてもらわないといけない。

麗奈とペアを組むのは長谷川達彦。サッカー部のエースストライカーで能力値は高いはずだった。結構モテそうな風貌をしているので女子の間で人気も高いが、真帆は彼の本性を知っていた。

達彦が前の学校にいられなくなった理由は、彼が事件を引き起こしたからだ。前の学校でもサッカー部に属していた達彦は、エースとしてちやほやされたあげくに増長し、そのことを武器に女生徒のナンパに励むようになっていた。散々おいしい思いをしたのはいいが、最後にとんだミソをつけてしまった。自分に気があると勘違いした女生徒を、むりやり押し倒したまではよかったが、その女生徒は厳格なクリスチャンの家庭の子だったため、純潔を汚されたと大騒ぎをし、自殺未遂まで引き起こしてしまったのだ。

激怒した父親が娘を警察に連れていって被害届けを提出させ、達彦の悪行は一気に露見した。学校もさすがにかばいきれず、鹿之砦に追放を決定したというわけである。

つまり、究極の自己中野郎なのだ。

しかし達彦の身体能力には利用価値がある。こいつをパートナーにできれば、話は違う。

達彦にはやや劣るが、前薗健二も運動能力では申し分がない。健二の得意種目は格闘技で、子供のころからフルコンタクトの空手道場に通っている、と聞いたことがある。鹿之砦に転校してきた理由はわからないが、おそらく両親に何か問題があったのだろう。鹿之砦は、本人に問題がある生徒を受け入れるだけでなく、家族がまともに社会生活できなくなったときに、生徒を避難させる場所でもあるからだ。たとえば、BR法反対運動で処罰された親の子供などを。健二がシュヴァルツ・カッツに入って粋がっているのも、そうした自分の境遇にすねてのことに違いなかった。

とにかく麻由と達彦、健二、この三人がパートナーに煩わされて命を落とすことのないよう、祈るしかない。

生い茂ったクマザサが絶えず迷彩服のズボンをかすめてかさかさという音を立てる。灌木の枝が常に顔の前にせり出し、それを避けなければ前に進めなかった。道というよりは、ブッシュの中を無理やり通っているようなものだ。灌木は不用意に手で払いのけると、反動で後ろに続く者の顔を直撃したりするから、注意深く枝を手渡しのようにして避けていかなければならない。おかげでそれほど進行の速度は上がらない。いつまで続くかわからないブッシュの中をただ黙々と歩くだけだ。

午後〇時二十分。戦艦島に上陸した二班の十四人は、一班に続いてなんとか弾薬の補給を受け、ブッシュをかきわけながら、アジトへと続く丘陵を上がっていた。道というほどの道もないため、一列縦隊でしか進んでいけない。日陰ではまだ朝の霜柱が残っているのか、ときおりじょりじょりという音がする。

「おーい、みんないるか? 自分のペアを組んでいるやつが間違いなくいるか、確かめてくれ」

と前薗健二が叫んだ。

「ペアの子がいなかったら、自分も死んでるはずでしょ。いるに決まっているじゃない」

と、新藤理沙がやり返す。確かに不必要な質問だが、この場で誰一人欠けていないことを確認したいという、前薗の気持ちもわからないではない。十四人がそれぞれに、前や後ろにいるはずの自分のパートナーを目で追い求めた。いる、大丈夫だ、という呟きが次々に漏れる。

「あれ、田口のやつがいねぇんじゃねえのか?」

と名波順が言う。

列の先頭から、ボソリと「いるよ」という声が帰ってきた。

「なんだ、いたのか。いつもどおり影が薄いからわからんかった」

ヘラヘラ言う名波に、

「な・な・み」

ゆっくり区切るようにして言うのは、夏川結子だ。

「からかってる暇があったら、前見て歩け、オタンコナス」

つき離すと、誰かがぼやいた。

「にしても、腹減ったよな。あいつら武器の補給はしてくれても、飯は落としてくれねえんだもんよ。リュックの中見たら、入ってたのはミネラル・ウォーターとビスケットだけ」

日笠将太の能天気な声だ。

「あの状態で飯食ってる余裕があるんなら、食ってろよ。俺はとにかく七原秋也の顔を拝むまで、食おうったって飯が喉を通らねえよ」

城直輝が冷たく言い放った。口だけ男の日笠を城は嫌っている。

予想以上に順調にきている。そんな気持ちの余裕が将太にはあったのかもしれない。確かに、この数時間は、攻撃を受けることもなかった。

「しかし、一班の方は無事に進んでんのかなあ。こっちは、これまで一人の犠牲者も出なかったっての は、正直意外だったぜ」

日笠将太はまだ軽口を続けている。

確かに、掃射の激しさを考えると、一人の犠牲者も出なかったのは奇跡だった。

(だが、おまえがそれを言うな)

真帆は胸中で日笠将太につっこんだ。誰のせいでみんながこんな苦労をしていると思ってるんだ。

上陸戦は大失敗だった。先に上陸した一班に対して二班が大きく遅れをとったのは、水際で集中掃射を受け、パニックに陥った者が出たからだった。初めから戦力外として計算していた麗奈や量子はしかたがないとして、真帆のパートナーである将太までがすくみ上がって動けなくなってしまったのには頭にきた。意外なことに保坂康昭は、肥えた体の割に動きが早く、麻由とともに丘に駆け上がっていったにもかかわらず、である。

おかげで一班が逃げこんだ崖下右のポイントに二班は入ることができず、逆に左側に大きく迂回して銃撃を避けざるをえなくなった。しかし遅れをとったおかげで、一班に集中した敵の攻撃から一時的に逃れることができたのである。しかも前薗健二の提案で、道を離れ、ブッシュの中にわずかにあるけもの道を行くことが決まった。

「なにも見晴らしのいいところで、むざむざ標的になることもねえっぺ? ぎりぎりのところまで隠れて進むべよ」

前薗はそう言って顔をほころばせた。

十四人は黙々と歩き続けている。

実質的にチームを率いていたのは、シュヴァルツ・カッツの三人、城直輝、名波順、前薗健二であり、普段からつるんでいる三人が動けば、自然とそれがチームの方針となった。

いわば男子主導の動き方だったが、クラス委員を務める勝気な新藤理沙が、そのことに不満を感じていないわけがなかった。

二班のCボートに乗っていた女子三人のうち、クラスのサブリーダー的な存在の戸塚保奈美と、水商売の家に育ってやや癖があるものの大人びた態度で人気がある夏川結子の二人は、いずれも新藤理沙と仲がよかった。これにDボートの蓮田麻由と、一班にいる筧今日子、鷺沢希を加えた六人が新藤理沙のグループとでもいうべき存在なのだが、理沙は今のところ表立って自己主張しようとはしていない。

いかにも理沙らしい、大人の判断だと真帆は思う。シュヴァルツ・カッツの連中の行動は単純だが、いまのところ間違ったことはしていない。もし道を大きく踏み外すようなら、そのとき、理沙が物を言えばすむことなのだ。意味もなく、チームに軋轢《あつれき》を引き起こすことはない。まして真帆には、自分が先頭に立ってリーダーシップを発揮しようというつもりもなかった。それは、真帆にとって「余計なこと」にすぎなかった。

真帆はこれまで、その「余計なこと」を極力回避して生きてきた。

中学校に進学した当初から、真帆は自分の知力と体力を鍛えることにしか関心がなかった。子供のころから合気道を習ってきたため、クラブ活動は特にせずに道場通いを続けた。真帆の優れた身体能力を見込んで勧誘も多かったが、真帆はそれらをすべて断った。そのことで陰口を叩く者もあったので担任教師がやんわりとたしなめに来たが、真帆は気にもしなかった。

「先生、あたし合気道の道場に通ってますから、十分体は鍛えられます。きちんと勉強もしたいし、これ以上クラブとかやっている余裕はないんです。集団生活とか、そういうことなら、クラスの係だってやりますすし、問題ないはずです。なにかいけないことでも、あたししてますか?」

そう言われると、教師には返す言葉もなかった。

真帆が二年のとき、数学を担当していた教師が、クラスで反感を買ってしまったことがあった。ちょっと居丈高なところのあるその教師が、頭ごなしに押しつけるような物言いを続けたために関係はこじれ、とうとうクラス全体で授業をボイコットしようということにまで発展してしまった。

クラスの生徒が団結して早退し、授業を受けることを拒んだその日、真帆だけが同調せずにその教師の授業に出た。

「なんで、みんなで決めたことに逆らうわけ? クラスのみんなの総意でしょう」

詰問されても真帆は、一切反省しなかった。

「だって、授業をずっとボイコットし続けるわけにはいかないじゃない。先生の方が立場強いんだし。そんなことやってもムダだよ」

「みんなでやってることをバカにするつもり?」

「バカにしてないけど、あたしはムダだと思うから参加しなかっただけ」

「自分だけいい子になりたいわけ?」

「別に。いい子ってなに? そっちこそ、みんなの前でいいかっこしたいだけじゃないの? そうやって全員で反抗すれば誰か一人だけ処分されるはずないよね。結局安全なところから、ままごとみたいな反抗をしてるだけじゃない」

以来、クラスで真帆は浮いた存在となり、シカトなどの陰湿ないじめも始まった。だが、もともと同級生に媚びない真帆に、それが応えるはずもなかった。とうとう直接的な暴力で勝負に出る者もあったが、合気道有段者の真帆は、難なくそれを退けた。

だが、ある日連中はとんでもない行為に出た。帰宅途中の真帆を襲い、男子数人でレイプしようとしたのだ。幸い通りがかった人があったため、行為は未遂に終わったが、真帆はその足で預金をすべて下ろし、護身具を購入した。そして翌日、メイスと特殊警棒で、いじめの首謀者の女生徒を半殺しの目に合わせたのである。その結果、鹿之砦送りの運命が待っていたが――。

真帆は、自分から進んで誰かに危害を加えようとは一切考えていなかった。ただ、みんなが自分に必要以上の干渉をするから、やむを得ず反撃しなければならなくなるだけだ、そう思っていた。

今度のゲームも同じだ。自分は生き残る。たとえ誰を犠牲にしたとしても、だ。

麓《ふもと》の方では泥濘に近かった足元の赤土も、だんだんと乾いて固い地面になってきていた。振り向けば、木々の向こうに海が見える。その海から吹き寄せてくる冷たい風が、体力を少しずつ奪っていくようだった。

早く目的地に着きたい。そんな思いが胸の中に居座り続けていた。真帆の目にも、みんなが少し焦り始めているように見えた。だが、目的地に着けば、そこには敵が待っている。

「空だ。前が開けてるわ」

前の方にいた戸塚保奈美が、振り向いて呼びかけた。言われて、前を見た。幾重にも視界を覆った灌木の向こうに、確かにこれまでとは違う陽射しが覗いていた。前薗がナビを取り出した。

「よし、狙いどおりだ。大きく迂回して、突入ポイントCの近くまで来たぞ——どうする、城?」

「今一班がどこまで来ているかが問題だな。もし近くまで上がってきているんだとしたら、連絡を取って両面から一斉攻撃だ」

「インカムで連絡するか?」

「待ってよ」と麻由。「その電波が傍受されている可能性はないの。無線で連絡を取りあうのは危険すぎない?」

「んなことといっても、単独攻撃は無謀だろう」

「そうだけど、ほかに連絡手段はないのかしら……たとえば、誰かが行って直接連絡するとか」

名波順が口をはさんだ。

「そりゃ、ただでさえ少ない戦力をさらに分散させることになってうまくねえよ。背に腹は替えられねえ。ここは一か八か無線で連絡するしかねえだろう」

城が同意した。

「そうだな。だがそれにしてもこんな藪の中じゃ身動きも取れねえ。もう少し先に進んで、突入ポイントを狙える場所まで移動しよう」

真帆は前を行く麗奈の肩を叩いた。ゲホンゲホンといやな感じの咳を漏らしていたのだ。赤い顔をした麗奈が振り向く。小声で真帆が話しかけた。

「あんた、大丈夫? 顔赤いけど、熱あるんじゃない?」

「大丈夫、この茂みが、たぶん何かのアレルギーだと思うから……」

「ああ」

真帆は納得して周囲を見まわす。麗奈はアトピーで、しかもひどいアレルギー体質だ。これだけ植物が生い茂った場所なら、何かがアレルゲンとして反応してもしかたがない。

だんだんと強くなってきた陽射しを避けて前方を透かし見た。ブッシュが終わった先は、低い背丈の草が生えた原っぱのようになっている。その向こうに木立があり、それを越えればアジトへの突入ポイントが見えてくるはずだ。

（あそこまで行けば）

真帆は肩から下げた小銃を持ち直した。

そのとき、先頭を歩いていた田口正勝の右半身に閃光が走り、胴体が真っ二つになってはじけ飛んだ。


田口正勝は無口な生徒だった。だが、その無口には理由がある。彼は両親が国家反逆罪で逮捕された家庭の子供だったのだ。連行される前の晩、両親は小学五年生だった正勝を呼び、言い残した。

――いい、マサカツ。パパとママは明日、警察の人に呼ばれていかなくちゃいけないから、しっかりお留守番をしているのよ。

――マサカツのところにも人が来ていろいろ言うだろうが、絶対に何も話してはいけない。その人たちはいろんな嘘も言うだろう。たとえばパパとママがお前を捨てたというようなね。でもそれは全部嘘だ。正しいことは一つだけ。それは、パパとママの一番の望みは、おまえのところに戻って一緒に暮らすこと、ということだ。

――信じて。パパもママもあなたを心から愛している。絶対にあなたのところに帰ってきますからね。

その翌日、二人は本当に連行され、帰ってこなかった。正勝も家庭裁判所に連れていかれ、入れ替わり立ち替わり人が変わっての尋問を受けたが、一切それに答えようとはしなかった。それが、両親にとって不利な証拠を見つけようとする誘導尋問であることがわかったからだ。小学五年生といっても、正勝は幼いころから両親の活動を見て育った子供だった。

親戚の中には、正勝を心配して洗いざらいなんでも話してしまうように言う者もあった。また尋問者はこんな言い方もした。

――きみのパパとママがおうちに帰ってこられないのは、きみが本当のことを話してくれないからだよ。きみが本当のことさえ話してくれれば、明日にもまたきみは家族と一緒に暮らすことができる。パパとママが帰れないのは、本当のことを話してくれない、きみのせいだ。

嘘だ。それは絶対に嘘だ。正勝は歯をくいしばって黙秘を続け、結局何も話さなかった。拘留期間が過ぎても両親は帰ってこなかったが、それでも正勝は一切口を開こうとしなかった。その態度は学校でも一緒で、級友にさえほとんど話しかけることのない子供になっていた。

彼が全寮制の鹿之砦中学校に進むことになったのは、そのためである。もしそのとき尋問に応じて洗いざらい話していれば、誰か親戚を里親として引き取られることも許されただろう。だが、両親の教えに従って黙秘を続けたことから、当局は少年の中にはすでに反体制思想が芽吹いていると判断した。周囲を汚染しかねない危険分子は、隔離する以外にない。

だが、鹿之砦に送られても正勝はへこむことがなかった。自分が黙秘を続ければ、いつか両親は帰ってくるはずだ。二年、三年が経ち、卒業が間近くなっても、正勝は信念をもって黙秘を続けていた。

自分さえ話さなければ。

だが、その信念も虚しく、クレイモア地雷が彼の体を破壊し、文字どおり物言わぬ骸と変えてしまった。

田口の命を奪った爆発を皮切りに立て続けに爆音が響いた。

「みんな動くな、地雷原だ！」

城が叫んだ。保奈美と理沙が腰を抜かしたようにその場にへたりこんでいる。

城の眼前には、目に見えないほどに細く、張りつめたワイヤーがあった。ワイヤーはどこかで地雷につながっているはずだ。テロリストたちも馬鹿ではない。侵攻部隊がこの茂みを抜けてくることを見越し、罠を仕掛けていたのだ——。城の目の前で、ワイヤーが鈍く光っている。

インカムから漏れてくる轟音は一つだけではなく、立て続けに耳をつんざくような音の奔流が襲ってきた。間違いない。爆発音だ。一班の十人の間に、沈黙が流れた。なおが拓馬の手を握りしめる。

黒澤がナビのGPS画面を食い入るように見つめ、インカムに怒鳴っていた。

「城！　大丈夫か！」

城直輝の絶叫が返ってくる。その声は、奇妙に裏返り、感情がむき出しになっていた。

——田口がやられた！　クソッ。地雷だ！　やつら、地雷を仕掛けてやがった！　田口の奴がそれに引っかかっちまったんだよ！

拓馬は息を飲んだ。城のヒステリックな声の向こうに響くこの音は……。

何度も聞かされたあの音。首輪の電子音だ！　拓馬は、一班の誰にともなく問いを投げかけた。

「田口がペアを組んでいたのは誰だ？」

「保奈美だわ！」

間髪いれず、しゃがれた今日子の声が返ってきた。

インカムの向こうで電子音は速度を増している。そして意味のない言葉を口々に叫んでいる二班の生徒たちの声が、それに混じって聞こえてくる。拓馬たちはそれを、廃屋の茶の間に座って聞いているだけだった。なおの顔が青ざめている。

ひときわ大きい叫び声が耳に飛びこんできた。クラス委員の、新藤理沙の声だ。

——保奈美！

――理沙！　怖いよ！

――大丈夫、大丈夫よ。保奈美を絶対一人にしない！

――ヤバイよ理沙、早く放して！

この声は野坂真帆か。

――友達見捨てる気？　あたしは絶対にイヤ！

――なに言ってるの。あんたまで死ぬ気？　誘爆しちゃうんだよ！

――くそっ！　どうすりゃいいんだ！

「城、前薗、名波、待ってろ！　いま行くぞ！」

小銃を摑んで黒澤が立ち上がった。戸口から飛び出そうとして、その動きが止まる。

いつの間にか窓辺から部屋の中央にすり寄っていたシオリが、黒澤の喉下に〇三式ＢＲ小銃を突きつけていた。

「キタノ、なんのまねだ……」

黒澤が喘ぐ。その顔を小銃の照準越しにシオリが睨みつけていた。

（キタノ？）

またしてもシオリの顔に見たこともない表情が浮かんでいた。意思確認のとき、リキの前で見せた決然とした表情とも違う。氷柱を思わせる、冷たい表情だった。背中には、周囲を気圧《けお》す雰囲気が漂っている。

「行かせない。友達ごっこはもうお断り。忘れた？　あんたとあたしはパートナー。あたしは、今あんたに死んでもらっちゃ困るの」

「てめえ！」

黒澤がわめいて小銃を腰だめに構えた。晴哉が叫んだ。

「キタノ！」

「撃てるなら、撃ちな。その代わり、あんたも一緒に爆発するよ！」

「奴らを見殺しにする気か！」

「七原のところへ行くのが先だよ」

インカムの騒音にも動じず、シオリは静かに言い放った。

「それまであたしはあんたを絶対に見殺しにはしない。絶対に、生きてもらわなきゃならないんだ」

インカムから再び金属の爆ぜるような炸裂音が飛び出してきた。あれは地雷の音か、それとも首輪が爆発した音か？

城直輝の声が虚しく響く。

「……みんな動くな、落ち着け！」

対峙するシオリと黒澤の距離は変わらない。

十二月二十四日　一二三一時
【新たな死亡者】
男子九番　田口正勝

残り二十三名

11

ＢＲ法の改正に従って改造された首輪、正式名称ソロモン六号には、リキが説明したとおり、パートナー同士で電波の同期をとる機能が追加された。相手が死亡したり、五十メートル以上離れて相手の位置が検索できなくなったりすると、自爆装置が作動する仕組みになっている。

その自爆装置はトリガーが外れてから起爆までの時間が一定ではなく、一秒から二百五十五秒までの間でランダムに設定された数値で爆発に至るように改造されていた。

これは、ＢＲゲームからの脱走者が首輪を外すことに成功した形跡を残していることから発案された機能であり、首輪外しの作業を困難にさせる意図があった。いつ爆発するかわからない首輪では、なかなか作業もしにくいはずだからである。首輪には自爆装置作動状態を表示するLEDがついているが、これとて正確な爆破タイムを判断できないように改良されていた。したがって、LEDが点灯してから爆破に至るまでの数十秒間、本人及び周囲の人間は、いつ爆発するかわからないという恐怖に苛まれながら、運命の瞬間を待つことになる。その恐怖の演出もまた、BR法制定の理念にかなったものなのだった。

戸塚保奈美の首輪が作動している。トリガーが外れた瞬間に、首輪内の電子サイコロがはじき出した爆破までの時間は三十秒。だが、二班の生徒たちがそれを知ることは絶対にできない——。

残り、二十五、二十四、二十三、二十二、二十一——。

恐慌に陥った戸塚保奈美を、新藤理沙が抱きしめるようにして庇っていた。

呆然として見ているのは波多量子と新見麗奈だ。

野坂真帆が理沙の腕にかじりつき、振りほどこうとするが、理沙は離そうとしない。

保坂康昭が小銃を抱きしめておろおろと立ち惑っている。

残り、二十、十九、十八、十七、十六——。

シュヴァルツ・カッツの三人が、小銃をかまえながら理沙と保奈美を見、また草原の方を見やった。

LEDが明滅するたびにこめかみに脈が打ち、膝ががくがくと震える。

突然、真帆が何事かを口走った。日笠将太の背中をどやしつけたが、将太はその場に転倒しただけだった。

二人の背後から、長谷川達彦が躍り出し、理沙の両肩に覆いかぶさった。フルネルソンでその両腕を引き離そうとする。

残り、十五、十四、十三、十二、十一――。

一旦は引き離された理沙だが、左腕を旋回させ、肘を達彦の左頬骨下に叩きこんだ。達彦は倒れ、その足元に屈みこんでいた日笠将太の頭上に尻から落ちていった。

そろそろと起き上がろうとしていたところに、いきなり達彦が落ちてきて将太は再び転倒した。その右手が、〇三式BR小銃のトリガーを引いてしまう。銃口から五・五六ミリ弾が飛び出していった。

その先にはシュヴァルツ・カッツの三人がいた。足元に突如掃射をくらい、その場に飛び上がる。

残り十、九、八、七、六――。

背後から攻撃を受けて錯乱した前薗健二が走り出した。城直輝の静止の声も届かず、草原の中に駆けこんでいく。

全員の注意がその前薗に集まった瞬間、城が理沙を羽交い絞めにし、保奈美を抱きしめていた腕をふりほどいた。

残り五、四、三、二、一――。

駆け続ける前薗の足が、草原の中に張りめぐらされていたワイヤーの一つを引っぱった。ピンと張られたワイヤーの先は一続きに連なった手榴弾の信管につながっている。一斉に信管が引き抜かれ、一瞬にして気化した起爆剤が、爆薬の威力を解き放った。

理沙の体を抱きしめたまま、城がごろごろと草むらの中を転がっていく。二班の生徒たちは、一斉にその場に突っ伏した。

達彦が麗奈の足を引っぱり、その場に転倒させた。

立ち尽くす保奈美の背中を真帆が突き飛ばし、草原の真ったた中へとまろび出させる。

起爆。

手榴弾の列が次々にはじけ飛び、爆風と衝撃波を放散させるとともに、空き缶の中に入っていた一ミリ大の榴弾を散乱させた。

最初の爆風で両大腿の下をもぎ取られた前薗健二の全身に雨あられと榴弾が降り注ぎ、大切な器官をことごとく破壊した。

同時に、たたらを踏んで地雷地帯に踏みこんだ戸塚保奈美の足がやはりワイヤーに触れ、周囲の地雷を同様に誘爆させた。全身に襲いかかる熱風。だが、首輪の起爆によって保奈美の頸椎は一瞬にして粉砕され、脳幹とそれ以下の身体とのつながりは断ち切られていた。

爆風によって全身の皮膚を炭化させながら、末梢神経に残っていた神経伝達物質の指令に基づいてまだなお一歩二歩と踏み出していく保奈美の体。その足がさらに数本のワイヤーを引っぱり、もんどりうって倒れ伏した。

さらなる爆発。

達彦に足をすくわれ、仰向けに倒れた麗奈の頭上では、電子サイコロで三秒を引き当てた波多量子の首輪が忠実に機能を働かせ、轟音とともにその頸部を破砕した。

その爆風が周囲の生徒たちをなぎ倒し、背中を押されるようにして何人かが前方に駆け出していってしまう――。


インカムから漏れ出す音が、拓馬たちを凍りつかせていた。

永遠とも思える間続いた爆発音。轟きの中に、確かに拓馬は聞いた。耐えきれないというような嗚咽、なぜ自分が死ななければならないのかという怨嗟の声。肉が引きちぎれ、焼けついた骨がはぜる音。幾千万の細胞組織が一瞬にして酸化し、ガスとなって四散していく音。命が消える音。友という存在が無に変わっていく音。その響きが拓馬の心を引き裂いた。

轟音が途絶えた後、ラジオがハウリングを起こしたような音がさらに一同の鼓膜をつんざいた。ノイズではなかった。インカムの向こうで、誰かが叫んでいるのだった。人間のものとも思われぬその声は、長く、長く響き、いつまでも十人の鼓膜をうがち続けた。

黒澤がその場にへたりこみ、小銃を投げ出して両手で畳を殴りつけた。

「クッソォォーッ！」

シオリが射撃姿勢をやめ、小銃を下ろす。かがみこんで黒澤の小銃に手を伸ばし、セイフティーロックを戻した。

筧今日子が呆然と中空を見つめている。まるでそこにホログラムのように画像が浮かび、級友たちの死に様を浮かび上がらせているとでもいうように。

拓馬はがくんと腰を落とした。気づくとなおの手を力の限り握りしめていた。指先の爪が食いこんだところから、薄く血が滲んでいる。

声が出なかった。喉の奥に詰まったものが、息を苦しくさせ、体をその場に麻痺させていた。誰もが声を発せず、その場に縛りつけられていた。それまで何人もの友人の死を目撃した。だが――、音声だけでその死の瞬間を知らされたのは初めてだった。手の届かないところで、友人たちの上に降りそそいでくる絶望的な死。実際に目で確かめる死以上に残酷で、理不尽な死のように感じられた。

「保奈美」

今日子が呟いた。

「信じられない。保奈美が死んだの？」

「今日子」

鷺沢希が気遣うような声をかける。今日子がその方向を振り向いた。

「希、信じられる、あの保奈美が死んだなんて？

保奈美は、」ごくりと唾を飲む。「保奈美は首都の高校に推薦が決まっていたの。鹿之砦中学校と同じで、そこも全寮制の学校。あの子の成績だったら、もっと上の高校を狙えるはずだったけど。あの子は――あの子は明るくて、誰にでも優しくて、本当に裏表のない子だったけど――あの子は、絶対に実家には帰りたくないって言っていたから。家に帰るくらいなら、死んだ方がましだって、そう言っていたから……」

「うん、よくそう言ってた」

「保奈美のお母さん、保奈美が小さいころに亡くなったの。保奈美のお父さんのご実家とうまくいかなくて、死んだのはいじめ殺されたようなものだって、いつも言っていた。お父さんに殺されたようなものだって。そのお父さんと顔をあわせるのも嫌だって言っていた、あたしたちには。でも、いつもは絶対にそんなことを口に出さないで、みんなを明るく楽しませることばかり考えてた」

希が頷く。

「そうだった。そういう子だったね」

「どうして、そんな子が死ななくちゃいけなかったの？　どうして？」

「死んでいい理由のある人間なんか、いねえよ」

拓馬は吐き出すように言った。

秀悟だって、慎太郎だって、渉だって、明日香だって、どうして死ななくちゃならなかったんだ。誰か教えてくれるものなら教えてくれ。

拓馬の胸中にも声にならない叫びが渦巻いていた。

「あたしね」希が呟く。

「幼稚園のときに、自動車事故で両親が死んだの。旅行の帰り、父が車の運転を誤って、ガードレールに突っこんだ。チャイルド・シートに座らされていたあたしは、奇跡的にもまるで無傷だった。でも、両親は助からなかった。あたしは、押し潰された車の中で、二人が死んでいくところをじっと見ていたの。血がだんだん失われて、母の顔が蒼白になっていって……、運転席の父の腕がガクリと垂れ下がって……」

「それを、ずっと見ていたの?」

今日子が信じられないというような声で聞いた。

「そう」希が微かに頷く。「助け出された後も、その光景が頭から離れなかった。それどころか、それから何年経って、いくつになっても、毎晩のようにその光景の夢を見た。その映像があたしの頭の中にどうしても消えない焼印となって残っていたの。小さいころのあたしは、気が狂ったんだと思ってた。あたしはこのまま、血だらけの両親の記憶と一緒に生きていくしかないんだって。その記憶がある限り、あたしは他の両親がいる子とは普通につきあうことができなかった。その子にはそんな血まみれの記憶なんてないんだもの」

「でも、あなた、そんな話ちっとも……」

「うん。この中学校に来て、だんだんその夢を見なくなったの。ほら、鹿之砦って、あたしだけじゃなくて、いろいろな形で家族を亡くした子がいっぱいいるでしょう? そんな子たちと話しているうちに、なんだかあたしだけがいつまでも悲しみに暮れているのはおかしいかな、なんて思うようになって」

「そんな哀しいことが忘れられた?」

「忘れつつあったみたい。前には起きていてもはっきりとその映像が目に浮かぶことさえあったのに、夢でも見なくなったくらいだから。でも、そうしたら逆に……」

両腕で抱いた膝に顔を埋めた。

「そうしたら逆に、そんな大事なことを忘れてしまうなんていけないんじゃないかって思うようになったの。家族の中で生き残ったのはあたしだけなのに、そのあたしまで忘れてしまったら、両親のことを思い出してくれる人なんていないはずじゃない？　せめてあたしだけでも、お父さんとお母さんのことを思い出してあげないと」

「誰かが覚えてくれている限り、その人は本当に死んだことにはならないのかもね」

なおが柔らかい声をかけた。

「そうかもしれない。あたしも、もしあたしが死んでも、みんなにはずっとあたしのことを覚えていてほしいと思う」

今日子が呟く。

「あたし、保奈美のことを忘れないよ」

突如、インカムが復活し、声が漏れ出した。

――誰か聞こえるか？　こちら城だ。黒澤、応えてくれ！

凍りついていた黒澤の顔に表情が戻った。インカムに怒鳴る。

「城！　大丈夫か？　怪我はないか！」

――前薗がやられた！　こっちの被害は四人だ！

「前薗が？　どうしたんだ。今の爆発音はなんだ？　少し聞こえたが……地雷なのか？」

――地雷だ。ブッシュを抜けて裏をかいたつもりが、やつらブッシュの出口に地雷を仕掛けてやがったんだ。そっちも気をつけろ！　俺たちが引っかかったのはワイヤーで引っかけるタイプの地雷だが、あと、どんな仕掛けがあるかはわからん！

シオリが口をはさむ。

「そっちの残り人数を教えて。こっちは四人斃されて十人。そっちも同じと考えていいの？」

――その声は……、キタノか？　そうだ、こっちは十人だ。幸い大きな怪我を負った奴はいねえ。命を落とした連中以外はな。

「そうか」

黒澤は一瞬瞑目し、また大きく目を見開くとインカムに呼びかけた。

「城、俺たちは今正面のポイントAにいる。陽が落ちる前に一気にケリをつけよう。三十分後に一斉突撃。俺たちはポイントA、そっちは、ポイントBか?」

——そうだ。地雷原を迂回してポイントBに向かった。わかった。片ァつけちまおう

「時計合わせて」とシオリ。「こちら一二一七時。一三〇〇時に突入でいい?」

——了解! 奴らのアジトで会おうぜ!

通信が途絶えた。

いつの間にか、畳の上に立ち上がっていた。荒く息をする黒澤の顔を見つめる。気づけば、部屋の全員の視線が黒澤に集中していた。

黒澤がゆっくりと小銃を拾い上げ、ヘルメットをかぶり直した。シオリを睨みつける。その眼に、陰惨な光が宿っていた。

「わかったよ。戦うしかねえもんな。何人こっちが死のうが、七原秋也をぶっ殺すまで、俺たちは戦うことを止めるわけにはいかねえんだ。前に進むぜ。銃をとって。糞ゲリラどもを、みな殺しにしてやるよ、一人残らずな! それで文句はねえだろ」

小銃の安全装置を解除しながらシオリが頷いた。

「やってやるぜ、七原ァ!」

——俺の前で、七原秋也の名を出すな。

そう言ったときの黒澤の背中が、不意に網膜の裏に甦ってきた。今わかった。黒澤の中にあるのは、憎悪だ。七原秋也に対する、どす黒い憎悪の念だ。

地雷原の向こう側にまでたどり着くまで、真帆たちはじりじりとした歩みを強いられた。一歩一歩踏みしめながら、手足が何かを引っかけていないことを確認していく。

(まるで、『だるまさんがころんだ』だ)

こんなところを狙撃されたらひとたまりもない。

だが、これ以外には前にも後ろにも進む方法はないのだった。気の遠くなるほどの時間が経った後、ようやく二班の十人は草原の反対側に到達した。

冬の太陽の、鈍い陽射しが十人の後ろに影法師を作っていた
（しかし、あいつが死ななくてよかった）

じれったい歩みの間、ずっと真帆はそのことを考えていた。あいつに今死なれてしまうわけにはいかないのだ。ボートに乗って本土を離れるときからずっと考えていた真帆の計画を、いよいよ実行すべきときが迫っていた。それにはまず、あいつの助けがいる。

草原の向こうは、資材置き場のようにプレハブ倉庫が立ち並ぶ地帯だった。この先には、遮蔽物はない。おそらくここが、二班の十人にとって、最後の休憩地点になるはずだった。全員が小銃を肩から下ろし、点検を開始する。三十発撃てるはずの弾倉は、まだほとんど消費されていなかった。それもそのはずだ。これまで四人の人間が命を落としたが、交戦で死んだ者は一人もおらず、地雷と誘爆によって殺されただけなのだから。

（そんな死に方、ほんとうに犬死だ）

真帆も装備を入念にチェックした。ほんの一瞬の油断が身を滅ぼす。準備の手を抜けば、それだけ死ぬ可能性も高まるはずだった。そういえば、朝から何も口にしていない。辺りを見まわし、こっそりとポケットからキャラメルを取り出して口に含んだ。糖分の補給。血糖値が低くなれば、脳の回転も悪くなる。

全員が無言で準備を進める中、不意に新藤理沙が立ち上がった。蓮田麻由が驚いたような顔で理沙を見つめる。戸塚保奈美が死んで以来、理沙はずっと蒼白な顔色をして黙りこんでいるだけだった。

「ね、どうして？　本当にあたしたちだけであの砦に突撃しようというの？　みんな落ち着いて！　無茶に決まっているでしょう？　向こうはこれまで何度も戦闘を繰り返してきている戦争のプロなんだよ？　あたしたちが遮二無二突っこんだって、返り討ちになるに決まっている。ほかにもっといい戦い方があるはずだよ。ちゃんともう一回話しあおうよ！」

城がちらりと理沙に視線を送り、また黙々と装具の点検を始めた。傍らの名波が肩をすくめる。小太りの保坂が意外なほどに穏やかな声で言う。

「新藤さん。僕も怖いけど、ほかに方法は無いよ。まごまごしていたら、この場所だってすぐきっと禁止エリアに指定される。そうなったら、この首輪で吹き飛ばされるだけだよ。それくらいなら、まだ可能性のある方法を選んだ方がいい。どうせ死ぬんだ、早いか遅いかだよ」

「あたしは行くよ」

真帆が挑戦的な口調で言いはなつ。

「お、俺も」

と、日笠将太が同調するのを無視して、

「理沙くらい頭がよかったら、生き残りの手段も思いつけるのかもしれないけど、あたしにはあの大人たちが逃げ道を用意したようには思えない。あいつら、あたしたちにどうあってもこの突撃をやらせるつもりなんだよ。それならそれで、やってやるしかないじゃん」

「あたしも嫌だけどねぇ」

苦笑するのは夏川結子だ。

「やだなあ、こんな若さで死ぬのは」

「死ぬ前にもう一度、鹿砦軒の山盛りタンメン、食いたかったよなあ」

名波がおどけた声をあげ、麺をすするパントマイムを下手くそにしてみせる。

「やめてよ!」

両手で耳を塞ぎ、理沙が叫んだ。

「どうして……どうしてみんな簡単に戦えんのよ! これはゲームなんかじゃないのよ。ゲームオーバーになったら電源を切ってもう一度やり直せばいいシューティングゲームとは違う。あそこに突入したら、死ぬのはあたしたち。あたしたちの命が無くなるのよ。みんな、怖くないの?」

ガガガ、とヘルメットの中で音がした。聞き覚えのある声が聞こえてきた。

——おー、今新藤はいーい質問をしたなあ。『どうしてどうしてみんな簡単に戦えんのよ!』だってえ?

「リキ!」

城が憤然と叫ぶ。その声が聞こえたのか、聞こえなかったのか、リキは続ける。

——いいかぁ、新藤。その答えはなぁ、今お前の目の前にあるんだ。目を開け。そして辺りを見てみろぉ。

思わず辺りを見まわしてしまって、真帆は舌打ちした。

——ここにいない奴は勝ち組か? 負け組か? 死んでしまった奴は、勝ち組か? 負け組か? おまえたちはもともとゲームの始めから負けてたんだ。ゼロからじゃない。マイナスからのスタートなんだよ。おまえたちは、も・と・も・と、人生のま・け・い・ぬなんですぅ。

意味もなく嫌味に言葉を強調する。

——ここで、ゲームを止めても——まあ、止められはしないわけだけどな——止めても、おまえらは負け犬なんだよ。負け犬じゃなくなるためには、人生の勝ち組になるためには、ゲームに勝って、前に進むしかないんです。おまえら! 負け組に戻りたいのか?

リキは、んんんーと鼻歌を歌い始めた。真帆は話を聞き流しながら、小銃を構え、照準器の具合を確認した。照準の向こう側で、理沙が呆然とつっ立っている。真帆はフンと鼻を鳴らした。

（お勉強だけがとりえのいい子ちゃんは、所詮ここまで！）

すぅっと息を飲みこんだ音がして、リキが再び声を張り上げた。

——嫌ならば戦え！　そして絶望を生き残れ！

衝動的に頭からヘルメットをもぎ取り、地面に叩きつけた。向こうにいる黒澤が、冷ややかに声をかけてくる。

「おいおい、ほどほどにしとけ。インカムが壊れたら、命取りだぞ」

「あの野郎。ふざけやがって……」

拓馬の心の中に溢れかえった怒りは、どうしても治まらなかった。拓馬の中には二つの怒りがあった。一つは秀悟の命を奪った、七原秋也に対する怒り。そしてもう一つは、慎太郎を殺した、リキたち大人に対する怒り。寒かった。背筋が寒かった。なのに、頭髪を焦げつかせるような、めらめらとした怒りが拓馬の全身を包んでいた。

（どうしてなんだ。どうしておまえらは、俺たちをそうやってもてあそぶんだ。俺たちはおまえらの道具じゃねえ。俺たちは、……俺たちは！）

ヘルメットが拓馬の前に差し出された。久瀬遙が、愁いた表情で拓馬を見ていた。

十二月二十四日　一二三〇時

【新たな死亡者】

男子十四番　前薗健二

女子九番　戸塚保奈美　十四番　波多量子

残り二十名

12

腕時計を睨んでいた黒澤が立ち上がった。小銃にグレネードランチャーをはめこむ音が、背後の壁に反響した。

集合住宅の間に作られた、小さな広場だった。あの部屋の中でつかの間の休息をとり、装備を整えた。再び外に出た瞬間、抜けるように青い空が眼に飛びこんできた。拓馬たちの両側にそびえ立つ住宅で切り取られた空に、驚くほどの速度で白い雲が流れていった。

ヘルメットをかぶり、小銃を利き手に構えた九人の顔、その一つ一つに視線を移していった。

なおが見返してきた。

（なお）

見たこともないような、厳しい表情をしていた。

無理もない。これまではただ一方的になぶり殺しにされていただけだった。これからは、自分たちが敵を殺しに行く番なのだ。生まれて初めて、人を殺すときが来たのだ。

しかし、まったく現実感がなかった。

むしろ、逆だった。自分たちが死刑囚になったような気がした。死刑台の十三階段を上る前の死刑囚。七原秋也が待ち受けている。

この住宅の間を走る小路を抜ければ、やつらのアジトは目と鼻の先だ。

しかし、俺に七原が殺せるのだろうか。

青空いっぱいに、あのとき見た七原の顔が映し出された。

黒澤が決然と口を開いた。

「約束の時刻だ。いまからポイントAに攻撃をかける。同時に城たちの二班がポイントBに突入、両方向から七原秋也を追いつめよう。いいか、みんな死ぬなよ！　行くぞ！」

シオリが小銃を持ち上げ、左半身の射撃姿勢をとった。黒澤の額に狙いをつけた。

「まだよ」

黒澤が銃口を睨み返し、食いしばった歯の間から言葉を搾《しぼ》り出した。

「なんのまねだ、キタノ！」

「まだ出ちゃだめ。あたしたちが出るのは、もっと後でいい」

言いながら、シオリはあの冷たい眼で黒澤を睨みつける。

「なにバカなこと言ってんだ！　こんなことしてる間にも、城たちは突撃を開始してるんだぞ！」

だが、銃をかまえるシオリの腕は微動だにしない。

「動かないで。そっちからでも見えるでしょう？　脅しじゃない。安全装置は外してある。そう。二班には突撃してもらう。敵も、一方向からしか攻撃がこないのを知れば、油断するでしょう。生き残ったのはこれだけなのかって。それで攻撃がポイントBに集中すれば、その隙に最小限の力でポイントAを破ることができる」

シオリの言わんとすることが理解できた瞬間、拓馬の胸の中にまた憤怒がこみ上げてきた。

怒りが言葉を押し出す。

「城たちを、囮にしようってのか！」

「デコイ」

シオリは、目をそらさずに頷く。

「陽動作戦といってもいい。どの道戦闘ならテロリストの方が場数を踏んでいるだけ上。まともにいったら勝ち目はない。唯一可能性があるとしたら、相手を徹底的に油断させること。油断させて、その隙を衝《つ》くしか、あたしたちの生き延びる道はない。七原秋也の居場所までたどり着く方法は、ない」

「そのために友達を死なせてもいいっていうの！」

なおが叫んだ。「あなたのクラスメイトなのよ！」

「なに言ってるの」

その言葉にはまるで抑揚というものがなかった。

「これは、BRゲームなんでしょう？　自分が生き残る以外に、どんな意味があるっていうの？」

「てめえ！」

飛びかかろうとした拓馬に、鋭く小銃が突きつけられた。

「あたしは別に鬼じゃない。ただ、現実主義者なだけ。……誰よりもBRゲームのことをよく知っているだけ」

そこにいる十人の体が、影ごと凍りついたようだった。

不意に彼方で轟音が響いた。思わず空を見上げる。

集合住宅の向こう側、ちょうど、あの四角い建造物のある辺りから、どす黒い煙が吹き上げていた。

金属パイプを叩きあわせるような音が、断続的に聞こえてきた。いくつもの音が重なりあい、たちまち空に金属質の音の渦が出来上がる。それにかぶせるようにして、腹にこたえる重低音が響いてきた。かすかに地面が揺らぐ。

闘っている。

名波たちが、突撃を開始したのだ。

「はじまった」

治虫がゴクリと唾を飲みこんだ。

ポイントBの突入地点の前には、廃材やコンクリート塊がうず高く積まれ、その向こうにある建造物を覆い隠していた。

遮蔽物の陰から、先頭きって突進していったのは城と名波だった。低い姿勢で思いきり駆け、敵の照準にとらえられる前に、できるだけ敵の内懐近くまで飛びこむ。

　二人は、〇三式ＢＲ小銃の下部に取りつけたグレネードランチャー・アタッチメントのレバーを押し下げ、同時にトリガーを引き絞った。上半身を揺るがす反動とともに、紫色の煙を噴出する四十ミリ口径の擲弾《てきだん》が飛び出し、バリケードの中に消えていく。一瞬の後、そのバリケードが内側から大きく膨らみ、細片をぶちまけながら爆砕した。

「やった！」

　名波が叫ぶ。

　だが、その向こうに十数人のテロリストたちが姿を現した。放列をしいて一斉に撃ち返してくる。名波と城の眼前に、光と熱の遮断幕が現れた。思わず左右に身を翻し、転げまわる。

　その掃射の波は、名波たちの背後の八人の上にも襲いかかった。辺りの空気がずたずたに切り裂かれる。

　鮮血を口からほとばしらせ、新見麗奈が仰向けに撃ち倒された。全身にぶすぶすと開いた弾痕。

「麗奈！」夏川結子の叫びが虚しく響く。

　戦闘の模様は、インカムを通じて拓馬たちにも聞こえていた。誰かが斃れた音。そしてまた誰かが。拓馬は唇を噛みしめてその音を聞いていた。叫び声が聞こえるたびに、胸の中の火が熾《おこ》る。

（死んでいく。……あいつらが死んでいく）

「くそっ！」

　不意に黒澤が叫び、小銃を抱えて走り出した。

「おい！」

　シオリの静止に、黒澤は一瞬振り返った。

「撃てるものなら撃ってみやがれ！　俺が死んだら、おまえだって吹っ飛ぶんだからな！」

　後も見ずに黒澤は駆けていく。石段を蹴って登っていく先は、七原のいる敵のアジトだ。シオリが舌打ちをして、小銃をかまえ、黒澤の後を追った。

拓馬の喉の奥から、獣じみた雄叫びがほとばしった。その叫びに背中を押されるようにして走り出す。アドレナリンが全身を満たす。焼けた鉄のように熱い気持ちが、毛細血管の隅々まで駆けめぐっていた。

奴らを殺す。秀悟を殺した、奴らをブッ殺す。七原秋也を——。

頭の中にはその言葉しかなかった。


突っ走る拓馬の足元で、鋪道の石段が飛ぶように後方へ消えていった。黒澤とシオリは、はるか前だ。拓馬の足は軽かった。羽が生えていた。今ならやれる。奴らをぶっ殺してやれる。そう確信した。小銃のグリップを強く握りしめる。

石段で形作られた細い小径を通り抜け、高台に出きってしまえば、そこが突入ポイントAだ。もともとこの戦艦島で操業していた鉱山会社の事務所として使われていた建物を、七原たちはアジトとして使っている。その本来の正面玄関にあたる場所が、ポイントAだった。

地面を蹴って駆け続ける。

道の先がきれて、あの抜けるような青空が覗いた。いよいよだ。拓馬は小銃をかまえ直した。最後の一段を駆け上がりながら、腹の底から咆哮した。

「な・な・は・らーっ！」

だが、石段を上がり終えた瞬間、拓馬の動体視力に富んだ目が異変をとらえた。空中で体をひねり、咄嗟に道の右脇に伏せる。ごろごろと転がって、まさかの攻撃に備えた。

（なんだ、今のは！　こんなはずが……？）

「青井！」

黒澤の声だ。

「なんだこれ！」

「こんなの聞いてない！」

背後から口々に叫ぶ声が聞こえてきた。拓馬たちを追ってきた、七人の声だ。拓馬は荒く息をつきながら、体の前に小銃をかまえ、じりじりと後ずさりした。首を後ろにひねって叫ぶ。みんなの顔が一瞬目に入った。

「うかつに踏みこむな！　なんか、おかしい！」

叫びながら、膝を曲げて反動で立ち上がった。

ナビのマップではこの突入ポイントA前は、大きく開けた前庭で、突撃の邪魔となるものは何もないはずだった。だが拓馬の目がとらえた光景は違った。

（あれは違う！）

石段を駆け上がった拓馬の目に飛びこんできたものは、鉄条網とコンクリートの瓦礫の山で築かれた巨大な構造体だった。ところどころに銃眼のような隙間があったが、その背後には確かに人の気配があった。

そのバリケードが前庭全体を塞いでいて、突入できる隙間など、どこにもない。

まがまがしい巨人が門番となって侵入者を阻んでいるようだった。

「やつらが主力をポイントBに向けたのも当然だ！」

いつの間にか姿を現した黒澤が叫んだ。

「突破口さえあり得ねえ！」

その鼻面に噛みついた。

「こんなの聞いてねえぞ！　ナビの地図情報は航空写真で補正しているから、最新で正確、のはずじゃなかったのか！」

「んなこと、俺が知るか！」

黒澤が怒鳴り返した。その眼にはやはり動揺がある。

「タク！　気をつけて！」

なおの声に、バリケードの方を振り返った。

構造体の向こうに、あの四角い建物が見えた。その建物の上階、三階の辺りに光るもの。陽光を反射する銃身の閃きだ。

（しまった、ここは狙撃にうってつけの場所……）

Ｅボートの上で射殺された仲間の映像が鮮やかに甦った。

「やばい、散れ！」

大地に身を投げ出した。

だが、銃声はしない。じりじりとした太陽光線だけが拓馬の全身を射てくる。地面に押しつけた胸の鼓動が、拓馬の体の中でこだましていた。

（見間違いか？　だが、今の光は確かに銃だ）

何千分の一秒の間だけ、その疑問が頭をかすめ、どこかへ消し飛んだ。腹にこたえる爆音が轟き、大地を震動させて拓馬を飛び上がらせたのだ。砕かれた路面のかけらが頭上から降りそそぐ。

迫撃弾だ。

「やべえ！　撃ってきやがった！」

晴哉が悲鳴を上げる。

建物の中から何かが投げ出された。

中身の入った瓶だ。

それがガシャンと音を立てて、筧今日子の眼前で破裂した。中に満たされていたものが今日子の体に降りかかる。

「つ……！」

一瞬後、ぼうっと落下物から火が吹き上げ、地を縫って今日子めがけて這い上がっていった。

「火炎瓶だ！」

「消せ……、今日子、地べたに転がれ！」

「熱い！　熱いぃ！」

悲鳴を上げながら、今日子がごろごろと舗装の上を転げまわる。その後を追う治虫と晴哉が、今日子の体を叩いて必死に火を消そうとしている。

その努力をあざ笑うかのように再び迫撃弾が落下

し始めた。胸の悪くなるようなどよめきの後に続くのは、あの金属質の掃射の音だ。路上に波模様のような弾痕の跡を作りながら、拓馬たちを追いつめてくる。

(殺される)

「まずい、この狭い場所じゃなぶり殺しになるで!」

雅実が叫んだ。だが銃撃に追われて逃げまわる拓馬たちには、銃を撃つために身構える暇さえないのだ。動くのを止めた途端に体が蜂の巣になることは間違いない。

拓馬は小銃を抱えこみながら、身体を右左に揺すって走った。

(タックルだ。タックルをかわすのと同じだ)

鍛えた下半身の力だけで体重移動し、次のポイントまで飛ぶ。その間に小銃の安全装置を解除し、フル・オートマティックにコックをひねった。

(かなわなくても、殺されても、せめて奴らに弾を浴びせてやる)

小銃をかまえ、トリガーに指をかけたその瞬間、背後に衝撃があった。熱い爆風に吹き飛ばされる。

飛ばされながら、指は自然にトリガーを引き絞っていた。拓馬の意思が指を動かしたのではない。拓馬の中に燃える、憎悪と怒りのたぎりが、トリガーを引かせたのだった。

だが、フル・オートマティックの反動を制御しきれず、小銃が手の中で暴れまわった。勢いよく水をぶちまけるホースのように銃身が揺れ、弾が不安定に飛び出していく。

左横から熱い爆風が襲いかかってきた。足元をすくわれ、横倒しに飛ばされる。目の前に地面が迫る。

倒れた瞬間に背中に激痛が走り、右手に伝わった衝撃が再びトリガーを引き絞らせた。その銃身の先にいるのは――希だ。

信じられなかった。拓馬の〇三式BR小銃から飛び出した弾が、希の体に襲いかかっていた。希が巨大な手で叩き伏せられたかのように地面に倒れた。

なおが叫ぶ。

「希!」

（しまった! 希を撃ってしまった!）

拓馬はトリガーから指を離した。自分の銃撃音が消えた途端に、拓馬の耳に周囲の着弾音が飛びかかってきた。地面に針山のような模様が描かれる。

体の中心部から、強烈な寒気が広がっていく。弾を避けることもできない。青い空の上から、今にも拓馬の命を奪う者が舞い降りてくるような気がした。

（だめだ）

（もう、だめだ）

（初めから、勝てるはずがなかったんだ）

そのとき、視界の隅で機敏に動く影があった。バリケードに飛びつき、また離れ、拓馬たちの方へ走ってくる。

シオリだ!

シオリは、たたた、と駆けてくると拓馬たちとバリケードの中間点辺りで立ち止まった。くるっと建物の方を向き、すばやく小銃を構えた。立射で威嚇射撃をおこない、飛び退って今度はバリケードの中央付近に銃弾の嵐をそそぎこんだ。

拓馬は不思議なものを見た。銃弾がバリケードの中に吸いこまれていくと、バリケードの一角が赤く光り、次いでそこを中心にして巨大な火の玉が吹き上がったのだ。天高く黒煙の塊が上っていく。跳ね起きた。駆け出してシオリの腕を掴む。

「な、何をした?」

「バリケードを吹っ飛ばした。プラスチック爆弾で」

「プラスチック爆弾! そんなもの持ってたのか?」

「アタリだったからね。あたしの箱は」

言うなり身をひるがえし、シオリは自分自身であけたばかりのバリケードの穴の中に飛びこんでいく。その辺りの廃材が吹き飛ばされ、ちょうど人が入れるくらいの口をあけていた。フルオートマティックで銃を乱射しながら、シオリはその中に飛びこんだ。たてがみをなびかせて黒澤が後を追う。

「行くでぇぇぇーっ！」

叫び声を上げながら雅実と晴哉がそれに続いた。後を追おうとして立ち止まり、駆け戻った。

希は、仰向けに倒れていた。そばになおと今日子がうずくまっている。希は痙攣しながら脇腹の傷を庇うように抑え、口からどす黒い血をげふげふと吐き続ける。それを見つめる拓馬の視界がぼやけた。

「鷺沢、すまん！　俺につかまれ！」

涙を右手でぬぐい、手を差し伸べた。

バリケードの向こうには、ぽっかりと広場があった。さっきまでここにひしめいていたはずの、テロリストの姿は見当たらない。コンクリートの建物の表面は、よく見れば無数の板材で遮蔽されていた。その窓辺からも、急に人気《ひとけ》が失せていた。広場の向こうには、建物の暗い入り口が開いている。黒澤とシオリを先頭にその中に駆けこんだ。

薄暗い。打ちっぱなしのコンクリート柱が何本も立った廊下は、ごたごたと積み上げられた木箱のために、見通しがきかなくなっていた。四囲の壁にはところどころ崩れ落ちており、板などで補修した痕がある。床面のタイルも割れて、瓦礫の山が出来ている。

「おかしい。なんで、誰もいねえんだ……」

黒澤が体を屈めて射撃姿勢を保ったまま、呟いた。

掃射をかけてきた敵は、上にいるのか。

希に肩を貸しながら、拓馬は小銃を握る右手に力をこめた。

シオリが頭をめぐらせ、銃の先で二階に続く階段を指し示した。黒澤が頷いてその方角に走り出し、周囲を確認したシオリが後に続く。その足音が、がらんとした廊下に響いていた。

階段の手前で黒澤とシオリが足を止めた。両脇に散って、伏せ撃ちの姿勢をとる。シオリがグレネードランチャーの筒をひねる、かしゃりという音が聞こえた。カートリッジをはめ、筒を元に戻した。

長い廊下の向こうから、大勢の足音が聞こえてきた。人の群れがこちらに向けて走ってくる音だ。

（出迎えか！）

拓馬はなおに目配せをして希を任せ、〇三式ＢＲ小銃を構えた。

足音がさらに大きくなった。

破れ窓から差しこむ陽光の輪の中央に、誰かが飛び出してきた。拓馬たちに向け、大きく手を振る。

トリガーにかけた指が凍りついた。

迷彩服だ！

「撃つな！ 俺だ！ 俺だ！」

迷彩服の人影が叫んだ。

城だ！ 黒澤が、声に歓喜を滲ませながら飛び出した。

「城！ 名波！ 無事だったか！」

シュヴァルツ・カッツの二人の向こう側から飛んできたのは、新藤理沙だ。そして蓮田麻由のしなやかな肢体。「おっかさん」夏川結子のたのもしい姿。

「なお！ 今日子！」

「理沙！ 麻由！ 結子！ みんな、生きていたのね！ 大丈夫？ 他のみんなは？」

理沙の眉根が曇った。

「死んじゃった。死んじゃったの。保奈美も、量子も……。前薗くんが地雷で吹き飛ばされたときに」

ドタドタと遅れて保坂康昭が駆けこんできた。肥った体を揺らし、苦しそうに息を接ぐ。

黒澤の顔色が変わった。

「これで、全部か！」

城がガクリと肩を落とした。

「ポイントBに攻撃を開始したとき、最初の掃射で新見がやられた。バリケードを破って中に入るとき、今度は日笠が爆発に巻きこまれた。あの感じじゃ、即死だったはずだ」

今日子が震える声で訊ねる。

「麗奈と、日笠くんのパートナーは……？」

「長谷川と、……野坂だ」

「真帆！」

なおが目を見開いた。

拓馬の脳裏を、野坂真帆の自信ありげな顔がよぎった。躊躇する一同を小馬鹿にするような笑みを浮かべて、悠々とラインを越えていった真帆の顔が、浮かんでくる。不思議なことに、野坂真帆が死ぬなんてあり得ないことのように思えてならなかった。

名波がうつむきながら続けた。

「とにかくすごい攻撃で、後ろを振り返っている余裕はなかった。誘爆したところまで確かめたわけじゃないが、新見と日笠が死んだのは確実だ。ペアを組んでいた奴は……」

全員の顔に、絶望の表情が浮かんでいた。首輪の残酷なルールに例外はない。その二人が死んだのならば、間違いなくパートナーもあの世に送られているだろう。

雅実が、自分の首輪に手をかけた。

「くそ、こんなもんさえなかったら」

「そんなわけで、こっちで残っているのは六名だ。一班は？」

なおが辛そうに話す。

「一班の、残りは十人。さっきまでと一緒よ。でも、希が怪我をして……」

一同の視線が、今日子に介抱されて床に横たわっている鷺沢希に集まった。その視線が自分に突き刺さったかのように見え、拓馬の胸中にやりきれない思いがこみ上げた。

（俺のせいだ！）

城が小銃をかまえながら歩いてきた。

「ということは、戦闘可能人数は全部で十五名か。敵の兵力がわからん以上、これが多いのか少ないのか、さっぱり見当もつかねえな。黒澤、どうする」

黒澤はギラつく目で小銃をかまえ直した。

「どうするもこうするもねえ。進む道は一つしかねえ。いっきに駆け上がって勝負をつけようぜ！」

誰からともなく、二階へ続く階段を見上げた。あの向こうに、七原秋也はいるはずだ。

秀悟の顔が瞼の裏をよぎった。

（秀悟、今から仇を討ってやるからな……）

そのとき、背後で物音がした。小銃をかまえ、反射的に振り向く。

廃材がうず高く積まれた一角に、誰かがいた。闇の中で、こちらの気配に驚いたのか、じっと息を殺して出方をうかがっている。

「出たか！」

小銃をかまえて打ちこもうとする名波を、右手を出して麻由が制止した。

「待って！」

「なぜ止める！」

麻由の指が、人影の方向を指した。

「見て」

闇の中から、ゆっくりとその人物は姿を現した。

（まさか！）

その人物は拓馬たちのような迷彩服を着ていた。だが、戦闘員らしい特徴はそこまでだった。

身長は、長身の拓馬の半分もなかった。小さな手に、不似合いなほどに大きな火器を握りしめている。

それは幼い少女だった。

第三部

タックル

TACKLE

13

——町立鹿之砦中学校三年B組のBRゲーム参加より二年前。

海は凪ぎ、風は止んでいた。走り続ける桜井サキの足元で、白く乾いた砂が弾け飛ぶ。

右手に広がる水際には、潮が静かに押し寄せ、返している。水はあくまで透明だ。サキに振り返る余裕はなかったが、きっと浅瀬に遊ぶ小魚の姿さえ見えるのだろう。そして、前方ははるか彼方に岬。おそらく距離は、一キロ以上。そこまでサキの眼前には白い砂浜が続いている。そして左手、長くつながる砂浜の奥には、やつが潜むブッシュ。

身を隠す場所はないということだった。

やつの武器は、長距離戦には向かないトカレフだったはずだ。だが、標的を次々に倒すうちに、斃れた連中からどんな武器を手に入れているかは、わかったものではない。現に、隠れ場所に潜んでいたサキを狩り出した武器は、乱れ飛ぶ矢羽の嵐だった。

それに対し、サキが持っている武器は……。

（あの銃を、落とさなければ）

ゲームが始まったとき、サキに支給された武器は、ボルト・アクション式のライフルだった。非力な女の身には、距離をとって戦える恰好の武器といえる。そしてまたこの銃は、彼女の隠れた素質を目覚めさせることにもなった。

だが、今はそのライフルもない。

何人殺したかもわからない敵の一人と白兵戦になったときに、もみあって銃を谷底に落としてしまったのだ。それさえあれば、まったく状況は変わっていたというのに。

不意に異変を感じ、サキは右方に身を投げ出した。水しぶきを上げて波打ち際に倒れこむ。今までサキがいた場所に、砂煙が上がった。左側に広がるブッシュの一角で、あきらかに鋭く光を放ったものがある。動体視力に恵まれたサキの目はそれをとらえ、反射的に動きを起こした。

あれはライフルだ。ライフルを持っている。

敵——かつてのサキの級友。

桜井サキは、中学三年生でBRゲームに強制参加させられた。ゲームの舞台は、どことも知れない南の島。島には人影一つなかった。

それまでのサキは女子ソフトボール部に属し、中学女子にしては抜群の高打率を記録したスラッガーという評価は得ていたものの、むしろ腕力などには自信のない方だった。むろん男子にはかなうはずもない。そのサキにボルト・アクション式のライフルが支給されたのは、天の配剤だったというしかない。

BRゲームのルールは簡単だ。参加者は自分以外の全員を殺すことによってゲームの勝利者となる。ゲームから逃亡したり、許されない場所に隠れたりした者は、外れない首輪に仕掛けられた爆弾によって命を奪われる。もちろん参加者には体力・知力などの所与の条件の差があるが、これにもう一つ運が重なる。参加者にどの武器が与えられるかは、事前にまったく定められていないからだ。運のいい者が、自分に適した武器を引き当てる。

サキが手に入れたのは、長距離の狙撃に適したライフルだった。ゲームが始まるとサキはまっさきに島の中央に広がるブッシュの中に逃げこみ、刻々と変わりゆく禁止区域に注意を払いながら、ひたすら身を潜めることに務めた。

最初は、狙われる、という恐怖からだった。だが、試みにライフルをかまえ、銃口の先にあるサイトを覗きこんだとき、奇跡が起きた。

サキの目は、はるか彼方で動く標的を的確に捕捉することができたのだ。しかも、次の瞬間に標的がどう動くかを直観的に判断することさえできた。

サキは天性の狙撃手だったのだ。

葉陰に身を隠しながら、サキはひたすら省力をはかり、殺し合いによって敵の数が減っていくのを待った。八ミリ・クルツ弾は無尽蔵にあるわけではない。もちろん、銃を撃てば、それだけ別の敵に居場所を知られる可能性も大きくなるのだ。ブッシュの中で息を殺しながら、サキはひたすら近づく敵の気配に精神を集中し続けた。銃を抱いていると、なぜか空腹も感じなかった。銃が体の一部になったかのような感覚さえある。サキはライフルと出会い、まったく違った生き物に生まれ変わったのだった。ライフルはサキの新しい腕、新しい目だった。

だが、そのライフルも今はない——。

サキは右ひじを付いて身を起こした。男の名を呼ぶ。

「聞こえる、誠。あたしの負けよ。あなたが圧倒的に有利な位置をとったときに、勝負は決まった。完全に動きを抑えられたあたしに勝ち目はないわ」

張り上げた声は、広がる青空と海、そして眼前のブッシュの中へと吸いこまれていった。届いただろうか。だが、考えている余裕はない。

「知っているでしょう。あたし、痛いのは嫌いなのよ。やるならひと思いに殺してほしいの。あなたは銃撃戦で勝負をつけたいみたいだけど、……ごめんなさい。あなたの銃の腕はあたし信用できない。きっとあたしが死ぬまでに何発も体に撃ちこむわ。そんな、ずたぼろにされて死んでいくのは、あたし嫌なのよ」

　返答はない。代わりに少しサキの目の前、五十センチくらい離れた場所に水柱が立った。それが誠の返答か。サキは叫び続ける。

「ほら、外れたでしょう。あたし知っているの。あなた乱視でしょう。拳銃の照準を定めるのは、苦痛なはずよ。できれば接近してとどめをさしたいと思っているんじゃない？」

　そうなのだ。中学校での井川誠は、ゲーム部に属する、目立たない少年だった。液晶ディスプレイを覗くのには慣れていても、照準を睨み続けることには慣れていないに違いない。それに、誠にはもう一つ、接近を図りたい理由があるはずだ。

「もちろんこうしてずっと膠着状態で粘る手はあるわ。でも、もうゲームが始まってからずいぶん時間が経っている。三日間の制限時間はもうすぐ尽きるわ。この砂浜だって、いつまでも禁止区域にならないとは限らない。——もしかすると、あなたのいるブッシュが禁止区域になるのかもしれないわよ」

　殺気が消えた。サキの言葉を吟味しているのかもしれない。続けるときだろう。

「だから、あたし最後はあなたにあまり苦しまない形で殺してほしいのよ。頭に一撃、それなら一瞬でしょう？」

「何が狙いだ」

　無機質な声が投げかけられた。思ったより近い。サキの言葉を聞きながら、じりじりと前に進んでいるのかもしれない。

「狙いなんてないわ。もう——疲れてしまっただけ。こうやって相手の肚《はら》を探ったり、不意をついたりして、殺しあうことに。あなたもそうでしょう？　あたしもたくさん殺したわ。このまま生き残って帰っても、あたしは元どおりの自分には戻れないような気がする。だから、もういいの」

不意にサキは立ち上がった。装備のつまったベストを脱ぎ捨て、放り捨てる。手早く上衣のボタンをはずし、袖を抜く。ズボンのベルトを抜き、両足から抜き去る。あとにはスポーツブラとショーツだけの、白い裸身が残った。波間の照り返しが、一斉に肌に突き刺さってくる。この三日間、入浴はおろか、一度も外気に晒すことのなかった肌だ。

脱ぎ捨てたものを砂浜の方に遠く投げ出し、再びサキは声を張り上げた。

「見て！　このとおり、もう何の武器も持っていないわ。だから、もう何もできない。お願いだから外さないで、一瞬で息の根を止めて！」

そのまま時間が過ぎた。誠は何も言ってこない。だがサキには、誠が自分の肢体を貪い入るように見つめている視線を感じることができた。見ているはずだ——サキは知っている。誠が密かに自分に思いを寄せていたことを。自分が部活で遅くなったときには、必ず誠がゲーム部の部室に遅くまで居残っていたことを。文化祭の準備委員になって一度だけ一緒に帰ったとき、誠が異常に無口になって何かをきり出すきっかけを探していたことを。

誠が照準越しに見える自分にとどめをさせるわけはない。とどめをさすとしたら、確実に近づいて、その手で刺したいはずだ。

息をつめ、くるりと後ろを向いた。背中のブラのホックを急いで外し、また向き直る。ブラを外し、それも放り投げた。続いて、ショーツ。下も見ずに脱ぎ下ろし、蹴り捨てた。

全裸だ。南国の海の照り返しが、体の曲線の隅々までも輝かせているところが脳裏に浮かぶ。

(まるで、エロ本のグラビアじゃない)

そんな言葉が脳裏をかすめた——が、そのことについて考えをめぐらせている暇はなかった。

「うおおおおおおおおっ」

喉笛がひしゃげるような大声を発しながら、何者かがブッシュの中から飛び出してきた。体のあちこちにつたを巻きつけ、まるで映画に登場するゲリラのような異様な風体の男、顔には泥を塗りたくっている。

誠だ。

サキは砂浜に身を投じた。

一瞬立ち止まった誠は、すぐにサキの上にのしかかってきた。右手で握りしめたトカレフをサキのこめかみに突きつける。

悪寒、破壊の感覚。ぎらぎらとした日光がサキの体を灼いた。気怠い。ひどく気怠い。それだけではなく、胸のどこかにちりちりとした痛みを感じた。

（あたしは――）

誠の声に感情が戻った。

「サキちゃん！　俺はずっと君のことを……」

こめかみに突きつけられていた誠の右手が離れ、サキを抱きしめてきた。抱擁する腕に力がこもる。サキの右手が髪の中にすべりこみ、手首の返しだけを使って何かを放った。左手でそれを受けとめる。

「誠くん……」

（あたしはもう――）

髪の間に潜ませていたワイヤーを両手で摑み、誠の首に巻きつけた。一瞬のためらいもなく、両腕に渾身の力をこめて引き絞る。

「それなら、あたしのために死んで！」

巻きつけられたワイヤーは、ただの鋼線ではない。巻きつけた相手の喉笛を切り裂くための、鋭く研ぎすまされた暗殺用の武器。サキが殺した相手から奪い取ったものだ。これがサキに残された最後の武器だった。

誠の両目が大きく見開かれ、鳥のように尖った唇から厚い舌が飛び出した。手に持ったトカレフをかまえる余裕もなく、あわあわと両手が首をかきむしる。もちろんサキが手を離すはずがない。引き絞る手の間で、誠の首筋から血が滴り始めるのが見えた。

（あたしはもう、あたしじゃない）

一気に力を込める。左右の首筋にまず鋼線が食いこみ、大静脈に傷をつけた。次いで喉仏がすぱりと切断され、鋼線が首筋の中に食い入る。皮膚がぶわっと広がり、すさまじい勢いで血流がほとばしってきた。がつっと手ごたえがあり、鋼線が頸椎をとらえる。

「くふぅうううううううう」

タイヤのパンクのような脱力した音。不意に誠の眼球が裏返り、次いで、頭部がごとりと前に落ちこんできた。ごつんとサキの額にそれがぶつかる。次の瞬間、視界が潰れる。ほとばしる血流がサキの顔面を直撃したのだ。誠の首が、落ちた。

何度となく血流がほとばしり、そのたびにサキの上にのしかかった誠の体が震えた。それを押しのけ、サキは身を起こした。ごろりと転がる首のない体。誠の首がこちらを見ていた。

手を伸ばし、向こうをむかせる。

「ごめんね」

その言葉が、白々しく青い空の中に吸いこまれていった。

迎えのランチが来る前に、海に潜り体を清める時間があった。誠や、その他の級友たちの体から放たれた血液を洗い流す。そしてわが身の傷口から流れ出た、サキ自身の血液をも。

ランチに乗ってきたのは、担任教師の渡辺だった。見慣れた体育ジャージを着た渡辺は、疲れきったサキの腰を抱きかかえ、まるで淑女を晩餐会へでもいざなうかのように本土の港へと迎え入れた。

港で彼女を待ちかまえていたのは、おびただしい数の報道カメラの隊列と、間断なく浴びせかけられるフラッシュの奔流だった。両脇を固める兵士を無視して突き出されるマイク。だが、生き残った感想を求められても、サキに応える言葉があるはずがなかった。

すべては、あの砂浜で洗い流してしまったのだ。なにか意味のあるものがまだ体内に残っているとは思えなかった。

渡辺とともに、幕営のテントに迎え入れられた。名前と学校名、クラス名が読み上げられ、写真が撮られる。疲れた顔を起こすように言われ（ぱちり）、背広を着た大人から卒業式でもらうような賞状を手渡された（ぱちり）。そして地元の小学校の生徒らしき子供からおびただしい量の花束が贈られる（ぱちり）。続いては校歌斉唱だ。もちろん、歌うのはサキ一人。サキが口も開けずに黙っていると、代わりに渡辺がフルコーラス歌ってくれた（ぱちり）。それから全員で直立不動の姿勢になって国家を斉唱し（ぱちり）最後に国旗に敬礼した後で、ようやく兵士がサキの首輪を外してくれた（ぱちりぱちり）。

放心状態のサキの肩を抱き寄せ、渡辺がテントの外に誘った。

「さあ、桜井。ホテルに行こうか。ご家族が、お前の帰りを待ちわびているぞ」

その言葉がなにかのスイッチを押した。

家族――、父と弟、晴哉だ。

サキの母は早くに家族を捨て、姉弟は父の男手一つで育てられた。不器用ながらも仕事と家事を両立させ、決してサキたちに醜い大人の顔を見せることがなかった父。三歳年下で、サキのことを子犬のように慕っている晴哉。

三日前の朝、サキは学校の林間学校に参加するために玄関を出たのだった。そのままバスごと拉致され、BRの会場へと連れてこられた。家の戸口を出るときに、二人から投げかけられた言葉が今でも耳の奥に残っている。

——お姉ちゃん、行っちゃうのかよう。本当に、三日で帰ってくるの？　ちゃんと、お土産買ってきてくれよな？

——サキ、気をつけて行くんだよ。楽しんでおいで。そして、無事に戻っておいで。

そう、サキは戻ってきた。だが、二人と別れたときとは違う、なにか別の生き物になって。

（あたしはもう、あたしじゃない）

頭の中にサキ自身の声が響いた。それを打ち消すように首を振る。

サキを乗せた渡辺のワゴン車は、海辺の道を疾走し、大きなホテルの前にやってきた。普段はビーチ・リゾートを楽しむ、観光客用のホテルなのだろう。車は、ホテルの入り口を素通りし、ひっそりとした裏の通用口の前に止まった。

「どうして、裏口なんですか」

サキは口を開いた。

運転席の渡辺が振り向く。

「おお、初めて口をきいたな。いやほら、ホテルにいらっしゃっているのは、桜井のご親御さんだけじゃないからな。クラスの他のみんなの保護者の方も押しかけて来てしまって。いや、いちおう緘口令《かんこうれい》を敷いていたんだが、こういうことは漏れるのが早い……」

クラスの他のみんな。

まるで彼らが生きているみたいだ。

他のみんな。

生き残ったあたしと他のみんな。

あたしだけが生き残った。まったく違う生き物になって。

あたしだけが。

（あたしは怪物だ）

車のドアに手をかけようともせず、唇を噛みしめたまま黙りこくっているサキを気にしたのか、渡辺は急いで話しかけてきた。

「それにしても桜井が生き延びるとはなあ。いや、先生嬉しい驚きだったよ。そりゃ教え子はみんなかわいいけど、桜井は格別だったからな。クラス委員の仕事もきちっとやるし、部活もがんばるしさ、普段から生活態度がいい子は、やはりいざというときになってもしっかりしているよなあ。これなら実社会に出ても大丈夫。先生、太鼓判を押すよ」

「先生」

渡辺が言葉を切って、サキの顔を見つめた。

「あたし、お風呂に入りたい……」

「じゃ、じゃあ、早くホテルに入らないとな。部屋ではもちろん熱ーい湯が待っているぞ」

「あたし、みんなの血で汚れちゃったの。汚れたままの体で家族に会いたくない。綺麗な体でお父さんと、晴哉に会いたいの」

「そんなこと言っても、困ったなあ。もう部屋ではご家族がお待ちかねだし。風呂に入るのは感動のご対面の後ということにしたら……」

「先生はこのホテルに泊まっているの?」

「いや、俺たち教員はもっと安いビジネスホテルに。三泊分だから、予算は切りつめないとな」

「あたし、先生のホテルに行きたい。先生の部屋にも、お風呂はついているでしょう?」

「そ、そりゃもちろんだが、桜井、おまえ」

サキはハンドルの上に置かれた渡辺の左手の上に両手を重ね、その肩に頬を寄せた。

「お願い、あたし、島を出たときから、震えが止まらない……」

渡辺が、ごくりと唾を飲みこんだ。

数時間後、ビジネスホテルの一室で渡辺教諭が全裸で絶命しているのが発見された。教諭はベッドサイドにあった灰皿で撲殺されており、部屋には渡辺教諭の他に誰かがいた形跡があった。

部屋に残された衣類――BRゲーム参加者に配布される迷彩服――から、その何者かは今回のBRゲームの勝者である桜井サキである可能性が高いと判断された。

渡辺教諭が桜井サキを自室に招じ入れた理由は明らかではなかった。だが、教諭が全裸で死亡していること、またユニットバスのバスタブに桜井サキのものと思われる髪が付着しており、彼女が風呂に浸かった可能性があることから、二人の間に性行為がらみのトラブルがあったと推測された。ゲーム終了後のショックで心神喪失状態になっているサキを教諭が連れこみ、性的いたずらを図った可能性が高い。おそらくサキは衝動的に渡辺を撲殺し、逃亡を図ったのだろう。

警察当局の判断を裏づけるように、ホテルの駐車場からは渡辺教諭の愛車が消えているのがわかった。また、教諭の私服も数着なくなっていた。すぐさま非常線が張られ、ホテルから隣市につながる道路はすべて閉鎖されたが、すでに桜井サキは痕跡すら残さずに消えうせていた。

立ち回り先として当然予想される実家や、親戚宅にも手配が回されたが、予想に反し、桜井サキはそこには姿を現さなかった。

わずか数日の間に、桜井サキはこの世から姿を消してしまったのだった。


その日の夜遅く、首都I区の独身者用ワンルームマンションに住む専門学校講師の新庄芳巳は、ベランダの窓を叩く音で目を覚ました。寝ぼけたまま部屋の明かりを点けると――。

「ヨッちゃん、あたしよ!」

窓の外に、ブカブカの体育ジャージを着こんだ、桜井サキの姿があった。

14

新庄芳巳は、桜井サキが中学二年時に参加した進学塾の夏期講習でチューターを務めた講師だった。二人は目立った交際をしていたわけではなく――そもそもこの一年の間で数えるほどしかデートもしていなかった――それゆえに当局から桜井サキの立ち寄り先としてはマークされていなかった。

また、I区のワンルームマンションも、新庄の親戚からまた貸しを受けた形となっており、そのことも追及が及ばなかった理由の一つだった。

そもそも、桜井サキが井川誠や同世代の男子たちに無関心だったのは、この新庄芳巳の存在があったためだった。新庄は、「男子たち」とは違っていた。日刊紙を広げ、そこに何が書いてあるかをサキに説明してくれることができた。それは所詮マスメディアの解説委員がプライムタイムのテレビ視聴者向けに噛み砕いて説明する程度の、当たり障りのない説明にすぎなかったが、十四歳の尊敬を勝ち取るには十分だった。

新庄はサキを室内に迎え入れ、浴室を使うように言い残して、どこかへ外出していった。自身の衣服は、すべて渡辺を殺したビジネスホテルの部屋に残してきたため、サキは体育用ジャージの下は全裸だったのだ。新庄の匂いが漂うバスタブに湯をはって身を沈め、頭から熱いシャワーを浴びながら、ようやくサキはゆっくりと目を閉じることができた。眼底の奥がきりきりと痛い。島からこのかた、五感のすべてが張りつめていた――特に、視覚が。

浴室を出ると、新庄が戻っていた。タオルを巻きつけただけのサキにコンビニエンス・ストアのビニール袋を渡し、言った。

「サキちゃんは、Mサイズでいいんだよね。下着までは、その、買いにくかったから、男もののSで我慢してほしいんだけど……明日、どこかに買いに行こうね」

「うん……」

新庄が用意してくれたものは普通のTシャツとスウェットにすぎなかったが、そんなものでも、汗の臭いが染みついていない新しい衣類を身につけられるということが嬉しかった。

冷蔵庫にあったもので簡単な食事を摂りながら、ぽつりぽつりとサキはこの三日間に起きた出来事を話した。初めは箸を動かしながら聞いていた新庄の右手が、やがて膝の上にとどまったことになっていることにサキは気づいたが、それでも話し続けることを止めなかった。

最初の殺人、二番目の殺人、そしてその次の殺人……。意外なことに苦痛はよみがえらなかった。まるで、眼前に広がるスクリーンに映し出された光景を説明するかのように、なめらかに言葉を押し出すことができた。

最後の殺人――井川誠を殺した模様に話が及ぶと、かすかに新庄が身じろぎをした。

(あたしにも信じられない)

サキは言葉を選んで話しながら内心呟いた。

(あたしが、情容赦のない獣のように、クラスメイトを狩り殺しただなんて)

しかし、言葉は止まらなかった。

すべてを語り終えた後、サキは新庄の顔を見ることができず、手元のマグカップに視線を落とした。新庄にすべてを理解してもらえるとは思えなかった。

あの殺戮の現場に居合わせなかった者に、本当のことがどうしてわかるだろうか。ただ、そのことを吐き出す相手が欲しかった。一度だけ、口からすべてを吐き出してみたかった。新庄なら、少なくともそれを黙って聞いてくれるだろうという思いがあり、わざわざここまで逃げてきたのだった。

長い沈黙のあと、新庄が口を開いた。

「とても辛い思いをしたんだね」

そして、静かに立ち上がり、サキの背後にまわってきた。サキの背中を自分の胸に密着させるようにして腰を下ろし、ダンガリーシャツに包まれた腕を、サキの肩越しにまわしてきた。サキはマグカップを見つめていた。新庄はそのまま長い時間サキを抱きしめてくれていた。それからサキに、寝よう、と告げ、床を延べてくれた。

サキは布団の上に身を横たえたが、睡魔はまったく訪れてこなかった。ただ、室内の闇を通し、窓の外を横切るものがないか、張りつめた神経を働かせているのだった。

「サキちゃんはこれから、どうするつもりなんだ」

朝食を済ませた後、居住まいを正した新庄はそう訊ねてきた。特に案はなかった。この三日間、生き残るためにさんざん頭を使ってきたのだ。その反動だろうか、何を考えようとしても続かず、ただいたずらに気持ちだけが張りつめる感じがあった。

「わからない。けど、もう家には戻れないと思う」

「そうだね。サキちゃんの――その、関係した事件のことは朝のニュースでも流していた。サキちゃんが未成年だから名前は出ていないけど、重要参考人として行方を捜しているって。もちろん、話を聞いた限りでは、正当防衛を主張することもできると思うけど。実際はどうであるにせよ、未成年を自分の部屋に引き入れたという時点で、その教師になんらかの意図があったとみなされてもしょうがないからね。警察に自首するつもりはないの」

「今はまだ……」

あたしがクラスメイトを皆殺しにしたことを賞賛し、国旗掲揚までしてくれた、あの間抜けな、いかがわしい警察。そこに身を投じる気にはなれなかった。

「でも、いつまでも一人で逃げ回っているわけにはいかないよね。お金だってまったく持ってないわけだし。もちろん、俺のところにはいつまでだっていてくれたっていいんだけどさ」

「それは無理だよ。ヨッちゃんには関係のないことなんだし、そこまでは甘えられない」

「もちろん、俺ができることにも限界がある。いつまでもサキちゃんを匿《かくま》いきることができるはずがないしね。俺一人の力では限界がある。そこで、一つ考えてみてほしいことがあるんだけど……」


身を乗り出した新庄が語ったことは、サキには思いもよらないことだった。

私立大学に在籍中のころから、新庄芳巳は〈勉強会〉と称する、あるサークルに属していた。インターカレッジの交流が売り物のそのサークルでは、希望者にはさらに深度のある勉強会への参加が勧められていた。それに参加すれば、今までは見えていなかった真実の自分が見えてくる、そんな謳《うた》い文句に惹かれて新庄が参加を決めたのは、大学二年生の夏のことだったという。

それは、大学サークルを偽装した一種の思想団体だった。自己啓発を売り物にしているところから、一部は新興宗教めいたところもあるらしい。だが、普段の活動については、一切宗教がかった部分はなかった。会員は、上部組織から送られてくる講師から講義を受ける。その内容は、現代社会の構造をわかりやすく説き明かしたものだった。特に問題意識もなく大学生活を送っていた新庄はこれにはまった。そして気がつけば、サークルの中でも、上部団体とも交流がある、熱心な活動員になっていたのだ。大学卒業後も、一般企業には就職せず、塾講師として身軽な立場になることを選んだ。

新庄は、その上部組織が、サキを匿ってくれるはずだというのだった。組織にはBR法に反対する活動を続けているセクションもあるから、そこならサキのようなBRゲームの犠牲者にも理解を示してくれるはずだ、と新庄は言った。


新庄に連れてこられた場所は、S区の、低い建物が密集した一角にある雑居ビルだった。そのビルの二階が、彼の言う〈組織〉の窓口になるらしかった。サキはそこで、〈組織〉の人間に引き会わされた。

それは、くすんだ色の作業着を着た男たちだった。


すでに癖になりかけていた一瞬の観察眼で、サキはこの部屋にはなにか隠されたものがあることを見てとった。そしてもう一つ注意をひきつけたのは、部屋の隅に立っている、大柄な男だった。男は、コートのポケットに手を入れて立ち、半開きの目の視線をずっとサキに注いでいた。しゃべることを他の人間に任せ、その男は一切口を開かなかった。ただサキは、ずっと男の視線を感じ続けていた。

「W県T島で行われたBRゲームのことは情報が入っている。勝利者は桜井サキ。それが君の名だな」

部屋の中央に腰掛けた男が話していた。

「そうです」

「武器は何を使った」

「ライフルです。こういう、レバーで弾をこめるようなやつ」

サキが手つきを真似してみせると、腰掛けた男は頷いた。

「ボルト・アクションか。遠距離戦に向いた火器を手にできれば、やはりそれだけ有利になる。君は運がよかったな」

「ありがとうございます」

サキがなんとなく頭を下げると、男は手をひらひらとさせて新庄を指し示し、言った。

「いいだろう、新庄くん。桜井くんを匿おう。だが、条件がある。彼女には再教育が必要だ。十五歳だからといって、警察のエスではないという保証はないからな。再教育の期間に十分その点については確認することができるだろう。そのチューーター役は、君が務めるのだ」

「ぼく、いや私が……?」

「君以外の人間が接触を図るのは危険だろう。チューターは対象と四六時中行動をともにする必要がある。それとも、他の人間に任せた方がいいかね?」

男は歯を剥いて笑みを見せた。


数週間、軟禁に近い形で「再教育」を受けた後、サキは再びあのビルに呼び出され、新たな訓練を命じられた。

射撃訓練。

それが何を意味するのかは、十分わかった。

もう一度、誰かを撃つ訓練なのだ。

新庄が、支部長(この前のあの、椅子に腰掛けた男だった)に食ってかかった。

「そんな、そんなことのためにサキをここに連れてきたのではありません。私はBR法の犠牲者に対し、正当な庇護を与えようとして……」

「庇護は庇護、だが義務は義務だ」

支部長は冷たく言い返した。

「〈組織〉を運営する分子の一つ一つには役割がある。合法活動ばかりではない。時には非合法な破壊活動に手を染める必要だってあるのだ。幸い、BR

ゲームを経験した彼女には、その方面の才能があることがわかっている。誰もが自分に適した方法で組織のために働くべきだ。訓練の教官は、カザマが務める」

支部長に紹介されたのは、初対面のときに部屋の隅に立っていた、あの大きな男だった。フルネームは風間総司《かざまそうし》だという。風間は、一声も発さずにサキの手を握り、続いて新庄の肩をぽんぽんと叩いた。

翌日から訓練は始まった。風間と新庄、サキの三人は車でG県の山中に移動し、その山林の中にキャンプをはった。山中の台地に遺棄された山小屋があり、そこを拠点にして訓練が行われたのだ。

訓練の初日、風間はサキに一挺のライフルを手渡した。

「ドラグノフ。旧ソ連が製造した、セミ・オートマティック・ライフルだ。おまえがゲームで使ったボルト・アクション式と違い、片手の一動作で装弾が可能になる。使う弾薬は、七・六二ミリ口径の五十四ミリ長。それが十発装弾できるようになっている」

風間が口を開いたのはそれが初めてだった。

手渡されたドラグノフは意外に重かったが、それを抱えてサキが取り落とすということはなかった。むしろ、初めから自分の器官の一部であったかのように、しっくりと手になじんだ。

「取り扱いには十分気をつけること。ライフルは、壊れたらほかの銃に替える、というようなものじゃない。使い慣れた銃を使うことが自分の身を守ることにもつながるはずだ。よく手入れをし、手になじませておけ」

訓練は、照準器を覗いて標的を捕捉することから始まった。すでにゲームでも体験していてわかっていたが、銃弾は決して直進しない。重力の法則にしたがい、放物線を描いて落ちるし、それに風が加われば、横方向に流されることもある。初めはシミュレーターを使って、その法則を叩きこまれた。だが、それも最終的には身をもって学ぶしかないことなのだ、と風間は言った。

一日のうち、新庄と過ごす時間は少なくなっていた。陽のあるうちは屋外に出て訓練を受け、陽が落ちた後には銃の手入れと射撃理論の講習を受ける。新庄と顔を合わせるのは、三人で摂る夕食の場でだった。食後は各自の部屋に戻って休息をとる。新庄は毎晩サキの部屋に来て、そこで就寝までの時間を過ごしていた。

といっても、二人の間に交わされる会話の内容は偏っていた。改めて〈組織〉の話はしたくない。だが、プライベートといっても、家族と友人を捨てたサキには、語るべき話など何もないのだ。いきおい、新庄が我語りに自分のことを話すことになった。地方の有力者である家族のこと、そこに自分がいかに欺瞞を感じとっていたか、うんぬん。サキは黙ってそれを聞き続けるだけだった。

ある晩、サキは新庄の話を聞きながら無意識にドラグノフに手を伸ばしていた。夕方の清掃が不備だったのではないか、と気になったからだ。ドラグノフの感触を確かめ、それを架台に戻すと、新庄が蒼白な顔をしてサキを見つめていた。

「片時もその銃を手放せないのか、サキ。俺は、今きみに話しかけていたんだぞ」

「ごめんなさい……、つい夕方の点検のことが気になったものだから」

「このごろいつもそうだ。口を開けば、あの風間との訓練のことばかり。普段の君はいったいどこへ行ってしまったんだ」

「ごめんなさい」

「謝ってほしくなんかない。君は、君は、俺のことをどう思っているんだ」

「もちろん、とても感謝してるわ。ヨッちゃんがいなかったら、あたしは今ごろ……」

「感謝なんかほしくないよ。君は、俺のことを愛していないのか」

「愛するなんて……」

十五歳の自分が誰かを本当に愛することなど、あるとは思えなかった。ましてあんなことがあった後で、人を愛する資格が自分にあるはずがなかった。

「俺は君を愛しているんだ！」

新庄の両手が、サキの肩を押さえていた。

白く、優雅な手だ、とサキは思う。

だが、その手で人の命を奪ったことはないだろう。

（あたしは違う。あたしの手は、汚れている）

引き寄せられ、荒々しく唇を奪われた。ゆっくりと力を抜き、新庄の抱擁に身を任せたが、右手を宙に差し伸べておくことは忘れなかった。トリガーを引く指が、なにかのはずみで傷つかないように。

背中にこわばりが生じ、消えることはなかった。


その日から毎晩、新庄はサキの部屋を訪れて愛の言葉を囁くようになった。本来の任務から離れている新庄には、この山小屋ではサキの教育以外に何もすることはない。そのことが彼を鬱屈させているようだった。サキに言葉をぶつけることで、一種のはけ口を見出しているのかもしれなかった。

サキは、一度も新庄の訪問を拒まなかった。

ただ、自分の口から「愛」という言葉を出すことはなかった。

数日後の訓練で、サキはなんでもない射撃をミスした。続いて行った射撃でも、銃弾は逸れた。

「照準器を見てみろ」

風間の言葉に、サキは急いでライフルを改めた。目標までの距離計算が誤っていた。急いで直そうと

するサキを制し、風間は、

「今日はこれまで」

と言った。

バンガローまでの帰路をたどりながら、風間はサキに一言だけ訊ねた。普段、銃のこと以外一切言葉を発さない彼にしては異例のことだった。

「まだ、新庄の助けが必要か？」

それだけだった。サキは、うつむき、無言でその問いに答えた。

バンガローに戻った風間は、新庄の部屋に入り、私物をまとめて新庄の鞄に詰めた。その鞄を持ってバンガローを出ると、玄関に腰を下ろして待機した。サキがそれを見ていることに気づくと、手を振って玄関の中に入っているように指示した。

半時間ほどして、新庄が戻ってきた。風間は立ち上がり、何事かを話しかけた。サキのいる位置からも、新庄が激昂していることはよくわかった。新庄の顔がこちらを向き、怒りの目で見つめている。

怒り――いや、違う。あれは哀願の目だ。サキになにかを訴える目だ。サキは目を閉じ、その視線を拒んだ。

風間が新庄の鞄を投げ捨てた。新庄が怒りの動作とともにその行為に応えようとしたとき、風間の手元に魔術のようにオートマティックが現れていた。銃口は新庄の腹部に狙いを定めている。トリガーにあてた指にもう少し力をこめれば、銃口から火を吹くだろうことがサキにはわかった。

新庄はもう一度サキを見つめ、そして足元の鞄を取り上げると、後ろを向いて歩き始めた。サキはその後ろ姿が見えなくなるまで立ち続けていた。

それから風間二人だけとの訓練の日々が続いた。山の天候はうつろいやすく、風向きも雑踏の中で翻弄される人々のようにせわしなく変わった。その悪条件の下で、サキは風間の技術を学び続けた。

風間は訓練が終われば一切干渉しようとしない。自室に引き取り、その後は朝が来るまで出てこなかった。サキは早く就寝することができた。

風間は、サキの射撃について何も口をはさまなかった。うまいともまずいとも言わない。ただ回数を決めてサキに撃たせ、結果を淡々と記録しているだけだ。弾薬が乏しくなると、車で山を降りていった。どこかに補給所があるらしく、戻ってきたときには、荷物を満載していた。そういうことが数週間に一度はあった。

ある日、バンガローに来訪者があった。支部の志《し》垣《がき》という男だった。志垣は、山風に身をすくませながら、新庄芳巳が造反行為で総括されることに決まった、と告げた。

「総括……」

〈組織〉に入って日の浅いサキでも、その言葉の持つ意味だけはわかっていた。〈組織〉に対する造反分子は、ただ消されるのみだ。

「新庄さんを、助けることはできないんですか」

「彼は、批判活動を繰り返し、結束に大きなひびを入れた。公安の取り締りが強化される中、それは致命的な結果をもたらしかねない。桜井サキ、君にも造反の疑いがもたれている」

「あたしが？　あたしが何をしたって言うんですか。この山で、銃を撃っていただけなのに」

「君のチューターは新庄だろう。新庄が再教育過程の中で、君に反動的な思想を与えた可能性がある」

志垣はそう言って口を閉じた。

（言いがかりだ）

久しぶりに怒りの感情が湧いてきた。それが噴出しそうになった矢先——、風間が口をはさんだ。

「何をして〈組織〉への忠誠を示せばいいんだ」

「忠誠を示すには、行動するしかない」

「銃を撃て、というの?」

「人を撃つんだ」志垣は言った。「政府の豚をね」


首都M区の湾岸地区に属するあたりにその超高層マンションはあった。標的は、毎朝そこから官庁へ出勤している。マンションの玄関を出て、自動開閉の門扉に着くまでの十数メートルの間、標的はまったく無防備な状態になる。そこを仕留めるのだった。

狙撃台にライフルを固定しての射撃と異なり、サキが狙撃ポイントに留まれる時間はきわめて短い。わずか数秒の間にその地点に駆けつけ、引き金を振り絞って標的を撃ち倒さなければならないのだ。しかも、そこからの脱出も考える必要がある。

マンションの中庭は高い塀に囲まれており、脱出経路は限られている。だが、風間は言った。

「俺が脱出路を確保する。その後のことは考えるな」

風間がそう言うということは、十分な作戦が練られたということだ。志垣を車に残し、風間とサキはマンションの敷地内に侵入した。午前七時四五分、数分後に、標的は目指すポイントに現れる——。

「行け」

風間にうながされ、サキは走り始めた。

初弾で標的の腰を撃ち抜き、動きを止めたサキは、続く第二弾を右側頭部に命中させ、着実に命を奪った。風間のいる位置まで駆け戻り、うながされるままに敷地内を走り始めた。あちこちに控えているはずのSPが影も形もない。風間によって無力化されたのだ。

路肩に停めてあった4WDにたどり着くと、サキに後部座席に乗るように指示し、風間は助手席のドアを開けて中にすべりこんだ。

「首尾はどう……」

言いかけた志垣の言葉が途中で止まった。左脇腹に、風間の右手に握られたグロックが突きつけられていた。

「標的は完全に無力化した。おまえは、桜井を新庄の居場所に案内しろ」

「それは支部長の指示とは違う。俺はおまえたちを、Bポイントに連れていくように言われている」

空いている左手で風間は志垣の左手を摑んだ。ハンドルを握っている指をほどき、小指を反対方向に曲げる。志垣が右手でその小指を押さえて悲鳴を上げた。

「なにを!」

「俺はしゃべることが嫌いだ。目的地は新庄の監禁場所。運転中、志垣を監視しておけ」

最後の言葉は後部座席にいるサキに投げかけられたものだった。慌ててドラグノフの銃口を前部座席の中央に押しつける。座席の厚みを通して撃っても、この位置からなら志垣の腹腔は致命的な損害を受けるはずだ。

苦痛にうめきながら志垣はヴァンを発車させた。一般道を通りながら首都内を北上する。

たどり着いた場所は、首都の北方の外れを流れるA川の河畔にある倉庫だった。周囲にも似たような倉庫が立ち並んでいる。

志垣が車を停め、エンジンを切った瞬間、風間は志垣の胸部を撃ち抜いた。シートベルトをしていたにもかかわらず、志垣の体は車内右方にはじけ飛び、窓ガラスに激突した。

「出ろ」

サキはドラグノフを抱えて車外に出た。

後から風間が続く。倉庫内に向けて、サキにドラグノフをかまえる姿勢をとらせると、風間は滑り戸にとりつき、引き開けた。

中に入ろうとするサキを制し、後方を監視するように言い置いて風間は中に入っていった。

数秒もしないうちに、風間は戻ってきた。サキに向かって首を振る。

その動作だけで、サキは理解した。

新庄は殺されていたのだ。

めまいとともに、重い疲労が押し寄せてきた。

「最初から生かして返すつもりはなかったのね。あたしにあの狙撃をやらせるための」

人質だったということだ。

なんともいえない怒りがこみ上げてきた。それが治まるまで数をかぞえながら待ち、風間の背中に呼びかけた。

「でも、どうして、あんたはあたしを助けてくれたの。どうして……」

グロックを片手に周囲を調べながら、風間は言った。

「おまえを助けたわけじゃない。俺がおまえに助けてもらったんだ。〈組織〉がこういうやり方だということはしばらく前からわかっていた。旧い体質をいまだに引きずっている。俺は脱出の機会をうかがっていた。おまえの教育係は、恰好の機会だったんだ。どうせ脱出するなら、腕のある人間と逃げたい」

確認を終えた風間は、ぴりぴりとした目をあの半眼に戻してサキを見た。

「新庄の殺害を命じたのは、おそらくあの支部長だ。仇を討りに行きたいなら……」

「いい」

「そうか」

その指が、閉ざされた扉を指さした。

「新庄を、弔ってやるか?」

サキはかぶりを振った。生きているからこそヒト。死体は単なるモノだ。サキはそのことをあのBRゲームの会場でいやというほどに思い知らされた。

「これからどうするの……」
「逃げる。逃げ方は俺が知っている。」

15

その銃砲店は、S県の中心部からやや離れたA市にあった。A川の河畔で車を盗み、橋を越えた風間とサキは、国道を北上してA市までやってきたのだった。

牛崎銃砲店、と書かれた看板の下に、網ガラスのはまったドアがある。風間がそれを押し開けて中に入った。サキが後に続く。

店内の右手にはショーケースがあり、その向こうが店員のいるブースになっていた。突き当たりの壁には、S県警が発行した営業許可証が飾られている。鍵のかかった壁のケースに陳列されているのは、ボルト・アクションのライフルと、ショットガンだけだった。殺戮兵器としての用途しかないオートマティック・ライフルは、この国では民間人の所持が許されていない。

カウンターの中には、薄くなった頭をオールバックに撫でつけた中年男と、垂れ目の目立つ顔に人の良い笑みを浮かべた若い男の二人が入っていた。

「いらっしゃい」

垂れ目の男が声をかけてくる。

「イマキレ、ちょっと表を見てきてくれるか」

オールバックの方の男が、声をかけた。若い男は、カウンターの下のくぐり戸を抜けてこちらに出てきて、サキたちの背後をすり抜けると戸口の方に向かった。ドアを開けて外に出る。

「見慣れない人と一緒ですね」

オールバックは警戒するような目でサキを見た。壁の許可証から判断すると、この男が店主の牛崎だろう。牛崎はさりげなくカウンターに頬杖をつき、二人をじろりと睨んだ。

ふと、車に残してきたドラグノフのことが頭に浮かんだ。風間が銃を持ちこむなと言ったからしたがったが、この見知らぬ男といると、体中に危険信号が走るのがわかった。風間はコートのポケットに右手を入れていた。グロックを握っているのだ。

「新入りだ。いや、新入りだったと言うべきかな」

「というと?」

「こいつと俺は抜けた。今は二人ともフリーだ」

牛崎の顔に驚きの表情が浮かび、頬杖をやめて身を起こした。右手をちらりと覗かせて、こちらも銃を手にしていることを見せつける。

「正気ですか?」

「どうせもうすぐわかるだろう。A川の向こう側に、組織のH点があったが、俺が無力化してきた。今日の夕方のニュースでわかる」

「女がらみですか」

牛崎の問いに、風間が肩をそびやかす。

「こいつも同業だ。若いが、素質はある」

「なんで、ここに来たんですか。A川の向こうといえばここから近い。すぐ捕まりますよ」

風間がまた肩をすくめた。「七・六二ミリ弾を売ってもらえるだろう」

「そりゃあ、商売ですから。……しかし」

「とりあえず、十カートン。車で待つよ」

店外では、あの若い男がぶらぶらしていた。エプロンのポケットに右手を突っこみ、口笛でサキの知らない旋律の歌を吹いている。

それを尻目に風間は車のハッチバックを開け、そこに閉まってあったドラグノフを取り出すと、座席の背越しに助手席のサキに渡してよこした。

「持っていろ」

「ねえ、あの人たち、大丈夫なの……」

話しかけるサキを制し、風間はドアを開けて乗りこんできた。運転席の窓をなかば開けて、店舗の入り口をじっと監視している。ドラグノフを持つサキの手を押さえ、ダッシュボードの下まで下げさせた。

サキはダッシュボードの時計を睨んだ。五分、十分、十五分が経過した。店に近づいてくる人影はなかったが、目の前の県道を車が通過するたびにサキの背にぴくっと電気が走った。

三十分が経過したとき、牛崎銃砲店のドアが開いた。左手で手押し車をころがしながら、イマキレが出てくる。イマキレ、今給嶺とでも書くのだろうか。右手は相変わらずエプロンのポケットの中だ。

手押し車を車の後部に停めると、右側から回りこんで、運転席の側にやってきた。斜め後ろから顔を突っこむようにして、訊ねる。

「後ろに積んどきますか」

「ハッチバックの鍵は開いている。そうしてくれるか」

頷きながら戻っていく。バタンと音を立ててハッチバックが開いたとき、サキは小さく飛び上がった。二つセットになった箱を積みこんでいる。一つ積みこむごとに、車が小さく揺れた。揺れが五回。それが終わると再びハッチバックを閉め、今給嶺は運転席の側に戻ってきた。

「領収証です」

窓から左手を突っこんで、風間に紙片を渡した。風間が頷いてそれを受け取り、サキに手渡す。

「毎度ありがとうございます。ラジオでM区の事件はやってましたよ。あれはどちらの仕事だったんですか？」

「あなたに関係ないでしょう」

助手席から身を乗り出してサキが怒鳴ると、今給嶺はびっくりしたような顔をして後ろに下がった。にやりと笑っておじぎをする。

　風間が車を出した。


　車がしばらく走った後、初めてサキは風間が弾薬の代金を支払わなかったことに気づいた。紙片が手の中でしわくちゃになっている。急いでそれを広げてみる。

　それは領収証などではなく、どこかのアドレスと人名が書かれたメモだった。

「読んでくれ」

　前を見たまま風間が声を発する。サキは住所を音読した。

「名前は?」

「左海貢……、サカイって読むの?」

　風間は頷いた。ハンドルを大きくきり、車を右折レーンに入れる。

「首都には入らないが、ライフルは窓の外から見える場所に出しておかない方がいい。ケースにしまっておけ。俺のグロックは撃てるな?」

　サキは頷き、ダッシュボードの上にハンドガンを置くと、ドラグノフをケースに収めた。

　車は制限速度を守りながら、県道を走っていく。


「つまり、あんたたちはうちに身売りをしたい、というわけか」

　左海と名乗った男は、テーブル越しに二人の顔をながめ、決めつけるように言った。よく陽に灼けた面長の顔で、長い髪を後ろで束ねていた。どことなく屈託を感じさせるような眼差しだが、単に目が悪いだけなのかもしれない、とサキは考えた。

　風間は答えない。左海は続けた。

「今朝早く、M区の自宅前で警察庁長官が射殺された。撃ちこまれた銃弾は二発、一発が腹部に命中して動きを止め、二発目が頭蓋骨を破壊してとどめをさしている。摘出された弾薬が旧ソ連製ライフルに使われるものだったことから、広域暴力団ではなく政治的テロ組織の犯行と警察は断定。だが、犯行声明はいまだに発せられていない」

　左海は言葉を切り、風間とサキの顔を交互に見た。

風間は無言だ。

「奇妙なことに、正午近く、今度はK区のはずれにある倉庫の前に停められた車の中で、政治組織の幹部と思われる男性の死体が発見された。男は至近距離から胸部を撃ち抜かれており、同乗者に射殺されたものと考えられている。この犯行についても、犯行声明はどこからも出ていない」

　左海は、懐から眼鏡を取り出し、かけた。

「勲章を二つぶら下げて、FA移籍のつもりか?」

　風間は答えた。

「スナイパーは数が少ない。腕のいいやつとなるとなおさらだろう。こちらは二人でペアだ」

「こちらのお嬢さんもか」

　風間の代わりに、サキが大きく頷く。左海は大きく息を吐いた。

「いいだろう。今日からここで暮らすといい。腕のいいスナイパーは多くて困ることはないだろう」

　そしてサキに微笑みかけた。

「解放戦線『アジアの夜明け』にようこそ。俺がサブ・リーダーの左海貢《さかいみつぐ》だ」

　ちょっと言葉を切って、

「二人とも、テーブルの下の武器から手を離してくれよ。もう緊張する必要もないだろう」

　風間が、ゆっくりと肩をすくめた。二人が殺気を消すと、室外で微かな物音がした。複数の靴音が、わざと聞かせるかのような大きな音を立てて去っていく。

「ここは臨戦態勢にあるんでね」

左海が含み笑いを漏らしながら言った。

ドアを開け、室外に出ると、狭い廊下に娘が一人立っていた。年齢は、サキと同じくらいか、もう少し下だろう。少女の着ている真っ赤なワンピースを見て、サキは少したじろいだ。肩口につくかつかないかの長さに切りそろえられた髪が、その上で揺れている。

思わず自分の髪型のことを思い浮かべた。昨日まで山小屋にいた。当然洗髪も十分ではなく、長い髪を適当にゴムで結わえていただけだ。

娘は、大きな目を細めると、にっと笑った。

「お風呂、入りたいでしょう」

サキが返答に困っていると、娘は手を振って続けた。

「あ、誤解しないでね。別にあなたが臭いって言ってるんじゃないの。そりゃ、ちょっとは妙な臭いがするけど。それ、硝煙の臭いね。お風呂に入りたいでしょうって、言ったのは、ここに来る人のほとんどは、命からがら、長旅をしてやって来る人ばかりだからなの。お風呂、入らない？　新しい着替えもあるわ。サイズは……」

サキの全身を遠慮なく見まわす。

「やんなっちゃう。あたしのスペアじゃ入らなそうね。ま、少しくらいきついかもしれないけど、大丈夫でしょう。あなた、お名前は？」

少女は、風間の方をさっと振り返り、笑った。

「あなたは風間総司でしょう？　反BR法戦線では有名なスナイパー。でも、あなたの方は知らないの。あたしと同い年？　あたしは十七歳。あなたは？」

サキの頬が思わず緩んだ。歳下だとばかり思っていたのに、歳上だったなんて。とてもそうは見えなかった。

「あ、笑った。笑った。今までずっと怖い顔していたよ。あたしは早田真紀《はやたまき》。真にイトヘンの紀ね。このシェルターの管理と、『アジアの夜明け』のシスアドをしているの。よろしくね。それと——、よくここまでたどり着けたわね。お帰りなさい」

お帰りなさい。

その言葉がサキの中にあるどこかのボタンを押したらしい。突然視界がぼやけ、真紀の顔が見えなくなった。

オカエリナサイ。

二度と聞けないだろうと思っていた言葉だった。

街道から見ると二階建てのように見えた建物だったが、実は下りの斜面となっている背後の側に、階段状になってさらに下の階が作られているのだった。その最下階に、小さいながらもちゃんとした風呂があった。山暮らしの後にはありがたいことだった。

後刻、風呂から上がり、真紀のものだという衣類を身に着けたサキを、真紀が捕虜にした。まさに捕虜だ。真紀の口からなめらかに発した言葉は少しも途切れず、次々にサキの耳に飛び込んでくる。その言葉で編んだロープでがんじがらめにされたようなものだった。

狭い廊下を歩きながらも、次々に話しかけてくる。

「あたしの父は、W大学の工学部で教授をしているの。知っている？　早田充《みつる》っていう名前。いや考えるふりなんてしなくてもいいよ。一般的にはそんな名前知られているはずがないんだから。これでも情報工学の分野では知られた名前なんだけど、十六歳の女の子が知っているわけがないもんね。十六歳、ほんとに十六歳なの？　あなた、あたしよりずっと歳上に見えるのに……」

そこで言葉を切った。サキが年齢以上に大人びて見える理由は、過去の経験がものを言っているのかもしれないと気づいたのだろう。見かけ以上に気配りをする性格のようだった。そういえば、さっきから自分のことは話しているが、少しもサキのことに触れてこない。それなりに気を遣っているのだ。

サキは初めて自分から口を開いた。

「あなたの父親が、ここのリーダーなの？」

「ん、うちのパパが？　まさか、パパは典型的な学者肌で、人の上に立つというタイプじゃないわよ。ここのリーダーは三村真樹雄という人。その名前こそ知っているわけがないわね。もう完全に地下に潜った名前だから」

「その人もここに」

真紀はかぶりを振った。

「ううん、リーダーはここにはいないわ。というより、どこにいるのか、あたしも知らない。知っているのは、サブ・リーダーの左海さんぐらいよ。たぶん、今は海外にいるんじゃないのかな」

そうなのか。真紀の態度につられて忘れていたが、ここは反BR法活動の拠点なのだ。

それにしては、真紀の雰囲気はのどかすぎる。

「ねえ、さっきあたしに、お帰りなさいって言ったけど、あれはどういうこと……」

言葉を切って、真紀を見つめた。

真紀は廊下に立ちすくみ、狭く開いたドアを見つめていた。そのドアがさらに開き、サキたちのいる廊下の明かりが中に差しこむ。

ドアの向こうに誰かがいた。

サキは反射的に一歩飛びのき、防御の姿勢をとりそうになった。

だが、真紀は身じろぎ一つせず、ドアの向こうを見つめていた。ゆっくりと声をかける。

「どうしたの？　眠れない……？」

ドアの向こうから出てきたのは、五歳くらいの少女だった。少し乱れたパジャマに素足のままで戸口に立ち尽くしている。大きく目を見開いて、真紀の顔を見上げていた。

真紀はひざまずき、ゆっくりと両腕を広げた。

ぺたり、ぺたりと音をさせながら、少女は真紀に近づき、その胸に顔を押し当てる。真紀は広げた腕を下ろし、少女が驚かない程度の触り方で、ぽんぽんと肩を叩いている。

「どうした？　おしっこ？　それとも、喉がかわいちゃったのかな？」

「ママが……」

少女が呟き、真紀の肩がびくりと震えた。

「寝ていたら、ママが来たの。さやかちゃん、いらっしゃいって、言ってたよ」

真紀の衣服に埋もれ、声はくぐもっていた。

「ほんとにママが迎えに来たのかと思ったよ……」

「そうね、本当のママだったらよかったのにね。ごめんなさい、今日は真紀しかいてあげられないの。その代わり、さやかちゃんが寝てしまうまで、お話をして一緒にいてあげるね。さやかちゃんの好きなお話をなんでもしてあげるから……」

真紀は鼻声になり、語尾はくぐもっていた。

泣いているのだ。


「ここが、シェルター、と呼ばれているのは、そこのお嬢さんのように、BRゲームからの脱出者を受け入れるためだが、BR法のために両親を殺され、孤児になった子供たちを秘匿しているからでもある」

風間とサキは再び先ほどの部屋に呼び出された。今度は、左海と真紀を前にして座る。

BR法に反対することは、国家反逆罪とみなされる。この国の法律では、国家反逆罪は無期懲役、もしくは死刑だ。執行猶予、および恩赦は一切認められない。国民なら、誰でも知っている。

「もちろん、近代刑法の理念にのっとり、刑の連座《れんざ》は認められていない。……刑は、本人以外の家族や親戚などの係累には及ばないということだ。しかし、われわれは知っている。刑を執行されたものの近親者は、矯正という名目で政府の監視体制下に置かれることを。特に子供は、近親者がいようといまいとお構いなく政府施設に引き取られ、反動的な思想の種を植えこまれないように育てられる」

わかっていたことだったが、事実を改めて告げられてサキの胸は痛んだ。

（パパは、晴哉は、無事に済んだのだろうか）

逃げ出すときには自分自身のことしか考えられなかったが、振り返って思えば、自分が逃げ出したことで、二人が危険な立場に追いこまれる可能性は高かった。世故に長けた父親が、無事に言い逃れてくれていればいいのだが……。

「だから、あたしの組織では、BR法の犠牲になった家庭の子供たちを匿《かくま》って、引き受けてくれる里親を探しているのよ。里親が見つかるまでの間、ここは臨時のうちみたいなもの」

「だから、お帰りなさい、ってみんなに言うわけね」

「そう、本当に帰るうちが見つかるまでの間、ここがみんなのうちだから……」

さやかのことを思い出したのか、真紀はつらそうに顔を歪めた。

左海は慎重に口を開いた。

「ここに逃げこんでくる人間には最初に言うことにしている。ここは決して犯罪者を高飛びさせるための踏み台にしていいところじゃない。ここで面倒をみるのは、BR法の犠牲者だけだ。政府の全体主義的なやり方に疑問を感じ、怒りを燃やして共にBR法と戦ってくれる者だけを受け入れる場所なんだ」

「ここはもともとあたしの母親が祖父から相続した土地なの。大分前にセミナーハウスという形で建築をしたんだけど、父と一緒に母が活動を始めて、『アジアの夜明け』のために提供することになったのよ。それであたしもここで普段は生活をしているの」

娘を反政府活動に巻きこんで、この娘の両親は本当に平気なのだろうか。わずかに十七歳で、この娘は命の危険さえある行為の中に巻きこまれている。

「子供はどうなる」

のんきともいえる口調で風間が言った。

「子供」

「このビルをBR法の犠牲者のための避難所に使うという話はわかった。だが、ここが踏みこまれたとき、戦闘員と非戦闘員の区別をして襲ってくれるほど、政府は悠長だろうかね」

そんなはずはなかった。瞬時にして敵を無力化するためなら、政府の戦闘部隊は喜んで重火器を使用するだろう。そんなとき、階下の部屋に眠る子供たちがどんな目に遭うか、考えただけで背筋に悪寒が走った。

「理念を守ることは大切だろうが、危険の分散ということも考えた方がいい」

言い残して風間は席を立った。思い出したように、つけ加える。

「ここにいる桜井サキは、ご存じかもしれないが先日のBRゲームで勝利した生き残りだ。そして俺も、同じくBRゲームで生き残った、ひとでなしだ」

静かにドアを開け、風間が出ていく。それはサキも初めて聞く過去だった。

その日からシェルターでの日々が始まった。サキの仕事は、真紀の手伝いをして子供たちの世話をすること。といっても、子供は、真紀に対するときほどにはサキになじまず、よく大泣きしては真紀を閉口させた。子供ながらに、スナイパーであるサキに何か剣呑《けんのん》なものを感じとっていたのだろう。

風間は左海とともに働いているようだったが、何をしているのかはまったくわからなかった。もともと無口な質だったのに、最近ではそれにますます拍車がかかっていた。考えてみれば、風間がサキ以外の人間に口を利いている場面をあまり見たことがない。それは、孤独に親しむことを要求される、スナイパーとしては当然の資質なのだった。

左海は、忙しく出入りしていた。時折見知らぬ人を連れてくることもあった。おかしなことに、それがどんな過去の人間であるか、サキには直観的に判断がついた。特に、人を殺したばかりの人間には、独自の臭いが漂っていて、すぐわかる。それはおそらく、サキの周囲にも漂う、同類の臭いだった。

訪問者はたいていの場合数日の間滞在し、それからどこかへと消えていった。一度去った人間が再び訪れてくることはなかった。

真紀は一週間のほとんどをシェルターで過ごしていた。高校には行ってないのだろうかと思ったが、あえて聞かなかった。

そのうちに、意外なことがわかった。あどけない顔をしてはいるが、真紀は情報処理技術のエキスパートなのだ。情報工学の権威だという父親の薫陶を受けたのだろうか。子供の世話をしていないときの真紀は、サキにはわからないコンピュータ言語を駆使し、何事かをディスプレイの上で作り上げているようだった。

あたしには何もできない。

標的を狙っていないスナイパーは、無駄飯食らいにすぎない。惰性でドラグノフの手入れはしていたが、ここで射撃訓練をするわけにもいかず、ひたすらサキは時間をもてあましていた。そして、そういう自分に気づくと、我に返って自己嫌悪に陥ることもあった。

（十六歳のあたしが、なんでこんなことを考えなくちゃいけないいんだ）

暇な時間が罪悪と感じられることなど、一年前には考えられないことだった。サキは、やはり別の人間になっていたのだ。

家族のことは時折思い出した。それはふるい落とそうとしても落ちるはずのない、心に刺さったとげだった。新庄のことは、初めはよく思い出した。BRゲームから帰った自分をやさしく抱きしめてくれたときの腕の感触。だが、その顔はだんだんおぼろげになっていき、やがてサキが殺した人間の顔の間に埋もれて、消えた。

突然、アジトを移ることになった。

ある朝、千鶴《ちづる》という女性が、シェルターを訪ねてきた。千鶴は、舞《まい》という自分より小柄な少女を連れており、二人並んでサキたちの前に現れ、ぺこりと頭を下げた。

左海は風間に一瞥を送り、サキたちに告げた。

「ここは、基本的に非戦闘員のみのシェルターとする。われわれは他の拠点に移ろう。一箇所に留まれば、警察組織の目を引きつけることになり、危険でもある」

左海や風間を始め、主だったメンバーはすべてS県内の別所にある拠点へと移動することになった。千鶴や舞は、真紀に代わって子供たちの面倒をみるために呼び寄せられたのだ。

迎えにきた何台かの車に分乗し、サキたちは目立たないようにシェルターを離れた。大量の機材を抱える真紀はたいへんそうだったが、サキの荷物はあっけないほどに少なかった。

ナップザック一つと、ケースに収められたドラグノフ。

真紀はシェルターが家だと言っていたが、やはりサキにとっては旅の間に立ち寄った仮住まいにすぎなかった。本当の家は、もうどこにも無かった。父と弟の待つ家も、もはや自分の家ではない。サキはどこに帰ることも許されない、捨て子のようなものだった。

車の後部座席に腰掛けて思いをめぐらせていると、運転席から話しかける声がした。

「おひさしぶりですね」

驚いてバックミラーを覗くと、そこには見覚えのある顔があった。牛崎銃砲店でサキにメモを手渡した、今給嶺だ。

「あなたも、『アジアの夜明け』のメンバーだったの?」

いやいや、と今給嶺はハンドルを握りながら笑い声を立てた。

「参加したのは、桜井さんよりも後ですよ。僕はあの牛崎の下で働いていたんです。僕も桜井さんと同じ、BRの生き残りでしてね」

サキは目を疑った。今給嶺の温和な笑顔は、とてもそうは見えない。

「ゲームの勝者は出世街道に乗せてもらうことが約束されている、なんて政府は言うけど、つまりは政府機関の手先になって働かされるだけでしょう? それがいやで逃げ出して、牛崎さんに拾われたんですよ」

牛崎は別にBR法の犠牲者というわけではないのだという。ただ、シベリアから火器を密輸するルートを持っており、地下の反政府勢力に対してそれを密売する商売に手を染めていた。また、各組織とのパイプを利用し、人材の斡旋のような仕事もしていたらしい。先日、風間が店に立ち寄ったのも、牛崎の力を利用して、有力な組織に橋渡しをしてもらうためだったのだ。

「それが先日の取り締まりで検挙されましてね。密輸だけならともかく、それが反政府組織に流れていたなんてことがわかったら、牛崎自身が反逆罪に問われかねない。それで、三村さんの組織に逃げこんだというわけです」

ひとつよろしく、と今給嶺はバックミラーのサキに頭を下げた。

左海は組織の理想を説く。大きく活動し、政府に対抗するためには人数も必要なのだろう。だが、その過程では牛崎のような不純物も取りこんでしまう可能性もある。それを拡大のためのやむをえない要素と見るべきか、獅子身中の虫として危険視するべきか。

「そうそう」

今給嶺は再び口を開いた。

「今から向かうアジトには、リーダーの三村さんがいるらしいですよ。僕もお会いするのは初めてです。いったいどんな方なのか」

いったいどんな人間なのだろうか。サキはその人物像に思いを馳《は》せた。

だがこのアジトで、サキは三村真樹雄以上に重要な人物に出会うことになる。

七原秋也だった。

16

そこは、かつて学習塾として使われていたという三階建ての建物だった。サキたちが教室のように机と椅子が配置された部屋に案内されて入っていくと、すでに十数人の男たちがたむろしていた。最前列の机だけが、二列目以降の机と対面するように置かれており、見覚えのある顔の男が一人座っていた。

牛崎だった。

今給嶺の方をちらっと見たが、そ知らぬ顔をしていた。あの店を離れた時点で、主従関係は終わり、ということらしい。

先に在室していた男たちからは、いずれも長旅の匂いがしてきた。埃と、汗、そしてこの国では馴染みのない香辛料の香り。その中で特に目立ったのが、窓際の机に尻をのせてこちらを睨みつけている、凶相の男だった。ぱちり、ぱちりと音をさせて、手の中で何かをもてあそんでいる。

バタフライ・ナイフだ。

サキと目が合うと、挑むような目つきでさらにねめつけてくる。まるで、狂犬だ。

ナイフ男の横にいた、頭にバンダナを巻いた男が、ナイフ男に何事かを語りかけた。大袈裟に身を乗り出して、聞き耳を立てるナイフ男。うってかわって上機嫌そうな表情となり、にやにやとした笑みを浮かべている。

サキはバンダナの男に目を移した。

まだ若い。おそらくサキや真紀と同世代だ。バンダナで長い髪を後ろに送るように流している。その下には、まっすぐな眉と、大きくて意志の強そうな瞳があった。尻ポケットから出したフラスコをナイフ男に渡し、勧めている。その口元は一文字に結ばれているのに、優しい雰囲気を漂わせていた。どこか人を惹《ひ》きつけるところがある、不思議な男だ。

引き戸が開いて、三人の男たちが入ってきた。先頭は左海、続いて温和そうな表情の中年男。

「あれ、あたしのパパ」

傍らの真紀が、ひじでサキをつついた。

ではあれが、早田充教授なのだろう。早田の後ろからは、部屋の先住者たちと同じような、異国の匂いを振りまいた男が入ってきた。背が高く、豊かな口ひげを蓄えている。猛禽のような眼光が威圧的だ。

男は浅く会釈をした。

「みんなご苦労。この中には初めて顔を合わせるメンバーもいるだろう。三村真樹雄《みむらまきお》です」

あれが解放戦線『アジアの夜明け』か。

三村は、牛崎の隣の席に腰掛けた。空いている席に左海と早田も腰を下ろす。

「国外活動中、早田さんと左海君がよく組織をまとめていてくれた。感謝します。今回の遠征は、おもに中東地区に滞在していた。残念ながら現地の解放戦線組織と完全な合意には至っていないが、代わりに収穫があった。現地に逃亡していたメンバーと合流することができたからだ。帰国した彼らにも、これから『アジアの夜明け』の一員としてがんばってもらうことになる。また、新たな闘いの始まりだ」

かたまって座っている異国の匂いを漂わせた男たちが、無言で頷いていた。あのナイフ男と、バンダナも一緒だ。

「さらに国内でも、力強い味方を得ることができた。全員、牛崎さんは知っているな?」

紹介される前に牛崎は立ち上がり、頭を下げた。

「牛崎です。よろしく」

「周知のとおり、彼には組織外の協力者として、シベリア・ルートの火器輸入と人材発掘の援助をしてもらっていた。だが、このたび、政府の手が牛崎さんにまで回ってしまった。牛崎さんは、表の稼業である銃砲店を閉鎖し、地下に潜伏せざるを得なくなってしまったのだ。表社会とのパイプを一つ失うことになり、『アジアの夜明け』としては打撃だ。しかし、牛崎さんの卓越した経理の能力をお借りすれば、別の形での組織強化につながるものと確信している。以降、組織運営の重要なスタッフとして関与してもらうので、周知いただきたい」

無言で牛崎が頭を下げる。その向こうにいる左海の顔は無表情だ。もともと左海が担ってきた業務の一端を、牛崎に引き継ぐということなのだろう。

三村は続ける。

「今年もBR法による犠牲者は相次ぎ、多数の死者を出している。われわれはこのような警察国家的な体制に断固として立ち向かわなければならない。幸い、この組織には早田さんという、情報工学のオーソリティが力を貸してくれている。これまでの破壊活動は、いずれも単発で、線としての効果を上げるには至らなかった。そのため、政府は従前以上に警備を強化し、地下組織の摘発を行っている。だが、可能な手段はある。たとえば、要人の誘拐・殺害、主要施設への破壊活動、管理体制の紊乱《びんらん》などだ。今後は、最小の攻撃で最大の効果を上げられるように、より計画性の高い作戦を実行していきたいと思う。詳細については、後日それぞれの担当ごとに指示を行う。それまで各自研鑽に務めていただきたい」

言葉を切り、一同に視線を送ってくる。

「では、本日の集会は以上。解散!」

左海が立ち上がり、号令をかけた。

「政府の手が牛崎さんにまで伸びたって、まるで牛崎が『アジアの夜明け』の犠牲になったような言い方でしたね」

周囲ががたがたと戻り支度をしている中で、今給嶺があのにこやかな笑みをうかべて近寄ってきた。

「あのオヤジにそんな甲斐性はないですよ。本当のところは、コレ、これです」

と、胸の前で人差し指と親指の小さな丸を作ってみせる。

「お金?」

「そう。やつが店をたたんで逃げないといけなくなったのは、脱税がバレたからですよ。しかも多年にわたった確信犯だから、発覚すれば実刑間違いなし。だから、安全をとってこの組織に逃げこんだようなものです。やつに権力と闘うというような気構えなんて、あるかどうか……」

では、そういう男に『アジアの夜明け』は牛耳られていくということなのだ。サキは、初対面の日の左海の熱い言葉を思い出した。左海は、牛崎という異分子が入ってくることに対し、どのような思いを抱いているのだろうか。はるか向こうで片付け作業をしている左海の顔は無表情で、心中の思いはまったくわからなかった。

『アジアの夜明け』に対し、まだなんの愛着も抱いていないサキだったが、それでも心に軋みのようなものを感じる。

「ねえねえ」

真紀にひじを摑まれた。

「パパがね、若い人のための勉強会をやりたいって言っているの。サキも参加しない？」

「勉強会って？」


「ほら、あたしたちの社会知識って、偏っている面があるじゃない？　歴史なんかでも、教科書を全部読みきる前に授業が終わっちゃったりとかさ。この組織にはBRのせいやなんかで、きちんと学校に通えなかった人もいっぱいいるのよ。そういう人のために、ごくごく常識的なことから知識を補充していこうということなんだけど」

それに近いことならば、前の組織でさんざん「再教育」された。ふと、脳裏に新庄の顔がよみがえり、ちくりと胸が痛んだ。

断ろうとして、口を開きかけたが、真紀の必死な表情を見て思い直した。

おそらく真紀の父親も、牛崎たちのような異分子が入ってくることに不安があるのだろう。学者と密輸業者、反りが合うはずもない。もしかすると、組織に自分の居場所がなくなっていくことを恐れているのかもしれない。真紀もその辺を敏感に察知して、少しでも味方を増やそうとしているのだ。

それに、今の自分にはどうせ有り余るほどの時間があるではないか。

「わかった、参加してもいいよ」

「本当？　ありがとう。第一回めは明日の夜なの。みんなに参加を呼びかけてみるわ。新しく加わった人たちにもぜひ参加してほしいから」

言うなり、駆け出してしまった。

「お、おい……」

まだ組織に加わって気心の知れていないメンツに声をかけるのは、もう少し様子を見てからにした方がいいのではないか。そう言おうと思ったが、間に合わなかった。そういう無邪気なところが、もちろん真紀の長所でもある。

気づくと部屋の向こう側から、あのバンダナの男がこちらを見ていた。

「なに？」

「いや……、勉強会をやるって話が聞こえたので」

「だから、なに？　いけない？」

つい、つっかかるような物言いをしてしまった。この男にはなぜかいらいらとさせられてしまう。

「いけなくはないさ。勉強会って、いいなと思ったから。誰かに何かを教わるなんて、しばらくなかった」

男は、手元で何かをもてあそんでいた。

「なによ、それは」

「ナイフ。死んだ友達にもらったんだ」

「あんたもあのいけすかないナイフ野郎と同じ？　そうやって武器をいじりまわしていると、強くなったような気でもするわけ。ばかばかしい、自分の力をひけらかすような真似をして」

「そういうわけじゃない。いざというときに使う武器は、常に手元において手になじませておいた方がいい。あんたも、自分のライフルはそうするだろう」

再び言いかけて、口をつぐんだ。

「誰に聞いたの？　あたしがスナイパーだって」

「わかるんだよ」男は言った。「スナイパーには、向こうでたくさん会ったから」

そして静かに部屋を出ていった。


翌日の勉強会は、集会のときと同じような教室を借りて開かれた。部屋の後方に真紀と並んで腰掛けたサキは、室内を見まわした。意外と出席者が多い。隅の方には今給嶺の姿も見えたし、昨日の新入組も何人か参加しているようだ。

咳払いをして、早田充が立ち上がった。

白板に向かい、すらすらと何かの図を書き始める。何かの図——この国の地図だ。

書き終えると、早田は振り向き、言った。

「わが国です。この国は建国以来二千年近くの間、他国の侵略に晒されたことがなく、ほぼ独立を守ってきた。そのことはみなさん、よく知っていますね」

「先の大戦のときは別だ」と、誰かの声。「戦争に敗れ、占領を受けた」

早田が頷く。「その通り。不幸なことに、短期間ではありますが、わが国は戦勝国の占領下に入り、かずかずの統制を受けました。もちろん中には良い改革もありました。農地を地主から取り上げて小作農に解放したことや、戦前の産軍一体構造を支えた財閥を解体したことなどがそれに当たりますね。でも同時に、占領によってこの国の大切な文化がいくつも破壊されたことは間違いありません。では次に、この国が十七世紀から十九世紀の半ばごろまで、外国との交流をやめ、いわゆる鎖国状態になっていたことは、みなさんご存じですか」

それも誰もが知っていることだ。

「二百年以上の間、諸外国との貿易は、すべて政府がとりしきり、それもわずかな拠点にのみ限られていました。それに違反すれば、もちろん厳しく罰せられたのです。……にもかかわらず、この国の人々は、外に出ていくという夢が断ちきれず、密かに外国との交流を行っていました。この県」

と早田は地図の北側の海岸線を指した。

「ここにある地方の素封家の蔵からは、当時の中国にあった清帝国で鋳造された銅銭が大量に見つかっています。民間の家が、鎖国中のこの国でそんなものを手に入れられるはずがありません。考えられる説明はただ一つ。この海を挟んで、中国大陸とわが国の間で、密かな交流が行われていたということです。……政府には秘密でね」

「だけど、そんなことが可能だったんですか？　大陸とこの国の間には海がある。それを渡ることができたとは到底思えないけど」

「そう思いますよね。しかし、当時の航海技術は、われわれの想像をはるかに越えて進歩していたと考えられています。この国の北端と南端の地方の間で、昆布と砂糖の交換貿易が行われていた形跡も発見されているんですよ。その貿易は、おそらく二千キロ以上もの海路を無寄港で縦断することによって成し遂げられました。そんな航海技術を持った国の国民が、海を隔てたとはいえ、隣国である中国に行けなかったはずがない、そう思いませんか？」

まったく予想もしなかった方向から話をされて、出席者の多くがめんくらっている。さすがに大学で教鞭をとっているだけあって、聴衆の注意を引きつけるのは手馴れたものだ。

「ところで現在のこの国でも、およそ鎖国に等しく、国民を隔離する政策が行われている。そのこともやはりみなさんご存じですね。ハードな政策としてはBR法があります。これは、若い世代の人々の生殺与奪の権利を国が握ることにより、反抗の芽を摘むという、まことに卑劣な政策です。それだけではない、数年前に成立した国民背番号制、これによってわれわれは、プライベートな情報の隅々まで国家に監視される可能性がある。また、盗聴法。警察組織は、任意の理由によって、われわれの私的な通話や、メールなどを検閲することができるのです。言論の自由などは無いに等しい。少しでも反抗的な言動をした人間は、国家に対する反逆者とみなされる可能性がある。それが現状です。交通違反者取り締りの名目で各地に取りつけられた監視カメラも、実際には交通違反とまったく関係ない、国民の監視のために作動していると伝えられています」

早田は続ける。

「さらに、私の研究しているネットワークの分野においても、政府の囲い込みは進んでいます。今度の国会で通過しようとしているIP法、もしこれが成立すれば、国民はインターネットのアドレスを本当の意味で自由には取得できないようになります。その人がネット上でどこにいるかという区分を示す標識をIPと言いますが、現況ではこれは世界中どこのものでも取得が可能です。ところがIP法が成立すれば、国民は国外のドメインでIPを取得することが不可能になる。これはつまり、情報統制をするのと同じことです。インターネットを通じた情報公開は、国家による思想弾圧に対抗する大きな武器となります。IP法は、まさしくその武器を潰そうとする意図のものなのです。まさしく現代の刀狩りであり、鎖国であるといえます」

大きく息を接ぐと、参加者一人一人の顔を見回した。穏やかな外観のどこに、これほどの気迫がこもっていたかと思うばかりの話ぶりだった。

「さて、ここで君たちには三通りの選択肢があります。正確には三通りですね、国家のこうした統制を受け入れ、耐え忍んで生きていく。これが一つめです。そして、もしそれに耐えることができないというのなら、一つ、かつて実行した者があったとおり、海外へと脱出するか。もう一つは、自ら武器を取って闘うか。それを選ぶ権利は君たちにあります。その選択は、自分以外の誰からも強制されるべきではない……」

突然ドアが開いて誰かが入ってきた。その顔を見て、サキは息を飲んだ。牛崎だ。

「なんだ、これは！　三村さんの許可を取らない、勝手な勉強会の開催は、規則違反だぞ」

早田がおろおろと抗弁した。

「許可は確かに取っていないが、しかし……このくらいのことは」

牛崎がせせら笑う。

「修正主義的な観方を示して、動揺を与えることは、士気の低下につながると言っているんだ。あんたはせっかく一枚岩で団結しようとした三村さんの気持ちを無にしようというのか？　それは反動的だと言われてもしかたないな」

そこにはあの銃砲店で示していた卑屈な態度は影も形もなかった。穏やかな性格の早田を呑んでかかり、その目が笑っていた。この組織は俺が牛耳るのだと、歪んだ口元が語っていた。

「あんたに何がわかるの。単なる金儲けのために組織を利用しようとしているだけのくせに」

気がつくと、立ち上がってつめ寄っていた。

「なんだと、おまえみたいな小娘に何がわかる」

「少なくとも、あんたの万倍はわかってるよ」

「ほざくな！」

乾いた音がして、右頬に熱い衝撃が走った。

「やりやがったな！」

振りかぶった右手を後ろから押さえられた。万力で固定されたようだ。すさまじい力だった。握りしめられた前腕がきりきりと痛む。

「すっこんでやがれ、このカス……」

すっと脚を前に投げ、カンガルーキックの要領で後ろに振り出した。空を切る。掴まれた右手がぐいとひねられ、背中に押しつけられた。受身をとることもできず、そのまま床に押し倒される。目の前に、すっと刃が繰り出された。

「おとなしくしねえと、刻むぞ、ねーちゃん」

ナイフ男だ！

男はガムをくちゃくちゃいわせながら、動けなくなったサキの頬にナイフの刃先を押し当てた。

「反動的な集会を開いているやつがいるって、牛崎さんに言われて来てみれば、このとおりだ。てめえら、実際に戦場を経験したこともないやつがぐちゃぐちゃ言いやがって」

苦しい息の下で、声を絞り出す。

「……、この腰ぎんちゃくが……」

「あ？　もしもーし？　その間抜けな格好でデカイ口叩いたのは誰だ？　あ？　吐いた唾は飲まんでおけよ。その口、二度と閉じられないように、刻んでやろうか。あ？」

刃先にぐっと力がこもった。そのとき。

「いいんだよ、ヨナイ」

声がした。

「いいんだよ、ヨナイ。俺も話を聞いていたんだ。結構おもしろかったぜ」

抑えつけられた右腕から、ふっと力が消えた。急いで体をすべらせ、サキは脱出する。見上げると、あのナイフ男——ヨナイがバカみたいに突っ立っていた。急いでサキも身を起こす。

「シュウヤ、おまえ、いたのか？」

教室の隅で、あのバンダナ男が立ち上がって頷いていた。

「早田さんは、俺たちに、新しいものの見方を紹介してくれていただけさ。反動とか、修正主義とか、そんな大袈裟なものじゃない」

にこっと笑う。

「おまえも聞いてけよ。義務教育のつまらない教科書で読むより、ずっとおもしろいぜ」

「シュウヤが言うんなら、そうなんだろうな。なんだ、俺、てっきり……」

おかしなことに、ヨナイの体からは綺麗に殺気が消えていた。隅で縮み上がっていた早田の手を取って、すまねえすまねえと詫びの言葉を並びたてている。大男のそういった様子は、むしろ可愛らしいくらいだった。

牛崎がもどかしげに怒鳴った。

「おい、おまえ、何をしているんだ。あんなやつにひとことふたこと言われたからといって、びびってるんじゃない」

「びびる？　俺が？」

ヨナイがきっと振り向いた。瞳がすうっと透き通る。

「俺は、びびらない。どんなことがあってもな。俺はただ、ナナハラシュウヤという男を信じているだけだ。シュウヤは俺に嘘をつかない。どんなときも。決して裏切らない。それを、俺は知っている。あんたこそ、俺を利用して、何をやらせようとしたんだ。ああ？」

ぶんと腕を振るう。その手先に二本の投げナイフが現れた。

「コケにしようとしやがると、刻むぞ」

牛崎はさっと後ろを向くと、逃げた。ドアを荒々しく閉め、音を立てて廊下を駆け去っていく。

後にはただ、ヨナイの荒々しい息遣いだけが残っていた。

「悪かったなあ、怪我なかったか」

勉強会の後、うってかわってにこやかな笑みを浮かべて、米内が近寄ってきた。

米内健吾《よないけんご》という名前なのだそうだ。米内はついでにあのバンダナ男のフルネームも教えてくれた。七原秋也《ななはらしゅうや》というそうだ。

「俺、単純だからよう。あの野郎の言うことをつい真に受けちまった。かんべん、な」と拝む真似をする。

「いいよ、今さら。そりゃ、少しは痛かったけどさ」

サキはぶっきらぼうに言った。

「すまなかったなあ。いや、向こうでは、内部がおかしな具合に分裂して崩壊した組織をたくさん見てきたもんでね。あいつに焚きつけられて、つい頭に血が上っちまったんだ。俺、バカだからよ」

そう言って米内は、ははは と笑う。

「いつもそうだったんだ。俺は、とにかくすぐプッツン。秋也が、俺の手綱を取ってどうどうとなだめる役」

真紀が、背後の七原に向き直った。

「さっきはありがとう。パパが、おかしなことに巻きこまれるのを防いでくれて」

七原は微笑んだ。

「米内はいいやつだが、ときどきキレちまう。ごめんな」

「そうなんだ、単純な性格で困っちまうぜ。これでよくBRを生き延びられたもんだ」

「BR?」

聞き捨てられない言葉に、サキは思わず反応してしまう。

「ああ。俺も、秋也も、BRの生き残り組なんだ。よろしくしてやってくれ」

また呵々と笑う。

(BRの生き残りなんだ)

自分と同じ。それにしては、なぜ七原秋也は、あんなに澄んだ瞳をしているのだろう。

七原が、米内の肩を叩いた。

「昔の話はやめような、米内。みんな、あんまり振り返りたくない過去はあるんだからさ」

その言葉は、米内ではなく、サキに向けて言われた言葉のような気がした。

「七原秋也は、三村さんにとって、別格の存在なんだ」

勉強会をした部屋の戸締りをして、鍵を返しにいくと、事務室に左海が一人で座っていた。サキの顔を見るなり、左海は話しかけてきた。

「別格？」

「そう。三村さんには信史という甥がいたんだが、これが本当にできた子で、三村さんも目をかけていたんだそうだ。ところが、昨年のＢＲゲームで、彼は殺されてしまった。そのときの生き残りが、七原秋也なんだよ。」

「そんな――」

ということは、三村の七原に対する感情は複雑なものがあるのではないだろうか。ある意味、三村の甥は七原に殺されたのだともいえる。直接手を下したのが七原ではないにしろ、自分以外の全員を殺すことがＢＲの条件だということを考えれば、生き残った一人が、他の全員を殺したことになる。

サキの考えを察したように、左海は頷いた。

「そうだな。しかし、それがＢＲというものだ。もともとＢＲ法反対活動を展開していた三村さんには、そのことが痛いほどによくわかっていたはずだ。そして、七原秋也を恨む代わりに、信史くんに代わる後継者として、彼を重用するようになったんだ」

疑問がこみ上げてきた。

「それは、七原自身が望んだことなの？」

「七原のことは知らない。三村さんの思いだろうな」

「だって、七原はＢＲを生き延びて、海外に脱出したんでしょう？　だったら、新しい土地で、そのまま平和に暮らすという選択肢もあったはずじゃない。なのに、後継者という選択肢をむりやり押しつける権利が、三村さんにはあるわけ？」

「だから知らないよ。俺は七原に直接話を聞いたわけじゃないからな。ＢＲとの闘いに一度かかわったものには、簡単にそこから抜けられない、見えない鎖のようなものがあるんじゃないのか？　俺や、お前のようにな」

見えない鎖、自分をつなぎとめているのはそんなものなのだろうか。

サキには見えなかった。

他の誰にも見えているようには思えなかった。七原秋也にも。

扉がノックされ、静かに開いた。

七原が立っていた。

「なに？」

聞くと、七原はすまなそうな声で、

「一緒に来てくれないか」

と言った。

「どうしたんだ」

サキの代わりに、左海が聞いてくれた。七原が答える。

「三村さんが、今夜のうちに移動するそうなんだ。俺たちで護衛につこうと思ったが、できればスナイパーに一人来てほしくて」

ああ。

今日は風間が留守にしているのだ。

「かまわないよ」サキは言った。「どうせ深夜の訓練に出ようと思ってたんだ。問題ないよ」

言いながら、銃を取りに行くために立ち上がった。

扉を出るとき、七原が頭を下げた。

二台の車に便乗して出発した。前の車を運転するのは左海。もう一台を今給嶺が運転し、サキがドラグノフとともに助手席に座った。後部座席には、三村と七原。

制限速度を守りながら、二台の車は夜道を走っていく。周囲の闇の中に潜むものがないか、サキは注意を配り続けた。

バックミラーの中に、三村の顔が見えた。一瞬、見間違いかと思った。鏡の中に映った三村の顔は、あの猛禽のような威圧感が嘘であったかのように、弱々しく、疲れ果てて見えた。

七原が口を開く。気遣わしげな声だった。

「三村さん、大丈夫ですか。帰国してから、ずっと休まれてないじゃないですか」

バックミラーの中で、三村が微笑む。

「秋也、俺なあ、今年で五十になったんだよ。やっぱだめだな、歳くっちまうと踏ん張りがきかない。いざというときに、秋也たちの足を引っぱっちまうかもしれないぞ」

「そんな、そんなこと言わないでくださいよ。三村さんの力がなくなったら、俺たち」

「心配すんな」その声に力が戻った。「俺はできるだけ悪あがきして、長生きして、おまえたちのために、道を作っていってやるからな。その道を作るまで、俺はまだ倒れるわけにはいかないよ」

「三村さん……」

「きみ」

不意に言葉が投げかけられた。三村が自分に話しかけているんだと気づくまで、数秒かかった。

「はい？」

「きみも、BRの生き残りだな」

なんでわかったか、聞くのはやめておいた。きっと、三村にはわかるのだろう。

「そうです」

三村が長く息を吐き出した。

「そうか。……いいか、大人を信じるんじゃないぞ。

この俺も含めてな」

意外な言葉に、思わず護衛の任務も忘れて振り返ってしまった。薄暗い車内に、三村の眼光が鈍く光っていた。

「大人を、ですか」

「そうだ。大人を、だ。世界は自分たちのためにある、と大人は思っている。だが、それは違うぞ。世界は子供たちのためにあるんだ。ここにいる秋也や、きみのような子供のために。大人はみんな勘違いをしている。俺たち『アジアの夜明け』は、そのために闘うんだ……」

三村はどさりとバックシートに身を投げ出した。その姿を気遣わしげに見つめる七原が、サキに視線を合わせてきた。

瞳の奥深くに、かすかなきらめきがある。

サキの心のどこかに、温もりのようなものが芽生えるのがわかった。

「世界は子供たちのためにある……」

眼を閉じ、天を仰いだ三村がもう一度呟いた。通り過ぎる街路灯が、その顔に縞模様を作っていた。

17

七原秋也たちが合流してから、サキの日常は変化した。というよりも、米内によって変化させられたのだ。

「桜井って言ったっけ。おまえ、いくらスナイパーだからつったって、少しは接近戦の闘い方も勉強しねえとよ。敵が近づいてきたら、闘わねえわけにはいかねえべ？　俺が、体技ってもんを教えてやるよ」

否も応もなく、その翌日から米内の「講習」は始まった。風間はなんらかの任務に従事しているらしく、姿を見せないので、特に米内にクレームをつける者は現れなかったのだ。サキと同様、米内も戦場以外での活躍の場が見出せないタイプらしく、恰好の暇つぶし相手として認定されたのかもしれなかった。訓練の合間の休憩では、米内はいつも七原のことを話した。ふだん物静かな七原だったが、危急のときには驚くほど敏捷に動き、仲間の援護に駆けつけるらしい。米内も、何度もそのおかげで命を救われたと言った。

「仲間を見捨てておけない、っていうのがあいつの性分みたいだな。自分からはあんまり話したがらないけど、あいつはBRゲームの生き残りというより、本当は脱出者らしいぜ」

「脱出者?」

「そう、最後の一人になるまで勝ち残ったんじゃなくて、仲間を一人連れて、会場の島から脱出したらしいんだ。そんなことがどうやってできるのか、俺には詳しいことはわからないけどな」

「その仲間というのは……?」

「向こうで一度会ったことがあるが、中川典子って、女の子さ。七原とどういう関係か、なんて聞くなよ。俺はあまり人のことは詮索しない主義なんでね」

中川典子という名前は、サキの記憶に残った。


その名前を真紀の前で口にすることは、なんとなくはばかられた。あの勉強会の日からこのかた、真紀はぼんやりとした表情を浮かべることが多かった。

ある夜、真紀の部屋を訪れたときに、サキは聞いてみた。

「あんた、あの七原って男に、惚れたでしょ」

言われて、真紀は慌てたような表情を浮かべた。

「惚れたってなによ。サキちゃん、普通女の子はそういう言い方しないよ」

「いいよ、あたしは女の子なんて上等なものじゃないから」

「惚れた、んじゃなくて、いい人だなあ、って思ったの。優しそうな人だよね……。あたし唾つけちゃいたいなあ、サキちゃん、ダメだよ、横取りしたら」

「しないよ」

あたしが誰かを好きになるはずなんて、もう二度とない。サキはその言葉を胸の奥に飲みこんだ。

目の前で無邪気にはしゃぐ真紀のことがうらやましいという感情も浮かんではこなかった。むしろ、かすかな哀れみのようなものを覚えた。本当なら普通に高校に行って、普通の恋愛にうつつを抜かしていてもいい年頃なのだ。

（真紀。あんたはそれでいいの？）

その問いを口にすることは、サキにはできない。デスクトップ・パソコンに向かい続ける真紀の背中を見つめる。


真紀も、多忙な日々の中にあった。

父親の任務の手伝いで、国会でＩＰ法が通過した場合に、政府のファイアウォールを突破し、個人情報管理サーバを無力化するためのソフトウェアを開発しているのだという。

「いちばんの問題はファイアウォールよね。侵入対策は十分に講じてあるだろうから、ゲリラ的に突破することを考える必要がある。例えば、どこかでものすごく負荷のかかるような障害を起こして、そちらにメンテナンスを集中させ、その隙にガードを破るとか」

「破った後は？」

「ウィルスが有効でしょう。自己増殖型のウィルスを繁殖させて、データをすべて破壊するのね。そうすることによって、敵の管理体制を大きく動揺させることができる」

「ふうん」

サキにはよくわからなかったが、一滴の血を流すことなく、致命的なダメージを与えられるという点は、好ましいように思われた。爆破などの市街地テロを行えば、非戦闘員を巻きこむ可能性がある。それは耐えがたいことだった。真紀も、その点を強調する。

「一般人は死なない。大丈夫。これでやられるのは、政府のホストだけなんだから」

そういって、自信ありげに微笑んだ。

組織の他の男たちは、三村の指示によって細かいグループに分けられ、それぞれに与えられた任務を消化していた。こういうことに適しているのは今給嶺だ。作戦室にとじこもり、なにやら書類を重ねて検討していた。風間は相変わらず戻ってこない。牛崎も、外でほとんどの仕事をこなしているらしく、アジトに顔を出すことはほとんどなかった。

いちばん変化があったのは、左海だった。左海は、日に日に憔悴していくように見えた。行動をともにしている今給嶺にも、その理由はわからないのだという。シェルター時代からの顔なじみに対しても、左海はほとんど口を利かなかった。

要は、サキと米内のような、戦闘以外の役に立たない一部の人間を除き、何かに向けて全員が奔走しているようだった。

勉強会の晩のときのように、時折、七原が三村の護衛を頼みにきた。そういうときは、ドラグノフを持って車に同乗する。

車内の三村は、サキに気軽に話しかけてきた。

「桜井くん、だったね。きみは今、みんなが取り組んでいることについて、どの程度知っているのかな」

ある日、三村が不意に尋ねてきた。珍しく、七原も左海も、今給嶺も同乗していない車内のことだった。

言葉につまる。そんな核心的な質問をされたことはなかったからだ。

「いえ、詳しいことは何も。真紀が、早田教授の手伝いをしていて、政府のホスト・コンピュータを狙っていることは聞いていますが、詳しくは……」

「なんだ、それだけか？　左海は、今回の作戦の趣旨について、全員に徹底していると思ったんだが」

その場にいない左海の名を出して首を振る。言葉を添えた。

「あたしは、ただのスナイパーですから」

三村が舌打ちをする。

「狙撃手だって、自分が何のために銃を撃つのか知らずに、引き金を引いていいということはないだろう。末端のメンバーが何も知らされずに活動するなど、冷戦時代の悪しき風習だよ。いいかい、今度の作戦は、これまでにない大規模なものになるだろう。政府はこれで大打撃を受けるはずだ。BR法の根底を揺るがす事態が発生するだろう」

確信ありげな言い方に、つい余計なことを言ってしまった。

「無血テロで、そんなことができれば素晴らしいですね」

三村はしばらく無言で微笑んでいた。

「そうだな。それは素晴らしいことだ」

そして、言葉を続けた。

「桜井くん、秋也を守ってやってくれるな？」

思わず見返したが、三村は言葉の意味をそれ以上説明しなかった。その顔に浮かんだ表情を見て、なぜか父親のことを思い出した。


年の瀬も深まったある夜。

サキは、新しく入手したスターライトスコープの調子を見るために外出した。アジトに戻ったときには、すでに午前二時を回っていたが、一階の作戦室に誰かがいた。ドアがわずかに開き、光と話し声が漏れてきていたのだ。

「……どういうことだ、もう一度言ってくれ」

左海の声だった。

「何度でも言うさ。今回の作戦の、本当の目的を教えてくれ。そう言ったんだ」

七原の声だった。今までに聞いたことがない、切迫した声。サキは足音を忍ばせた。

「おまえに改めて説明する必要はないだろう？　今回の作戦は、三村さんが直々に指揮を執っている作戦じゃないか。そばにいるおまえが、内容を知らないわけがないだろう」

いらだたしげに言い捨てたが、七原が沈黙で答えるのを知って、さらに言葉を接《つ》いだ。

「いい加減にしてくれ。知ってのとおり、今回の作戦の目的は、政府が管理する国民個人情報管理サーバのホスト・コンピュータの破壊にある。ホストの周囲に仕掛けられたファイアウォールを破るために、囮として各携帯電話会社のアンテナ施設を爆破する。人口普及率七十パーセントを越える携帯電話を不通にしてしまえば、パニックが起きることは間違いないからだ。おそらく、携帯電話会社からの問い合わせに応じて、政府は個人情報データベースのゲートを開くだろう。その機に乗じてサーバ内にウィルスを送りこむ。アンテナ施設は無人だし、ホスト破壊は電子的に行われるのだから、そこで人命が失われるはずもない。最小限のダメージで、効果的に敵を無力化する、画期的な作戦。そう、三村さんから説明があったはずだ」

「本当にそうなのか？」

七原が真剣な声で聞き返した。

「なんだと……」

「本当に、テロは無血で行われるのか、と聞いているんだ」

「何が言いたいんだ」

左海の声に警戒の色が混じった。

「七原、おまえ三村さんを疑うのか？」

サキは思わず息を飲んだ。

あの三村の穏和な表情を思い出した。

——七原秋也は、三村さんにとって、別格の存在なんだ。

左海は確かそう言った。ということは、七原にとっても三村は特別な存在のはずだ。

七原の次の言葉を待ち受けた。

「俺は三村さんという人をよく知っている……」

長い沈黙の果てに、すべり出てきた言葉は、暗く重かった。心が二つに引き裂かれた人間の言葉だった。抱いてしまった疑念、そして三村を信じたいという気持ち、その二つの気持ちが、七原を苦悩させているのだろう。かけがえのない存在であればあるだけ、その人に対する気持ちは重たくなる。


「政府に対する挑戦状を叩きつけるのに、サーバ破壊というやり方はあの人らしくない。あの人なら、むしろ国会議事堂を爆破するような、万人に訴えかける手段を選ぶはずだ」

「国会議事堂？」

「たとえば、だ」

七原の声は、さらに苦渋の度合いを増した。

「俺はここ数日、三村さんについてまわってはっきりわかった。三村さんは、俺たちに黙って大きなテロ行為を計画している。早田教授が推進しているプロジェクトは、おそらく偽装工作にすぎない。何か、別のことを考えているはずだ」

「七原、おまえ、自分の言っていることがわかっているのか」

「……あの人は疲れている」

無理に絞り出したような声だった。

「疲れているんだ。長い間、BR法と闘い続けてきた。たった一人で。家族もみんな失った。唯一目をかけていた甥も、殺されてしまった。俺が殺したようだものだ」

（三村信史）

その名前が心の中に浮かんできた。

「普通の人間なら、重圧に耐えられるはずがない。三村さんはそんな絶望的な状況の中で闘ってきたんだ。なのに、一向に世界はよくなる兆しがない。三村さんの心は疲れきっているはずだ。俺にはわかる――わかるんだ。三村さんには焦りがある。なにか、大きな迷いがあるんだ。それを、決して俺たちには見せようとしない。おそらく本当のことを打ち明けられているのは、活動の初めから三村さんと行動をともにしてきた、側近の何人かだけだ。俺は――、俺はそれが怖い！」

最後は絶叫になった。

「怖い？」左海が問い返す。

「怖いんだ！　あの人は、疲れきって、無意識のうちに死を選んでしまっているんじゃないのか？　三村さんは……、三村さんは！」

サキにはわかった。七原は、再び一人になることを恐れているのだ。BRから逃げ出し、家族を失った七原にとって、三村だけが、そして『アジアの夜明け』だけが本当の家族なのだろう。そして、三村の言う理想だけが七原の行動原理となっているのだ。子供のために大人から世界を取り戻す闘いという理想。それなしに、七原は生きてはいられないはずだ。

BRを生き抜くということはそういうことだ。

他人の命を犠牲にして生き残った罪深い身に、他の生き方が許されるわけがない。

サキは今、初めて七原秋也の苦悩が理解できた。

（それは、あたし自身の苦悩でもある……）

左海がポツリと言った。

「多いんだよ」

その声に、七原が身じろぎをしたのがわかった。

「多い?」

「爆薬の量が多すぎるんだ」

左海の声は疲れ果てていた。

「海外の協力組織に対する発注をチェックしていてわかった。たかだかアンテナをいくつか爆破するだけにしては、爆薬の量が多すぎる。一ケタは違うんだ」

「左海?」

「それを見つけたときは、凡ミスかと思った。だが、その発注が修正される様子はまったくない。疑い出すと、すべての計画がその爆薬の量を前提にして動いているように思えてきた。あの爆薬の量なら、さっきもおまえが言ったとおり、国会議事堂くらい、楽に爆破できる」

「爆破テロか……!」

七原の声が引きつった。左海がくぐもった声で呟き続ける。

「俺の親友はBRゲームのために殺された。やつは思ったことだろう、なんで俺が死ななければならない、と。暴力の犠牲になった誰もがそう思うはずだ。なんで俺が死ななければならない? なぜ他の誰かではなくて、俺が? テロを行えば、同じような被害者が出るだろう。必ず一般市民が死ぬ。突然に、自分が死ぬ意味さえも理解できずに死んでいくんだ」

「左海……」

「俺は、そんなのは嫌だ!」

机を叩く音がした。

息苦しくなっていることに気がついた。心臓の動悸が、耐え難いほどになっている。ドラグノフの収納ケースを握った右の掌が、汗でぬるぬるとすべっていた。

真紀と話さなければならない。サキは足音を殺して階段を上り始めた。

電灯の消えた二階に上がると、背後からサキの名を呼ぶ声があった。真紀だ。自室の扉を広げ、サキを手招きしている。部屋の中で、液晶ディスプレイが煌々《こうこう》と点いているのがわかった。

「真紀？ どうしたのこんな遅くに」

「データベース・サーバ・アクセスのシミュレーションをしていたら、眠れなくなってしまって。ねえ、今話していいかな。相談に乗ってほしいことがあるの。よかったら、中に入って」

サキを招き入れ、廊下を一、二度見まわすと、真紀はドアを閉めた。即座に鍵をかける。

「どうしたの、ずいぶん用心しているじゃない」

今しがた階下で聞いてしまった会話のことが頭に浮かんだ。この子は、どの程度知っているのだろうか。

真紀はいつになく生真面目な表情を浮かべて近づいてきた。サキの横をすり抜け、パソコンデスクの前の椅子に腰を下ろす。その机の上に、小さなリースが飾られていた。

（そうだ、確か今日は……）

頭の片隅を記憶がよぎる。

真紀がサキの目を見つめて問いを投げてきた。

「サキ、今給嶺さんをどう思う？」

「何だよ、突然。どう思うって、どうも思わないよ。単なる同じ組織のメンバーだろ？」

「違う、そういうことじゃなくて……」

真紀は胸の辺りで両手指を絞るような手つきをした。「信用できるかどうかってこと」

「そんな深いつきあいじゃないけど、面白半分で話を大きくしたり、わざと嘘をついたりするような人間には見えないけどね」

真紀がいつまでも座るように言わないので、サキは適当に手近にあったクッション・ラグの上に腰を下ろした。

「でもそれがどうしたんだよ」

真紀は息せき切って話し始めた。

「確か今給嶺さんは、牛崎銃砲店が閉店して夜逃げをしなければならなくなったのは、牛崎さんの脱税が発覚したからだって、そう言ってたんだよね」

「そうだよ。あたしもそれが真実だと思う。あのオヤジは、正義とか、そういう大義名分で事を起こすような人間じゃないよ」

「でもさ」と真紀は言う。「その脱税の話も嘘だとしたら？」

「え？」

サキは目をしばたかせた。にわかには真紀の言葉が理解できない。

「どういうこと？　それって今給嶺が嘘をついたって言いたいの」

「そうじゃない、それをサキに聞いたんじゃない」

真紀はもどかしげに手を振った。

「そうじゃなくて、今給嶺さんに対しても、牛崎さんが嘘をついていたんじゃないかということ」

「何のために？」

「敵を騙すにはまず味方から。あたしたちの組織に入りこむためなんじゃないのかな」

サキは目を細めた。

「真紀、あんたは『アジアの夜明け』の幹部を告発するようなことを言っているんだよ。何かの根拠があって言っているわけ？」

「これを見てよ」

手招きされた。立ち上がって、ディスプレイに顔を近づけた。真紀がマウスに手を伸ばす。ブラウザのウィンドウが現れて、何かのウェブ画面が表示された。

「もう、サーバ侵入用のソフトは出来上がっているの。政府のサーバはもちろんセキュリティ度が高いから、とりあえず信販会社とか地方自治体とか、難度の低そうなところのサーバに入ってみたのよ。そしたら、これ……」

画面には名簿のようなものが映し出されていた。

「これは、A市役所のページ？　なに、これ。納税証明書の発行者一覧？」

「土地取得とか、大きな取り引きをするときには、個人なり法人なりの健全性を保証するために、税金をきちんと納めていますという証明書が必要になることがあるのよ。これは今月その証明書の交付を受けた人の一覧なの。真ん中付近の名前を見て？」

「牛崎、忠雄。……牛崎！」

サキの視線を受けとめ、真紀が頷いた。

「ね、おかしいでしょう。脱税容疑で追われているはずの人が、どうして納税証明書を申請して、しかも交付してもらうことができるの？」

「同姓同名の他人ということは？」

「その可能性は、確かに否定できない。確率は低いけど。でも、今度はこれ……」

真紀は別のウェブ画面を呼び出した。先ほどの画面と違い、HTML形式の表示をしておらず、データ行のみがずらずらと並んでいる。

「これは、S県で銃砲刀店の営業許可をもらっている人のリストなの。前科のある人には絶対許可は下りないし、なにか犯罪に関われば許可はすぐに取り消される。でも、見てここ……」

「牛崎だ」

確かに「牛崎忠雄」の名前があった。しかも、「この登録住所は、あの店の場所だ」

「そうよ。もし牛崎が納税について不正を働いているなら、追徴金が命じられるはず。そして、牛崎の言葉のとおり、彼が逃げまわっているなら、追徴金を払えるわけがないから、個人資産は国によって接収されるはずでしょう？　だのになぜ、牛崎銃砲店にはまだ営業許可が出ていて、店舗も土地も牛崎のものになっているの?」

「全部、嘘だったのか」

真紀はマウスから手を離し、頷いた。

「嘘までついて、この組織に潜りこもうとする理由って、なに?」

「エスだ」

警察のスパイであるとしか、考えられなかった。

密かに左海が呼び寄せられた。後ろから、七原がついてくる。七原に自室に入ってこられて、真紀は一瞬どぎまぎとした表情を浮かべた。

二人の前で、真紀はサキに説明した内容を繰り返した。左海が呆然とした表情を浮かべた。

「そんなばかな、牛崎がエスだなんて……、だって首都周辺の抵抗組織は、ほとんどあいつから武器提供を受けていたんだぞ。そんなやつが警察とつながっていたはずがない」

額に脂汗が滲んでいる。黙っていた七原が口を開いた。食いしばった歯の間から、言葉を押し出してくる。

「ダブルスパイだ。警察とつながるのが早かったか、組織とつながるのが先だったか。おそらく後者だ。あいつにはきっと、BR法反対なんて思想はないんだ。ただ、テロのための武器を流せば確実に金が儲かる。それだけだろう」

おそらく警察は、それを承知で牛崎を泳がせていたのだろう。そうすれば、BR法反対活動における武器と人の流れが把握できるからだ。『アジアの夜明け』に加わる前に、もっと汚い大人の組織のやり方を見ていたサキには、そのことが容易に理解できた。

「でも、その武器を使ってテロが行われたり、軍隊や警察の人間も何人も殺されたりしたのよ? それなのに牛崎を放置していたというわけ?」

真紀が叫ぶ。

左海が溜息とともに言った。

「牛崎の武器入手先はシベリア・ルートだ。だが、シベリア・ルートがだめになっても、武器を入手しようと思えば、ルートはいくらでもある。ミャンマー＝カンボジアの軍事政権ルート、インドネシアのムスリム武装集団ルート、フィリピンでも革命に使われた武器がごろごろ転がっているだろう。牛崎を挙げても、他のルートの密売がはびこるだけだ。それくらいなら、小悪党の一人くらい目こぼしして、逆に情報を集める方を警察は選ぶさ」

「しかし、三村さんの作戦に使う爆薬は、牛崎が発注していたんじゃないのか？」

そう言った七原を左海は目顔で制し、サキと真紀を見た。サキは溜息をついた。

「いいよ、気にしなくて。さっき下で立ち聞きしちゃったんだ。いずれ、真紀にも話さなくちゃいけないんでしょう？」

真紀が聞きとがめる。

「え、なんのこと？」

「あんたが開発しているソフトのことよ。ちょっと待って、さっきあんた、ソフトはもう完成しているって言った？」

真紀はきょとんとした表情を浮かべた。

「完成したよ。少し予定よりは早いけど。圧縮してパパに送ってあるし、それぞれの爆破ポイントに仕掛けるモグラは、もう設置済みだよ」

「ということは」

「プロジェクトはいつでも発動可能だよ」

部屋に沈黙が流れた。

「それは、いつのこと？」

「今夜、九時ぐらい。その後、パパから連絡はないんだけど……」

「見ろ！」

七原の声に一斉に振り返った。いつの間に点けたのか、テレビのスイッチが入り、画面に早朝のニュースが映し出されていた。もうそんな時間なのだ。視線は、テロップの文字に釘づけになった。

『大学教授夫人殺害』。

「ママ！」

真紀の声が驚愕に震えた。

女性アナウンサーの機械的に原稿を朗読する。

――本日未明、S県K市にある住宅地で、首を絞められ殺されている女性の死体が発見されました。女性は、住人である早田充氏の夫人・みき子さんと推定され、警察は早田氏に事情を聞くため、その行方を追っています。早田氏は私立大学で教授職にありますが、現場の状況から物取りの犯行ではなく、近親者が殺人犯である可能性が高いと考えられています。なお、早田氏には十七歳の娘がおり、こちらの安否も気遣われています……。

「違う、パパがやったんじゃない！」

「真紀……」

「違う、違うよ……」

真紀が飛びついてきた。サキの胸に顔を埋めて泣きじゃくる。

七原がテレビ画面を見つめながら、言った。

「これはなにかの罠だ。すぐに全拠点を引き払おう」

「三村さんはどこにいる」

「今日は、他の予定をすべてキャンセルしていた。……おそらく、早田教授の研究室だ」

「二人が危ないよ！」

サキは叫んだ。左海がいらいらと爪を噛んだ。

「そうだ、おそらく次に狙われるのは二人だろう。研究室には三村さんの側近も詰めている。だが、不十分だ。救援を出そう」

「俺が行く」と七原。

「あたしも行くよ」

「あたしも！」

左海はせかせかと立ち上がった。

「よし、人手を二つに割こう。七原は手勢を連れて、早田教授の研究室に向かってくれ。俺がここの拠点移動を指示する。すぐに行動を起こそう！」

「ちょっと待って！」

動き始めた左海と七原に向けて、真紀が叫んだ。

「シェルターが、シェルターがある。あそこにいるのは非戦闘員ばかりなのに、あそこを襲われたら、子供たちが、子供たちが死んじゃうよ！」

「無線だ！」無線機に飛びついた。

複数の周波数帯を試したが、全く応答はなかった。

「だめだ、誰も出ないよ。向こうで何かがあったんだ！」

「みんな……」

真紀がうつろな目で宙を見上げている。サキの脳裏に、あの寝ぼけて起きてきた少女の顔が浮かんだ。子供が……！

「だめだ！　今からあそこに手勢をまわす時間はないぞ！　……手遅れだ」

そのとき、サキの携帯電話が鳴った。

「もしもし？」

――桜井か？

風間総司の声だった。

「今、どこに？」

――シェルターだ。

「シェルター？」

サキの声に三人が一斉に振り返る。

――任務の途中でシェルターに寄ったところ、不審な部隊と遭遇して、交戦状態になった。排除完了だ。だが、これ以上の危険を避けるため、全員拠点を移動するぞ。

「待って。――今シェルターに敵襲があって、風間がそれを撃退したって。子供たちを、どこに移したらいい？」

「ポイント・エクスプロージョンに移動するように伝えてくれ。そこで俺が合流する。詳しい説明は後だ。まず動くぞ！」

「桜井、早田、来い！」

七原が駆け出した。真紀とともに、サキはその後を追う。

18

空は不気味な紫色だった。夜明けの光が、木々を、町並みを奇妙な色に彩っていく。サキたちは五台の車に分乗していた。A川に架けられた橋を渡る。何ヶ月か前に、志垣を射殺した後で風間とともに渡った橋だ。この橋を通って戻ることになるとは、少しも思っていなかった。橋の下では、朝日の照り返しで川が少しずつ輝きを増していた。

その輝きを見ながら、胸元のカラシニコフを抱きしめる。愛銃ドラグノフは、左海に託してあった。これから行く場所では間違いなく接近戦になる。その想いから、サブウェポンであるカラシニコフを選んだのだ。隣に座る真紀が、同じ銃を握りしめている。

その表情は暝く、心の中を推し量ることはできない。

突如、真紀が口を開いた。

「ね、今日が何の日だか知ってる？」

サキは頷いた。

「知ってる。クリスマス・イヴでしょ」

真紀は瞑い眼をしたまま、前方を眺めていた。

「生涯最悪のクリスマス・イヴだわ……」

その口から、ぽつりと言葉が漏れ出してきた。

ほとんど対向車もいない道を通り、車は首都内に入った。首都S区にあるW大学工学部の敷地前に到着したとき、ダッシュボードの時計は〇五三〇時を示していた。

大学の門前に着く前からわかっていた。

一方通行の道に不可解な通行止めの規制がなされていた。普段なら周囲の商店の前にいるはずの、早朝の配達車の影もない。閉じられたシャッターの上で、クリスマス飾りが虚しく揺れていた。

すでに手は回っているのだ。

正門前に停められた、鎮圧用の特殊車両と、機動隊員の護送車が見えた。作戦司令車がそれに連なり、非常灯をひらめかせている。その前を通らないよう、車を迂回させた。

中にいる三村と早田教授は気づいているのか。それがわからない以上、連係は取れない。サキたちだけの力で、構内に配置された政府軍を無力化し、脱出口をこじ開けなければならないのだ。

「構内への侵入路は?」

七原が訊ねた。その声にも焦りがあった。

「正門を含め、三ヶ所だ。敷地は南北に細長い。たぶん、西門がいちばん突入しやすいだろう。クラブハウスなどの遮蔽物も多い」

運転席の今給嶺が答えた。

七原が頷いた。

だが西門前に続く一車線の道路は、すでにバリケードによって閉鎖されていた。遠目で見ても、一個小隊程度の人数が固めているのがわかる。

七原が決を下した。

「迫撃砲を撃ちこもう。不意を突き、一斉に突入するしかない」

停車して車のトランクが開けられた。そこに、三連の迫撃砲が隠してあった。カラシニコフをかまえ、時を待つ。心臓の動悸が耳の奥で聞こえた。

（これは、戦争だ）

これまで何人も撃ってきた。だが、それは個別に対象を「無力化」していただけであって、本当の意味での戦闘を体験したわけではなかった。高みに身を潜め、有利な条件で相手を狙い撃ちしていただけだった。

今度は違う。

これは、殺すか殺されるかの戦闘なのだ。

肌がじっとりと湿っているのがわかった。グリップを握る指がすべりそうで、何度も服にこすりつけて拭いた。

（震えるな。震えるなってば！）

恐怖の感情がサキを支配しているのだった。

激音とともに、大きく車が震動した。一瞬の静寂の後、前方から金属の破壊される炸裂音が轟いた。

（やった！）

「行こう！」

息を飲んで走り出す。黒いアスファルトを蹴り立て、ひたすら前方へ。他のことを考えてはいけない。迫撃弾の奇襲になぎ倒された政府軍の兵士が、何人も路面に転がっているのが見えた。

「どけ！」

背後から怒号が聞こえた。サキたちの横を、一台の車が追い抜いていった。ドアが開いて運転手が飛び降り、車がなかば閉じかけた門に衝突する。車体に火花が走り、瞬時にして爆音がほとばしった。

体勢を立て直しかけていた兵士が、何人も吹き飛ばされていくのが見える。

（こいつら！）

その側に駆け寄った。軽症の兵士には、小銃で大腿部を撃って無力化する。

今給嶺が冷静な声で叫んだ。

「退路は確保した。突入!」

七原を先頭に、楔型《くさびがた》になって駆け出した。靴音がこだました。コンクリートで舗装された道の上に、どこかで、小銃の発射音がした。それに続いて、サキたちの周囲に小石が爆《は》ぜるような音が湧き起こる。足を止めれば的になる。脇目もふらずに走り続けた。

そこから続いていたのは、花壇に囲まれた小道だった。冬枯れの花壇は、気の毒なほどに寒々しい。その向こうにある建物には、人の気配を感じなかった。早朝のためか。政府軍の兵士が中で息を潜めている可能性は否定できなかったが、それに拘泥はしていられない。早田研究室のある低層棟に、一刻も早くたどり着かなければならないのだ。

低層棟玄関のガラス扉は閉ざされていた。先頭を行く七原と米内が足を止めて、カラシニコフを構えた。腰だめに銃身を固定し、引き金をひく。激しく飛び出した銃弾がガラスを破壊し、扉が開いた。迷わず駆けこんだ。

玄関の両側には、長い廊下が続いていた。研究室は二階だ。サキが両側の廊下に掃射を見舞い、その隙に一同は正面の階段を駆け上がった。後を追う。

米内が、踊り場を曲がる前にスタン・グレネードを放り投げた。身を伏せた瞬間、爆音が周囲の空間を満たし、踊り場の窓ガラスが一斉に砕け散った。

二階にたどり着く。半数のメンバーが後方確保のため、階段室前に残った。

「研究室は右よ!」

真紀の誘導に従い、右側の通廊になだれこむ。その廊下のほぼ中間地点に早田研究室があった。七原がドアを蹴り開け、中に飛びこんだ。

「三村さん!」

「秋也！」

部屋の中から驚きの声が返ってくる。サキたちも七原に続けて室内に入った。

「教授！」

「パパ！」

早田教授は、部屋の中央にあるワークステーションを凝視していた。周囲を三村の側近メンバーが取り囲んでいる。その向こうに、塗装のはげたカラシニコフを肩から下げた三村が立っている。

三村は振り向いた。その目が大きく見開かれる。

「七原か！」

「三村さん、早く！　脱出してください。ここは完全に包囲されています。西門だけはこじ開けましたが、保《も》って、あと数分です。再び制圧される前になんとしても逃げなければなりません」

「囲まれているのか？」

「はい。完全に。正面突破は無理です！」

「そうか……」

深い溜息とともに、三村は瞑目した。次いで、ディスプレイを睨み続ける早田教授に声をかける。

「教授？」

「あと五分。それだけ時間をくれ！」

画面から目を離さず、早田教授が叫んだ。

「わかった、五分だな？」七原の方に振り向く。

「聞いたとおりだ。プロジェクトに必要なデータが転送されるまで、あと最大五分。それを見届けるまで、われわれは、ここを離れられない」

真紀が悲痛な声を上げた。

「パパ、ファイル転送を自動で走らせて、逃げて！」

早田教授の紳士然とした顔が、今や幽鬼のようになっていた。娘の顔も見ずに言い放つ。

「そうはいかん。連中はまだ気づいてないが、通信回線をオフにされる可能性がある。ホストを強制終了されたら、それでおしまいだ。チャンスはこの一度しかない。なんとしても転送完了を見届けなければ……」

サキの五感の何かが反応した。何かが来る？

「伏せろ！」

七原が叫んでその場に突っ伏した。研究室の窓の外でぎらぎらとした光が走り、次の瞬間、サッシごと窓枠が内側にめりこんだ。瞬時にして窓枠全体が膨らみ、内部に向かって割れたガラスが吹き飛んできた。その洗礼を受けた側近の一人が、頸動脈から鮮血をほとばしらせながら崩れ落ちた。その返り血を全身に受けながら、早田はディスプレイを凝視している。

米内が転がりながら窓際まで行き、状況を確認して叫んだ。

「重迫撃砲だ！　やつら、この建物ごと殲滅するつもりでいるぞ」

その言葉が終わらないうちに、次の衝撃がやってきた。いくつか向こうの部屋の窓に命中したようだ。間髪いれずにもう一度震動がくる。理解した。やつらは、ホースで水を撒くときのように、命中箇所を散らしながら撃ってきているのだ。一ヶ所にじっとしていれば、再び命中してしまうだろう。

さすがに三村が焦りの表情を浮かべた。

「早田さん、まだか？」

「終わった！　今痕跡を消して逃げた」

「よし、行こう！　この部屋は？」

「すでに消跡済みだ！」

電源を落とし、早田教授が立ち上がる。

研究室のドアを出た瞬間、廊下の向こうから一斉射撃に出迎えられた。

銃弾が、はじけ飛んでいく。サキの見ている前で、廊下の壁が一瞬にしてささくれ立ち、柱に無数の弾痕が現れた。鼻をつく硝煙の匂いが漂う。

「しまった。遅かったか！」

米内が悲鳴を上げた。銃弾が飛んできたのは、半数の仲間が残った階段室の方角だった。ということは、彼らは斃されたのか。今給嶺が怒鳴る。

「正面玄関は制圧されたぞ！」

早田教授がギラつく視線で廊下の奥を指した。

「建物の裏手に非常階段がある。そこまでたどり着ければ……」

言われるが早いか、サキは廊下に身を躍らせた。転がるような低姿勢でリノリウムの床をすべる。周囲に弾音が響き渡る。

（当たらない。当たらないと思えば当たらない！）

柱陰に飛びこみ、セイフティー・コックを叩きつけるようにしてフル・オートマティックに切り替えた。そのまま座射の姿勢でトリガーを引き続ける。悲鳴が聞こえ、前方の兵士が倒れるのがわかった。

続いて米内が戸口から飛び出してきた。ごろごろと転がりながら、カラシニコフを乱射する。その弾幕の背後から、三村と早田が脱出した。その後に真紀が続く。

「非常階段は廊下の突き当たりだ、急ごう！」

敵は一瞬ひるんだが、すぐに応射を送ってきた。その圧倒的な火力の違いに、こちら側の人間がばたばたと斃れていく。

「桜井！」

米内が叫んだ。手榴弾のピンを抜き、並んで投げる。そのまま振り向き、カラシニコフを抱いて走った。背後の爆音とともに足元が揺らぐ。

鉄製の非常階段を駆け下り、飛ぶようにして地上へ降りた。そのまま西門めざして駆ける。あと、たったの五十メートルだ。

「いかん、回りこまれた！」

早田教授が悲鳴を上げた。

クラブハウスの向こうから、M16ライフルを乱射しながら兵士たちが殺到してくる。

（西門も、制圧されたのか！）

虚を衝かれ、次々に周囲の男たちが倒された。遮蔽物を求めるには、建物の背後に回りこむしかない。だが、背後から容赦ない射撃が襲ってくる。

突如、叫び声を上げて早田が倒れた。こめかみが真っ赤に染まり、目を剥《む》いたまま地面に突っ伏している。だめだ。絶命している。

「パパ？　パパァーッ！」

真紀が死体に取りすがろうとした。だが着弾音は次第に厚くなる一方だ。サキは情を捨てて真紀の体を抱きとめた。

無言だった三村が、口を開いた。

「秋也、あの平屋造りの建物が見えるか」

「はい、あれは……？」

「あれは、化学工学科の実験棟だ。中には可燃物がぎっしり詰っているだろう。あれを爆破するぞ！　その爆発に紛れて、お前たちは逃げ延びろ」

その言葉を聞いた途端、七原の顔から血の気が引いた。おそらく、その体の中には恐怖の感情が駆けめぐっている。

「はい……、しかし三村さんは？」

三村は笑みを返した。

「今回はすまなかった。少々、事を焦りすぎた。俺の失策だ。秋也、おまえらは絶対に生き延びろ。そして、闘いを続けるんだ」

「でも、三村さん……」

七原の目尻に、みるみるうちに涙が溜まっていく。初めて見た、七原の泣き顔だった。

「俺が後を引き受ける」

三村はきっぱりとそう言った。側近たちに目配せをする。浅黒い顔に眼だけを光らせた男たちは、強く頷き返した。

「三村さん！」

ニヤリと笑うと、あの鷹の目が、光を放った。

「俺たちはだいぶ闘ったな。政府の犬どもをたくさん殺した。だが、一人や二人殺しても、この国は何も変わらん。もっと大規模な殺戮が必要なんだ。その殺戮によって、少しでも国民の目を覚まさせることができるだろう。そこまでは俺の役目だ。だが、その後は、おまえたちの力で切り開いていけ」

「三村さん、やはり……」

三村は銀色のカラシニコフを肩から下ろした。両手でそれを捧げ持ち、七原の目の前に突き出した。ゆっくりと七原の両腕が伸び、銃身を摑んだ。

「もって行け。おまえなら知っているだろう。各地の戦場を転戦してきた、俺の分身だ。このカラシニコフが、おまえを守ってくれるはずだ」

銃弾の嵐にもかかわらず、三村は立ち上がり、声を上げて笑い始めた。数歩前に進み、振り返って七原を見つめた。

「花火だ。でっかい花火が上がるぞ。しっかり見届けろ。この世で俺が打ち上げる、最後の花火だからな」

涙で頬を汚しながら、七原が叫んだ。両腕で銀色のカラシニコフを抱きしめている。

「三村さん、行こう！　まだ、あなたの死ぬべきときじゃない」

だが、その言葉はすでに三村の耳には届いていなかった。

「遠いな。おまえたちが進む道は。この国ではあまりにも険しく、あまりに遠い。だが、おまえたちが欲するものはおまえたちが望む場所でこそ輝いているはずだ。それを摑むまで、生き続けろ。それまで、決して振り返るんじゃねえぞ！」

三村は言い放ち、駆け出した。側近の男たちとともに、後も見ず、走っていく。離れていくのに、その背中は巨大なもののように見えた。

　突然、七原がその後を追おうとした。声を限りに名を呼ぶ。

「三村さーん!」

　米内が七原を羽交い絞めにした。

　耳の奥に、三村の声が甦った。

——桜井くん、秋也を守ってやってくれるな?

　その声がサキに、今すべきことを思い出させた。

　七原の顔めがけ、叫ぶ。

「行こう! 三村さんの爆破が成功するかどうか、わからないけど、逃げるチャンスはそれしかないよ! ……さあ!」

　呆然と立っている真紀の手を取り、サキは走り出した。十字砲火の中に飛び出していく。閃光が眼を衝いた。しかし足は止まらない。

　数秒の後、背後から光の奔流が浴びせられた。大地が激しく震動する。焦げつく熱とともに、背中をへし折らんばかりの勢いで爆風が体当たりしてくる。吹き飛ばされ、足で地面をかきながらも、サキは走り続けた。進むしかない。

　決然とした意思をもって、サキは走った。

(秋也、真紀、あなたたちも走って!)

　今はただ、生き延びることだけを考えるときだった。


　ここに到着したときは五台の隊列だった。だが、今残った車はわずかに一台。車内にいるのは、七原と、米内、サキ、真紀、そして運転席でハンドルを握っている今給嶺の五人だけだった。

　これだけの人員を犠牲にして、三村と行動をともにしていたメンバーも、救えなかった。いったい、何のための救援だったのか。圧倒的な兵力の差を前に、ただ虫けらのように鏖殺《おうさつ》されていくだけの戦闘だった。

「三村さん……」

塗装のはげたカラシニコフを手に、七原が呟いた。

サキは、助手席に座る真紀を見た。わずかな間に両親を相次いで失った真紀に、かける言葉もない。

だが予想に反し、真紀の表情は意気阻喪した者のそれではなかった。それどころか、持参したハンドヘルドPCの画面を開き、食い入るように画面を眺めている。

「……おかしい、爆破ポイントが異なっている！」

「どうしたの、真紀？」

思わず、座席越しに声をかけた。真紀が振り返る。その眼が血走っていた。

「変なの。予定では、爆破ポイントは、携帯電話会社の無人無線施設だったはずなのに、今確認したらそのポイントが移されている」

背筋に悪寒が走った。七原と左海の会話が、今さらのように浮かんでくる。

「どこになっているの？」

「わからない。でも全部このS区の中心部に集められているみたい！　たぶん、人出の多い場所ばかり。こんなところを爆破したら、それこそ何百人、何千人という非戦闘員が犠牲になってしまう！」

「やはりそうか」

七原が口を開いた。苦渋に満ちた声だ。

「三村さんは、俺たちも欺いていたんだ。最初から狙いは政府のデータサーバじゃなかった。人口密集地を狙い、大規模な殺戮テロを行使するつもりだったんだ」

むずむずとした恐怖が全身を襲ってきた。声が上ずる。

「真紀、爆破時刻はいつなの！」

「一〇〇〇時。各施設のオープンと同時に爆発して、パニックを引き起こすようになっているわ……」

サキの脳裏に、忌まわしい光景が浮かび上がった。

爆発によって砕け散る人体。

爆風が吹き荒れ、人々をなぎ倒す。

頭上から、降り注ぐ砕け散ったガラスの刃。

そして、有毒ガスが、逃げ遅れた人の命を奪っていく——。

人々の叫びが聞こえた。それがサキの口から悲鳴となって飛び出していく。

「止めないと！　非戦闘員を巻き添えにするなんて、許されないわ」

「いやよ……」

真紀がぽつりと言った。

「パパが最後に命をかけた仕事よ。そのためにパパは死んだのに……、その犠牲を無にしようというの？」

「真紀！」

「みんな、みんな消し飛んでしまえばいい！　こんな国、こんな街もすべて！」


ダッシュボードに顔を伏せ、真紀は叫び続けた。

「なんていうことを！」

だが、サキには真紀を咎めることはできなかった。

真紀の世界は、今日一日で崩壊したのだ。両親を殺され、一瞬にして帰るべき場所を失った。今ここにいる真紀は、昨日までの真紀とは違うのだった。サキと同じ、家族を失った真紀だ。

世界を呪う気持ちは当然だ。

なぜあたしが、なぜ自分が。

その問いに答えてくれる人もいないだろう。

憎むしかない。呪詛《じゅそ》の言葉で世界を埋め尽くすしかない。

（だけど、真紀……）

「車を停めてくれ」七原が指示した。

今給領が車を路肩に寄せ、停めた。

車内に静寂が訪れた。七原の顔に視線が集まる。

七原は、静かに口を開いた。

「早田、おまえの気持ちはわかる。だが、忘れるな。おまえの父親の命も一つの命だが、これから失われようとしている人々の命も、一つ一つがかけがえのない命なんだ。それを、俺たちの勝手で、奪うことができるものか。それを早田教授が望んでいたものか……」

突っ伏したままの真紀の背は動かない。

「早田教授は、おそらく最後まで自分のプログラムが何に使われるか、知らなかったはずだ。政府の個人情報データベース・サーバを破壊し、IP法を妨害する、それが教授の望んだことなんだろう？　不幸にして、三村さんたちがそのプログラムに手を加え、多地点の爆破装置制御プログラムとして利用してしまった。それを、そのままにしておくつもりか？　それで、早田教授は満足してくださるのか？」

七原は真紀を見つめていた。その瞳に、深い悲しみの色があった。大事な人を喪ったのは真紀だけではない。七原もまた、三村という貴重な存在に先立たれたのだった。

真紀が顔を起こした。黙って息を吐いているその顔を、サキは見つめた。真紀の唇が開いた。

「だって、停められないのよ」

「停められない……？」

「そう、システム全体を作動させる起動スイッチは、こちらの手元にはないの。もともと閉鎖系の中で稼動すべきものだから、その閉鎖系の入り口に仕掛けられた時限装置になっているはずなのよ」

今給嶺がおそるおそる口を挟んだ。

「つまりそれって……」

「そう。システムのどこかに潜りこんで、勝手に作動するモグラみたいなソフトなの。モグラは発射されると、こちらからはコントロールできない。勝手にシステムを起動させてしまうから、こちらからは手出しはできない」

呆然とした声で米内が呟く。

「ということは、指をくわえて見ているしかないってことなのか？」

「どういうことだ。もう少し詳しく話してくれないか？」

声を引きつらせながら七原が訊ねた。

「ファイアウォールの壁をすり抜けるときに、いちばん障害になるのは、完全に隔絶された環境、つまり物理的に配線されていない環境でしょう。それをすり抜けるためには、手段は一つしかないのよ。ファイアウォールの内側か、境界線上にある端末に、人力でモグラを持ちこませること」

「そんなことが……？」

「できるわ」

真紀の眼に暗い光が宿った。

「ファイアウォール内で働く職員のパソコンは完全に遮蔽されていたとしても、その人たちが自宅で使っているパソコンはそうではないでしょう？　その人たちに自宅でモグラをダウンロードさせて、職場に持ちこむように仕向けたの」

突然サキの中で閃くものがあった。

「あんた、地方の共同体や企業のデータベースに侵入する実験をしたと言ってたね」

「そう。個人情報の掲載されている職員名簿を外部から閲覧することはできないけど、社内報とか、窓口表示とか、そういうところで一部の職員の氏名はわかるでしょう？　その名前でプロバイダー契約しているアドレスに、モグラを送りつけたの——可愛い、壁紙ソフトの形に偽装して。それをフロッピーにでもダウンロードしてオフィスに持ちこませれば、完了だわ。その人がダウンロードしてオフィスの端末にインストールしてくれれば、それが起動スイッチとして機能する」

「ダウンロードは、されたのか？」

今給領の喉が鳴った。

「追尾機能がついていたから、わかる。数百人にダウンロードされた。これだけの数があれば、間違いなく、誰か一人はオフィスに持ちこむでしょう。そうなったら、絶対に停まらない。一〇〇〇時にモグラは走り出し、システムを起動させるわ。パパとあたしがプログラムしたのは、データベース・サーバの破壊用のウィルスと、そのキャリアと同調して動く爆破装置起動ソフトだから、それがどう変更されているか、まではわからない。でもきっと、ひどい改悪を受けている……」

声を詰らせ、真紀は頷いた。

「誰にソフトが撒かれたかは、わからないんだな?」

「わからないの。ソフトを撒く作業は、パパの研究室でやっていたはずだから。三村さんの部下が、手分けして作業していたはずよ」

車内を沈黙が支配した。サキはダッシュボードの時計を見た。もうすぐ七時になろうとしている。三時間すれば、惨劇の幕が開いてしまうのだ。それを止めることは、サキたちにはできない。

七原が溜息をついた。

「しかたない、手分けして電話で関係機関に連絡を入れるぞ。こちらで手を出せない以上、敵の手で捜索してもらう以外にないだろう」

その言葉に、真紀がたじろいだ。

「でも、そんなことしたら……」

「おそらく逆探知されるだろう。だが、しかたがない。ある程度の偽装はできるだろう。その限界いっぱい、電話をかけるんだ」

「そんな、そんな手しかないのか……」

米内が呆然と呟いた。

「やらないよりはましだろう。……やらないで後悔するよりは!」

七原が米内の腕を摑んだ。その眼は、まだ死んではいない。

荒涼としたサキの心の中に、一条の光が差した。

それからの三時間、転々と居場所を変えながら、各所で電話をかけ続けた。一瞬であっても、電話の逆探知は防げない。トバシの携帯電話でも、安全度には限界があった。

ポイント・エクスプロージョンは、『アジアの夜明け』が危機に追いこまれたとき、最後に逃げこむための場所だった。そこで左海たちが待ち受けていた。

国道を外れ、狭い林道を登っていった先に、雑木林に囲まれた小高い丘陵がある。その奥に、偽装された隠れ家があるのだった。

丘の中腹まで左海と風間が出迎えにきていた。

車を停め、林の茂みの中に隠した。全員で車の上に枯れ枝や熊笹をかけ、偽装する。その作業をするだけでも、疲れきった全身に、言いようのない倦怠感が漂った。動作の一つ一つが徒労ではないかという思いが浮かんできてしまう。

すべてを終え、左海に向き直った七原が口を開いた。

「残ったのは、これだけだ。しかも、最悪のシナリオも止められなかった」

「ああ」左海が頷く。「報告は受けている」

七原の膝が折れた。肉体が崩壊するように、その場にうずくまる。真紀が悲鳴を上げて駆け寄った。

左海が近づき、手を差し出した。

「大丈夫か」

「ああ、ちょっと力が抜けただけだ。でも……」

七原がサキたちの顔を見まわした。その表情を見て、思わず心臓が痛くなる。

脆《もろ》い表情だった。瞳に膜がかかり、光が弱まっていた。今にも崩壊が始まりそうだ。その瞳をさまよわせながら、七原は呟き続ける。

「何もできなかった……、俺は無力な闘いしかできなかった……」

「そんなことはないよ！」

サキは叫んだ。

今この人は壊れそうになっている。

左海も頷いた。

「七原、おまえはできるだけのことをやったんだ。圧倒的な兵力差だった。それはしかたのないことだ。でも、ここに残っている人間は生き残ったじゃないか。やり直そう。一から、また出直すんだ。三村さんはやり方を間違えた。だから俺たちは、違う生き方をしよう。俺たちみんな、手段を選ばないやり方が、どんなひどい結果をもたらすか、身をもって体験した仲間じゃないか。それに、BRが誰にとって、いちばん辛いものであるかもよく知っている」

七原が差し伸べられた左海の手を握った。それにすがって、立ち上がる。薄く開いた唇から、言葉が転がり出てきた。

「いちばん辛いのは、帰るところを失った……子供たちだ」

「そうだよ」左海が頷く。「俺たちはみんな、頼るべき大人を失った孤児だ。でも、大人の庇護がなくたって生きてはいける。俺たちだけの力で、また理想の組織を作り直そう」

七原の視線が左海を捉えた。そして、その横に立つ風間を、米内を、今給嶺を、真紀を。そしてサキを。

その瞳に再び炎が戻った。

「組織の名を改めよう」七原が言った。「この七人でやり直すんだ。俺たちの新しい組織の名前、それは『ワイルド・セブン』だ」

山鳥の鳴き声が遠くで聞こえていた。辺りは静まり返り、遠くを走る車の音さえ聞こえない。陽射しが降りそそぎ、七人の足元に黒々とした影を作っていた。その影は黒く、澱《よど》んでいる。

時計の秒針が刻々と近づいていた。サキは腕時計から目を離すことができなかった。そこにいる誰もが時計に眼を釘づけにされていた。

通報は間に合ったのか。それとも間に合わなかったのか。

サキは無言で何かに祈った。

真紀が呟いた。

「十時」

その時刻は意外なほどあっさりと訪れた。秒針が十二を指し、また淡々と離れていく。

誰も、口を開こうとはしなかった。言葉が生まれた瞬間、魔法がやぶれ、この世界が終わりそうな気がした。

——臨時ニュースを申し上げます。

風間が点けたラジオから、突然アナウンサーの動転した声が流れてきた。七原の肩がぴくんと動く。

——ただいま入りましたニュースによりますと、本日十時一分ごろ、首都S区にある首都庁舎ビルが何者かによって爆破された模様です。爆破の被害は大きく、ビル全体が傾き、崩壊が始まっています。正確な被害状況は不明、死傷者数もまったく判明しておりません。付近にいる方は、至急避難してください。繰り返します、ただいま入りましたニュースによりますと……。

七原秋也ががくりと膝を折り、その場にうずくまった。足元の影がぽっかりと開いた穴となり、七人の魂を飲みこんでいった。

19

首都庁舎ビルの被害は、想像をはるかに上まわっていた。山中に潜伏するサキたちのニュースソースは、ラジオ以外にはなかったが、それでも被害規模は十分に伝わってきた。

地上五十階地下七階の建造物がほぼ壊滅。それも、構造物の中ほどまでが火災のために焼失し、ために上層階が崩落するという完全な破壊だった。

少量の爆薬は、効果的に仕掛けられていたという。構造体の要所要所を爆破したのはもちろんだが、爆破によって地下の熱伝導管を塞いだのが大きかった。都心部一帯では、集中暖房システムが採られており、各建築物に対して熱源から熱水を送っている。そのパイプ内の水蒸気を塞き止めることによって巨大な爆発を招き、周囲のガス・電気などの配管システムに誘爆を引き起こしたのだ。爆風は吹き抜け部分を通って吹き上がり、一挙に建物全体を灼熱地獄に陥れた。続いて第二弾の火薬爆破が起こったことで、構造体が一挙に融解し、支持物を失ったビルディングを崩壊に追いこんだのだった。

首都庁舎ビルの職員在籍数は約三千人であり、平日朝十時という時間帯から、ほぼ全員の命が失われたと考えられた。ビルの地下五階に設置された地下鉄駅や、ビルを訪れる観光客など、身元確認が難しい犠牲者のことを考えると、被害規模は試算すら難しいレベルとなる。しかも皮肉なことに、その日はクリスマス・イヴだった。楽しく浮かれ騒ぐ一日が、テロによって恐怖の記念日へと変えられたのだ。

これはまさに、国の威信そのものを傷つける行為であった。

　事件の翌日、七原秋也と称する人物から、全国紙とテレビを中心とした報道機関に対し、犯行声明が送られた。政府が即座にそれに対応した。七原秋也が十七歳で未成年であるにもかかわらず、マス・メディアに対して実名報道を呼びかけた。その罪状がBR法違反及び国家反逆罪に該当すると見なされたからだ。それによって、異例のことながら、七原の実名および素顔写真が、大々的に報道されることになった。

　秋也に対し全国指名手配の措置がとられ、警視庁公安部内にテロ行為対策本部が設置された。そのために全国から召集された警察官の数は、三千人とも五千人とも言われ、史上最大規模のローラー捜査が開始された。

　手負いの野獣は、死に物狂いで反撃に出るため、無傷のものより危険であるという。警察庁長官はそのような比喩で機動隊員への重火器装備を認める法案通過を申請し、特別国会で異例のスピードで承認された。また、国家反逆罪に対する措置として、軍隊が本土内で武力を行使することも認められた。

　テレビでは、連日凶悪テロに対する批判番組が放映され、世論調査では政府支持率が飛躍的に上昇した。旧『アジアの夜明け』メンバーに対しては超法規的措置の濫用さえ認められるようになり、すでに組織を脱したメンバーまでが、軽罪で立件され、次々に身柄を拘束された。

　海外の支援組織からの送金などの非暴力的な支援も摘発を受けた。それらの組織の国内資産はすべて凍結され、不動産も接収された。

　悲惨だったのは、『アジアの夜明け』によって養子縁組を行っていた家族だった。『アジアの夜明け』は、

ＢＲ法の犠牲になり保護者を失った子供を、密かに子供のいない夫婦に紹介し、養子として引き取らせていた。だが、そのルートも摘発され、養子を引き取った夫婦に対しても、反逆罪の事後従犯の容疑が着せられ、次々に検挙された。安住の地を見出していた子供も、養い親から引き離され、政府の矯正施設へと収監された。

もちろんそのほとんどの摘発行為は実名で報道され、捜査に反抗したものは、しばしばその場で射殺された。むろん、それらの犠牲者は、自殺や病死として闇に葬られたのだった。事件後一週間も経たない間に、おびただしい数の検挙者が新聞紙面をにぎわすこととなった。

アムネスティなどの国際人権保護団体は、その強硬姿勢を批判したが、政府が軟化することはなかった。それどころか、「民主主義の守護者」を標榜する某大国からは、政府の激烈な捜査を「国際テロリズム組織に対する、民主主義の聖戦」である、との評価さえくだされた。それによって、対『アジアの夜明け』政策を批判するものは、国際世論の場からもいなくなった。もちろん、それ以外のレジスタンス組織も目の敵のように攻撃され、ひとたまりもなく崩壊、四散した。

「すべては、罠だったんだ」
世間がテロリスト狩りに狂奔している間、七原たちはアジトに籠もり、息を潜めて徹底的な捜査の波をやり過ごすしかなかった。もっともメンバーの心を苦しめたのは、養子縁組を行った子供と両親の摘発ニュースだったが、それさえも歯を食いしばって耐えるしかない出来事だった。

「罠？」
左海の言葉に、サキは聞き返した。
「そうだ。ここ数年、確かに反ＢＲ法の機運は高まっていた。非合法活動を支持するところまではいかなかったが、この法律がおかしいと感じる国民の数は増えていたはずだ。ところが、今回のテロで一気に振り子は揺り戻された。『アジアの夜明け』に代表される反政府組織は悪であるという世論が強まり、七原秋也には魔王のようなイメージが冠せられた。時計は、十年以上も戻されてしまったんだ！」

拳で卓を叩いた音に、周囲の視線が集まった。

「すべて、無駄になってしまった」

七原が虚ろに呟いた。

「それにしても、あの犯行声明は誰が発したものなんでしょうね」と今給嶺が声を発した。

「もちろん、ここから発せられたもののはずがないし、かといって外部の者に、組織のリーダーが秋也くんに移ったことを知る由もない。いったい、何者のしわざなんだ……」

「決まってるさ、牛崎だろ」

左海がぶっきらぼうに言う。

「これだけ逮捕者が出ているのに、牛崎の名前は少しも報道されない。おかしいだろ、一度は『アジアの夜明け』の幹部と呼ばれた男なのに。あいつが売ったんだよ。自分の安全と引き換えに。流出するはずのない、養子縁組のリストが明るみに出たのもやつの仕業さ。あいつは一時、養子周旋の名簿も扱ったことがあったからな」

「パパも、そしてママもあいつのせいで殺されたというの？」

震える声で真紀が呟く。真紀は、事件の後から快活さを失い、虚ろな眼をして黙りこんでいることが多くなった。子供の世話も、シェルターから来た千鶴や舞にもっぱらまかせっぱなしだった。

早田教授夫妻の死については、高名な大学教授がテロリスト組織のシンパだったことが明るみに出ると不都合なためか、組織が夫人を人質にとって教授に爆破プログラム製作を強要し、完成と同時に両者を殺害した、というのが公式発表になっている。

「くそ、あの野郎、どこにいやがるんだ！　見つけ出して、五分刻みに切り裂いてやる」

激昂する米内の肩を、七原が叩く。

「それはしばらく措《お》いておこう、米内。後の祭りだよ。あいつを追っても、これ以上事態はよくならない。それよりも、ここから脱出して、新たな拠点を築くことを優先しよう」

サキはその七原を見守っていた。

（まだ死んでいない）

そう思う。サキは心に決めていた。七原が——秋也が前に進む限り、自分もその後についていこう。同じBRで生き残った者同士、この世界のためにできるだけのことをしよう。それ以外に、自分の生きる道は無いと思った。

（あたしだけではない。ここにいる全員が同じ運命を背負った……）

左海が振り向いた。

「脱出ルートは？」

秋也は、その顔に頷き返した。

「道はある。だが、危険な道だ」

危険な道。

今のこの国に、喜んで自分たちを迎え入れてくれる場所があるはずなかった。

「秋也」左海は言いにくそうに口を開いた。新たに『ワイルド・セブン』として再出発して以来、誰もがその名で呼びかけるようになっていた。

「子供たちをどうする。いやな言い方だが、足手まといになるし、何よりも……危険が伴う。一緒に連れていくのか？」

再び沈黙が訪れた。全員の視線が、秋也の上に集まっていた。

「サキ」思いがけず、呼びかけられた。「おまえはどう思う?」

「あたしは……」少し言いよどんだ。だが、答えは初めから出ている。

「あたしは、みんなを置いていきたくない。甘っちょろい言い方かもしれないけど、みんな『ワイルド・セブン』の仲間だし、第一、政府が養子に引き取られた子供たちにどんなひどいことをするか、よくわかったじゃない。置いてはいけない。あたしたちと同様、あの子たちも帰るべき家を失った、みなし子なんだから」

秋也が、みんなの顔を見まわした。

「みんな、同じ意見か?」

「同じだよ」

真紀が答えた。

「親を喪うって、子供にはひどい体験だ。ここであたしたちに置いていかれたら、あの子たち、今度は捨てられたって思うよ。そんな思い、子供たちに味わわせるわけにはいかないもん」

「左海、いいか?」

左海は肩をすくめた
「しょうがないさ。ただ、辛い行程になるな。子供たちを庇いながらの逃避行だ」

「それについては、考えがある」

秋也は地図を広げた。その周りに全員が集まる。

「この国の警察組織には出世ポストと呼ばれる役職がある。大きな政令指定都市の警察本部長だ」

ここと、ここと、ここ、と都市名を挙げてみせた。

「それぞれの都市で七原秋也の目撃情報が出たとしたら、どうなる?」

「今、首都に集まっている人手は、分散するな」

米内の言葉に、秋也は頷いた。一人一人の顔を見つめながら、言葉を接いでいった。

「目的はそれだ。俺たちが首都から逃げ延びたと警察に思わせ、首都圏を空洞化させる。その隙に、子供を連れて逃げ延びるんだ。その役目は、真紀とサキに任せる。俺と、左海、今給嶺、米内、風間、この五人が、それぞれの地域に分かれて、攪乱戦法を展開して後方支援しよう。すでに支援組織の多くは潰されているはずだ。苦しい逃避行になるはずだが、みんな、やり遂げられるか？」

「応ともさ」

米内が笑って七原の肩を抱いた。

「俺みたいな馬鹿は、こんな山の中にいたんじゃ頭が煮えちまって、どうしようもなくなる。行動を起こすのを待っていたぜ」

「それで、最終的な集結地点は？」

今給嶺が聞いた。

全国地図を広げ、七原が一点を指さした。

「N県戦艦島だ！」

ミーティングが終わり、それぞれの寝場所に引き上げるため、一同は解散した。サキが立ち上がると、誰かに肩を叩かれた。振り返った。見慣れた後ろ姿。後を追って表に出た。

月明かりの下、風間が待っていた。ここ数週間、行動に次ぐ行動のため、まったく顔も合わせていなかったことを思い出した。

「桜井、俺は明日出発する。それで、頼みがあるんだが、……聞いてくれるか？」

内容も聞かずに、サキは頷いた。風間は懐から封をした封筒を取り出し、手渡した。

「あのな、俺が出発して一週間以内に何も起こらなかったら、それを開けろ。そして中に書いてあることを読んでくれ」

「それだけ？　何も起こらなかったら、って、何が？　ただ読むだけでいいわけ？」

「何が起こるはずなのかは、ニュースを聞いていたら、必ずわかるはずだ。読んでどうするかは、俺の命令することじゃない。おまえならどうすべきなのかはわかるはずだしな。こんな言い方しかできんが、頼まれてくれるか？」

サキはもう一度頷いた。風間は、軽く頭を下げ、屋内に戻ろうとする。それから、思い出したように、言った。

「それと、すまなかったな。まさか、おまえをこんな大事に巻きこんでしまうとは、思わなかった……」

サキは苦笑して首を振った。

「あんたらしくないよ。そんなこと、謝ることないじゃない。しかたなかったんだし、あたしも今では『ワイルド・セブン』の一人だよ。こんな仲間に加われたことを、おかしな話だけど、感謝だってしてる」

風間はもう一度頷き、屋内へと引き返した。

サキは、不思議な気分だった。特に気負いもなく、スラスラと胸の中から湧いてきた言葉だったが、それが今の自分の心境を的確に言い表している言葉だったからだ。

満天の星空の下、サキは北斗七星の在り処を目で追った。船乗りたちの道標になったという北斗七星、それがきっと自分たちの行く道を示してくれるだろうと思った。


前夜の言葉どおり、風間は翌朝出発した。仲間に、言葉をかけてさえしなかった。その翌日から、適当な間隔をおいて、一人、また一人と男たちは去っていった。最後に出発した左海は、残していく者たちを呼び集め、後事を託す詫びを言った。「戦艦島で会おう」が最後に交わした言葉となった。

一週間後の正午、ラジオを聴いていたサキは、流れてきたニュースに驚愕した。

――本日未明、K拘置所内で発砲事故があり、流れ弾に当たった収監者の牛崎忠雄容疑者が死亡しました。牛崎容疑者は、脱税容疑で逮捕されていましたが、先日の首都庁舎爆破テロ事件に関する情報を持っていることがわかり、警視庁では関係者として話を聞いていました。拘置所内に収監されていたのは牛崎容疑者自身の意思であり、テロ組織からの報復を恐れ、身柄の保護を求めていたものと推測されています……。

サキにはわかった。

事故ではない、風間だ。風間が狙撃したのだ。周囲から遮断された拘置所、その中にいる収監者を狙撃することが、風間以外にできたはずがない。風間が自分に頼みごとをしていったのは、自分が失敗したときの後を託すつもりがあったのだろう。

胸ポケットにしまった、封を切っていないままの封筒に手をやった。風間がサキを頼ったのは、サキが風間の教えを受けたスナイパーだったからだろう。『ワイルド・セブン』のほかの誰にも告げず、スナイパー同士だけがわかる伝言を残していったのだ。

(死ぬなよ!)

声に出さず、呼びかけた。

今、サキの眼下には荒涼とした光景が広がっている。ところどころに密集している廃屋の群れ、通る者がいなくなってしばらく経ち、石組みが崩壊し始めた階段、背の高い雑草の中に埋もれたトロッコの軌道跡。それらを一望できる高みに、サキはいた。

N県の絶海のただ中にある戦艦島。その中央部に『ワイルド・セブン』のアジトがある。最上階である三階に、サキと風間の手によって狙撃台が設置されていた。サキはその銃眼にドラグノフを据え、再び射撃姿勢についた。

あれから、一年の歳月が過ぎていた。幸い、『ワイルド・セブン』のメンバーにも、子供たちにも犠牲者を出さずに、一同は戦艦島に集結することができた。逃避行の間に新たな賛同者も増え、再び闘うための陣容も整った。

だが『アジアの夜明け』時代と違ったのは、敵の態度だった。政府は、本気で『ワイルド・セブン』を潰しにかかってきた。そのため、本土ではまったく闘いにならず、当初の予定どおり、この戦艦島に逃げこむしかなかった。ここまでは警察も、軍隊も追ってこなかったのだ。

少なくとも、今までのところは。

戦艦島は一九七〇年代の半ばに放棄された、炭鉱の島だった。国が石炭政策の大幅な縮小を決めたため、閉山された炭鉱が相次いだ。戦艦島もその一つだった。一時期は狭い土地に六百世帯が暮らしていたといわれ、住居がひしめきあって建っている様が大昔の戦艦に似ていることで、その名がついた。

上陸してわかったのは、この島が本当に無人であるということだった。三十年以上の月日が経ち、当時の人家のほとんどが積み重なった埃の下に眠っていた。島で生きて動いているものといえば、鼠と、島民に捨てられて野生化した犬猫だけだった。

この島に立て籠もり、態勢を立て直すというのが、秋也の出した結論だった。だが、思いどおりにいかないこともあった。

たとえば兵站《へいたん》の問題だ。抵抗活動を続けるために必要な武器弾薬と、何よりも大切な食料。それらのものを国内から補給することは、難しかった。最初のうちは海外の支援組織に頼っていたが、海軍の海上封鎖のために、ここ数ヶ月はそれも途絶えていた。完全な兵糧攻め状態になっていたのだ。持ちこたえられて、あと一月。ここに総攻撃を受ければひとたまりもないことを誰もが承知していた。

（いつかはその日が来る）

予感というよりは、すでに受け入れた運命に対する諦念とでもいうべきものが、戦艦島を支配していた。それでどうなるというわけではない。とりあえず当面の今を生き抜く以外にないのだ。

そうして日々を送っているうちに、今日——初めて海岸線からの敵襲を受けた。

兵士たちは奇妙な、ほとんど自殺行為といってもいい手段で押し寄せてきていた。わずか六艇のボートによる突撃。あまりの無謀さに、最初は単なる偵察ではないかと、攻撃を控えていたくらいだった。

だが、六艇は秋也の警告を無視して湾内に侵入してきた。そこで、サキと風間の狙撃部隊が示威行為に出た。二人による的確な射撃のため、瞬く間に二艇のボートが舵手を失い、爆発炎上した。

だが驚いたことに、残りの四艇はそれで引き返さず、強引に砂浜に上陸すると、アジトの建物をめがけて駆け上ってきた。

これはもう、宣戦布告と見るしかない。

戦闘開始から六時間が過ぎた。

すでに敵の兵力は半減したはずだ。もともと籠城している相手を攻めるのには少なすぎる人数だった。正気の部隊なら、とっくに退却しているはずの惨状だった。

正気の人間なら、やらないはずの戦争。

その言葉がサキの脳裏に引っかかっていた。この闘いは、何かを思い起こさせる。

ついに寄せ手がアジトに達する地点にまで這い上がってきたため、サキに再び声がかかった。戦場においてスナイパーはあくまで支援部隊である。敵の陣中深くに狙いを定め、中心の人物を排除することによって、敵軍の動揺を図る。今回、サキは敵軍の指揮者と思われる人間を排除する任務を課せられていた。

ドラグノフを銃架に据え、体を腰壁の下に置いて、射撃姿勢をとる。右手の人差し指をトリガーにあて、しっかりとストックに掌を押し当てて、反対側から押し当てた右頬との間でストックを固定する。左手はストックを下から支え、右ひじを摑んで補助とする。このままの姿勢で相手が有効射程距離に入るのを待ち、引き金を絞るのだ。視界が変わるのを防ぐため、身じろぎ一つしてはいけない。全身の筋肉を弛緩させ、右人差し指一点に運動神経を集中させるのだ。

（来た！）

敵部隊が駆け上がってくる。無謀な突進だ。すぐに射程内に入るだろう――入る。

今だ――トリガーを……。

サキの体が一瞬硬直した。その瞬間に標的は視界をすり抜け、調整された照準器の有効射程距離から外れてしまった。

（子供？）

照準器の向こうに映し出されたのは、まだあどけなさの残る、少年の顔だったからだ。しかもあの首に光るもの、あれはまさしく

（首輪だ！）

自分も、秋也も、そして『ワイルド・セブン』のメンバーの大半が首にはめた経験を持つ首輪。脱走者を処刑するための、爆薬が仕掛けられた首輪。

これはBRゲームなのだ。

「いけない！」

叫び声をあげ、サキは跳ね起きた。

大きな部屋だった。もともと配置してあったはずの調度品はなくなり、中央はすっぽりと空間になっていた。色あせた壁の色。天井は高かったが、照明器具には蜘蛛の巣がたっぷりと張りつき、その用途を喪わせていた。

窓から日光が差しこむたびに、きらきらと光る埃の粒が、空中を浮遊していくのが見えた。部屋の片隅には、パソコンや何かの計測機器などの情報機材

が集まって砦のような一角をなし、別の一角には祭壇が築かれ、無数の蠟燭の炎が揺らめいていた。

その前にひざまずく男が一人。

眼を瞑り、ひたすら祈っている。

男は何かに向けて祈っているのではなかった。強いていえば、自分の中の何かに対して祈っているのだった。

かしましい足音とともに、一人の少女が駆けこんできた。その音にも、男は振り向かない。

「秋也！」少女——真紀は叫んだ。

「やつら、来たよ！」

男は——、七原秋也はゆっくりと顔を上げ、立ち上がった。

第四部

トライ

SCORE A TRY

20

生きる。

生き延びる。

それだけを考えながら、野坂真帆は走り続けていた。

生き延びるために、七原秋也という大きな標的を落とす。

そのためには、一か八かの賭けにも出なければならない。

真帆は自分の読みを信じていた。その読みに賭け、勝負に出られる機会をうかがっていたのだ。

「しかし、お前から最初話を聞かされたときには、簡単には信じられなかったよなあ。まさかそんなことがあるなんてよ」

すぐ後ろを追走してくる〈パートナー〉が声をかけてくる。

そう。真帆が摑んだのはほんのわずかな偶然だった。生き延びるために見つけた、逆転のチャンス。

城と名波の先導で突撃していく二班の隊列から抜け出し、真帆はパートナーとともに廃屋の群れの中に身を隠した。直情径行の城と名波は、馬鹿正直にポイントBの正面から突っこんでいく。

（あれじゃ、いくら命があっても足らない）

案の定、敵はポイントBに戦力を集中して迎撃してきた。真帆は、炸裂する爆音に耐え、インカムを開きっぱなしにして、戦況だけは聞き漏らさないようにした。自分たちはそんな危ないルートは通らない。

真帆たちが通っている廃墟群は、かつて鉱山会社の幹部の住宅があった付近だ。そこをまっすぐ抜けていくと、七原たちが立て籠もっている事務所棟跡の近くに出る。それはかつてホワイトカラーの社員たちが事務所へと通った道なのだろう。石畳の間から芽吹いた草が伸び放題に伸びている。その上を蹴って真帆たちは走った。アジトの建物が見晴らせる場所まで来て、いったん物陰に身を隠す。

「どうやって建物の中に入るんだ?」

後ろの〈パートナー〉が囁いた。

「建物の裏手に、従業員の夜間出入口があるはず。そこから一旦地下通路に入って、中庭に抜けることができる。ナビで見たけど、その出入口は記載されていない。おそらく、七原たちが立て籠もったときに、元の会社に保管されていた建物見取り図を見ることができなかったんだわ。無理もない。もう三十年も前に潰れた炭鉱会社だから」

「なるほど。でも、どうしてそんなこと知ってんだ?」

「世の中にはね、廃墟マニアという奇特な人種がいるの。七原たちが来る前、ここは全国の廃墟マニアがこぞって訪れる名所だったのよ。内部を踏査した連中が作った地図だって、出まわっているわ」

「変わった趣味の人間もいるもんだな。もしかして野坂、おまえも廃墟オタ?」

「そのおかげでチャンスを摑めたんだから、男がゴタゴタ言わないの」

ピシャリというと、新見麗奈とともに爆死したはずの長谷川達彦はニヤリと笑った。

「違いない。結果オーライ。ノー問題」

女子十二番　野坂真帆
男子十二番　日笠将太
女子十一番　新見麗奈
男子十一番　長谷川達彦

彼らの首輪が掛け間違えられていることに、真帆が気づくことができたのは、偶然だった。

あのバスの中で、真帆は麗奈と席を代わって最後列の長谷川達彦の横に座っていた。友達の少ない麗奈が、池田美希と話をしたいだろうと気を利かせたためである。そして、そのままの位置でバスの中の生徒は眠らされ、戦艦島に連れてこられてしまった。

バスから下ろされ、迷彩服に着替えている最中、真帆は麗奈の首輪の後ろに、自分の名前と出席番号が書かれていることを発見した。

あいつらが、間違えたのだ。

連中は生徒たちの顔写真といちいち照合して首輪をはめているわけではない。バスの席順が出席番号順になっているというリキの言葉を鵜呑みにして、機械的に首輪をはめていったのに違いない。

これまでのBRゲームだったら、首輪の掛け間違いはたいした問題にならなかった。機能に変わりはなかったからだ。

どの首輪をはめていようと、時間と場所の条件で首輪は爆発する。ボン。そのことは変わらない。

だがこのゲームでは違った。同じ出席番号同士の首輪がペアになっているということは、それが誰の首輪かが意味を持つということだ。みんなが自分のパートナーだと思っている人間が、じつはパートナーではない。

自分だけが知っているその情報を、何かにうまく利用できないか。ゲーム開始以来、真帆は必死にそのことを考え続けていた。

ブッシュの中を歩いているときにこっそり長谷川達彦に打ち明け、ともに機会をうかがうことにした。そして、一班と二班が同時に総攻撃をかけると決めたとき、一か八かの賭けに出ることにしたのだ。

クラスの他の全員を囮に使い、その隙に自分たちは背後から七原秋也を襲う。

リキは、七原秋也を殺せ、と言った。テロリストを全滅させる必要はないのだ。標的は、七原秋也ただ一人。どんな卑怯な手を使っても奴を殺せばいい。それでゲームの勝者になることができるのだ。

本来長谷川達彦のパートナーであるはずの新見麗奈が銃弾に倒れ、死亡したのを確認したとき、真帆と達彦は勝利を確信した。

達彦の首輪は鳴らなかった。

その代わりに、二班の戦列の最後部にいた日笠将太の首輪が突如爆発した。本人は、なぜ自分が死んだのかもわからなかっただろう。二班の他の連中も、あの激戦の中では、首輪の爆発による死か、迫撃砲に直撃された死か、見分けることはできなかったに違いない。

真帆と達彦は安心して戦列を離れることができた。

野戦の怒号を聞きながら、真帆は祈り続けていた。できれば、全員玉砕してしまえ。

テロリストどもが敵を全滅させたと錯覚し、油断した瞬間が真帆たちのチャンスだ。

このゲームでは通常のBRゲームと違い、自ら級友の命を奪う必要はない。だが、ゲームも切り口を変えて見れば、まったく違った遊び方を発見できる。

たとえばトランプの七並べを、最初に自分の手札を無くせば勝ちのゲームと思っている人間は多いだろう。だが、違う見方をすれば、あれは他人に手札を出させないようにして自爆させるゲームになる。

このBRⅡとは、真帆と達彦が、他の四十人の生徒の命を犠牲にして生き延びるゲームなのだ。

「あった。あれだな」

視力のいい達彦が先に気づいた。アジトの建物の裏、草に半分埋もれたような凹みがあった。ただの凹みではない、あそこから半地下の非常口に下り、地下通路へと入ることのできる入り口なのだ。

達彦が真帆の肩をぽんと叩き、銃をかまえ直すと入り口の方へダッシュした。

自分のことしか考えないひどい男だが、こういうときには本当に頼りになる。真帆はほくそ笑んで、その後を追った。

桜井《さくらい》サキは、ドラグノフを抱え、狙撃台の階段を駆け下りた。

早く、この情報を伝えなければならない。理由はわからないが、兵士の格好をした相手は、本当の兵士ではなかった。

あれは間違いなく中学生だ。あの首輪。かつてサキが、米内《よない》が、風間《かざま》が、今給嶺《いまきれ》が、そして秋也がはめられたのと同じ、BRゲーム用の首輪だ。

理由はわからない。だが、あれはよくないものだ。

階段の下に左海《さかい》がいた。カラシニコフを小脇に抱え、もどかしげに立ち止まる。

口を開こうとしたサキだったが、左海の方が早かった。

「どうしたサキ！　なぜ、撃たなかった？」

「あいつら！　……違う。あいつら、兵隊じゃないよ」

「なんだと？」

「見た。照準越しに、あいつらの首に首輪がついているの。最初の狙撃のときにはそこまで見分けることはできなかった。でも今はわかる。あいつら兵隊じゃない。中学生だ、これはあいつらのBRゲームなんだよ！」

「BRゲーム……」

その言葉に左海が絶句した。

「しかし、一体どういうことなんだ」

「わからない！　どうしたらいい？　秋也は？」

「秋也は広間だ」

左海が何事かを決意した顔になった。

「よし。俺は秋也を呼んでくる。おまえは下に降りて、みんなが発砲しないように止めろ。下は今給嶺が指揮をとっているはずだ」

「わかった!」

左海に背を向け、サキは走り出す。

瓦礫の後ろから姿を現した少女は、拓馬たちの顔を見るなり、後ろを向いて走りだした。

「待て!」

銃をかまえた名波を、

「バカ! 子供よ!」

今日子が怒鳴りつけ、小銃を下げさせた。

「どうする、黒澤!」

「後を追うんだ!」

小さな後ろ姿を追って、走り出した。どたどたと、瓦礫を蹴って廊下を進む。


(この島で初めて会った人間が、子供だなんて……)

奇妙な感覚が胸中に忍びこんできていた。

隣の部屋に入った子供は崩落した垂木の下をかいくぐり、さらに次の部屋へ抜けた。その後ろを追う。行く手を阻む壁材を蹴り飛ばし、拓馬がその部屋の中に足を踏み入れた途端――。

足が空を蹴った。

体が一瞬ふわりと浮き、落下し始めた。

とっさに手を伸ばした。どこにも当たらない。

落ちていく。

小銃を胸に抱き、落下の衝撃に備えた。

激しい水音。

体がずぶ濡れになった。視界が完全に塞がれ、ざらざらとした水が口の中に飛びこんできた。水底に沈む瓦礫を掴み、必死に身を起こす。立ってみてわかった。水は腰までもない。

そうだ、小銃はある。台尻を左脇に抱えこんで射撃姿勢をとり、叫んだ。周囲は、薄暗い闇だ。人影も見えない。

「なお！　雅実！　晴哉！」

「いるで！　いったいなんや、これは……」

光の奔流が襲いかかった。網膜が灼《や》ける。あちこちに呆然と立ち尽くす仲間たちの姿が浮かび上がった。頭の先から黒い汚水にまみれた、亡者のような姿だ。

「武器を捨てろ！」

頭上から声が降ってきた。その方向を仰ぎ見る。眼がくらんだ。ライトだ。拓馬たちがさっき墜落してきた一階の、さらに上階に殺到して来た者たちが、強烈な光源でこちらを照らし出している。

今拓馬たちがいる場所は、おそらく一階に掘られた貯水槽かなにかだ。その上方は大きな吹き抜けになっており、二階部分にあたる場所が、キャットウォークのようにせり出していた。ライトはそこに設置されている。光に遮られ、確かには見えないが、その背後には大勢の人間がひしめく気配があった。

「しまった……」

黒澤が歯軋りをする。

声が繰り返した。

「武器を捨てろ！　上は取った。諦めて武器を捨てるんだ！」

突如、シオリが身を後ろに投げ出した。光の当たらない死角に向け、汚水の中を飛びすさる。

銃声が響いた。

「キタノ！」

シオリが唖然として突っ立っている。

その手から小銃が消えていた。

上方からの銃撃が、シオリの手から銃をはじき飛ばしたのだ。

続いて、頭上の四方から火薬の炸裂音がほとばしった。拓馬たちの周囲に、針山のような水柱が上がる。ひとかたまりになっていたなおたちが悲鳴を上げた。保坂が気圧《けお》されて水面に倒れこむ。

その虚をついて、二階から人影が飛び降りてきた。一階に着地する。一斉に安全装置を外す音がして、銃口が拓馬たちの方へ向けられた。

「無駄なことはやめた方がいい。射撃の腕前なら、はるかにこっちが上だ。人数も多い」

壁際に設置された階段を下りてくる人影があった。ライフルのような長い銃身をこちらに向けたまま、ゆっくりと下ってくる。ライトの織り成す光の輪の中に入ってきた。

若い女性だ。

晴哉がはっと息を飲むのがわかった。小さく叫び声を漏らす。

「姉ちゃん!」

その声に気づき、女の顔に動揺が走った。

「晴哉……?」

「バッキャロウ! てめえら、今すぐ死にてえのか! 早く武器を捨てねえとぶっ殺すぞ!」

さっきのとは違う声が振ってきた。気の短そうな、いらいらとした声だ。

肩をすくめ、新藤理沙が小銃を投げ捨てた。両手を差し上げ、頭の後ろで組む。希を左右から助け起こしていた麻由と今日子がそれに倣う。続いて、晴哉が、雅実が、治虫が……。

「どうする、黒澤!」

「マジイよ、この状況」

「クソッ……」

シュヴァルツ・カッツの三人が、背中合わせに寄り添いながら、汚水の中で身を硬くしていた。それを横目で見ながら、なおが小銃を放り出した。駆け寄ってくる。拓馬の袖を掴んだ。

「タクも早く!」

「畜生……」

結局、一発も撃ち返すことができなかった。渉の、明日香の、秀悟の命を奪ったテロリストどもに。体内の奥深くから憤激がこみ上げてきて、拳を強く握りしめた。なおが両手を差し伸べ、その拳を包みこむ。

「気持ちはわかるけど、今はだめ。爆発したら、みんな犬死だよ」

頭上に足音がした。

また別の声が投げかけられる。見上げた。長髪を後ろに束ねた男が現れ、周囲に指示を与えながらこちらを睨んでいる。

「まだ武器を持っている者がいるな。早く捨てろ！　捨てた者は順に、水からあがるんだ！」

なおが拓馬の手を離し、水音を立てながら希の元へ駆け寄った。希に肩を貸し、長髪の男に向けて声をはり上げる。

「お願い！　この子たちを先に上げて！　怪我してるの！」

男が右手を挙げ、銃をかまえたテロリストたちが手を貸すために希の側に近づいていった。

足元にぽたぽたと汚水が滴《したた》っていた。

拓馬は、テロリストたちに銃を向けられながら水から上がり、その場にあぐらをかいた。先に上がったなおたちが、呆けたような表情を浮かべて座りこんでいた。

いつもの明るさのかけらもない雅実。

さっき姉と呼んだ女テロリストを目で追い続けている晴哉。

青い顔をしてへたりこみ、肩で息をしている治虫。脂汗をかいている保坂。

苦痛に呻《うめ》く希の手をとって必死に励ましの言葉をかけている理沙、麻由、今日子。

膝を抱えてうずくまっている遙。

拓馬を気遣わしげに見つめているなお。

そして無表情に佇《たたず》むシオリ。

まだ下にいる……。

拓馬は銃口の制止を振りきって立ち上がった。汚水溜めを見下ろす。

小銃を手に抱えた黒澤、名波、城が、銃口を向けながらいまだ立ち尽くしていた。

雅実が叫んだ。

「何やってんや！　はよ、上がってこんかい！」

名波が吼《ほ》える。

「冗談じゃねえ。おまえら、何やってんだよ。忘れたのか。俺たちの首にはまってるものを。こいつは、三日したら爆発するんだぞ。ここで捕まったら、すべてが終わりじゃねえか」

その傍らで黒澤が叫んだ。

「そうだ！　闘いもせずに諦めることができるか。七原秋也《ななはらしゅうや》っ、出てこい！　出てきて、俺と勝負しやがれ！」

テロリストの一人の大男が応酬して怒鳴る。

「んだと、コラァ！」

さっきの、気の短そうな声の主だ。こめかみに血管を脈打たせ、黒澤の方を眺め下ろしている。

「秋也の指示など待つこたぁねえ、俺が今この場でぶっ殺してやるぞ！」

「殺せるものなら、殺してみやがれ！」

階下から黒澤が叫び返す。今日子がたまらず、悲鳴のような声で呼びかけた。

「黒澤くん、やめて。もうやめて！」

「うるせぇ！」叫ぶ黒澤の目が血走っている。「やめるはずがねえだろう。やめられるわけがねえんだ。俺が闘うのは、命が惜しいからじゃねえ。俺一人のためじゃねえんだ。俺は絶対に忘れねえ。みんな、みんな殺されたんだぞ、こいつらのせいで！　てめえら、憶えているか。あの一年前の首都庁舎爆破テロを！」

テロリストたちが一斉に息を飲んだのがわかった。あの大男さえも、顔色を変えて黒澤を見つめている。

「俺はおまえらのテロのせいで家族を殺された！オヤジを、オフクロを、そしてまだ幼かった妹を！ここにいる名波も、城もそうだ。俺たちシュヴァルツ・カッツは、てめえらテロリストどもに家族を殺され、一人ぼっちになった者同士の集まりなんだ。テロリストども。クソッタレの人でなしどもが！おまえらにわかるか！　突然家族を奪われた俺の痛みが！」

周囲のテロリストたちと同様に、拓馬は目を見開いて黒澤を見つめていた。

――俺の前で、七原秋也の名前を出すな。

そんな過去があったのか。

拓馬の脳裏に、鹿之砦中学での出来事が次々に甦ってきていた。

シュヴァルツ・カッツの連中は、転校早々から他の人間に心を開くことがなく、寄り集まっては自分たちの世界に籠っていた。ときには、暴力に訴えてでも周囲の人間を排除した。

過去が彼らの心を閉ざしていたのだ。

「死体はみんなバラバラだった！　知っているか、おまえら。あれだけのビルが爆破されると、火災が収まるまで何週間もかかる。まだ煙がくすぶっている瓦礫の山を掘り返して、俺たちは遺体を捜さなければならなかったんだ。親父も、お袋も、妹もみんな……全部かき集めても、一つの体にはならなかった！　それなんか、まだいい方だ。ここにいる城の母親なんて、爆心地にいた。何千度という熱風に吹き飛ばされて、おそらく骨までどろどろに溶かされたはずだ。遺体なんて、かけらさえも見つからなかったんだ！」

言葉を切った。涙だ。黒澤の両目から、とめどなく涙が溢れていた。

黒澤――。

家族に捨てられた拓馬と、別れたくなかった家族から突然もぎ離された黒澤。立場は違う。だが、その腹の中にある鉄の塊のようなものの正体を拓馬は知っている。始めはどろどろに溶け、熱く身を焦がしていた。そしてそれが冷えていくにしたがって体全体が冷えきってしまい、感情を表すことさえ困難になっていく。ずしんと重いその塊を、拓馬たち全員が抱えているのだった。

俺たちの哀しみ……。

黒澤たちを見つめるテロリストの間に動揺が走っていた。だが拓馬は、違うところを見ていた。

吹き抜けの上、三階の通路から誰かが降りてきていた。新たな人影が姿を現していた。拓馬たちに指示を下していた長髪の男の向こうに、二人の人影。一人は若い女だ。もう一人は――髪が長いが、男のようだった。二人は足を止めて、黒澤の言葉に聞き入っている。

「なにがテロだ！　戦争だ！　俺はおまえらを絶対に許さねえ！　殺すなら殺してみやがれ。なんどでも甦って、俺は、俺は、必ず七原秋也を地獄に送ってやる！」

その声にたまりかねたように、テロリストの一人が声をはり上げた。

「やめろ！　みんな一緒なんだ！　ここにいる俺たちも。だから早く武器を捨てろ！」

「うるせぇっ！」

突如、物陰から誰かが飛び出してきた。手にしているのは、〇三式BR小銃だ。その銃口が火を噴き、ぎらぎらと光の軌跡を描きながら五・五六ミリ弾を四方に弾き出した。

正面にいたテロリストたちが全身に銃弾をくらって倒れ伏した。

あれは、野坂真帆だ！

21

真帆の〇三式ＢＲ小銃から吐き出される弾丸が、床や鉄柵、周辺の壁に降りそそいで、唸りを上げた。流星雨のように、あたりに降る白熱の滴《しずく》。拓馬たちの服や、腕の上に降りそそぎ、じゅっと消えた。

「ざけやがって！」

テロリストたちが応射体勢に入ったそのとき、その背後から、轟音とともに火花が吹き出してきた。股の下から全身を射抜かれた男が、操り人形のように空中に舞い上がり、その場に崩折れる。

汚水の中では、黒澤が咆哮していた。

シュヴァルツ・カッツの仲間三人が、上方に向けて小銃をかまえていた。天に捧げものをするかのように、高く銃身を差し上げ、右手はトリガーに、左手はストックを強く握りしめている。

黒澤の充血した目が見えた。

「いくぞ。クソッタレどもがぁ！」

「おおぅ！」

「やめてェ！」

誰かの叫び声。

三つの銃口からまばゆい光がほとばしった。次の瞬間、スプリンクラーから放射される水流のように、弾丸が降りそそいできた。

身を引くのが間に合わなかったテロリストの全身にぶすぶすと穴が開き、左の手首がちぎれ飛んだ。銃弾の嵐が一階の天井にあったパイプ群にあたり、でたらめな軌跡をとって跳弾が舞った。

うずくまっていた保坂が、奇声を上げて痙攣した。

「保坂くん?」

麻由が駆け寄り、保坂の顔面を覗きこんで悲鳴を上げた。

いつもの黒ぶち眼鏡の額に、くっきりと黒い射入孔があった。中で爆ぜたものに圧され出たかのように眼球が半分はみ出し、後頭部に大穴が開いて、中から灰褐色の物体がどろりとはみ出していた。

鉄柵を摑み、拓馬は叫ぶ。

「馬鹿野郎! てめえら、やめろぉーッ!」

「やむをえん!」

二階の、長髪男が叫んだ。

「応射しろ!」

男たちがひざまずくのが見えた。手にした銃を階下に向ける。急いで飛びのき、二階のせり出しの下に身を隠した。その目の前を、銃弾の群れが通り過ぎていく。

(黒澤、バカヤロウ……)


熱いものがこみ上げてきた。

城直輝の母親は、首都庁舎ビルの地下一階にある旅券発行所で働いていた。十数年前、住民の疑問の声にかまわず建築された五十階建ての庁舎は、完成当初から高層建築火災を懸念されていた。

そのことをニュースで知った直輝は、子供のころ何度も母親に質問してうるさがらせたことを憶えている。

——母ちゃん。あのビルって、知事室が七階にあるの、なんでだか知ってる?

——さあ、なんでかなあ。母さん、働いていて、そんなこと考えたこともなかったわ。

——あのね、火事になったときのためなんだって。ビルが火事になったとき、はしご車が届くのは七階が限度なんだってよ。だから万が一のときにも逃げ出せるよう、偉い人は七階より下にいるんだって。

母ちゃんもあんまり高いところに行かないでくれよなあ。

直輝がそう言い募ると、母はいつもにっこりと笑って頭をなぜ、安心させるように言い聞かせてくれた。

——大丈夫だよ。あたしがいるのは、地下一階だから。何かあっても、階段を上って外に出れば、すぐ地上だからね。大丈夫。

——ほんとう？　母ちゃんは火事になっても逃げ遅れたりしないの？

——ええ、大丈夫。直輝、直輝はとても優しい子だね。

だが、三村が計画した爆破テロは、地下七階を通る熱源パイプを塞ぎ止めて爆破させ、その勢いを借りてビル全体に仕掛けられた爆弾を誘爆させるというものだった。

そのため、爆発が起きたとき、地下数階の居室は一瞬にして焦熱地獄と化し、その場にいたものは炭素化合物の塊となって四散し果てた。直輝の母親として意識のあった物体が単なる炭の塊になるのに、瞬きするほどの時間もかからなかったはずだった。

名波順には、十近く歳の離れた兄がいた。順がまだ小学校に上がるか上がらないかのころ、兄はよくこんなことを話して弟を怖がらせていた。

——順、兄ちゃんはな、きっとおまえが二十歳になる前にこの世からおさらばしちまうからな。

——だめだよ。どうして？　どうしていなくなっちゃうの？

——兄ちゃんには、歳をとってジジイになることが耐えられないんだ。好き勝手に生きて、いちばん気分のいいときに人生の幕を引くぜ。

どうして兄がそんなことを話したのか、真意はわからない。兄の好きなロック・ミュージシャンがみな二十代で亡くなっていたことが影響していたのかもしれない。不幸なことに、その予言は的中した。

学校を卒業した兄は、消防官として奉職していたが、爆破テロの日に命を落とした。兄は勇敢に生存者救出のために事故現場に乗りこんでいったという。現場にはビル火災にともなう有毒ガスが発生しており、兄とともに飛びこんでいった消防士たちは、みな帰らぬ人になってしまった。

その遺体は、欠片も帰ってこなかった。兄は、今でも廃墟のように瓦礫が散らばっている、あの事故現場跡のどこかに眠っているはずだ。葬儀の棺の中には、兄が愛した消防官の制服などが入れられた。その空っぽの棺が焼かれている間、順は親戚たちのいる控え室を抜け出し、火葬場の横の丘に上った。準備したラジカセで、音量を最大にして「スモーク・オン・ザ・ウォーター」を鳴らした。火の粉がパチパチ。それが兄の死に様だった。


実際には二人が大切な人のことを考えていられた時間がどのくらいあったかはわからない。一斉に放たれた銃弾は、頭上からシュヴァルツ・カッツの三人の上に襲いかかり、排水溝に飲みこまれる落ち葉のようにその体をきりきり舞いさせ、押し潰した。おそらく、その体が地面に倒れ伏す、はるか前に二人の生命は失われていただろう。


階下の三人が射撃を開始した途端に真帆は背後に退き、すばやく移動した。すべては予定どおりだ。あの三人が注意を引きつけている間に移動し、いっきに勝負をつける。

左手で小銃を押さえ、柱の間を縫って移動する。七原秋也はこの場に現れているはずだった。さっき二階にちらりと見えた人影は、まさしく七原そのものだった。

吹き抜けになっている二階の通廊を走って回りこんだ。ちょうどテロリストたちとは対角の場所に来たところで足を止め、廃材を盾にしてその後ろにすべりこむ。テロリストたちは階下の黒澤たちに注意を集中しているようだ。

今だ。

フル・オートマティックにセットした小銃のトリガーを引き絞る。

銃口を8の字に振り回した。銃弾がどこに跳んでいくのかなんて知らない。誰に当たろうとかまわない。あたし以外の誰に当たっても。生き残るのはあたしだけで十分なのだ。

「どこだ!」

「くそ、上だ!」

狼狽したテロリストたちが走りまわる。真帆はすばやく身を翻し、次の遮蔽物の陰へと走った。

(達彦、今だ、やっちまいな!)

長谷川達彦は、騒ぎの間、ずっと身を隠していた。真帆が騒ぎを起こし、テロリストたちの注意を分散させる。その隙に達彦が七原秋也をキメてしまう計画だった。紛れもない。やつの姿が見えた。いちばん最後に建物の奥から姿を現した、長髪の男。それが指名手配写真などで何度も見たことのある七原秋也だった。

(とらえた!)

震える手で〇三式BR小銃を取り上げ、狙いをつける。あまりに無防備な後姿。それはまるで、達彦に殺してくださいといわんばかりの姿だった。

(これで終わりにしてやる)

引き絞ろうとしたトリガーが動かない。右手を見た。棒のようなものが、トリガーの後ろに突っこまれ、それ以上引けないようにしている。

思わず声を上げそうになった口を、誰かの手が塞いだ。咽喉に冷たいものが押し当てられる。

背後から囁き声。

「こういうときには銃よりナイフを使うもんだ——暗殺なら、俺の十八番なんでね」

あたりに香辛料のような匂いが漂っていた。口を塞ぐ手の、ひんやりとした感触。

しゅっつと冷たいものが喉をこすった。一瞬の激痛。次の瞬間、冷気が喉奥深くめがけて突入してくるような感覚があり、目の前が真っ赤に染まった。

吹き出している。

喉から、赤い血潮が吹き出している。

俺の、俺の生命……。

真っ赤な色彩が視界を染め上げ、それがやがて暗黒へと変わっていった。

真帆はその瞬間を見ていた。長谷川達彦の背後から大男が忍び寄り、喉にナイフを押し当てる一部始終を。小銃のトリガーにあてた人差し指から力が抜ける。

あのバカ。

結局口先だけのやつだった。

最後の最後に。

これで生き延びられるはずだったのに……。

左胸に衝撃があった。瞬時にして体が宙に浮き、背後の壁に叩きつけられる。続いてもう一発。頸部。背中から柱に当たった真帆の体は、反動で跳ね上がって前方の鉄柵にぶつかり、その上を越えていった。

階下に向けて墜落していく短い間、真帆は自分を撃った男のシルエットを睨み続けていた。ライフルらしき銃をかまえた、長身の男。

(あいつに……)

ヤラレタノカ。

その姿めざして両手を差し伸べる。指が何かに触れたが、急速に意識は遠のいていった。

黒澤凌は、足元の黒い水に鮮やかな血を振りまきながら、まだ生きていた。いや、七原秋也という目標めがけ、前に出ようという意識だけが彼の体を動かしていた。膝に力が入らない。かくりと曲がった脚を伸ばそうとするたびに、全身に激痛が走った。

（七原ァ……）

不意に目の前に垂れ下がったチェーンがガラガラと動き出した。チェーンにからまって何かが落ちてくる。つるべのように上っていく反対側のチェーンを摑み、凌は跳んだ。

上へ。

七原秋也のもとへ。

すでに感覚がなくなった右手が、小銃の引き金を引き絞る。銃弾が飛び出すと、その反動で、凌の体は、くるくると回り続けた。

黒澤の体が上昇していく。その手に握りしめられたBR小銃から、銃弾の雨が降りそそいできた。パチパチと爆ぜながら、拓馬たちの頭上に火花を飛ばしていく。

あの女テロリストが立ち上がった。手にした長い銃をかまえ、立射の姿勢に入る。

「やめろっ！」

飛び出そうとした拓馬を、テロリストの一人が羽交い絞めにした。

〇三式BR小銃の乱射音を遮る、タアンという発射音。鎖にぶら下がった黒澤の体が大きく揺れた。手から小銃が離れ、大きく放物線を描いて落ちていく。その後を追って、黒澤の体が。

その手が虚空を摑んだ。

足は、まだ前に出ようとしてもがいていた。

たった今放たれた銃弾は、黒澤の右目に命中し、その背後にある脳の働きを停止させていた。だが、体はまだ七原秋也をめざして突き進もうとしていた。

水音とともに、黒澤の体が汚水溜めに墜落した。

「バカヤロウ」

拓馬の唇から言葉が漏れ出した。

黒澤とは気が合わなかった。何度も衝突しそうになった。だが、こんな形で別れを告げることになるとは、思ったこともなかった。

拓馬と黒澤が抱えていたのは、別種の痛みだった。だが、それはまったく違うものではなかったのだ。裏と表。いうなれば、二人はまったく反対の方向から一つのものを見ていたことになるだろう。そのことに気づきさえすれば、黒澤とはいい友人になれたかもしれなかった。

胸の奥に、ぽっかりと穴が空いていた。

この穴が塞がることは、おそらくないだろう。

不意に、聞き覚えのある音が鳴り始めた。この島に来てから、嫌というほど聞かされた電子音だ。振り返った。

鳴っている。誰の首輪なのか、見なくてもわかる。

今死んだ連中とペアを組んでいる、四人の首輪が鳴っているのだった。

新藤理沙。

夏川結子。

蓮田麻由。

そしてキタノシオリ。

「やはりBRの首輪か！」

「みんな離れろ！　その四人の首輪は爆発するぞ！」

人垣を悲鳴が割った。銃をかまえたテロリストたちが、一斉に四散していく。

力が抜けて、その場にへたりこんだ。なす術はない。呆然と四人を見つめていた。

四人はその拓馬たちを見返しながら、立ちすくんでいる。

麻由と手を取りあう理沙。

シオリの顔に汗がつたい落ちるのが見える。その汗が流れこもうとも、シオリは決して目を閉じようとはしない。その視線は拓馬たちの体を突き抜け、はるかに遠くを見ているようだった。

「おまえら、それはなんだ！」

長髪の男が叫ぶ。

「彼女たちの首輪は、なんで作動してるんだ！」

「BRの新しいルールなんや」

目を見開いたままの雅実が魂を抜かれたような声を発した。

「新ゲームはタッグマッチ、ペアを組んだ相手が死んだら、自分の首輪が連動して爆発する仕組みや」

「なんだとお！」

「あの腐れ外道どもが！」

長髪男の後ろに立っていた人物が、傍らの少女に何かを囁いた。

拓馬は、その額に巻かれているバンダナを見た。

あれは……。

そうだ、あれが、捜し求めてきた七原秋也だ。

七原秋也だ。

ついに見つけた。

「結子、あなた」

押し黙っていた久瀬遙が急に立ち上がり、拓馬の前を駆け抜けた。

夏川結子の顔を見つめている。

「遙」

結子がその視線を受けとめ、やがてニコリと笑った。

「バイバイ」

身を翻す。背後の窓へ向け、身を躍らせた。止める間もない、瞬時の出来事だった。ガラスの割れる音。声にはならない叫びを上げながら、結子が外に飛び出していく。

すぐに爆音が返ってきた。

割れずに残っていたガラスが一斉に震動した。赤い飛沫がそのガラスに飛び散る。

「結子!」

今日子たちの叫びが悲痛に響いた。

「あなた、あたしたちを爆発に巻きこまないようにして……」

どんなときにも自分勝手な意見を通さず、一歩も二歩もひいて三年B組の生徒たちを暖かく見守っていた、「おっかさん」。結子は最後の瞬間まで、「おっかさん」だった。その結子が消えた窓の外を、同じく首輪が点滅している理沙と麻由が見つめている。

「やだあ!」

甲高い叫び声がした。窓辺から視線を引き剥がし、声のした方向を振り向く。


シオリだった。

いつの間にか移動したシオリが、さっきのあの少女を捕まえ、喉に黒い筒を突きつけていた。いや、筒ではない。銃だ。結子が爆死して全員の注意がそれた瞬間に、どこかに落ちていた銃を拾い上げたのだろう。

「シオリ!」

「いけない!」

叫び声の上がる中、シオリは血走った目で周囲を見まわした。

「七原秋也! 出てきな! さもないと、この子の頭を吹っ飛ばすよ!」

あの女テロリストが、ライフルを持ち替え、立射姿勢でシオリに狙いを定めた。今日子が叫ぶ。

「だめ! 撃っちゃ! あの子は、シオリは……」

その声を、シオリ自身の声が遮る。

「そうだよ。あたしはプラスティック爆弾を持っている。もしあたしを撃てば、この子ごと爆発する！」

その言葉に気圧され、女は銃を下ろした。前髪の下から覗いた両の眼が鈍く光を発する。

シオリはゆっくりと四方に視線を配りながら、しゃべり続けていた。

「あたしは別に死んでもいい。死ぬのは別にかまわないんだ。あたしが欲しいのはあんた。七原秋也だよ！」

「俺を撃ちたいのか」

声がした方向に振り向いた。いつの間にか、あのバンダナの男——七原秋也が一階に降りてきていた。

拓馬は、その顔をまじまじと見つめる。

（これが、七原秋也か！）

拓馬は驚きに目を見張った。

若い。

近くで見るとよくわかる。想像していたよりも、ずっと若く見えた。バンダナを巻きつけた長髪の下の眉は細く、瞳は青く感じるほどに透き通っている。

（これが何千人もの人を殺した、テロリストの顔なのか？　俺たちとそう変わらない歳じゃないか）

こいつが秀悟たちを殺したんだ。

そんな声が胸の奥で渦巻いていたが、拓馬の耳に到達することはなかった。

七原秋也は手にしていた銃を、傍らに置いた。塗装が剥げ、地色の銀が露出した古ぼけた銃だ。両手を体の横にたらし、シオリに呼びかける。

「俺を撃ちたいなら、撃ってくれ。でもその子は離してやってくれないか。ケイという名前だ。まだ、七つなんだよ。本当なら、こんなところにいるべき歳じゃない。でも、しかたがなかった。誰も、その子を引き取ることができなかったから。だから、しかたなく連れてきてしまったが、ほんとは後悔している。お願いだから、その子は離してやってくれないか？」

「お願い、やめて！」

麻由に取りすがりながら、理沙が叫んだ。目に涙を溜めてシオリを見つめている。

「その子を巻きこんで、いったい何になるの！　お願いだから、離してあげて！」

鳴り響いていた首輪の警告音が速くなった。

シオリの首輪が出所だった。

雅実が上ずった声を発した。

「あ、あかん。爆発するで」

「シオリ！」

「ケイ」

叫び声の交錯する中、電子音は高まっていく。

シオリの腕の中で、敬が叫んだ。

「パパ！」

シオリが青ざめた顔でその少女の背中を睨んだ。

不意にその両腕が動き、少女を突き飛ばした。

唇が開き、中から言葉が滑り出た。

電子音の合間を縫って、その言葉は拓馬たちのところにまで届いてきた。

「ごめんね」

シオリは、固く目を閉じる。

周囲に白い閃光が満ちた。

十二月二十四日　一三四二時
【新たな死亡者】
男子四番　黒澤凌　八番　城直輝
十番　名波順　十一番　長谷川達彦
十三番　保坂康昭
女子十番　夏川結子　十二番　野坂真帆

残り十一名

22

「この首輪はね、あんたたちの特有の心音パターンをウォッチし続けているの。そのパターンがゼロになったとき、もう一方の首輪に送り続けている同期電波を止める仕掛け。だから、一時的にあんたたち全員の首輪にダミーの同期電波を流して、自爆装置を作動させないようにしたわ。ただ、すでに自爆装置が作動している子がいたから、ダミー電波への切り替えを察知されないように、一瞬電磁爆弾を爆発させる必要があったけどね」

拓馬の首輪をいじりながら、少女は説明を続けた。少女の背後からは、テロリストたちが視線を送ってくる。拓馬が身じろぎをするたびに、銃をかまえる音がした。

「電磁爆弾って、さっきのあの光か」

「そう。あんたたちの首輪は一・五ギガヘルツの電波帯域で通信衛星から緯度経度情報を取得していて、それがあんたたちの位置を本土の本部に知らせているわけ。同時に、あんたたちの生命情報を一・九ギガヘルツの帯域で同じように送っている。その二つの帯域に一時的にノイズを生じさせて、通信を断ち切ったのよね。ほい、これでおしまい」

咽喉をしめつけていたつかえが消えた。少女の手に、首輪が移っていた。

右手が首に伸びる。

本当に首輪がない。

この島に来て、さまざまな感情を体験した。銃撃に対する恐怖、秀悟たちを殺された怒り、黒澤の過去を知ったときに感じた哀しみ、それらは拓馬の中に渦巻き、今にも噴出しそうだった。さっきまでは。

首輪を外された途端、不意に全身の力が抜けてしまった。拳をふるい上げる力が無い。

今にもその場にへたりこみそうだった。

（情けねえ）

歯を食いしばり、両脚に力をこめた。こいつらの前で惨めなところを見せてたまるか。

自由になった首を回し、周囲を見た。視線が合うと、部屋の四囲に立ったテロリストたちが睨み返してきた。すでに死者たちは運び出されていたが、周囲の壁に点々と残った弾丸の痕と、血飛沫が、惨劇の名残を物語っていた。

「なるほど、こりゃ改良を加えられているわ。従来の防水プルーフに加えて、粉塵爆破を抑えるための防爆仕様にもなっているわけね。電池もボックス型からシート型に変更されている。輪っかの部分に収納が可能だから、より大容量になっているはずね。

――なのに三日間で爆破タイムが来るってのは、解せないなあ……」

「なあ」

一人ぶつぶつと呟いている少女を遮る。情けないことに、腰の引けた声しか出なかった。

「言ってることはさっぱりわからねえけど、俺たち、まだ仲間がいるんだ。外してやってくれねえか、首輪」

少女は、はっと我に返った。

「ああ、そうでした。そうでした」

「おまえら、マキに感謝しろ」

あの大男が、左の掌で少女を指した。右手はまだ油断なく銃把にかけられたままだ。

「こう見えても、マキは電子工学の天才だ。マキがいなかったら、間違いなくその首輪は爆発していたんだからな」

「だったら、もっと早く外してくれればいいのよ」

理沙がとげのある声で言った。すでに首輪が作動していた理沙、麻由、シオリの三人が最初に首輪を外されていた。

「そうすれば、結子だって死ななくて済んだのに」

「無理を言うな」

さっきまで指示を出していた長髪の男が、首を振った。

「俺たちだって、むざむざあの子を死なせたくはなかった。そもそも、おまえたちがBRゲームの参加者だということさえ最初はわからなかったし、その首輪が従来型のものじゃないということも、作動して初めてわかったんだからな」

「そうね、サカイさんの言うとおり」

なおの首輪を外しながらマキと呼ばれた少女が話し続ける。

「あの電磁爆弾は、もともとあんたたちを助けるために作ったものじゃないの。この島を脱出するときのため、レーダーによる追尾を振りきることを想定して作ったもの。こんなことのために使うなんて、まったく予定外よ。そもそもあんたたちのお仲間が邪魔をしなければ、もっと早く……」

「なにが邪魔よ。虫ケラみたいに人を殺しておいて！」

険しい表情で今日子が立ち上がった。大男が銃を突きつけて怒鳴る。

「おい、それはねえだろ！　先に攻撃してきたのはおめえらじゃねえか。そもそも俺たちを殺しにきたんだろうが。俺たちの仲間だって、だいぶ死んだ」

「なによ！　何人もの命を奪った人殺しじゃないの！　死んで当然よ！」

その足元に光るものが突き刺さった。ナイフだった。

「おい、よせよ、ヨナイ」

サカイと呼ばれた長髪の男が、首を振る。

「お互いイライラしてるところなんだ。無駄な騒動はよしだ。あんた」

「筧今日子。名前は筧今日子」

「筧か。一つだけ言わせてくれ、世の中に、死んで当然の人間なんて、いるのか？」

「それは……」

うつむいた今日子の代わりに、理沙が立ち上がり、サカイの顔を睨みつける。

「いるわよ。あんたたちみたいなテロリストのことを、世の中では死んで当然の人間というの！」

血相を変えてつめ寄りかけたヨナイを右手で制し、サカイは肩をすくめた。

「まあいい。今にわかることだ。俺の名前は左海。左の海と書いてサカイと読む。この戦艦島にいる間、あんたたちの面倒は俺と」

戸口のところに立ったひょろりとした男を指さした。

「あのイマキレが見させてもらう。今に給う嶺と書いて今給嶺だ。用は俺たちに言うといい。そこにいるヨナイは、見てのとおり、ちょっと気が短い男だからな」

大男が、床に突き立ったナイフを引き抜いた。ズボンの裾をまくって、現れた鞘に刀身を収める。

「あのとおり、カッとすれば、口よりも先にまずナイフが出る。いいか、ここにいる間は、死者のことは言いっこなしだ。被害が出たのはおたがいさまだ。こっちだって、あんたたちの仲間が暴れたおかげで死人が出たんだからな」

「左海さん、全部終わったよ。起爆装置を外したから、これでもう、爆発しない」

マキが立ち上がる。右手にかけた首輪をジャラジャラと鳴らし、拓馬の顔を見た。

「なんだよ」

じっと顔を見られて、思わず言い返す。

「なんか、言うことがあるんじゃないの？」

「あ……、ありがとう」

口に出してしまった自分が歯がゆかった。

（みんなの命を奪ったテロリストどもに、礼を言っているぞ、俺は！）

「そうそう」

頷くと、マキは手にした工具を片付け始めた。

「秋也が話があるってよ」


背後から銃を突きつけられ、階段を上る。廃墟の廊下を歩かされた。

廊下のあちこちに、ドアの外れた戸口がぽっかりと口をあけていた。壁紙がはがれ、垂れ下がり、下から塗装のない羽目板が覗いている。時折、からからと音を立てて、何かが落下し、ほこりがもうもうと立ち上がる。

案内されるままにたどり着いた先は、天井の高い部屋だった。天窓から、鈍い陽が差しこんでいる。奥行きも広く、十数メートルはあるだろうか。部屋の四隅には何かがうず高く積み上げられていた。

中央辺りに誰かがしゃがみこんでいた。その周りを囲むのは、背の低い人――子供たちだ。中に一人、小ぶりの銃のようなものを背負った子、迷彩服を着た子。自分の背とさほど変わらない幼児をおぶった子。その子たちが口々に騒ぎ立てる話を、人影は聞いていた。

「そうか。ケイは、騒音が気になって下に様子を見にきていたんだな。でも、だめだぞ。戦闘が始まったら、危ないんだ。子供たちはちゃんと隠れてないと」

銃のようなものを背負った子が叫ぶ。

「大丈夫だよ。俺たちも闘うんだ！」

「ジンは強いからな。でも、ジンにはしないといけないことがあるだろう？」

「しないといけないことって、なに?」

「小さい子供たちを守ってやらないといけないだろう? ケイや、みんなは、まだ小さいんだ。ジンがしっかり見ていてやらないと」

「そうか。俺がいないと、子供たちが危ない目に遭うもんな」

「そうだ。みんなが闘っているときは、ジンに任せたぞ」

「うん」

マキがゆっくりと歩み寄る。

「秋也——?」

「マキか」

人影が立ち上がった。

「さ、みんなはあっちに行ってるといい」

子供たちが、散り散りばらばらに去っていった。

男がこちらに振り向く。澄んだ瞳が拓馬たちに向けられる。

「七原秋也」

なおが呟いた。

「入れよ」

背後の左海が拓馬の背中を押した。言われるままに中に足を踏み入れる。

戸口の向こうから見たよりも、部屋は広く感じた。四方の壁の一つはかつて窓だったであろう場所だが、板や廃材で塞がれていた。その向い側の壁には、機械類が密集して置かれ、あちこちに赤や緑のLEDが瞬いていた。拓馬たちのもとから離れたマキが歩み寄り、その機械類をいじり始めた。

拓馬たちが向かいあっている奥の壁際には、瓦礫がうず高く積み上げられていた。そのところどころに、無数の蠟燭がともされている。これに似たものを、なにかの絵で見たことがある。

(賽《さい》の河原)

死者の世界と生者の世界を隔てる川の岸辺には、

こんな風に無数の石塔が立っているという。

蠟燭の厳《おごそ》かな明かりが、その前に横たえられたものを照らし出し、長く尾を引く影を作り出していた。

「あれは」

問いかけるなおに、左海は前に進むように指示した。室内に入った。戸口から三分の一くらい来たところで、その物の輪郭が見えるようになってきた。灰色の布をかぶせられ、丸太のように静止したもの。一ヶ所、布がめくれた部分があった。そこから覗いている、見覚えのあるたてがみ……。

「黒澤」

七原が近づいてきた。

「今、手分けをしておまえらの仲間の遺体を収容している。だが、中には粉々になって、肉片すら見つからない死体もあるそうだ」

「あれは何。あんたたちの仲間？」

少し離れたところに寝かせられた遺体を指してシオリが訊ねた。七原が頷く。

「思ったより殺してたのね」

目でその数をかぞえながらシオリが吐き捨てた。

「あいつらも、まんざら無駄死にではなかったか」

「言葉に気をつけろ」

今給嶺と紹介されていた男が、咳払いをして言った。

「死者を冒瀆するような言葉を吐くもんじゃない」

「生徒たちは、これで全員か？」

七原が左海に訊ねた。

「いや、何人かは重傷の娘の側についている。その連中を入れて、全部で生き残りは十一人だな」

「そうか」

七原がなおを見た。

「最初は何人いたんだ？」

「クラスは四十二人。ゲームに参加する前に二人殺されたから、この島に渡ってきたのは実際には四十人です」

「それが十一人か」

七原は溜息をついた。「やりきれないな」

拓馬が左海の制止を振りきって前に出た。そんなもっともらしい顔はいい。死んだ人間に同情してもらったところで、生き返るわけじゃないのだ。

(秀悟! みんな!)

必死で気持ちを抑えながら、七原に問うた。

「俺たちをどうしようってんだよ? こうやって捕虜にして、いったいどうするつもりなんだ! 答えろよ!」

じっと拓馬の顔を見つめていた七原が口を開く。

「おまえら。そんな格好して、何しに来た?」

何しに来ただと? 拓馬の頭の中で極彩色の光が飛び交った。

「銃を振りまわして、本当に戦っているつもりか?」

光が奔流となり、口から溢れ出す。


「もったいぶるな! てめえ、何が言いてえんだ!」

肩を摑もうとした拓馬の手を左手で払いのけ、右手に持ったものを眼前に突きつける。それは銀色の鈍い輝きを放つ銃だった。

「この銃の名前を知っているか?」

「知らねえよ!」

「知らないか。憶えておけ。この銃の名は、AK47アブトマット・カラシニコフ。ナチス・ドイツが製造したアサルト・ライフルをモデルにして開発された、旧ソ連の制式銃だ。フル・オートマティックで撃ち続ければ、三十発の弾が出る。ソ連だけではなく、中国や北朝鮮、東欧でもコピー銃が生産され、一時は世の中に六千万挺が流通したとも言われている。今なお、世界中でゲリラが使う抵抗の証だ。見ろ、この銃はもともと黒く塗装されていたものだ。それが、長い年月を経て塗装が剝げ、下の地色が覗いてきた。俺にこの銃を渡した人も、その人に手渡した人も、代々この銃を使って闘ってきたんだ」

「闘うって何と?」

拓馬の後ろの晴哉が訊ねた。七原がその顔を見据える。

「お前らが、よく知っている敵とだ。三年前、俺のクラスがBRゲームの参加者として選ばれた。俺と、もう一人の女の子が生き残ったが、もう元の家に帰ることはできなかった。俺たちはこの国を脱出し、隣の大陸に渡った。アジアというのは広大な土地だが、どの国にも共通点がある。それは、今なお国内に戦争の火種がくすぶっていて、国の権力者と戦っている人々がいるということだ。その人たちの組織に守られ、俺たちは最後にこの二十年、ずっと戦争が続いている国へと渡った」

「二十年……」

晴哉が呟いた。七原は続ける。

「二十年間戦争が続くということがどういうことだかわかるか? それは国の産業が完全に消滅するということだ。国の人口の二十パーセントにもあたる、四百万もの民が難民となって国外に溢れ出し、工業はおろか、農業生産さえもがほとんどストップした。その結果生まれるのは、想像を絶するほどの貧困と、飢えだ。俺はそこで地獄を見た。だが、その生活の中でも、闘っている人たちがいたんだ。銃を持って闘うだけが闘いじゃない、飢えと闘い、貧しさと闘って、生き抜くことも一つの闘いなんだ。俺はそのことをいやというほどに思い知らされた。それが俺の見つけた闘いの意味だった」

七原の気迫に気圧されないように大声をはり上げた。

「それがどうした? 御託《ごたく》はたくさんだ。俺たちには関係ねえ!」

その拓馬の顔面を、七原の視線が射た。

「おまえはなんのために戦っている?」

「なんのため？　決まってるだろ。生き延びるためだよ。生きるために戦っているんだ」

七原がゆっくりと首を振った。

「俺を殺せばゲームは終わるだろう。だけどそれでおまえたちの戦いは終わるのか？　元の暮らしに戻れるのか？　またいつか大人たちがやってきて、おまえを別の戦いの中に放りこまないと、誰が言えるんだ？　そのときおまえは、どうするんだ？　また銃をかついで、違う七原秋也を殺しに行くのか？」

馬鹿野郎、この人殺しが。おまえのためにみんな、秀悟も渉も明日香も死んだのに、おまえがそんなことを言うな。

（おまえが俺に指図するな！）

憤激が喉のつかえを押しのけて飛び出した。

「じゃあおまえは何のために戦ってんだよ！　ご大層なもののために闘っているから、自分は立派だとでも言いたいのか？　忘れるなよ？　お前のせいでみんな死んだんだぞ。俺たちの仲間も。それだけじゃない。黒澤の家族や、城の母親みたいに、テロで殺された人だって……」

「やめてよ！」

突如部屋の隅から声が投げつけられた。機械いじりを中断したマキが、こちらに火のような視線を投げかけてきていた。さっきまでのマイペースな態度はかけらもない。わなわなと震える肩が、噛みしめられた唇が、その内心の怒りを表していた。

「知りもしないくせにさ。あたしたちがどんな思いで『ワイルド・セブン』を結成したのか。秋也が人殺しの汚名を着せられてどんなに傷ついたか。知りもしないくせに、勝手なことばかり言わないでよ！」

人殺し、という言葉を聞いた瞬間、七原の瞳に深い悲しみの色が宿ったようだった。

「秋也……」

左海が歩み寄ろうとするのを、七原は首を振って制した。

「いいんだよ。俺は平気だ。……わかってくれとは言わない。言葉で説明すればすむことでもない。あの爆発テロを仕組んだのは僕たちじゃありません、そうやって説明すれば、家族を亡くした人たちは、心の痛みが晴れるか？　そんなことはない。それならそれで、心の痛みは絶対に残るはずだ。それは絶対に消えない傷なんだ。誰かがその責任をとらなければならないとしたら、それをすべきなのは、俺たち以外にない。――そうだろう？」

「そうね」

七原の問いかけに答えたのは、階下で見たあの狙撃手の女だった。女を見た晴哉の表情が一瞬明るくなり、また暗い霧に鎖《とざ》されたような顔に戻る。

「人々は絶対にあのことを許してくれない。心の傷が、あまりにも深すぎるから。そしてあたしたちは、あまりにも事件の中核に近くにいすぎた。今さら、そこから逃げるわけにはいかない。――秋也、あなたには辛い選択でしょうけど」

「ありがとう、サキ」

七原が頷いた。

「でも、俺は大丈夫だ。俺は戦い続けることができるよ。たとえ全世界の大人を敵に回したとしても。いつか、俺たちのような子供が、この国で腹の底から笑える日が来る、そう思えば、いくらだって辛いことには耐えることができるはずだ」

その瞬間、言葉とはうらはらに、七原はとても寂しそうな人間に見えた。

拓馬にはわかった。七原が、自分たちと同じ、帰るところを失った孤児だということが。

七原の言葉は少しも覚悟などではなかった。雪山で遭難し、救助される見込みさえなくなった登山者が、わずかに残ったチョコレートのかけらに祈りを託して命をつなごうとする、そんな頼りない望みだった。家を追い出され、帰るところを失った子供が、涙を隠して吹く口笛のような、精一杯の虚勢だった。

七原はカラシニコフを握った右手を振り上げた。

「聞いてくれ。この島にいるのは、みんなBRゲームの生き残りや、BR法に反対して家族を殺された生き残りばかりだ。俺も、そこにいるサキや、マキたちも。さっきまでここにいた、子供たちも。みんなおまえたちと同じだ。俺は、俺たちはおまえたちの敵なんかじゃない」

（じゃあ、俺たちはいったい誰と今まで闘ってきたというんだ！）

拓馬の胸の中にその問いがこだました。慎太郎が、秀悟が、俺の背中を押して前に進むようにしてくれたのは、いったい誰と戦うためだったんだ。黒澤が、名波が、城が、あんなにぼろぼろになるまで戦い続けて死んだのは、いったい何のためだったんだ。お前が敵でないとしたら、俺のこの体の中を駆けめぐる思いは、体の隅々まで焼き尽くそうとする炎のような思いは、誰にぶつけたらいいんだ。拓馬の目の奥に火花が散った。頭の後ろが痛み、鼻腔の奥に鉄の匂いが吹き上げてきた。

（全部無意味だったんだ）

みんなが死んだのは、本当に、全部無意味だった。そのことを認めるのが怖かった。だが頭の隅からじわじわと広がり出した考えは、やがて体全体へ染みわたっていった。

かくも無意味な死。俺の仲間たちは、無意味に死んだのだ——。

天窓からの陽射しが、明らかに弱くなっていた。冬の午後の太陽が、もう傾きつつある。

「教えてよ」

硬い響きの声で、シオリが訊ねた。七原がその顔を見つめる。

「あんたもBRゲームの生き残りなら、経験したんでしょう？　みんなが死んだのに、自分だけが生き残るってどんな気持ち？　小躍りするほど嬉しいの？　それともみんなが死んでいくのを見ているのは、哀しいものなの？　どういう気持ちで銃の引き金をひいて、仲間が死んでいくのを見ていたのよ」

その言葉を聞きながら、七原は目を閉じ、また開いた。

「さっき、階下でおまえは俺に銃を向けたな」

いきなり七原の右手首が翻り、カラシニコフから火花が放たれた。シオリが右手で抱えていたヘルメットが、銃撃にもぎ離されて宙を舞った。シオリはその場に凍りつく。

「銃は向けたら撃つ。生き残るというのは、ただその繰り返しだ」

「秋也！」

「てめえ、いきなり……」

飛びかかろうとする拓馬を制し、左海が床を指さした。床に転がったシオリのヘルメット。その一部が割れて、中から何かが覗いていた。

「これは——？」

小型のＣＣＤカメラ。

23

鼓膜を叩き続ける、断続的なエンジン音。はるか下には、紺碧の海原が広がっていた。吹き上げる風に煽られ、視界が揺れ続ける。太陽の照り返しが眩く網膜を焼く中、白い波頭がうねる滄海に目を凝らせば、そこに細く、長く、白い六本の航跡。この高さからでは、その先を進む小舟の形さえ判然としない。

――ご覧になれますでしょうか、大波に翻弄される六艘の小舟を。あの上に鹿之砦《しかのとりで》中学校三年B組の生徒たち四十人がいます。これから、彼らは闘いに行きます。これは、私たちの自由と平和を守る戦争なのです！

はるか前方に視線が転じられる。昇りくる朝日に照らされ、くっきりと浮かび上がる島影。二つの頂きが特徴的な、まるで昔の戦艦を思わせるフォルムだ。

突然、違う映像が割りこんできた。薄暗い部屋の中で撮影されたような映像。頭にバンダナを巻きつけた長髪の青年が、切れ長の双眸でこちらを射抜いてくる。両腕に抱えているのは、AK47カラシニコフ。唇をゆっくりと開き、そこから言葉を押し出してくる。

――……賽は投げられた。俺たちは、かつて俺たちを殺し合わせてきた、すべての大人を許さない！

右方から白いものが回転しながら飛び出してくる。文字だ。カタパルトで連射されたかのように飛び出してきた文字は、次々に停止し、一つの文字群を作り上げた。

『国際指名手配犯　七原秋也（18）』

カラシニコフを振り上げ、七原が叫ぶ。

――共に立て。そして共に闘おう。俺たちは今、すべての大人に宣戦布告する！

再び映像が切り替わった。ノイズの走る、がさついた映像。写っているのは、黒板を背にして立った男だ。目を剥《む》いたその顔が大写しになった。

――今日はみんなにちょっと、戦争してもらいます！

その言葉が途切れるか途切れないかのうちに画面いっぱいに爆煙が膨れ上がり、その中から、鋭角的なタッチで描かれた文字が飛び出してきた。絶叫するような、男の声。

『バトロワ・ファイト！』

カァンというゴングの音がそれに被さった。

ティンパニーを派手に利かせたマーチのような背景音楽が流れてきた。テレビ画面の中の映像は、その音楽に乗せられながら、一台のバスを映し続ける。見紛うはずもない。拓馬たちが拉致されるときに乗っていた、あのバスだ。

「なんじゃこりゃ……」

雅実が呆然と呟いた。

「さっきのアレは、こっちがネット上に流したやつをそのまま使ってたね」

と今給嶺。

「もう少し編集されるかと思ったんだけど」

「こっちの主張が明確に伝わった方が、対立概念が明確になるからだよ」

と頬杖をつきながらマキが言う。

「最初のうちは言いたいことを言わせておいて、視聴者にある程度共感させて、どこかでそれを引っくり返すつもりでしょ。反動で視聴者の気持ちは、なんとなくの共感から反感の方にいっきに振れるからね。きっと、あれを使うよ」

「あれか……」

一夜が明けた。島で迎える二日目の朝だ。希と理沙たちを除く七人は、寝袋を与えられ、七原と話をした大広間で睡眠をとるように命じられた。重傷の希は別室に寝かされ、理沙、今日子、麻由の三人が交代で看護をすることになった。

目が覚めてしばらく経ったとき、大広間の機材の中からマキが大きなモニターを出してきた。そして、ビデオデッキをそれにつなぎ、拓馬たちが予想もしなかった映像を映し出してみせたのだった。

「これはいったい、なに？」

遙が眉をひそめて訊ねる。心なしか、昨日よりも顔色がよくないようだ。

「昨日、あんたたち、早寝したでしょ?」

とマキが見当違いなことを言った。

「疲れたろうから無理もないけど、八時前には寝ちゃったじゃない。その後、八時から地上波で放映されてたの。新番組『バトロワ・ファイト』だってさ。『クリスマス・イヴ記念二時間スペシャル』」

そういえば今日は十二月二十五日、クリスマスだった。鹿之砦中学校の前庭で見た、下手くそな飾りつけのクリスマス・ツリー。あれを見たのが一昨日のことだということが、信じられなかった。

「新番組って」

「ここは海の上だけど、VHFの電波というものはだいたい隣の国くらいまでは届くからね」

突然画面が切り替わった。見慣れた風景。鹿之砦中学校のグラウンドだ。その上で駆けまわっているのは……。

「タク!」

なおが叫んだ。

ダッシュする拓馬の顔が大写しになった。ヘッドキャップの下から漏れ出す金髪。その目はまっすぐ前を見据え、何かを叫んでいる。

「いつの間にこんな」

「これは、俺たちの引退試合だ……」

「隠し撮りされてたのね。気づかなかった?」

「全然……」

やがて画面には、他のラグビー部員たちが次々に映し出されていった。

ボールを抱えて走るシオリ。

相手チームとモールに入る雅実と晴哉。

右手を振りまわして指示を送っている慎太郎。

こぼれんばかりの笑みを湛《たた》えてこちらに何かを叫んでいる秀悟と渉。

思いがけず慎太郎たちの顔を見て、呼吸が苦しくなった。胸がつまり、鼻の奥に塩辛い匂いがこみ上げてくる。画面の中の彼らは、明るく、はつらつとしていた。二日前までと同じように。間もなく自分たちが銃をとって闘う日が来るなどとは知る由もなく、精一杯に生きている——。

視界が曇り、画面をまともに見ていられなくなった。なおが気遣わしげな声をかけてくる。

「目を背けるなよ。最後まで見るんだ」

拓馬たちの後方に座っていた左海が、無情な言葉をかけてきた。

「奴らが、お前たちに何をしたのか。すべて見届けるんだ」

見慣れた生徒たちの顔が次々に画面に映し出された。そのほとんどが、すでにこの世にはいない。画面を見つめながら、みなが体を強ばらせているのがわかった。それはまるで永遠に続く拷問のような時間だった。


黒澤凌の顔が大写しになった。

シュヴァルツ・カッツの誰かと話しているのだろうか、大笑いしている。

「こいつ、こんな顔もできたのか」

祭壇のはじに腰掛けていた七原がぽつりと言った。

「いい笑顔だな」

その笑顔に亀裂が走った。間から黒い闇が染み出してくる。そこに、不安を煽るような音楽と、ナレーションが被さった。

「来たな」

今給嶺が低く呟く。

——……そして生徒の中には、世にも無残なやり方で家族を奪われてしまった者もあった。出席番号四番黒澤凌。彼は両親と幼い妹、家族全員をいっきに奪われてしまったのだ。七原秋也の引き起こした首都庁舎爆弾テロによって！

亀裂の間から噴出する火炎流。そのバックにビルの遠景が重ねられた。周囲を睥睨《へいげい》するかのようにそびえ立つ超高層ビル。その低層階部分が一瞬膨らみ、次の瞬間どす黒い煙が噴出した。続いてビルの上階から怒涛の勢いで炎が立ち上ってくる。

画面が切り替わった。崩壊するビルを背に、画面手前に向けて走ってくる人々の群れ。画面の隅に時刻表示が動き続けているのは、ハンディカメラで偶然撮影された映像だからなのだろうか。その走り続ける人々の後ろから、黒煙が押し寄せてきた。

再び違う画面。煙のくすぶる事故現場だ。雲霞のように消防車やパトカーが押し寄せ、遠巻きにして現場を見つめている。広大な敷地は黒々とした瓦礫の山に変わり、まだ処々から溶岩のような赤い炎が上がっている。それを見つめている幼い少女の横顔。

またナレーションが入った。

――このような非人道的な行いが許されてもいいのだろうか。いや、断じて許すべきではない。民主主義に敵対し、平和な生活を脅かす悪魔のようなテロリストを、断じて許してはならないのだ。そのために今、鹿之砦中学校三年B組の四十二人が戦いを挑む！

画面には続いてテロリストたちの顔と、名前、年齢が映し出された。再び画面に登場した七原秋也を筆頭に、左海貢、今給嶺聡、米内健吾、桜井サキ、早田真紀、風間総司……。

――彼ら七人は大胆不敵にも、『ワイルド・セブン』を自称している。野武士の襲撃から村を守った、『七人の侍』にでも自分を喩えたつもりなのだろうか。その間違った英雄気取りは、もちろん戦闘に巻き込まれる一般市民の感情を無視した、自分勝手な振る舞いである……。

「このセリフ書いた脚本家、きっと年寄りだな」

大男――米内がポツリと言って笑う。

「望月三起也くらい言っとけよ」

「それも旧いけどな」

「左海」七原が呼びかけた。

「どう思う?」

「よくできてるな」

左海が画面から目を離さずに答えた。

「民衆の敵、ってムード満点だわ。これをテレビで観たら、誰でもワイルド・セブンに反感を持つだろうな。少しでも手を貸そうなんて奇特な人間はいなくなるだろう」

「そうだね」

ライフルを担いだ女テロリスト——桜井サキが抑揚のない声で言う。

「全国民を敵に回したわ」

「ちきしょう!」

突如、真紀が激昂して叫んだ。

「なにが悪魔のようなテロリストよ! 自分たちが何をしているのか、十分承知しているくせに!」

七原が立ち上がって歩いてきた。

「覚悟はしていたが、正直こたえるな」

寂しそうに笑った。

「あの映像だけは、何べん見てもキッツいぜ」


テレビ画面の中では、ハイテンションのリキが、拓馬たちを送り出すところが映されていた。

それを見ながら、左海が真紀から左手で受け取ったものを前に突き出した。

拓馬たちのヘルメットだ。頭頂部が分解され、中から何かがはみ出している。

「思ったとおりだったよ。おまえたちのヘルメットには、すべて超小型のカメラが仕込まれていた。真紀によれば、首輪から電源が供給されていて、随時動画を撮影できるようになっていたそうだ。しかも、首輪から発信している電波に乗せて、その動画像を送ることもできる」

真紀が後を引き取った。

「たぶん、本部の方から、どのカメラを作動させるか、決めることもできたはずね。テレビとかであるじゃない『次、一カメ、パン』とかいって画面を切り替えるの。あれ。どうもおかしいと思ったのよ。三年前に比べて電池容量は飛躍的に増加しているはずなのに、電池が三日しか持たないというのは変。それも、通常の自爆機能に加えて、画像と音声の送受信システムが作動していたと考えれば、納得がいくわ」

歯を食いしばった。正体不明の熱いものが、胸の奥にこみ上げている。

「俺は頭が悪いからよくわからねえけどよ。――教えてくれよ。一体これはどういうことなんだよ?」

「俺も頭はよくねえ方だけどよ」

米内が肩をすくめて言った。

「なんとなくわかるぜ。おまえたちはアレだな。ものすごい規模のヤラセをやらされてたんだな」

「ヤラセ?」となおが怪訝そうな声を出す。

「そうだ」と左海。

「テレビでよくあったろう。素人を参加させてドキュメンタリーを撮って、出たとこまかせの偶然に頼った映像のように見せかけておきながら、じつは裏では台本がすべて書かれていた、ってやつ。その素人は感動しておいおい泣いて、テレビを見ている視聴者も思わずもらい泣き、っていう構図だが、じつを言えば制作者側の方じゃあ、そこまで全部計算済みってわけよ。もっともおまえたちの場合、人が死ぬのはまったくヤラセでもフェイクでもなんでもないわけだがな」

「ああっ! なんだよ、これ!」

画面に映し出されていたのは、治虫の情けない泣き顔だった。せっかく拾ってきた弾薬箱を開けたら、中から出てきたのはトイレットペーパーのロールだけ。そして紙に書かれた「ハズレ」の文字。

「うわっ、なっさけねえ顔」

思わず雅実が茶々を入れた。

「治虫、おまえやっぱ、いじめられっ子キャラやなあ」

「普通に考えたら、戦争の兵站《へいたん》補給に『アタリ』も『ハズレ』もあるはずがない」

「それじゃ、なんのために?」

「演出だろ? お茶の間の視聴者を飽きさせないためめの。ゲーム参加者があまりにも簡単に成功したらつまらないし、逆にまったく箸にも棒にもかからないような失敗をしても期待はずれじゃん。だから、こうやってところどころに遊びの要素を組み入れて、観ている人間を退屈させないようにしてるんだろうな」

画面は暗転していた。その黒い背景に、生き残った生徒たちの顔が次々に映し出され、『鹿之砦中学校の生徒たちの運命はいかに。最後まで生き残るのは誰か?』のテロップとともに番組は終了した。真紀がモニターの電源を切る。

左海がぼそぼそと続けた。

「だいたい、おまえたちの持っていたナビだっておかしいぞ。地雷原はともかく、なんで上空から丸見えのはずのポイントAのバリケードが情報に入っていない? あのナビを鵜呑みにしていたら、絶対にあそこで足止めを食って、狙い撃ちされちまう。まあ、おまえたちはなんとか突破したわけだけどな」

拓馬の全身を熱病のような震えが襲っていた。背中を冷や汗が流れていく。

(そんな、まさかそんなことがあり得るのか?)

「教えてくれ。いったい、何のためなんだ?」

「だから言ったろ、画面が単調になって視聴者が飽きるのを避けるため……」

左海が言いかけるのを遮って、拓馬は咆哮した。

「そうじゃねえ！　そもそもなんのために、俺たちにそんなことをやらせるんだ！」

「たぶん、初めから失敗させるためだろうな」

近づいてきた七原が口を挟《はさ》む。

「おまえたちは成功を期待されていなかったということだ。ダミーの兵站に、贋の軍事情報。最初からおまえたちは、失敗するように仕向けられていたんだよ」

「なぜだ！　なぜ成功しちゃいけない！　おまえを、七原秋也をぶっ殺せばゲームは終わる、俺たちはゲームに勝てる。奴はそう言ったんだぞ！」

激怒の奔流が頭から突き抜けていった。拓馬の剣幕に飲まれ、部屋中が沈黙している。

「つまらないからだろ」

やがてポツリと七原は言った。

「おまえたちが成功したら、ゲームはおしまいだ。だが、失敗したら……第二、第三のおまえたちを送りこむことができる。俺という、標的が死ぬまでは。あいつらには必要なんだよ。おまえたちみたいな、可哀想な犠牲者が。『ワイルド・セブン』という悪の組織の毒牙にかかって、惨めに死んでいく犠牲者が。そして俺たちという、憎むべき対象が」

「『ワイルド・セブン』こそ悪の温床。そう思いこんでたら、誰もBR法に疑問なんか感じないもんな」

左海が付け加えた。

「そんなことのために、俺たちは武器を持たされて戦場に連れてこられたのか。飯を食いながらテレビ番組を観ている連中を楽しませるために？」

「テレビって、おもしろいだろ？」

左海がすまなそうに言った。

「おもしろいし、スイッチを入れればただで誰でも楽しめる娯楽だから、それを観ていると無責任になっていくんだよ。あの番組を見終わった奴らもそうだ。きっと今ごろ学校や会社で噂しているぜ。『昨日のアレ、おもしろかったな。いったい誰が生き残るのかな。誰が生き残ってもいいけど、もっと派手にドンパチやってくれないかな』ってさ。そういう連中を楽しませるために、奴らはおまえたちにひどいことをしたんだよ。それが奴らのやり方なんだ」

「そんな、ひどい……」

なおがその場に崩れ折れた。

「明日香や、秀悟、渉、黒澤くんや他のみんな、みんなの死は一体なんだったの？　そんな、人を楽しませるための死なんて、そんな死に方に、どんな意味があるというの？」

「死に、意味なんかないんだよ」

サキが言葉を投げつけた。

「人は死んだら物になるだけだろ。死っていうのは、そういうものだよ。無意味なものなんだ」

（ふざけやがって……）

目の前に靄《もや》がかかった。今度ばかりはこらえきれない。熱いものがぽたぽたと両の眼から滴っていた。

拓馬だけではない。部屋に充満する呻き声は、耐えきれない哀しみに心を引き裂かれた、みなの悲しみの声だった。

もし涙が俺の血ならば。

すべて涸れ尽くすまで流れてくれ。

こんな人生、こんな世界にもう一秒たりとも生きていたくはない。今すぐ俺の体を引き裂き、すべての血を流し尽くしてくれ。

あわただしい足音が駆けこんできた。

「みんな来て！」

麻由の声だった。

「希が。希が……！」

その部屋は、清浄に掃き清められた小さな部屋だった。

部屋の片隅に置かれたマットレスの上に、鷺沢希が横たわっていた。その口元が朱に染まっている。マットレスのあちこちに、赤い斑点が散らばっていた。希の両手を取る理沙と今日子も、全身に返り血を浴びている。希は身をのけぞらせて悶え、苦しげにその身をくねらせるたびに、口から血の滴が吹き出した。

「希！　しっかりして、希！」

「理沙、怖い。あたし、怖いよ……」

「大丈夫だよ、希！　上を向いて、ちゃんと大きく息をして！　……お願い、息をしてェ！」

今日子の言葉が途切れ、後は嗚咽で口を開くこともできない。

拓馬はよろよろとしゃがみこみ、マットレスのそばににじり寄った。

「鷺沢……」

手を差し伸べた。だが、その拓馬の手がかすかに触れた途端、希は怪鳥のような絶叫を放って身をよじらせた。

「すまん……。すまん、すまん。ゴメン、鷺沢、俺どうすりゃいい？」

その声に、希の苦悶の声がふと途切れた。今日子が離した右手を、ふらふらと前に突き出す。

喘ぎながら、血の息を吐きながら、希は確かに言った。

「……生きて……」

「生きる？」

まだ視力が残っているのか、希の瞳はふらふらと室内をさまよった。

「……みんな生きて。あたしのこと忘れ……」

くぷっと音がして、希の口から血の泡が吹き出した。拓馬が握りしめる右手が、みるみる力を失っていく。

「……希！」

——もしあたしが死んでも、みんなにはずっとあたしのことを覚えていてほしいと思う……。

いつかの希の言葉が、拓馬の胸中をいつまでも去来していた。

十二月二十五日　一一一五時
【新たな死亡者】
女子六番　鷺沢希

残り十名

24

シオリは暗い部屋の中にいた。

ここがどこだかはわからない。鷺沢希が息を引き取った部屋から出て、ふらふらと歩いているうちに入りこんだ部屋だった。

壁ぎわにはなぜか、古ぼけたアップライトのピアノがあった。その横には籠に入った汚いぬいぐるみと、ガムテープで背を補強された絵本。「いっすんぼうし」「ももたろう」という文字が、そのガムテープの上から書き加えられていた。

蓋に手をかけ、開く。鍵盤は埋葬された人骨のように青光りがした。人差し指でいくつかの鍵を叩く。しんとした室内に、神経を逆なでするような音が響いた。

調律の狂っていない鍵が見つかるまで、次々に叩き続ける。いくつめかを試したとき、驚くほどに綺麗な音を保った鍵があった。そこを何度も叩く。

何かが鳴っている。

これは、携帯電話の呼び出し音だ。

携帯電話。そんな物この島には持ってこなかったはずなのに。

シオリは茫然とその音を追っていた。

接続音がした。沈黙が流れる。電話の向こうで、誰かの息遣い。

その誰かが話し始めた。聞き覚えのある、低い声だ。あえて感情を押し殺すように、抑揚のない声を絞り出している。

——シオリか？

——シオリだな？　俺、もう帰らないからな。

——いいか？　人のこと嫌いになるってことは、それなりの覚悟しろってことだからな。

違う声が割りこんできた。それまでの声とはまったく違う、若い女の声。

——もしあたしが死んでも、みんなにはあたしのことずっと忘れないでいてほしいと思う……。

また、男の声。

——やっぱ、俺、こうした方がいいよな？

女の声。

——みんな、生きて……。

シオリは目を見張った。携帯電話などない。今のシオリは手ぶらで、まったくの丸腰だった。死ぬ思いで射撃を習得した〇三式BR小銃も取り上げられて手元にはない。シオリは両手で自分の体を抱きかかえた。ほこりのうっすらと積った床に腰を下ろし、目を閉じる。

浮かんでくるのはただ、あの少女の絵だけだった。

窓の外で、何かがばら撒かれたような音。どんよりと暗い影が差してきた。

長い間扱っていれば、ライフルは自分の体の一部になる。最初の一滴が落ちてくるはるか前に、桜井サキは雨が降り出すことを察知していた。銃身の曇りがなんとなくそのことを教えてくれる。

風間は持ち場に上がって行ったきり、しばらくは戻りそうもない。狙撃チームを組んでいるサキと風間は、四時間交代で狙撃台からの監視を行っていた。おたがいに言葉を交わすことはほとんどない。そもそも、『アジアの夜明け』のアジトを出て以来、風間と会話をしたことさえ数えるほどしかなかった。風間との一生分の会話は、あの山小屋での訓練中に終わったという気もする。つまりそれが狙撃手になるということだった。

　機械的に手が動き、ドラグノフの解体整備を始める。オートマティック・ライフルの場合、いちばん気をつけなければならないのは弾薬を薬室に送りこむ遊底だ。ここに火薬滓《かす》が残れば弾づまりを起こす原因になりかねない。雨の湿気もまた火器にとっては敵だ。サキの手は、これまで何千回となく繰り返してきた作業をてきぱきとこなしていった。

　背後でじゃりっと砂を踏むような音がした。一瞬の躊躇もなく、サキの右手は傍らのカラシニコフを摑んだ。木製の銃床の代わりに、折りたたみ式の金属製銃把がついた、ＡＫＳ47モデルだ。右回転で体をひねり、戸口に銃口を突きつける。

　晴哉が立っていた。

「姉ちゃん」

　その目が赤く充血していた。今まで泣いていたのだろうかと思う。この子は本当に泣き虫だった。

（あの日、あたしが最後に家を出たとき、晴哉は泣いていただろうか）

　すでに思い出せなくなっていた。晴哉の顔も、父の表情も。長い間の逃亡生活のうちに、心を動揺させるものは意識に上らせない習慣が身についていたからだった。

「俺だよ。ずっと捜してた。まさかこんなところで会えるなんて」

　カラシニコフを下げた。セイフティー・コックがオフになっているのを確認し、再びセーム革を広げた床に置いた。工具を手に取り、戸口に背を向けてドラグノフの点検を再開する。晴哉は、中に入る許しが出ないことにとまどっているようだ。それでも戸口の付近から晴哉の気配は消えない。

「いきなり後ろから声をかけないものだ。戦場なら、その場で撃ち殺されていても文句は言えないよ」

「姉ちゃん。そんな、本当に軍人みたいな口を利くなんて、信じられないよ」

振り向かなくてもわかった。晴哉の表情は容易に想像できる。きっとあの、邪険にされて困った子犬のような顔をしているはずだ。なぜか意識に上るのは生き別れる直前の顔ではなく、まだ小学校に上がる前の晴哉の顔だった。

「知らないかもしれないけど、父さんは去年捕まって殺された。あの首都庁舎爆破テロの直後だったよ。父さんは姉ちゃんがいなくなってから、仕事を辞めてずっとBR法と戦ってたんだ。闘うといっても、その署名運動とか平和的な運動だけだったけど」

不意に言葉を切った。今のサキの境遇に思い至ったらしい。

「ごめん。でもある日警察が突然家に踏みこんできて、父さんを連れていったんだ。俺には、なんであんな平和主義者の父さんがひどい目に合わされるのか、少しもわからなかった。まさか姉ちゃんが、こんな、テロリストの仲間入りをしているとは思わなかったから。もう俺たち二人きりだ」

しっかりとグリースを塗りつけ、銃身を組み立てた。手に持って感じを確認しながら、背後に向けて声を投げつける。

「人違いだよ」

「……姉ちゃん?」

とまどったような声が返ってきた。

「あんたの知っている桜井サキという人間は、もうこの世にはいないから。桜井サキはね、ゲームに生き残った後、もう家に帰るつもりなんてなかったんだ。いや、帰れるはずがなかった。それまでに人を殺しすぎていた。何人か、家に連れ帰ってあんたにも会わせたことのある友人たち、それをみんな桜井サキは自分の手で殺したんだよ。一瞬たりとも躊躇なんかしなかった。自分が生き残るために、どうしても必要なことだったからね。それがBRゲームに勝つということなんだ。人間じゃなくなるんだよ。だから、あんたの知っている桜井サキという人間は、もうこの世にいないのさ」

長い沈黙の後、言葉が返ってきた。

「――もう、いない？」

そうだ。もういない。何度かの修羅場を潜り抜け、あのころの桜井サキは地上から姿を消した。

（あたしはもうあたしじゃない）

「忘れるんだよ、全部」

晴哉は黙って立っていた。やがて、ゆっくりと後じさりをし、もたれかかっていた戸口から離れて歩き出した。振り向いたサキの目に、一瞬だけ立ち去っていく彼の後姿が見えた。

「晴哉」

口には出さずに、一度だけそう呟いた。

久瀬遙は、肩で息をしながら歩き続けていた。頭の底がぐらぐらと揺れている。薄暗い廊下が、まるで永久に続く来世への通路のように思われた。いくら歩いても、どこにもたどり着けない。小学生のころに歩いた、あの州立公園の道のように、どこかで母親が声をかけ、戻るようにうながしてくれることもない。斃れるまで歩き続ける以外に遙のできることはないのだろう。

遙に残された時間は、もうあまりない。

気がついたら、あの大広間の部屋に戻っていた。足を踏み入れようとして、思いとどまった。

部屋の奥、大きな祭壇のようになったところに、歩誰かがうずくまっていた。遙は一瞬息がつまった。その人影がまとっているマントが、まるで死者にかけられるケープのように見えたからだ。祈りを捧げるように低く、ぬかづいている。その頭部に見覚えのあるバンダナがあった。

七原秋也だった。

そのことに気づいた途端、再び言われのない動揺が甦ってきた。拓馬や遙に向かい合っていたときの、あの剃刀のように鋭い雰囲気はどこにもなかった。幼く、小さかった。七原の姿は、まるで母親に許しを請う子供のようにさえ見えた。

無数の蠟燭が燃える祭壇の前で、七原は、あの銀色のカラシニコフを目の前に置き、祈りを捧げている。いや、祈りではない。右手に持った何かに語りかけているのだ。親指を動かし、それを弄んでいる。いや、慈しむように掌の上で温めているのだ。

「ノブ、川田、……みんな。俺、間違ってないよな? みんなに負けないよう、俺ちゃんと、闘えてるよな……?」

低い声で、七原は呟き続けている。

その姿が不意に霞んだ。膝から力が抜け、薄暗い室内が露光過多の写真のように白く薄れて見えた。戸口にもたれかかる。

「誰だ」

霞む視界の中で、おぼろげに見えた。祭壇の上で七原が立ち上がり、こちらを見据えていた。カラシニコフを右手に、こちらに視線を送る姿は、先ほどまでのはかなげな七原とは別人のようだった。

「何に、祈っていたの?」

努めて声が震えないように意識し、問いの言葉を発した。背筋に力をこめ、立ち直す。

「それは、祭壇なんでしょう?」

七原はその問いには答えない。

「仲間と一緒じゃなかったのか」

「もし、そこが祭壇なら、あたしにも祈らせてほしいの。あたし、小さいときに洗礼を受けて、クリスチャンだから……」

「勝手に祈ればいいさ。祈ることは誰にでもできる」

「ありがとう」

礼を言って、室内に入る。瓦礫を踏んで、祭壇に上がった。脇に退いた七原の顔を見ずにひざまずいた。祭壇といっても、何の聖像も飾られていない、素っ気ない台座だった。七原が、手に持った粗末な燭台を使って、無数の蠟燭の火を保っている。

掌を組み、目を閉じた。瞼の裏に浮かぶものたちに、次々に語りかけていく。最後に父と母の名を呼んだ。

「洗礼は、いくつのときに受けたんだ」

立ち上がると、七原に聞かれた。

「小学校一年生に上がる前に、父の仕事の関係で渡米したから、そのときに」

「そんな歳で信仰心があったのか？　親が勝手に受けさせたんだろう？」

「カソリックの堅信礼じゃないから」

遙は首を振る。

「一応、母親に聞かれて、自分の意思で牧師さんのところに行ったわ。そうしてよかったと思う。周りの子はみんなプロテスタントで、洗礼を受けていたから、その仲間になったという安心感もあった」

七原はカラシニコフを胸に抱いた。

「俺は、祈りを捧げられる相手を見出せたことがない。捧げられた祈りが天に届くということも信じられなかった。そんな高くまで届く前に、成層圏のあたりで消えて無くなってしまうような気がしていたよ」

「では、なぜ祭壇なんか作ったの？」

七原は目を閉じた。

「ある人が言っていた。この国には二百年以上もの間外国との国交を閉ざした鎖国時代があったというが、そんな長くの間、人々は海の向こうへの憧れを隠さないでいられたのだろうか、とね。それまで竜骨も無いような小さな帆船で赤道近くまで航海していたこの国の船乗りたちが、大海原への憧れを捨てることができただろうか。たとえ時の権力に刃向かうことになったとしても、たとえ後ろ盾が無かったとしても、航海に出なかったはずはないだろう。俺もその言葉は真実だと思う」

遙は七原の穏やかな表情を見ながら、窓の外に視線を転じた。いつの間にか、雨が降り出していた。ほこりで薄汚れた窓ガラスの向こうに、激しい雨足が見える。

「この島は、昔、キリシタンが隠れ住んでいた場所なんだ。国の政策でイエス・キリストを信じることを禁じられた人々が、絶海の孤島に集まって、密かに信仰の糸をつなぎ続けた場所だそうだよ。その人たちも、きっと、海の向こうを見ながら、自由に自分たちの神を信じられる場所へ行くことを夢見ただろうな」

「その人たちがいた島だから、この祭壇を作ったの?」

その言葉には答えず、七原は遙の顔を見つめ、言った。

「——顔色が悪いな」

「え?」

「悪い汗もかいているだろう。具合が悪いんじゃないのか? ここには医療設備はない。もし疲れたなら、ゆっくり体を休めてくれ」

切れ長の瞳が遙を見返していた。遙は言葉もなく頷く。

雨音。強い雨足。

降りそそぐ雨が大地をうがつ音。膝を抱えて座りこむ拓馬の耳朶《じだ》に、その響きが休みなく響いてきた。

鼻腔をくすぐるような、甘い薫り。

これは。

いつもあの人が着けていた香水の薫り——。

拓馬は追憶の中にいた。忘れもしない、あの日の思い出。

細かな震動が尻の下から伝わってくる。気づけば、甘い薫りの中に、かすかに不快な臭いが混じりこんでいた。

バタンと背後で音がした。拓馬の左奥でドアが開いた。あの人が、開いたドアから顔を覗かせ、車内の拓馬を見つめていた。

——さ、準備ができたわ。拓馬、降りて。

拓馬はその人の顔を、母の顔をまじまじと見つめていた。いつもと変わらない、歳不相応に若々しく化粧をした顔。その母が、ドアの向こうで待っていた。

座席の上を伝って、ドアの外に足を踏み出す。

母は、後部座席のドアを片手で押さえ、もう一方の手で傘を高く差し上げていた。拓馬が地面に降り立つと、その手が動いて拓馬に傘を握らせた。

ぽんぽん、と肩が叩かれる。

——大丈夫、大丈夫。拓馬は少しもおかしくない。この学校にしばらくいてみんなと仲良くしていれば、きっとよくなるわ。みんなあなたと同じような子たちばかりだから……。

あなたと同じような子。

その言葉に秘められたニュアンスが、拓馬に顔を上げさせた。目の前の母の顔をじっと見つめる。なぜか、それに応えることをせず、拓馬の母と名乗る人は、今息子が出てきた車内へと姿を消した。

——必ず迎えにくるからね……。

ドアが閉まり、窓ガラスが閉じられた。

——すいません、車出してください。

小さく声が聞こえ、車は突然走り出した。

窓ガラスの中の顔が振り向くことは一度もなかった。

拓馬は振り向いた。背後の門柱に、『町立鹿之砦中学校』という文字が見えた。

肩を打つ雨の冷たさに気づき、手にしていた傘を差し上げた。暗い空の中に、明るく花が咲いていた。

あの人らしい、華やかな傘だった。こんな場所で差されるよりは、ウィンドウ・ショッピングのお供にでもされるのがふさわしい。こんな場所で、息子を捨てに来た場所で、差されるよりは。

その花が不意に深紅の薔薇に変わった。

飛び散る薔薇の花びら。

いや、花びらではない。あれは血だ。

鷺沢希の体から生命を搾り取った、深紅の血。

肩の上に温かみを感じた。誰かの腕、拓馬に温かみを教えてくれる、誰かの腕。


なおだ。

顔を上げると、気遣わしげな色を浮かべた双眸が見返していた。拓馬の視線を受けとめ、口元に笑みを浮かべる。

「急に出て行ってしまうから、心配したよ。タクがきっとまた自分を責めてるんだろうな、と思って。ダメだよ。あれは事故だったんだから。弾は確かにタクの銃から出たかもしれない。でもあの場じゃ、誰がタクの代わりになっても、誰が希の代わりになっても、おかしくはなかったんだから。希だって、そのことをよくわかってるから、最後にあんなことを言ったんだよ」

肩を揺らされた。

「ね、元気出さなきゃ」

「おまえに何がわかるんだよ。俺のせいで、人が一人死んじまったんだぞ。その命を奪った銃の引き金は俺が引いたんだ。そのことを忘れろっていうのかよ」

「そうは言ってないよ。ただ、タクにその責任はないって、そう言っているの」

「責任がないわけねえだろう！　俺があいつを殺したんだ……なおに、何がわかるってんだよ……なおは何もしてねえじゃねえか……」

「そんなことはないよ」

その声の硬い感じが、拓馬を振り向かせた。なおが見たこともないような表情をして見つめている。それは、力強くもあったが同時に脆くも思える表情、不用意に手を触れれば崩れてしまいそうな、はかなげな表情だった。

「タクがそう言うなら、あたしだって罪を背負ってる。あたしを助けてくれた秀悟、あたしたちの身代わりになって死んでいった慎太郎、あたしたちを爆発に巻きこむのを避けて飛び出した結子、あたしたちの代わりに怒りを燃やして死んでしまった黒澤くん、みんなあたしたちの身代わりなんじゃない。もしタクが希の死に責任を感じるというなら、あたしたち、生き残ったあたしたちみんなが、死んでいった人たちに責任を感じるべきなんだよ。だから希が言ったんじゃない。『忘れないで』って」

「なお……」

「タクはズルいよ。弱虫だよ。いちばん辛いことから目を背けて。本当にあたしたちがしなければいけないことは、死んでしまったみんなの分まで生き残って、みんなのことをいつまでも忘れずにいてあげることなんだよ？　それをするまで、あたしたちが死ぬことなんていけないんだよ」

その瞳が潤む。

拓馬は知っていた。なおは、親戚にもてあまされて鹿之砦に送られると決まったときも、決して泣かなかった。鹿之砦の家族との面会日は日曜日だが、その日になっても面会者がやって来ない生徒は多かった。拓馬がその一人だったし、なおもそうだった。

だが、なおはそのことで涙を見せたことが一度もない。いつでも笑って、

「今こうしている、この学校のみんながあたしの家族だから」

と言っていたのだ。

「ごめん……」

拓馬の口から転がり出た謝罪の言葉に、なおは笑みを漏らして首を振った。膝を抱えて顔をそこに埋める。

「みんな、いつかは消えてなくなってしまうんだね。家族も、友達も……。でもなおはいつまでもそばにいるよ。何もできないけど、きっと……」

「なお……」

「エヘン、エヘン」

背後から咳払いが聞こえた。急いで向き直る。戸口に人影があった。

「久瀬」

「遙！」

遙は申し訳なげに微笑んで室内に入ってくる。拓馬たちと向かい合った場所に腰を下ろした。

「ごめんね。通りかかったら、偶然二人が話しているの聞こえちゃってさ。何食わぬ顔して通り過ぎようと思ったんだけど……」

「い、いいのよ」

「お邪魔虫で申し訳ない」

ペコリと頭を下げた。

「あたしね、ずっと小学校までボストンにいたじゃない。だから向こうでシェル・ショックになってしまった人のこと、だいぶ見たんだ」

「シェル・ショック……？」

聞き返す拓馬に、

「戦場後遺症って訳すのかな。湾岸戦争なんかでアメリカは勝利したけど、それでも末端の兵士たちは、

深い心の傷を負ったのよね。特に戦死した友人を持っている人なんかは、どうして自分だけが生き残ったんだろうって自責の念に駆られるようになって、専門的なケアが必要だって言われるようになったの。あたしは向こうにいたとき、子供だったけど、それでもそういう人たちが何か心に傷を持っているんだろうってことはわかったわ。だって、とても昏《くら》い目をしていたから。それを思えば、拓馬の気持ちもわかるよ。ただ、それはすぐに癒えるような心の問題じゃない。ずっと長い時間をかけて治さないといけないような問題だから……」

　不意に気づいた。遙に拓馬と呼びかけられるのは始めてだった。

「そういえば、久瀬がそんなに話すの、初めて聞いたな」

　言うと、遙は微笑んだ。

「皮肉だね」

「何が？」

「あたしね、いつか拓馬と二人っきりで話したいと思ってたの。やっと願いが叶ったと思ったら、コレだよ」

　華奢な肩をすくめる。なおが赤くなり、あたふたと立ち上がろうとした。

「あ、ごめんごめん。そういうつもりじゃないの。拓馬さ、ずっと、あたしが見てたの知ってた？　ラグビーの試合とか、いつもこっそり見に行ってたんだよ。ま、気づくわけないと思うけどね」

　悪戯っぽく笑うと、遙は立ち上がった。

「これ、いわゆる告《コク》るってやつ。しかも彼女が横にいるときに。あたしって空気が読めないバカだよね」

　カラカラと笑い、なおの方を向いてペコリと頭を下げた。

「ゴメンね、なお。だいたい、こんなときに急に言われても困るよね。でも、いつかきっと言える日が来ると思ってた。あたしうらやましかったんだ、あなたたちのこと。ラグビー部のみんな、いつも楽しそうな仲間だな、って思って見ていたから。もし生きて帰れたら……あたしも入れてくれる？　あなたたちの、仲間に」

なおが急いで立ち上がった。

「もちろんよ」

「当たり前だ」

「よかった。じゃ、手握って約束して。この島に来たとき、あたし別にいつ死んでもいいって思っていた。けど今は、考えが変わったかも。死にたくない。生き残って、あなたたちと一緒に思いっきり笑いたいな」

なおがその手を握り、続いて拓馬が右手を差し出した。遙の手は、ひやりとするほどに冷たかった。驚いて顔を上げた拓馬に、もう一度遙が微笑みかけた。

25

肩を叩かれて振り向いた。雅実と治虫だった。

「どうした？」

「うん……」

言い淀んでいる治虫に、声を荒げてしまう。

「なんだよ。用があるから呼びに来たんだろうが」

「拓馬あのな……」

雅実が口を開いた。これがあの雅実かと思うほどに鈍重な口調だった。

「むちゃくちゃ言いにくいんやけど、俺はそうするしかないんちゃうかと思うねん。もちろん、拓馬にも相談してから決めた方がええとは思ったんやけど……」

「さっぱりわけわかんねえ」

なおが拓馬の袖を引いた。雅実たちの肩越しに向こうを指さす。今給嶺というテロリストともう一人長身の男——確かビデオで風間と呼ばれていた——が、こちらを見ていた。

「ええい、俺から言うわ」意を決したように治虫が口調を変える。肩越しに今給嶺たちを指さして、「じつはな、あいつらが死んだ仲間を今夜火葬にするって言うんや」

「ああ、すればいいだろ」

「それでな……そのなあ」

雅実の顔色を見てはっとした。

「まさか」

「そやねん。死んでいった俺たちの仲間も、一緒に火葬にしてもらったらどうか、と思うんよ」

「馬鹿なことを言うなよ。俺たちの仲間を殺した連中の死体と一緒に、俺たちの仲間を燃やそうっていうのか？」

両腕を伸ばし、雅実の胸倉を摑んだ。

「なあ、雅実。秀悟を、渉を、明日香を殺したのは誰だよ？ 黒澤や前薗や、城たちが死んでいったのは、誰のせいなんだ？ そんな連中と一緒の葬式なんか、許せるわけがねえだろう！」

拳に力がこもる。喉を締め上げられた雅実の顔が、みるみるうちに紅潮していった。

「で、でもなあ……」

「でもも、糞もあるかよ！」

「じゃあ、拓馬はみんなの葬式を出さなくてもいいのかよ！」

傍らの治虫が、必死に声を振り絞る。その声に気圧されて、腕の力が緩んだ。雅実がさっと身を引いて、喉をさする。

「ここでみんなの葬式を出さないと、葬式なんて出してやれないかもしれないいんだよ？　僕たち、この後どうなっちまうのかもわからないんだから……」

治虫はうつむき、ポツリと付け加えた。

「もう、元いた場所には戻れないのかもしれない」

なおが、はっと息を飲む。

そうだった。今日という日が終わって明日の太陽が昇れば、ゲームの期限の三日目が来る。このまま七原を殺すこともできずにその三日目が終われば、拓馬たちはどうなるのか？

すでに首輪はない。だが、その首輪よりも重く、刺々しいものが拓馬たち一人一人の首枷となっていた。それがある限り、拓馬たちに自由が与えられることはない。

BR法。

任務を果たせずに生還した拓馬たちを待つものは、いったい何なのか。

「それにな」声をしゃがらせた雅実が言う。

「無事に本土に帰れたとして、俺たちが無事に許されたとして、鹿之砦中学校に無事に戻れたとしてや、みんなはそういう葬式を出してもらうことを喜ぶやろか？」

「みんなが……」

雅実の言いたいことはわかっていた。自分たちに武器を持たせ、自分たちをこの島に送りこみ、自分たちに人を殺すように命じた連中。その連中の手によって執り行われる葬儀にいったい何の意味があるのだろうか。

葬式。誰もが泣くだろう。若い身空で死んでいった生徒たちが可哀想だと言って泣くだろう。葬式で笑う奴はいない。誰もが泣き真似をするだろう。しかし本当に涙を流すのは誰だ。

本当にその死を哀しまなければならないのは誰だ。

「拓馬、俺は嫌なんや。あの嘘っぱちの、偽善者だらけの大人たちが、みんなの葬式を出すというんが……」

雅実の目尻に涙が溜まっていた。

その顔を睨みつけ、拓馬は駆け出した。

ほこりだらけの通廊を突き抜け、大広間に飛びこんだ。すでに広間の扉は失われていたが、もしそこに扉があったとしたら、その扉を蹴り破って部屋に駆けこんでいたに違いない。

もう何もかもが糞食らえだった。

ぐずぐずと考えることがひどく億劫だった。

嘘ばっかりの大人ども。

人殺しのテロリストども。

七原秋也。

大人はみな、子供だ子供だと俺たちを押さえつけるくせに、俺たちに勝手に何かを背負わせようとする。頭ごなしの説教と嘘くさいの忠告の真ん中で、言いたいことも言えないのは俺たちだ。何も言えない胸の中で言葉の塊が腐り、汚物となって漏れ出していく。

大人ども。

テロリストども。

七原秋也。

(七原秋也!)

その七原は、一人祭壇の前にひざまずいていた。安置されていた亡骸もすでに運び出されている。今わかった。祭壇に点されている無数の蠟燭は、死者たちの魂を悼む灯りなのだ。

拓馬の足音を聞きつけたのか、七原が立ち上がり、ゆっくりと向き直った。その顔に言葉をぶつけた。

「また一人仲間が死んだ。安心しなよ。あんたの部下に殺されたわけじゃない。俺が殺しちまったんだ。俺が、俺が銃を暴発させて、希を撃っちまったんだよ！　この島に来てから、俺は一人のテロリストだって殺すことができなかった。ただ一人殺せたのが、……自分の仲間だ！　おかしいだろう！」

挑むように言葉を叩きつけた。七原の切れ長の目をじっと睨む。その目が拓馬の言葉を待っていた。

「これから俺たちは、どうすればいい？」

そうだ。どうすればいい？　親に捨てられ、帰る家もなく、唯一の拠り所だった学校にも、もはや戻れなくなった俺たち。子供のままでいることも、大人になることも許されない俺たち。俺たちの進むべき道はいったいどこにある？

「なんとか言えよ！」

七原の両の唇が開き、言葉を吐き出した。

「答えはない。自分で探すんだ」

その唇めがけ、渾身の力をこめて拳を叩きこんだ。よろける七原の首を捕まえ、締め上げる。二人分の体重が七原の足にかかり、二人は床の瓦礫の上に倒れこんだ。後頭部と背中を強打した七原の口から、しゅうっと息が漏れる。その息をさらに絞り出そうとして、七原の襟首をねじ上げた。拓馬の口からは、滝壷めがけて落ちる水のように言葉がほとばしっていく。

「始めからどこにもねぇんだ、俺たちには行き場所なんか！　そんなのわかってたよ！　戻れる場所だってなかったんだ！　俺たちは捨て犬だよ！　俺たちが行くべきだったところは鹿之砦なんかじゃねえ、保健所に送られるべきだったんだ！　俺たち……俺たち！」

四方から腕が伸びてきた。一本の腕が拓馬の首をからめ取り、ぐいぐいと力を籠めてくる。他の何本かの腕が、七原の首にかかった拓馬の指を振りほどこうとしていた。

離すもんか。

「くそっ、くそっ、くそっ！　犬なら何をしてもいいのかよ。石を投げつけて、なぶり殺しにしてもいいっていうのかよ！　てめえらはみんな同じだ……、嘘つき野郎どもだよ！」

不意に全身に力が入らなくなった。首筋から脱力感が広がっていく。両手の指が摑んでいたものを離した。

「貴様！」

うざったかった。何もかもすべて、俺たちを押さえつけようとする、ねじ伏せようとするすべて。大切なものはすべて取り上げようとするあいつら。

「うるせえええええええええええええええ！」

視界の隅になおたちの姿が見えた。戸口に立ち、心配げに胸に手をあてているなお。その周辺にはテロリストたちが敵意をむき出しにして殺到していた。

広間の中央に突っ伏していた七原が、ごろんと上体を仰向けになった。左腕を杖にして、ゆっくりと上体を起こす。口元には血が滲んでいた。両の目が拓馬を射すくめる。その目に向け、もう一度挑むように言葉を投げつけた。

「わかったよ。……これが戦争なんだろ？　おまえら一生懸命戦ってんだろ？　嘘っぱちの大人どもに負けないようによ。でも、それだって全部奇麗ごとじゃねえか」

祭壇に向けて手を振る。

「死んだ奴らはみんな蠟燭か？　あんな小さな子供まで、闘いに巻きこもうっていうのかよ！　おまえらだって大人と同じじゃねえか！　頭ごなしに押さえつける、力があればそれでいいと思っている、おまえたちと大人どもと、どう違うっていうんだよ」

「ひどい！」

七原が手を上げて、金切り声を上げようとした真紀を制した。その手で口元の血を拭い、立ち上がる。膝が一、二回よろめいたが、駆け寄ろうとした仲間を再び手で制した。

「戦争なんて早く終わってしまえばいいのにな」

口を開いた。拓馬の顔に向けられた視線は、さっきまでとは違い、寂しそうなものに変わっていた。初めて話をしたとき、まるで捨て子のようだと思ったときと同じ色。

「俺はずっと考えていた。どうしたら死んでいった奴らに答えられる?」

その問いは拓馬に向けて発せられたものではなかった。周囲の誰に対してでもない。七原自身に向けてのものでもない。問いは、暗い室内の空気にまぎれて消えていった。

「わからない。だけど、人はいつの間にか大人になる。生きている俺たちに今できること。それは、死んでいった奴らを忘れないことだ。大人になってもずっと、忘れないことだ。そして、失われたその人生を背負い、ずっと生き続けることだ」

不意に七原は言葉を切った。尻ポケットから何かを取り出す。真鍮製のスキットルだ。七原はそのキャップをひねって開け、短く一回あおった。口中の液体を嚥下する間閉じていた眼を開き、微笑みを浮かべた。

「真紀、始めようか」

「オッケー」

壁際にいた真紀が七原の言葉に頷いた。計器類の置いてある部屋の隅に行こうとして、ふと思い直したような顔になり、たたたと部屋の中央へ駆けてきた。

ぱちん。

拓馬の頬が鳴った。その頬を打った右手をひらひらとさせて、馬鹿にしたような顔で言う。

「ガキ!」

もうすでに陽は西側に大きく傾き、夕闇が忍び寄っている。だが、部屋のどこからか、弱い光が差しこんできていた。ほのかに甘い香りが鼻をくすぐる。

さっきまで激しく窓を叩いていた雨足は、いつの間にかどこかへと去っていた。

部屋の中央に立つ七原秋也の背後に長い影が伸びていた。そんなに強い日差しでもないのに、七原は眩しいとでもいうように目を細めている。その背後でテロリストたちが走りまわり、何ごとかの準備を進めていた。

大広間に、みなが集まってきていた。なおやシオリ、今日子たちに、テロリストたち。そして、拓馬がちらりと見かけただけの子供たちも連れてこられていた。改めて、彼らが幼いことに驚く。

子供たちの中から、一人の少年が歩み出てきた。昨日七原と言葉を交わしていた仁という少年だ。七原の足元に寄り添う。

「秋也」

窓の外を眺めていた七原が、その声に応えてうつむいた。

「仁か。みんな、来ているか?」

「うん、これから、何をやるの?」

七原はその顔に微笑みかけた。

「聞いていてくれ。仁は今いくつになったっけ?」

「十歳だ」

「十歳なら、きっともうわかるな。今から俺が話すことは、世界中の仁と同じ子供たちに向けたメッセージだ」

「俺にわかるかな」

「仁ならきっとわかるよ」

七原は仁の頭を撫ぜた。

「真紀、こっちがコントロールを奪えるのはどのくらいだ?」

左海が七原の背後に戦旗のようなものを広げていた。その問いに、計器類を睨みながら真紀が答える。

「できる限りのリモホをリストアップしてみたけど、いいとこ五分というところかしら。気づかれてサーバを落とされたらその時点でそこはアウトね」

米内がいかつい顔をほころばした。

「五分あったら十分だろ。なあ、秋也」

七原が頷く。今給嶺がその七原の眼前に、ビデオカメラを据えつけている。カメラの背部からはコードが延び、真紀のいじる計器に接続されていた。カメラの脇に赤い灯がともり、今給嶺が頷く。

「準備できたぞ——やるか?」

七原が再び頷き、カメラを見据えた。拓馬はようやくこの場で行われていることを理解した。テロリストたちは、再び何かを訴えかけようとしていた。おそらくは世界中の人々に向けて。世界中の拓馬たちと同じ、子供たちに向けて。

真紀が叫んだ。

「行くよ! 全世界に向けて海賊放送だ!」

さざなみのような話し声が消え、部屋に静寂が漂った。七原がゆっくりと口を開く。

「……一体どれだけの血が流されただろう? どれだけの涙が流されただろう? 一緒に戦った大勢の仲間たちはみんな、この三年間で殺されてしまった」

食い入るような視線を浴びながら、七原は言葉を接いでいく。その声以外に聞こえるのは、真紀が計器の向こうでキーボードを叩き続けている音だけだ。息をすることも忘れ、みなが七原を見守っていた。

「この三年間の戦いは、一見俺たちの敗北に終わったかに見えるはずだ。何が変わった? 奴らはそう言うだろう。おまえたちがそうやってあがいても、結局世界は変わらず、日が沈み、また日が昇る。結局いつもと変わらない日々が繰り返されるだけだった、と。確かにそう見えるかもしれない。だが、考えてみてほしい。本当の勝者はどこにいる? 本当の敗者はどこにいる? いや、そもそもこの闘いに歴然とした勝者などいるのだろうか」

その頬に微かな笑みが上った。

「俺たちを敵として憎む者は、己こそが絶対の正義だと自称する。いいだろう、正義は奴らの側にある。しかし、世界から正義が滅びないように、俺たち悪とされるテロリストもまた決して滅びることはないだろう。俺たちは知っている。一握りの国が、一握りの大人が、世界中の自由や平和を勝手に決めていることを。でも俺たちが生きるこの世界は決して一つなんかじゃない。そこにはあたりまえに生きる六十三億の人間がいて、六十三億の暮らしがあり、六十三億の平和、六十三億の正義、六十三億の戦争と悪がある！　もし人が、その歴史から目をそらし、忘れてしまうなら、そんな平和なんか、犬の糞だ！」

ぼんやりとその言葉を聞きながら、拓馬はその場に立ち尽くしていた。

七原が語りかけるビデオカメラの向こうには、いったいどんな人々がいるのだろうか。テロリストの所業を怒り、身悶えする人か。それとも、心からの喝采を送る人か。もしかすると、テレビ画面の中で惨めに死んでいった拓馬の仲間たちを見ながらのんきに飯を食っていた、屑のような大人たちなのかもしれなかった。そんな連中に向けて、七原は精一杯の闘いをしていた。届かないかもしれない言葉を、全身全霊を賭けて送り出そうとしていた。

七原の背後に、ぼんやりとした影が見えた。それは、死んでいった仲間たちだった。

拓馬たちの良心に代わって闘いを拒み、死んでいった慎太郎。

みなを爆風に巻きこまないように、孤独な死を選んだ秀悟。

最後まで憎悪の炎を燃やし続けた、黒澤凌とシュヴァルツ・カッツのメンバーたち。

そしてぼろぼろになって死んでいったその他の生徒たち。

彼らの亡霊は室内に漂い、七原の言葉に聞き入っていた。その顔は一様に厳しい。まるで七原の言い分を審議するかのように、眉根に疑問符をはりつかせた不機嫌な表情で、耳を澄ませていた。

その中には、拓馬の知らない顔も混じっているような気がした。拓馬と同じような迷彩服に身を包み、全身に返り血を浴びた見知らぬ亡霊たち。彼らはきっと、BRゲームで命を落とした無数の犠牲者たちなのだろう。その口元が物言いたげに緩んでいた。

彼らはみな、未完成なまま死んでいった人間たちだ。楽しいことは少なく、辛いことばかりを多く経験して未練を残したまま死んでいった子供たち。

拓馬には見えた。彼らの胸の中に、語らないままに残された言葉の塊が黒々と変色してわだかまっていることを。断末魔の時間が短かすぎ、吐き出すことができなかった言葉が、彼らを永遠にこの大地につなぎとめているのだった。彼らは待っているのだった。自分たちの代わりに、その言葉が七原秋也の口から発せられるのを。

すでに短い冬の陽は翳り、七原の姿も薄暮の中に包み込まれつつあった。生者と死者が、ひとかたまりになりながら固唾を飲んで七原秋也の言葉を待っている。

「世界中で孤独に戦う子供たち。君たちは一人かもしれない。でも一人を恐れるのはもうやめよう。世界中で見捨てられた子供たち、共に立て。そして共に戦おう。世界は一握りの大人たちのためにあるのではない。君たちのものだ。その未来を奪い返すため、俺たちは闘い続ける。すべての大人を敵に回しても。武器を持て。そして欺瞞に満ちたこの世界に、怒りの銃弾を送り込め」

銀色のカラシニコフを握りしめ、七原はひときわ大きく声を放った。

「俺たちは今、旧い靴を脱ぎ捨てて、ここではないどこかへと歩き出す。俺たちから自由を奪い、抑えつけてきたすべての大人に向けて、今夜このメッセージを送ります。メリー・クリスマス。テロリスト宣言。『ワイルド・セブン』、七原秋也」

ビデオカメラの赤い灯が消えると同時に、部屋中にひしめいていた亡霊たちの姿も消えた。拓馬が溜めこんでいた息を解き放とうとしたその瞬間。

部屋中に轟然と笑い声が巻き起こった。テロリストたちが、一斉に破顔している。左海が、今給嶺が、真紀が、サキが、あの仏頂面の米内までが顔を綻《ほころ》ばせていた。うつむいた七原もぶるぶると肩を震わせていたが、やがて宙を仰いでその笑いの渦に加わった。

左海が歩み寄ってその肩をどやしつける。

「言っちまったな！」

「ああ……言っちまった！　糞くらえ！」

笑いの発作に襲われながら、七原も楽しげに言い放った。

突如、窓の外から耳をつんざくような爆音が響いてきた。窓ガラスにびりびりと波が走り、部屋中が震動する。

――秋也、海を見てみろ！

誰かのレシーバーから、無線の声が飛んできた。

――奴ら、今のを聞いたらしいぜ。

真紀が窓辺に駆け寄り、壊れかけたガラス窓を開け放った。

海の向こう、はるかに山影が見える辺りに、光の奔流が渦巻いていた。赤や黄色、尾を引く白光が空に駆け上り、次々に消えていく。絶え間なく続く、ぱんぱんという炸裂音が、黒い海上を埋め尽くし、海面を泡立てんばかりにしていた。

「砲撃……？」

「いや、あれは……花火だ！」

まるで地中から溶岩が噴出すかのごとく、光と音の奔流が夜空に向けて打ち上げられていた。むしろ楽しげに。大いにその行為を見せつけていた。まるで嘲笑のようだった。天に渦を巻く光が、七原たちの覚悟をせせら笑っていた。己の力を誇示して、七原たちの無力さを見せつけていた。

光に顔面を照らされながら、七原が呟いた。

「メリー・クリスマス」

拓馬は気がついた。部屋から姿を消したはずの亡霊たちが、再び戻ってきていた。今、その顔に浮かんでいる表情は、楽しげな笑みだった。

26

高々と組み上げられた廃材に油がかけられ、火種が投じられた。しゅっと火花が走り、それが大きな炎となって木組み全体に這いまわる。ぱちぱちと薪がはぜ、四囲に熱風が吹いてくる。十二月の凛とした夜気が、熱を帯び始めた。

炎から吹きつけてくる風に髪をなぶられながら、拓馬はじっと立ち続けていた。

そこは、あの炭鉱跡だった。テロリストたちの迫撃弾を受け、秀悟たちが命を落とした場所だ。その爪痕が今もそこかしこの地面に残されていた。周囲の廃屋には、黒々と弾痕の跡が刻まれている。赤々とした炎が、それらをぼんやりと照らし出していた。

拓馬の眼前には、大きく燃える炎と、その炎に向かって立ち尽くす人々の影が浮かび上がっている。テロリストも、鹿之砦の生徒たちも、交じり合い、無言で炎を見つめていた。

薪の焦げる匂いに混じり、明らかな異臭が漂ってきた。身じろぎもせずに、それを受けとめる。目の前の人々が、誰からともなく頭を垂れ、祈りを捧げ始めた。

肩が叩かれる。

振り向いた顔の前に、あの真鍮製のスキットルが突きつけられた。その後ろに七原秋也の顔。

「飲むか?」

無言で手を振ってそれを断った。七原は右手を戻し、また一口中身をあおる。

離れた場所に腰掛けていた今給嶺が、低い声でなにかの歌を口ずさんでいた。拓馬の知らない言葉、拓馬の知らない旋律の歌。何という歌かも知らないのに、それが死者を悼む歌であることが瞬間的に理解できた。抑揚のない、呟くような調べの歌だ。

「聞いてくれ」

炎を背にして左海が振り向いた。

「さっきの砲撃。あれは間違いなく最後通牒だ。俺たちはさっき奴らに対し、改めて宣戦布告した。その答えがあれだろう」

「奴ら、相当頭にきたみたいだな」

米内が炎から目を離さずに言う。左海は頷いた。

「これまでどういう意図があって奴らが俺たちを放置していたか。そしてなぜ正面攻撃をかける気になったか。その思惑はどうでもいい。大事なのは、奴らがついに本気になったということだ。おそらく明日の朝、総攻撃が来る」

左海の喉がひくひくと動いた。

「俺たちを道化役にして、正義と悪の手垢がついた紙芝居をするのに、もう飽きた、ということだ。俺たちの利用価値はもう終わったということだろう。さっきの放送で、奴らは腹をくくったはずだ。これ以上、もうこれ以上ガキ共を野放しにして好き勝手垂れ流されたらたまらない、そんな風に考えていることだろう」

「あたしたちは、あたしたちはどうなるの! あたしたち、別にあんたたちの仲間でもないのに……」

理沙が身もだえしながら叫んだ。

「前線で逃げ遅れた兵士は、犠牲になるだけさ」歌をやめた今給嶺が平板な声で言った。「戦争だって言われたんだろう？　だったら、その兵士が戦火に巻きこまれようと、奴らは気にしない。かまわずに総攻撃をかけてくるよ」

「見殺しにするっていうの……」

呆然とする理沙に、左海が冷たく畳み掛けた。

「あの首輪をはめたときに、奴らはおまえらを見捨てたんだ。おまえたちはこの島に来て、奴らの思惑とは違って生き残り、聞いてはならないことを聞き、見てはならないものを見てしまった。そんな連中に戻ってきてほしいと思うほど、奴らはお人よしじゃない。一つの籾についた悪い菌は、穀物庫全体の稲を腐らせる。根絶やしにしてくるさ。この島にいる者すべてを。それどころか、この島に俺たちがいたという痕跡自体を消すため、すべてをかけて攻撃してくるだろう」

「そんな……」

「理沙」

崩折れた級友を案じるように見守っていたなおが、きっと顔を上げた。切っ先のような眼差しを七原に向ける。

「じゃあ、あの子たちはどうなるの？　あんな、年端もいかない子たちが……あの子たちも犠牲者として巻きこまれるというの？」

七原が、なおを見ながら口を開いた。

「この島にいる半年間に、地下に埋もれていた坑道を掘り当てた。おそらく廃坑になる寸前に、最後の試掘で作られた坑道だろう。坑道には途中に分かれ道がある。まっすぐ進めば行き止まりの鉱床だが、分かれ道を曲がれば地図には載っていない入り江にたどり着くことができる。その入り江に、脱出用のボートが何隻か隠してある。それを使って、おまえたちは、脱出しろ。できればそのとき、子供たちを連れて逃げてほしい」

左海がその後をひきとった。

「島から逃れ、この国の領海を抜けたところに、船が待っているはずだ。長い間の戦闘でほとんど資金は底をついたが、まだ船を一隻チャーターするくらいの金は残っていた。その船に乗ることができれば、きっとどこかに連れていってくれるはずだ。どこに行かされるか、なんて聞くなよ。明日夜明けとともにこの島は地獄になる。地獄より少しはまともなところに行くんだから、贅沢は言わないでくれ」

「逃がしてくれるの？」

信じられないという表情を顔に張りつかせて理沙が問いかけた。左海が頷く。

「この闘いは、おまえたちには関係ない」

「あんたたちは？」

拓馬の口から問いが漏れた。「あんたたちはどうするんだ」

七原の右手が、カラシニコフを握り直す。

「おまえたちを助けたときに使った電磁爆弾——あれは本来俺たちが脱出するときに、後方からの追跡を阻むためのものだった。それが今はない。だから、俺たちが敵をひきつける」

「あんたたちが？」

火焔を背負った、七原の顔を見つめた。その唇に、薄く笑みが浮かんでいた。

「逃がしてやるからといって、迂闊に感謝なんかしないでくれ。本当に大変なのはこれからだぞ。生きてゆくことは死ぬことの何百倍も難しい。お前たちをどんな運命が待ち受けているのか、俺たちにだってわかりはしないんだ。着いた場所がここを上まわる地獄という可能性だってある。それでも、生き延びる可能性はゼロではないからな……」

大きな板を抱えた真紀が、がやがやと騒ぐ子供たちを従えて歩いてきた。

「さっ、食べて。久しぶりにお米を使って、ちゃんとしたご飯を炊いてみたよ」

板の上には、不ぞろいな大きさの握り飯が盛られていた。テロリストたちが歓声を上げて近寄り、次々にその握り飯を手にする。

七原が拓馬をうながした。

「食えよ」

「いや、俺たちは……」

どん、と背中を突かれた。

「ばかやろう。無駄な遠慮をするな。どうせ、後生大事にとっておいても、明日になったら無駄になってしまう食糧なんだ。それより食って、腹ごしらえしてくれ。……飯、食ってないんだろう?」

躊躇している拓馬の前に、白いかたまりが突き出された。不機嫌な顔をした真紀が言う。

「はい。食べなよ。せっかく秋也が言っているのに無駄にしない。人の好意を素直に受け取れないのは、ガキの証拠だよ」

その語勢に気圧されて受け取った白い飯の、ふんわりとした湯気と素朴な香りが鼻腔を刺激した。たまらずにかぶりつく。渇ききった口中にいつの間にか唾が湧いていた。飯粒の塊を口の中に押しこみ、せわしなく奥歯で噛みしめた。ほんのりとした甘みが広がり、舌に痺れが走った。鹿之砦中学校を出発する前に朝食を摂って以来、これが二日ぶりの食事だった。

「おいしい、——おいしいね」

目の前のなおが涙をこぼしていた。

「もう一度、ご飯が食べられるなんて、あたし思ってなかった。みんなにも分けてあげたかったよ……」

みんなが握り飯を頬張っていた。具も何もない、塩をふりかけただけの握り飯。焚き火の周りの誰もが、その白い握り飯に舌鼓を打っていた。

一人だけいない人間がいる。

「なお。久瀬はどこへ行った?」

拓馬の声に、なおが目を見張って周囲を見まわした。

「いない! あの子、どこへ行ったんだろう」

「捜しに……」

拓馬を制して、なおが言った。

「いい。拓馬はここにいて。あたし、捜してくるよ。もしかすると、ちょっと具合が悪いのかもしれないじゃない?」

「そうか……」

体を翻しかけたなおがふと立ち止まり、振り向いて言った。

「これ、別に嫉妬とかじゃないからね」

「ば、ばか!」

赤面する拓馬にくすりと笑いかけると、なおは駆けていった。


たった一つの握り飯が、なかなか治虫の喉を通っていかなかった。なんとかして飲み下そうとするものの、口の中に、喉の壁に飯粒が張りつくようでなかなか降りていかない。必死になって唾を溜めようとしても、口の中は渇いたままだった。

「なんや治虫、食べへんの?」

雅実が声をかけてきた。自分の分の握り飯はぺろりと平らげてしまい、治虫の手の握り飯に物欲しそうな視線を送ってくる。

「食べるよ! 食べないと。でも、喉を通らなくて」

雅実はよく食べられるね」

「なんでよ?」

「だって、さっきの話聞いたろう? 明日にはここに総攻撃がかけられるんだよ。そうなったら今度こそ僕らは……」

「あほらし」

雅実は鼻を鳴らした。

「だからこそ食べとかな、あかんのや。そら明日俺たちはみな死んでしまうかもしれへん。治虫はそのときに、腹が減ったままの方がええ？　それともちゃんと飯を食ってから死んだ方がええ？」

「そんなこと考えたことない」

「俺は昔よく考えたで」

止める間もなく、雅実の手が握り飯の一角をちぎりとり、口中に放りこんだ。

「前の学校におるとき、よく喧嘩をしたんや」

「雅実が？」

「うん」けろりとして言う。「それもただの喧嘩と違う。いきなり相手の頭を金属バットでどやすような、限定解除の派手な喧嘩や」

「金属バットでって、それじゃ死んじゃう……」

「かもな。お互いあほやから、手加減というものを知らんもん。下手したら誰かが逝ってまう。だから喧嘩の前はいつもびくびくしてたで。もしかすると殺されるのは自分かも。そう思うとなあ、とにかく腹が減って腹が減って」

「それって変じゃん！」治虫があきれ返ったような声を出した。

「なんで今から生きるか死ぬかって喧嘩をするときに、そんなことが気になるんだよ」

「だって腹が減ったまま死んだら、自分が可哀想やんか」澄ました顔で雅実は言う。

「死ぬ瞬間まで、ああ腹が減った、ひもじいなあ、そんな思いしながら死んでいくのって、めっちゃ惨めやで。そやから、俺こういうときにはむちゃくちゃ素直に行動することにしてんねん」

にやりと笑いかけて雅実が立ち上がった。

「雅実？」

「どうせ死ぬんやし、やりたいことはみんなしておかんと。……治虫も、片想いの子とかいたら、今のうちに告白しておいた方がええよ」

手をひらひらとさせながら歩いていった。焚き火の近くまで来て立ち止まる。筧今日子と蓮田麻由が、しゃがみこんでぼんやりと炎を見つめていた。雅実もそこにかがみこんだ。

「お疲れのところ、えろうすんません」

「なに……?」

ぼんやりと二人がそちらを見た。雅実の顔に満面の笑みが広がり、次の瞬間、治虫が予想もしてなかった言葉がその口から飛び出してきた。

「俺、麻由のことが前からずっと好きだったんや。今夜一晩、俺と一緒にいてくれへんか」

言われて麻由がきょとんとした顔になった。そしてみるみるうちにその顔に朱がさしてくる。

「ちょ、ちょっとそれって……」

「器用なことよう言われへんから素直に言うわ。俺、お前を抱きたい。あかんか?」

「あ、あんたね」

言われた麻由よりも先に、今日子が憤然と立ち上がった。

「こんなときに何を……」

「こんなときだから言うんや」言いながらその目は麻由を見つめている。「言いたいことも言わずに死んだら、それこそ切ないやんか」

不意に麻由が口を開いた。

「いいよ」

「あ、あんたね」

今日子がさっきと同じ台詞を口走る。だが当の雅実は今日子以上に面食らった表情をしていた。

「それって、つまり……」

麻由がにっこり微笑んで右手を差し伸べた。

「イエスかノーかで答えられる問題に、イエスって答えたんじゃない。それともこの二者択一には、他の答えがあったわけ?」

文字どおり、雅実が躍り上がった。

「ほ、ほんまか、麻由、お、俺……」

「ああいう馬鹿みたいに率直な口説き方、あたしは好きだよ」

立ち上がって雅実の右腕に自分の左腕をからめる。その腕を引きずるようにして、雅実が歩き始めた。

治虫は呆然と二人の後ろ姿を見送った。手の中の握り飯は、原型をとどめないほどに崩れていた。


焚き火の輪から外れたところに、シオリは座っていた。倒木を背に、ぼんやりと夜空を見上げている。小銃を抱えていたときにはあれほどに厳しかった表情が今は安らぎ、まるで幼い少女のような顔に戻っていた。晴哉はその前にしゃがみ、手にしていた握り飯を突き出した。突然目の前に握り飯を出され、シオリがぱちぱちと瞬きをする。

「食べようよ。キタノだって、腹減ってるだろ？　俺も一つもらってきたからさ。よかったら一緒に」

白い飯のかたまりを受け取りながら、シオリが警戒するような視線を送ってくる。

「……なんのつもり」

「いや別に」

晴哉は握り飯を持っていない方の手で首を掻いた。シオリの目が再び険しいものに戻り、晴哉の視線を射すくめている。

「ただ、さ、俺、キタノが二班の連中を裏切ろうとしたりしたこととか、別に気にしていないよ、って言おうと思って。あのとき、なんとかして七原を倒そうと思って必死だったんだよな。そんなときなら、もしかすると俺だって同じことを思いついたかもしれないし」

「考えつかなかったじゃない」言って、シオリは手にした握り飯にかぶりついた。「それを思いついたのはあたし。あんたたちはそういうことを思いつかなかったから、あたしを非難していたわけでしょう。後からわかったようなことを言わないで」

晴哉を無視して、黙々と飯粒を頬張っている。

「あのさ……」晴哉は遠慮しながら口を開いた。「キタノの銃を撃ち落したあの女、あれ、俺の姉ちゃんなんだ」

その言葉にシオリの口が止まり、晴哉を見返してきた。

「桜井の？」

「うん」不意に言葉が飛び出してきた。「二年前に行方不明になって、昨日会ったんだ。まるで人が変わったみたいになってた。姉ちゃんは、二年前BRゲームに参加させられたんだよ。それで生き残ったのに、家には帰ってこずにどこかに消えちまった。俺は、そんな姉ちゃんが不思議でしょうがなかった。なんでせっかく生き残れたのに、そんなまねをするのか。俺たち、父さんと俺が嫌いになってしまったのかって、すごく悩んだんだ。俺たちにのどこが、そんなに気に入らなかったんだろうって……。でも、わかったよ。ゲームが姉ちゃんを変えたんだ。二年ぶりに会った姉ちゃんは、まったく別の人になっていた」

「あんた、話をしたわけ？」

頷いた。

「すごい剣幕で追い返された。あんたの知っている桜井サキは死んだんだ、とも言われた。でもそれでわかったんだよ。姉ちゃんは、二年前のBRゲームでよほど辛い目にあったんだ。それで人が変わって、家族を捨てたくなるくらい、ひどい目に。BRゲームっていうのは、それくらい辛いものなんだって」

雨上がりの夜空に、満月が上っていた。その満月のひそかな照り返しが、そびえ立つアジトの四角いシルエットを浮き上がらせている。サキはあの中にいるはずだった。ライフルをかまえ、水平線の向こうから来るものを監視し続けているのに違いない。それはどんなに孤独な監視なのだろう、と晴哉は思った。

「ろくなもんじゃないよ」

ポツリとシオリが呟いた。

「え?」

「家族を捨てるなんて、ろくな人間のすることじゃない、って言ったんだよ」

その目に再び怒りの色が宿っていた。口元を歪め、握りしめた拳にじっと視線を注いでいる。

「キタノ?」

「家族を捨てた奴も、そいつの背中を押した奴も、みんな大馬鹿野郎だよ。ろくなもんじゃないんだ」

その瞳に、晴哉の姿は映っていないようだった。晴哉はかける言葉も見つからず、目の前の少女を見つめていた。


拓馬と七原秋也は、目の前の焚き火を見ながら黙って座っていた。首をひねり、傍らの七原の横顔を覗き見る。

「なあ、BRの話をしてくれよ。あんたが参加した、BRゲームのことをさ」

口を開いた拓馬をちらりと見て七原は呟いた。

「話すことなんてないよ。みんなが死んで、俺が生き残った。ただそれだけのことだ」

「あの米内って奴に聞いたんだ。あんたのときのBRゲームは異常な終わり方をしたって。生き残ったのが一人じゃない。あんたともう一人が生き延びたんだろう? どうしてそんなことになったんだ?」

「いい友達がいたんだよ」

「友達?」

「俺ともう一人の女の子が逃げ出すのに、その友達が手を貸してくれた。そいつがいなかったら、俺だっておそらく生きてはいなかったさ」

「そいつは？」

「死んだ」

七原の手にまたあのスキットルが現れた。蓋を開け、中身を口に含む。

「このスキットルは、そいつからもらったものだ。これを呑むたびに、そいつに酒を勧められているような気がする」

「国際指名手配犯のくせに、ずいぶんセンチなんだな」

意図せず声がからかうような響きを帯びた。

「センチでもかまわないさ。このスキットルも、このバンダナも、このナイフも、カラシニコフも、みんな誰かからのもらい物だ。俺がもともと持っていたものじゃない」

拓馬は鼻を鳴らした。

「そんなものなら捨てちまえばいいんだ。銃なんか受け取るから、テロリストとして生きなきゃならなくなったんだろう？　だったら始めっから、そんなものを受け取るなんて拒否したらよかったんだよ。俺は嫌だぜ。誰かに押し付けられた運命に沿って生きるなんて、まっぴらだ」

七原は拓馬の言葉を受けとめながら、何か他のことを考えているような目つきをしていた。口を開いて、言った。

「昔、同じようなことを言っていた人がいたよ。BR法に苦しむこの国の人には三つの選択肢があるって。一つは、こんなもんだと諦めて生きること。もう一つは、そんな法律は認めないと銃を取って戦うこと。そしてもう一つは、そんな法律がまかり通っている国には住めないといって、さっさと逃げ出すこと」

「俺ならそうする。所詮、誰かが勝手に決めた法律じゃねえか。それにこだわって生きてなんになるんだよ。それよりは、もっと別の場所で、別の生き方ができるはずだぜ」

「うん」

七原は頷いた。苦笑いのような表情がその顔に浮かんでいた。

「そうだな。お前はそうしろよ。馬鹿な戦いを続ける人数は、少ない方がいい」

「七原」

「でもその代わり、そういう戦いをしていた人間がいたということだけは、絶対に忘れないでくれ。この先に出会うみんなに話してやってくれよ。極東のこの国に、馬鹿な大人たちによって決められた馬鹿な法律があって、馬鹿なガキ共がそれに馬鹿な戦いを挑んでいましたって。たとえ俺たちがみんな死んでも、誰かがそれを覚えている限り、本当の死は訪れない……」

誰かがそれを覚えている限り……。

不意に目の前がじわりと滲んだ。七原の手からスキットルをもぎ取り、がぶりと呷《あお》る。焼け付くような液体が喉に流れこみ、体腔を伝って落ちていった。哀しみと怒りで傷だらけになった体の中に、その液体が満ちていく。液体に焼かれて傷は逆に痛んだ。だが、その痛みこそが、痛みを感じる生《せい》の証だった。

（俺は忘れない）

拓馬は胸の中で呟いた。


久瀬遙は、落ち葉の茂みの中に横たわっていた。両腕で自分の体を抱え、両膝を曲げて、まるで胎児のような姿で。

手に持った懐中電灯が最初に遙を照らし出したとき、なおは遙が疲れて眠ってしまったのだと思った。だが、その体からはまるで生気が感じられなかった。夜露の滴る樹木の下にいながら、それを気にする素振りとて少しもない。

手を伸ばし、肌に触って、はっきりとわかった。

遙は完全に事切れていた。その体からはすでに体温が失われ始め、皮膚からは艶が消えつつあった。

「遙、なぜ?」

伸ばした手が、遺体の腰に当たった。そこにあるものは、遙がいつも腰に巻いていたポシェットだった。ふと閃いてジッパーを開く。

そこには小さな注射器が一本と、空になったアンプルが一本入っていた。いや、アンプルはもう二本——中途から折れて、中身のなくなったものが……。

それを見た瞬間に、なおの口から息が漏れた。

(割ってしまってたんだ!)

アジトへの突撃前に羞らいながら注射をしていた遙の姿が甦ってきた。ある種の糖尿病患者は、インシュリン注射を絶やすと、意識が混濁して、死に至ることさえあるという。その大事なアンプルが、戦闘の衝撃で割れてしまっていたのだろう。

自分たちに軽口を投げかけていたあのときに、遙はもう死にかけていたのだ。それを知っていながら、あんなことを口に出したのだろうか。

「遙、あなた、無事に帰れたらあたしたちの仲間になってくれるって、そう言ってたじゃない……」

何も知らずに焚き火のそばで待っているだろう拓馬の顔が思い浮かんだ。せっかく、あの戦闘を生き延びてきたのに。せっかく、明日は脱出できるかもしれないという可能性がでてきたというのに。

こんなところで、一人寂しく死んでしまうなんて。遙の両肩を捕まえて揺さぶってやりたい衝動に駆られた。だが、目の前の遙は目を閉じたまま何も応えない。月明かりが、その色の失せた顔を輝かせていた。

十二月二五日　二一三五時
【新たな死亡者】
女子五番　久瀬遙

残り九名

27

　風は凪いでいた。薄紫の空の下、静かに波打つ海面のところどころに、海鳥が翼を休めている。その黒い影、波間に時折現れる岩礁の頭、サキの目は、そういったものを照準器越しに追っていく。

　眼下に広がる雑木林のところどころで、小さな光が蠢《うごめ》いていた。米内が率いる工作隊が、トラップを点検して回っているのだろう。昨日犠牲者たちの遺体を茶毘《だび》に付した炭鉱跡では、いまだに焚き火の跡がくすぶり、細い煙をたなびかせていた。

　空の片隅から、紅色の曙光が射し始めている。はるかかなたに見える本土の、港町の背後に控えた山影がうっすらと見分けられるようになってきていた。その麓《ふもと》では、今賑やかに侵攻の準備が進められているのだろう。漁火にしては数が多い灯りが時折ちかちかと瞬いている。

　戦艦島の上空を、鳶が舞っていた。少しも翼を動かさず、悠然と宙に浮かぶ様子は、まるで糸で吊るされたモビールのようだった。

「交替しようか」

　背後から声をかけられた。

「まだ〇五〇〇時、交替の時間じゃないよ」

　スコープから目を話さずにサキは答える。

　狙撃台の登り端に、いつものようにちょっと頭を覗かせているのだろう風間の姿が想像できた。いつものような無表情の顔。

「少し早めだけど、いいだろう。連中が出発するらしいぞ」

「連中って」

わかっていながら、敢えて聞き返す。

「あの中学生たちさ。子供たちを連れて脱出するんだろう。今大広間にいるはずだ」

「いいよ」

「行ってやれよ。弟なんだろう」

言われて思わず振り向いてしまった。風間に弟の話をしたことはなかったのに、と思う。風間はいつもそうだった。いつの間にか、知っているのだ。誰に聞いているわけでもないのに。

「そうだけどね。今さら何を話すでもないし」

「じゃ、見てこいよ。ずっと同じ景色を見ているのも、疲れるだろう」

言いながら風間が上がってきた。抗弁しかけて、思いとどまる。風間の好意を無にすることもないだろう。最後に一度だけ、晴哉の顔を見ておいてもいいかもしれない。

「わかった、そうする」


軽く頷いて、狙撃台の場所を替わった。風間がそこにひざまずき、たちまち十年もその場所にいたかのように周囲に同化した。

「桜井」

梯子段を降り始めたサキに、風間が振り向きもせず言葉を投げかけてきた。

「今日、この狙撃台に詰めているのは、俺だけで十分なんだぞ」

サキは風間の細長い背中をまじまじと見つめた。いつもの通り、言いたいことだけ言ってしまうと、口を開いたことが嘘だったかのように、風間は沈黙の中に潜んでしまう。

「あんた一人ばかり働かせるわけにはいかないじゃない。攻撃が始まったら、すぐに駆けつけるよ」

風間は低い声で、そうか、と呟いた。

あとは沈黙。

サキは梯子段を下りながら、一度だけ目尻をこすった。

（ありがとう。あたしに逃げることを勧めてくれて。でも、それはできない。『ワイルド・セブン』はあたしの居場所で、あたしの家族だから）

すでに朝日は昇り始めていた。茶色に薄汚れたガラス窓を通して、横ざまに光が這いこんでくる。さっきまでまばゆいばかりに感じられた蠟燭の光が、力を失って頼りなげに揺れていた。

起きた後で簡単な朝食を振る舞われ、拓馬たちはあの大広間に案内されていた。部屋に入ったところで、軍装と、〇三式BR小銃を返された。

「弾は籠めておいたから」

真紀にそう言われた。そこには何の挑発の色もなく、ただすべきことをしている人間の慌しさだけがあった。それから三十分。

祭壇の前に立つ七原秋也と真紀に、レシーバーを通して雑音交じりの声が投げかけられてくる。

――こちらポイントB、左海。配置についた！

――こちらポイントC、米内。準備OK！　各ポイントのトラップも点検済みだ。

「了解。こちらが済み次第、俺もポイントAで配置につく」

マイクに向かって言い終えた七原が、寄り添って立っている拓馬たちに向き直った。

順々にその顔を眺めていく。拓馬のところまで来たとき、拓馬は強い視線を放って、その目を見返した。七原はかすかに頷いたようだった。

入り口から子供たちが飛びこんできた。部屋に入りかけていたサキが、ちょっとどいて道を譲る。不釣合いなほどに大きなリュックを背負った子供たちは、歓声を上げて七原の足元に群がった。子供たちに押されながら七原は言う。

「壁際のダクト、見えるか？　あそこから地下室に入ることができる。地下室は、昔の送電室があった場所で、何本かパイプが伸びている。そのうちの一本が、昨日話した廃坑に続くものだ。パイプには坑道が開かれた順番に番号が打たれているから、最後のものを伝っていけば間違うことはないだろう。そこに入れ。五百メートルくらい行ったところで、分岐点がある。ちょっと目には分かれ道とは見えないくらいに小さな道だから見逃すな。そこに入って、まっすぐ通り抜ければ、島の北側の岩礁に出るはずだ。そこに、ボートがある」

下を見て、突撃銃を抱きしめた男の子に問いかけた。

「仁、おまえはあの廃坑に入ったことがあるだろう。おまえが道案内役になってくれるな?」

仁が七原の顔をきっと見返した。両目に涙の粒が宿っている。突撃銃をさらに強く抱きしめ、叫んだ

「秋也! 俺もいっしょにここで戦う!」

「仁……」

「父さんも、母さんも死んでしまった。俺に残されているのは、もうこの島のみんなしかいないんだ。これ以上、誰ともお別れしたくない。俺を、捨てないでくれよ!」

「仁、俺たちが、みんなを捨てるわけがないだろう? お前たちに生き延びてほしいから、闘うんだ」

「だけど、だけどよ……」

七原は微笑んでひざまずいた。肩から銀のカラシニコフを下ろし、仁に向けて差し出す。

「お前の銃を貸せ。これは三村さんにもらったカラシニコフだ。俺にとってどんなに大切な銃か、おまえはよく知っているな?」

仁が大きく頷いた。

「これをおまえに預ける。みんなを守ってくれ、小さい子たちを。今日からお前がみんなの兄貴役だ。しっかり頼んだぞ」

「秋也ァ……」

「お前たちは、何度も道に迷うだろう。これから行く場所も、天国じゃない。だが、何があっても、決してあきらめるな」

仁がカラシニコフを抱きしめ、何度も何度も大きく首を振った。その様子を眺めていた七原が、すくっと立ち上がった。

強がりだ。拓馬は思った。本当は心を許した仲間を失う恐怖に怯えているはずだ。この男の心はそんなに強くない。子供たちを生きて逃がそうとして、わざと頼りになる兄貴の役を演じているだけだ。

あの銀色のカラシニコフ。

レシーバーがガーガーと音を立てた。

――秋也。

物静かな声が伝わってきた。

「風間?」

――来たぞ。海を見ろ。

窓辺に跳んだ真紀が双眼鏡を目に当てるや、一瞬息を飲むのがわかった。

「秋也! 奴らが来た! すごい数!」

瞬間的に駆け出していた。真紀の手から双眼鏡をもぎ取り、拓馬は目に当てる。

紫から濃紺に変わりつつある空と、ほぼ同色の海の間に、おびただしい数の光が点っていた。街の灯ではない。揺れている。船の明かりなのだ。わずかボート六艇で無謀な突進を強いられた自分たちのときとは比べものにならない数の船が、戦艦島に向けて押し寄せてきていた。その明かりの下で憎悪の炎を燃やしている兵士たちの顔の一つ一つが見えるようだった。

七原が近づいてきて、拓馬の手から双眼鏡を受け取った。

「お別れだ」

双眼鏡を覗いた後の顔は、さすがに蒼白になっていた。

「荷物が多くなったが、勘弁してくれ。お前たちの無事を祈っている」

「七原……」

「行ってくれ」

右手を振ってダクトを指した。仁が、カラシニコフを抱え、背中の荷物をカタカタと鳴らしながら突進していき、その中に飛びこんだ。子供たちが後に続き、鹿之砦の生徒たちがさらに後を追った。

拓馬が通風孔に入る瞬間、もう一度だけ七原と視線があった。七原は頷きもせず、ただ拓馬の顔を見ていた。


次々に生徒たちが穴の中に消えていき、晴哉だけが残った。その目がうろうろと室内をさまよい、片隅にいたサキをとらえた。

「姉ちゃん、俺……」


その瞳が潤んでいた。サキは急に思い出した。この子は、いつもあたしに置いていかれると、途端に泣き出さんばかりの顔になった。それがいやなのか、わざと下手な冗談を言って、出かけるあたしをからかうようになった。あの日も、戸口から出て行くあたしを見送りながら、この子は頼りなく笑っていたはずだった。あの笑顔を、もう長いこと忘れていた。

(お願いだから、また笑って)

そう思いながら、晴哉の顔を見た。一瞬だけ。その瞬間に弟の顔を記憶の中に焼きつける。そして背中を向けた。

「早く行くんだよ」

その背中に、晴哉の声が投げかけられた。いつの間にか声変わりがして、いつの間にか少し大人びていた、その声。

「俺、姉ちゃんの背中、絶対忘れないから。あの日最後に見た姉ちゃんの背中も、今ここで見る姉ちゃんの背中も。どっちも同じ、俺の姉ちゃんの背中だから」

ぎゅっと目を瞑り、十まで数えた。

振り向いたとき、すでに穴の側に晴哉の姿はなかった。

秋也と真紀が、サキを見つめている。その二人に向けて、首を振ってみせた。

「みんな、行ったのね」

背後から、声がした。

サキの横をすり抜け、室内に入っていく。

あの、キタノシオリという生徒だった。二日前と同じように、軍装に身を包み、右手には〇三式ＢＲ小銃。

「どうした？　お前も行け」

「あたしはここに残って、最後まで見届ける、全部」

小銃を抱え、決然とした眼差しで周囲を見まわす。

その視線が秋也の瞳をとらえた。秋也は諦めたように首を振った。

空の色が薄紫から濃紺に、そして明るい青に変わり、曙光から今やはっきりと日差しとなった太陽の光線が海面を照らし出したとき、『ワイルド・セブン』のテロリストたちはみな海を見つめ言葉を失った。

敵の存在が海上はるか遠くにちらつく明かりにすぎなかったころ、彼らの胸中にあったものは不安の予感にすぎなかった。それが次第に姿を現し始め、明るくなった日差しとともに、具体的な船影となったとき、不安は絶望的な敗北感へと姿を変えた。

海上をくまなく覆った船の数は、あきらかに今日一日でこの戦艦島を破壊しつくそうという意志の表れだった。いったい、何隻の船が押し寄せてくるものか、少しも見当がつかない。その船も、鹿之砦中学校の生徒たちを運んできたものとは比べものにならないほどに大きく、しっかり装甲を固めたものだった。

風間とともに狙撃台に上っていたサキは、大きく舌打ちをした。

(撃てない)

狙撃は、相手の意表をつき、戦闘意欲を殺《そ》ぐことが第一目的だ。船の装甲の陰に身を潜めた兵士を撃つことはできないし、あの船には狙撃に備えている姿勢がありありとしている。

「やつら、勉強してきたな」

照準器から目を話した風間が首を振った。あと少しで先頭の船が八百三十メートルの射程内に入る。だが、スコープの中に人影をとらえることはできなかった。

「あのビデオは、ただ放送用に撮られていただけではないな。おそらく俺たちの戦い方をシミュレートしてきたのに違いない」

「ということは」

敵が、こちらの戦法を重々承知しているということだった。狙撃ポイントも、ブービートラップの位置も、あらましは把握されているに違いない。

「国が本気を出したらこんなものだ。俺は降りて、前線に加わる。桜井はぎりぎりまで撃ってみて、それから後は自分で考えろ」

「うん」

「この様子だと、敵の侵攻速度は思ったよりも速くなるだろう。少しでも足止めしないと、時間稼ぎにならない」

「白兵戦?」

風間は頷いた。ライフルを肩にかけ、すばやく梯子段に足をかける。

「秋也には俺が伝える。桜井、無理をするなよ」

「そっちも……」

あっという間に風間の頭が消えた。

それが、風間を見た最後となった。

背後で岩を砕くような爆発音が響き渡った。壁際ぎりぎりまで駆け寄り、眼下の光景を覗きこんだ。入り江の波打ち際から黒煙が上がっている。何隻かの敵船が、その横で船腹を見せて横たわっていた。舷窓から炎が吹き上がっている。

「来た」

――サキ、聞こえる？

レシーバーから真紀の声が聞こえてきた。

「聞こえる。今のは？」

――連中が新しい罠に引っかかった。中学生たちが乗り捨ててきたボートに、爆雷を仕掛けておいたの。あれで、少しは時間を稼げる。やつらは邪魔になった船を迂回して上陸作業をするしかないはず。その間に、少しでもいいから敵の数を減らして！

「了解！」

だがその有利な状況は、長くは続かなかった。波打ち際で嵐のような掃射をくらって一旦は後退した敵船団だったが、海上から放たれた火砲が座礁した船を破壊し、あっという間に障害物を除いてしまった。その砲撃はしばらく続き、海岸線をいっきに変形させてしまった。ぼろぼろになって岩が散乱する海岸に何隻もの船が殺到し、獲物を睨む猟犬の群れのように鼻先を並べて停泊した。後部のハッチが開き、中から上陸用の艀が引き出されてくる。

（くそっ！）

ドラグノフのトリガーを引き絞る。船の周囲ではたばたと倒れる人影が見えた。一人、また一人。おそらく降りていった風間も、今この瞬間はライフルの照準を見つめているはずだ。奇妙な連帯感に包まれながら、サキはトリガーを引き続けた。

船から何か小型の台車のようなものが引き出されるのが見えた。それが砂浜に寄せられ、即席の掩蔽壕となる。途端にその背後をめざして兵士たちが飛び出してきた。遮蔽物の背後に一瞬身を隠し、さらに自然の要害である崖下を目指して駆け出してくる。

照準器に目を据えながら、サキはひたすら兵士たちの動きを追っていった。走る兵士の足先が視界の右端をよぎると同時に人差し指に力をこめる。発射音。次の瞬間、その兵士は胸を射抜かれて倒れている。その音に動転したらしい兵士の頭が視界に。轟音とともに、その頭部は砕け散っていく。十発の弾倉はたちまち空になり、サキは手早く交換を行った。

再びライフルを構えて愕然とした。

（これは追いきれない……）

すでに十隻を越える船が停泊し、そこから無数の兵士たちが吐き出されていた。階下の砦から放たれる迫撃弾が次々に兵士たちの頭上で炸裂し、動かぬ骸と化した体を砂浜になぎ倒していく。だが、その死体を乗り越えて、またすぐに次の兵士たちが現れるのだった。

（撃つしかない。少しでも多く。一人でも多く！）

再びドラグノフを構えたそのとき、視界の隅に屈みこむ兵士たちの姿が見えた。背丈ほどの発射筒に二人の兵士が取りついていた。その先端から赤い炎が吹き上がる。

危険を直感した。梯子段に飛び込む。ほぼ落下に近いスピードで段を降りていくサキの頭上で、狙撃台が炸裂した。爆風がサキの体に吹き下ろし、階下の廊下へと叩きつけた。

狙撃台の爆破をきっかけに、敵軍の重迫撃弾が次々にアジトを見舞い始めた。テロリストたちの応射が一瞬途絶える。五千メートルまで射程距離がある重迫撃砲の威力が、完全に火戦の争いを制していた。再びテロリストたちが体勢を立て直したとき、すでに兵士たちの主力は海岸線にはなく、アジトへと続く坂道をいっきに駆け上っていた。

爆音が止《や》んだ。一瞬の静寂を破り、微かに伝わってきたものがあった。無数の声。怒りを露にした人間たちの咆哮。

(来る!)

シオリは、ポイントAにいた。アジトの二階、正面玄関上に築かれた掩蔽壕内に半身を隠し、〇三式BR小銃をかまえる。階下の、シオリ自身が爆破したバリケードはすでに修復され、まがまがしく剣呑な姿を現していた。

不意にそのバリケードの正面がけたたましい音を上げた。鉄条網から無数の火花が飛び、逆茂木《さかもぎ》が弾け跳んで生木のかけらを撒き散らす。続いて二階にも弾丸が飛びこんできた。津波のように押し寄せてきた弾丸の群れが、シオリたちの頭上の建築材を砕き、白いコンクリートの欠片を降りそそがせる。絶え間なく降りそそいでくる弾丸は、やがて弾道が低く修正され、掩蔽壕の陰に隠れるシオリたちを狙って殺到してきた。

「うふわっ」

シオリの横でカラシニコフを撃ち続けていた男の左肩が吹き飛んだ。ショックで棒立ちになった上半身に、さらに無数の弾丸が食い込んでいく。命中の衝撃にその上半身がちぎれ飛び、背後の壁にへばりついた。

弾丸は休みなく降ってくる。

息の漏れる笛のような、不快な音。耳について離れない迫撃弾の飛翔音だ。最初の一発がバリケードの真ん中に命中し、構造物のあらかたを吹き飛ばした。次の一発は建物の梁《はり》を砕き、その次の一発が頭上の階に命中して建物全体を揺るがせる。

轟音。近くに被弾した一発が、あの風間という狙撃手の体をずたずたに引き裂くのが見えた。

28

暗い坑道はどこまでも続いていた。先頭を行く仁が抱えたカンテラが、狭苦しい坑道の先をかろうじて照らし出す。すでに干上がって乾ききった石壁に、拓馬たちの慌しい足音が反射し続けていた。先ほどから、それに加わって、爆音が微かに聞こえてくる。遠くどこかで重苦しい音が響くたびに、坑道の天井がぴりぴりと震動した。

拓馬たちの背中には、それぞれ小さすぎて走れない子供が背負われていた。爆発音のたびに、拓馬の背中を摑む手が強ばり、ぎゅっと首筋に顔が押し当てられる。

震えていた。

ぶるぶると震えながら、必死で救いを求めるように、拓馬の背にしがみついていた。

事業を失敗し、突然失踪した父のことを思い出した。いや、父のことではない。失踪する直前、家の中でも荒れに荒れていた父に怯えていた自分――。

父の足音が、部屋の前を通り過ぎるだけでも背筋がびくっとした。ドアのノブが回されるたびに、背中を冷たいものが伝い落ちた。ドアが開いて父が室内に入ってくれば、果てしなく叱声を浴びせられる、拷問のような時間が待っていることを知っているからだ。

あのころ、本当に父が憎かった。

父の言葉のほとんどはうわ言だった。小学生だった拓馬の首を押さえつけながら、何度も何度も同じ言葉を繰り返していた。その父の酒臭い息を今でも覚えている。

――おまえがいなければ。いなければ俺は……。

その言葉が何を意味するのか、恐ろしくて父本人にも、母にも聞いたことがなかった。ただ、そう言いながら自分を見た父の荒んだ目だけを覚えている。

そんな地獄のような日々が数ヶ月続き、突然父は失踪した。だが、父がいなくなったことを実感したとき、拓馬の胸中にこみ上げたのは、奇妙なことに安堵の気持ちではなかった。それは、身体の一部が欠落したような、絶望的な孤独感だった。

突然の失踪によって、あの恐ろしかった父のイメージは、一生消えることなく拓馬の中に刷りこまれた。

七原秋也。

不意にその名前が浮かんできた。

なぜ、その名を今思い起こしたのか。

あのとき、とても寂しそうに見えた七原の顔。あれは、拓馬と同じ、捨てられた子供の顔だった。


足が止まった。

背中の子供が不審げに足をばたつかせる。

前を行くなおが振り向いた。

「みんな、待って！」

その声に、全員の動きが停まった。先頭の仁が気づかずにたたたと進み、一瞬坑道全体が薄暗くなった。が、すぐに戻ってきて、今度は正面から拓馬の顔が照らされた。

各自の背中から子供たちが滑り降りた。

なおが、近づいてくる。その顔に浮かんでいる表情は、これまで拓馬が見たことがないものだった。わずかに寄せられた眉の間に、不安、恐怖、焦り、そして諦めというすべての感情がこめられていた。

（なお……）

三日前の拓馬ならわからなかったはずのことだった。三日前までの拓馬にとって、なおはちょっとお節介がうるさく、ちょっと涙脆《もろ》いところがある女の子、という程度の認識にすぎなかった。

だが今は、知っている。数々の苦難をともに乗り越え、そのたびごとになおの、表からではわからない芯の強さを思い知らされた。優しさが、決してうわべだけのものではなく、心からのものであることも知った。拓馬に向けられた視線、それが過去に決して得られなかった温かみに満ちたものであることを、この日々の間に拓馬は知った。

(だけど……)

「ね、どうしたの? 早く行かないと。上だってどうなっているかわからないし、急ごうよ」

微かに笑った。いつものなおの表情だ。拓馬がキレてしまい、怒りが収まらなくなったとき、その怒りを静めようとして見せる、穏やかな表情。だがその微笑の下に、別の感情が潜んでいることを拓馬は知っていた。

そしておそらく、なお自身も。


「ね、タク……」

「なお」

その声に含まれた空気が、何かをなおに告げたらしかった。すっと微笑みが消える。

「俺は難しいことはよくわかんねえし、考えたくもねえ。だけどこのまま行っちまったら何か大切なものがダメになる気がする。慎太郎が俺たちの背中を押してくれた。秀悟が俺たちを生かしておいてくれた。そして希が、俺たちに生きていく意味をくれた。でも、もしかするとそれを全部無駄にしちまうのかもしれないけど……」

「戻りたいんだね。七原さんたちのところへ」

なおの顔を見返した。頰が一瞬こわばり、それから無理に笑みを浮かべる。

「なお?」

「なに驚いた顔してるの。タクのことなら何だって分かるよ。だって、ずっと一緒にいたんじゃない」

馬鹿だぞおまえ！　頭の中で誰かが拓馬に叫んでいた。おまえのことを何から何までわかっていてくれる。世界中で唯一の女性を置いて、おまえは命を捨てに戻ろうとしている。それもおそらく、犬死になるに違いない業火の中へ。

選択肢は三つある。一つ、我慢する。二つ、銃を取って戦う。三つ、尻尾を巻いて逃げ出す……。

——答えはない。自分で探すんだ。

しっかりと〇三式BR小銃を握りしめた。なおの濡れた瞳をしっかりと見据え、言った。

「答え、探してくる」

なおがコクリと頷いた。

「正気なの？　青井くん！」

先を行っていた新藤理沙たちが駆け寄ってきた。

「一人だけ、勝手なことしてすまん」

みんなに向かって頭を下げた。

「もしかすると、俺のせいで迷惑をかけてしまうかもしれない。許してくれ」

「許すもなにも」今日子が溜息まじりに言った。

「なんというか、青井くんらしいよ。止められないんだろうね。だから、止めないよ。でも、死んじゃだめだよ。あたしたちも生き残るから、青井くんも生き延びて」

「ああ。子供たちをよろしく頼む」

差し伸べられた手を握る。優等生の今日子と、こうやって話すことになるとは、三日前には思いもしなかった。

かつかつと小さな足音がして、仁が戻ってきた。

「秋也のところに戻るの？」

その顔を見て頷く。仁がカラシニコフを突き出して、決然と言った。

「俺は、戻れない。だって、秋也と約束したから。兄ちゃん、がんばって」

肩が叩かれた。晴哉と雅実の顔がそこにあった。

最後に生き残った、ラグビー部の二人の仲間。

晴哉が、すまなげな表情を浮かべた。

「ゴメン」

うつむくその肩を雅実が叩いた。

「謝ることはあらへんで。無理をせんで生きたり？　な？　こういったらなんやけど、姉ちゃんの分まで」

晴哉が無言で頷いた。

あのときの会話を思い出した。食堂棟で、秀悟と晴哉と三人で掛けながら話していたときのこと。

姉のことを話すとき、晴哉は本当に淋しそうな表情を浮かべていた。その晴哉がこの島で姉に出会えたのは、奇跡だったといえるだろう。哀しいことばかりが多かったこの島での出来事の中で、唯一のいいことといえた。二人の間に交わされた言葉は知らないが、晴哉こそ生き延びるべき人間だ。

「なあ、俺は？　俺はいったいどうすればいい？」

背後から治虫が割りこんできた。雅実がその頭をぽんとはたく。

「そんくらい、自分で決めや。自分の命やんか」

雅実は拓馬の顔を見て笑う。

「俺はおまえと行くで」

「雅実」

「雅実くん！」

麻由が驚きの声を上げた。雅実がそれを手で制して、すまんな、と言う。

「このとおり、いい加減で気まぐれな男なんよ。でも、昨日の言葉は嘘じゃなかったで。いい思い出をありがとう。幸せになってください」

そんな、と麻由が涙ぐむ。あの気丈な麻由が、初めて見せた可憐な表情だった。

「雅実、いいのか？」

「ふん、ラグビーの試合でウェスタン・ラリアートかまして退場させられるようなおっちょこちょいを一人で行かせられるかいな」

その顔をじっと見つめた。雅実が元の学校で荒れていたことは知っている。無数の補導歴があり、もう少しで少年院に送られるところだったという過去は、拓馬とよく似たところがあった。その雅実が、何を意気に感じたのか、なんとなくわかるような気がした。

「よ、よ、よ、よし！　俺も行く」

うつむいて考えこんでいた治虫が、素っ頓狂な叫び声を上げた。

「行くっておまえ……」

不審げな晴哉の前を素通りし、今日子の前に立った。

「覚さん！」

「葛西くん……？」

「ずっと、好きでした！」

「はぁ？」

唐突な言葉に、思わず今日子の声が裏返る。

「アホかい、おまえは！」雅実があきれたような声で言った。「どうせ告白するんなら、俺みたく、昨日のうちに言っとかんかえ」

「な、なかなか踏ん切りがつかなくて……」

「タク！」

また、なおの呼びかける声がした。鹿之砦に来て以来、何度その声で呼びかけられたことだろう。ラグビーの試合中、練習のさなか、授業の合間、寮に戻る帰り道、二人で歩いた、町へと続く道。なおは拓馬を操縦する名人だった、その呼びかけだけで、キレやすい拓馬の手綱をとって自由にする術を知っていた。

「いつも、迷惑ばっかかけんな」

ぎこちなく微笑んだ。自分からなおに微笑みかけたのは、いつ以来のことだろうか。硬かったなおの表情が、それにつられて、少しだけほころんだ。

「また会えるよね」

「あたりまえだろ」

おずおずと伸ばされた手が、拓馬の指先に触れた。その手を握り返してしまえば、もう戻れなくなるような気がして――。

拓馬は駆け出した。

「待てよ、拓馬！　治虫、いくで！」

「う、うん！」

二人の声を背中で聞きながら、拓馬は駆け続けた。おのれの足音以外、何も聞かずに、ただ走るということだけに気持ちを集中し、拓馬は走り続けた。

「タク！」

背後で、なおの声が小さく響き、拓馬の立てる足音にかき消されていった。

敵はすでに眼下の炭鉱跡まで押し寄せてきていた。


そこを越えられれば、シオリのいるAポイントまでは一足跳びだろう。迫撃砲の攻撃も激しさを増し、突入を待たずして正面玄関前のバリケードは無力化されていた。

シオリの頭上では、狙撃台から降りてきたサキが上り来る兵士たちを狙い撃っていた。正面玄関までの道は細く、少人数で登ってくるしかない。だがそれも、長くは持ちこたえられないはずだ。シオリの後方では、爆発で四肢を吹き飛ばされて即死した風間の死体が転がっている。ライフルを持たせればあれだけの力を発揮する男でも、圧倒的な火力の差の前にはなす術もない。

（これが、戦争なんだ）

不意に、正面玄関前の茂みから兵士が飛び出してきた。虚を衝かれ、一瞬応射が遅れる。途端に兵士たちが身構え、銃弾の雨を降らせてきた。シオリの周囲の男たちが、次々に風穴を開けられ、きりきり舞いして斃れていく。

狙撃兵による足止めを嫌った敵が、ブッシュを切り開いて登ってきたのだ。米内の手で仕掛けられたブービートラップも、敵の工作部隊の前では無力だったようだ。

しかし、まだ死ぬわけにはいかない。

コックをフル・オートマティックに切り替え、勇を鼓して立ち上がる。敵に気づかれる前に、窓敷居に銃身を乗せた射撃姿勢をとり、一気に引き金を絞った。

炸裂する火薬によって飛び出していく五・五六ミリ弾。反動が腕に伝わり銃把が肩を叩き続けた。地面にぶすぶすと穴が空き、周辺の敵兵たちがもんどりうって倒れ伏した。その体の下から砂煙が立ち上る。

安心したのも束の間、すぐさま次の小隊が駆け上ってきた。

（きりがない！）

右人差し指の感触が軽くなった。薬室に弾薬を落としこんでいく感覚がない。

弾切れだ。

弾倉の交換のため、窓枠の遮蔽物の下にもぐりこもうとした刹那。眼下の敵の姿が飛びこんできた。視線が交錯したのがわかった。敵が、シオリの持つ小銃を見た。そして——。

ニヤリと笑ったのだ。

その一瞬、隙ができたのだろう。シオリの周囲に銃弾が集中した。そのうちの一発が、小銃を跳ね飛ばした。目に見えない手に突き飛ばされるように、シオリの体もその場に倒れこんだ。遠慮のない射撃が、シオリのいた付近に向けて降りそそいできた。天井にびしびしと穴が空き、目の前の側壁にもひびが入ってぐずぐずと揺れる。

早く体を起こし、這ってでも小銃を取りにいかなければ。

そう思いながらも、シオリの体はぴくりとも動かず、その場で宙を仰いで天井にうがち続けられる弾痕を見つめていた。

（やつらはあたしを殺しに来た）

（あたしがゲームの参加者だと承知して、命を奪いにきた）

あたりまえだ、と思いつつも、その事実を突きつけられて、シオリの体は麻痺していた。聴覚が失われるほどの轟音と、鼻腔の奥を焼き続ける火薬の匂い。それらが巨大な手となって、シオリの体を鷲掴みにしていた。

（殺される）

（やつらに、殺される）

不意に気づいた。宙を仰いで倒れるシオリの周囲には、テロリストたちの死体が累々と転がっていた。

鼻から上が石榴のように割れ、そこから脳を飛び出させた者。

胸郭に拳が通るほどの風穴を開けられ、鎖骨の重みで胸がへしゃげている者。

爆風で背中を叩き潰され、あばらが剣のように突き出た者。それら死者がみな、虚ろな目をして部屋の至るところに転がっていた。

（殺される）

（タスケテ……）

それは何かの光景によく似ていた。

そうだ、あの絵。

あの人が、最後に描いていた絵だ。青空の下、中学生たちが死屍累々と横たわる。その真ん中に聖母のような微笑を浮かべた少女。

だがその少女は、シオリではない。

シオリが会ったこともない少女なのだった。

シオリの父は、中学校の教師だった。そしてＢＲ

ゲームに召集された。

　シオリの参加したゲームにおけるタケウチリキのように、担任教師はゲームの進行役となり、ときには生徒たちの生殺与奪の権利さえ握る。だが、シオリの父が監督していたBRゲームは中途で頓挫した。どういう手を使ったのかはわからないが、生徒が脱走し、シオリの父を射殺して逃亡したからだった。

　それは、シオリの父がBRゲームの担当教官として出発して三日後のことだった。

　携帯電話の着信履歴に残っていた父の番号をダイアルすると、数回コールした後に電話がつながった。そのとき、シオリは確かに聞いた。聞き覚えのある息遣いと声を。その声は、名乗りもせずにシオリに話しかけた。

　——シオリか？

　——いいか？　人のこと嫌いになるってのは、それなりの覚悟しろってことだからな。


　そしてシオリが一言も発しない前に、電話は途切れた。

　その父が生徒に襲われて絶命したと知ったのは、ゲームがすべて終了してからだった。父が最後に言い残したことが何だったか、シオリは尋ねられたが、一切知らぬ存ぜぬで通した。シオリ自身、あの言葉を本当に聞いたのかどうか、あやふやだったからだった。誰かに語れば言葉は雲散霧消し、意味は永遠にわからなくなるように思われた。

（あたしは、あのときの罰を受けているのかもしれない）

　シオリと父の関係はよくなかった。平凡な中年男である父親をシオリは蔑み、その態度をあからさまにしていた。ゲーム直前にも諍《いさか》いがあり、和解する暇もなく、父はゲームへと参加していった。

　ゲームのさなかに何があったのか、シオリは知らない。知っているのは、シオリの父が、シオリへのわだかまりを残したまま死んでいったかもしれないということだった。父がシオリに対して憤怒を抱えたまま死んだのか、それとも結局シオリを赦《ゆる》して死んでいったのか、知る機会は永遠に失われた。

父の亡骸とともに、一枚の水彩画が届けられた。それは、父の担任する中学生たちが皆殺しにされている、凄惨な地獄絵だった。だが、その中央に一人だけ立っている者がいる。穏やかな笑みを浮かべた少女だった。父はその少女を、いつくしむように描いていた。細心の注意を払ったと思《おぼ》しきタッチから、そのことは明白だった。

だが、シオリではなかった。

それが父の担任するクラスに在籍する中川典子という名の少女で、崩壊学級の中でも唯一父に理解を示していた人物であったこと、また彼女が頓挫したゲームの生き残りとなった可能性があるということを知ったとき、シオリは謎の多かった父の死について、あることを確信した。

父がシオリを赦したかどうか、それはわからない。だが、最期の瞬間を迎えたとき、父の脳裏にあったのはシオリではなく、その女生徒の姿であったに違いないと。

必ずしも表面上は、シオリは父に捨てられたわけではなかった。だが、父の心中では、シオリの存在はすでに捨てたも同然だったのだ。

父が捨てたのか。

それとも、父を蔑んだシオリが捨てさせたのか。

いずれともシオリには断言できなかった。そして、父の気持ちを知りたいと思った。それゆえに、自らの命を賭けて、ＢＲゲームに参加することを決意したのだった。

ぎりぎりの死の瞬間、人の脳裏に浮かぶものは何か。

予想に反してゲームのルールは変更され、生徒同士のサバイバル・ゲームは、七原秋也という的を狙ったシューティング・ゲームに姿を変えた。

そして今、願いどおりの死がシオリの上に襲いかかってくる。だが、シオリの心を支配しているものは、他の何物でもなかった。

純然たる恐怖だった。

恐怖に喉を摑まれ、死の味を鋭く舌に感じながら、シオリは声も出さずに叫び続けていた。

(タスケテ……)

不意に飛びこんできた影が、シオリの横に転がっていた小銃を摑み、シオリにトスした。自らはそのまま窓辺に駆け寄り、階下の敵めがけて銃弾の雨を浴びせかける。

「寝るな!」

振り向きもせずに怒鳴る。七原秋也だった。

シオリの心を閉ざしていた幕が落ち、目の前に転がった小銃が見えてきた。両の手が伸び、それを拾い上げる。同時に、自動的に上半身が起き上がった。

(まだ、生きている)

さっきまでの恐怖は、どこかへ消え去っていた。

29

坑道から地上へ続く電気室を出た途端、鼓膜を破らんばかりの喧騒が襲いかかってきた。半地下の電気室全体がぐらぐらと揺れる。それは、爆弾の炸裂する衝撃とも違っていた。その揺れには一定のリズムがあった。まるで無数の足を持つ生物が、一斉にそれを踏み鳴らしたかのような。

大広間に続くダクトを調べていた雅実が、声を押し殺して伝えてきた。

「あかん。これをすべり降りることはできても、上るのは無理やで。やっぱり、危険でも屋内を通って上がるしかないんと違うやろか」

言いながら、電気室の出入口を指す。半地下になっているこの部屋は、床から数段階段を上がったところに扉がついており、そこを出れば一階に出られるはずだった。拓馬たちが陥穽に落とされたときに、テロリストたちが殺到してきた、あの階だ。

「そこから出るか」

拓馬の問いに、雅実が、疑問を呈した。

「でも、俺たちがここから出たことが、敵に伝わったら、抜け道のことがバレてしまうで。そうなったらみんなに追っ手がかかるかもしれへんやろ」

「よし」

と、治虫の声が裏返る。

「この扉を出ると同時に、部屋を爆破して坑道の入り口を塞ごう」

「そんなことが」

言いかけた拓馬を制して、治虫が懐中のものを取り出して見せた。それは、シオリが手にしていたプラスティック爆弾だった。

「いつの間に?」

「昨日、死体を片付けているときに、手に入れたんだ。これで爆破しよう」

「ええんか」

雅実が真剣な顔で口を挟んだ。

「爆破したら最後、ここからは逃げられなくなるで」

「いいよ! それでみんなが逃げきれるなら」

「そうだな。行こう」

拓馬の言葉に雅実が頷き返した。階段を上り、錆びついた扉に手をかける。

押し開けた——。

そこは、修羅の世界だった。

目に入ったのは、ヘルメットに軍装という正規の装備をつけた政府軍の兵士たちだった。無数の兵士がひしめき、手に持った小銃で、辺りのものを手当たり次第に破壊しまくっている。

その間に混じって、兵士とは異なる服装の者たちがいた。圧倒的に数の少ない彼らは、『ワイルド・セブン』のメンバーたちだった。カラシニコフを振りまわし、手当たり次第に銃弾を見舞ってくる彼らを、兵士たちは遠巻きに取り囲んで圧力を強め、弾倉が空になった瞬間に襲撃して押し潰すのだった。

押し潰す。

その表現がふさわしい。

地面に転がったテロリストたちの死体は、二目《ふため》と見られない無残な姿になり果てていた。

体中に加えられた打撃の痕と、めった突きにされた銃剣創が、その死に様を物語っている。拓馬たちが浸かってどぶ泥になったあの汚水が、今では赤潮に汚染された海のように、不気味な暗赤色に変わっていた。

あの騒音は、兵士たちが踏み鳴らす足音だった。テロリストの死体を、蹴散らし、踏みにじる、骨を割り、肉を潰す、その足音だ。

断末魔の声が聞こえた。

あの大男、米内だった。頭髪から膝下まで、自分のものか他人のものか判然としない血液に塗れた米内が、双腕に兵士を抱えながら仁王立ちになっていた。兵士たちの首はへし折れ、すでに絶命していたが、その手に握られた刃が、米内の腹部に突き立っていた。

「てっ!」

号令とともに、取り囲む兵士たちの小銃が火を噴き、抱えられた兵士ごと米内の体を蜂の巣にした。さしもの大男も動きが停まる。膝をついて斃れた米内に、さらに兵士たちが思い思いの武器を振るい、狼藉を加えていた。銃剣の先で顔面をこじる者、手にしたナイフで切り裂こうとする者……。

「やめんかぃ！」

拓馬が止める間もなく、脇をすり抜けた雅実が、兵士たちに銃口を向け、乱射し始めた。

不意を衝かれた兵士たちが、背後からの掃射を受けてばたばたと斃れていく。だが、その死体を乗り越えた者たちがひざまずき、射撃姿勢を整えて一斉に小銃を発射した。

背後から見守る拓馬の目の前で、雅実の体がくるくると回転を始めた。一発一発が命中するたびに、雅実の体のどこかがちぎれ飛んでいく。ぶすぶすと背中に射出口が開き、最後に四分の一回転のターンを決めると、その体は足元の汚水溜の中に没した。

「雅実！」

無駄を承知で叫んだ。

（バカヤロウ。早すぎだ……）

水面に浮いた雅実の体は微動だにしない。無理やり視線を引きはがした。背後の治虫に怒鳴る。

「治虫、ヤバイ。気づかれたぞ！　ダッシュで出ろ！」

「わ、わかった……」

ドアを大きく開け放ち、外に転がり出た。汚水溜めをものともせず、駆け抜ける。拓馬の周辺で高音を発しながら、弾丸が爆ぜていた。肩越しに振り返る。なんと、治虫がまだ戸口に立ち尽くしていた。敵の猛威に、すくみ上がってしまったのか。

「治虫！　馬鹿、走れ！」

戻ることもできず、拓馬は怒鳴った。治虫の顔が泣き顔に変わり、悲鳴を上げる。

「畜生、チクショーッ！」

「おい！　しっかりしろ……」

その言葉も終わらないうちに、治虫の体に変化がおきた。体の前面に突然赤い飛沫が走り、そこから赤黒い塊が飛び出してきたのだ。銃声がこだまし、続いてその膝が破砕された。仰向けに体を投げ出すような姿勢で、治虫がその場で横になる。

「治虫ーっ!」

拓馬の咆哮に、治虫の目が悲しげに歪んだ。その末期の声は、拓馬の耳にもしっかりと届いた。

「ごめん、俺、ずっと足手まといだった……」

拓馬は吼えた。両脚に力をこめ、跳んだ。銃弾が体を掠めて飛んでいく。空中で、小銃のトリガーを絞った。銃口から吹き出した弾丸を、治虫の体に浴びせかける。五・五六ミリ弾が、ぶすぶすと友人の体をうがっていく。

「許せ! 治虫!」

治虫の体から閃光がほとばしった。あの、プラスティック爆弾を抱えていた辺りだ。一瞬、その体がぶわっと膨れ上がり、続いて激烈な爆音とともに、熱波が四方へと吹き上がった。そろそろと近づいていた兵士たちが爆発に巻きこまれ、吹き飛ばされた。

拓馬の体が壁に叩きつけられた。あと十メートル。そこまで行けば上の階に続く階段がある。小銃を腰だめに抱え直した。

「死んじまえ!」

フル・オートマティックで乱射しながら、いっきに階段を駆け上った。

(雅実、治虫……)

黒煙が背後に消えていく。

階段を上りきり、思わず息を飲んだ。

一面に転がる、テロリストたちの死体。いずれも容赦ない銃撃を浴び、原型はとどめていない。部屋中に死臭が漂い、吹き上げた血潮で部屋中が鈍い赤で染められていた。

窓際に、まだ応射を続ける一群のテロリストたちがいた。その中に、見覚えのある背中。

シオリだ。

ずたぼろのテロリストたちに混ざると、その背中がやけに小さく見える。

(生きていた)

暖かいものが広がるのを感じる。射撃音に負けず、声を張り上げた。

「シオリ!」

びくっと肩が震え、シオリが振り向いた。満面に誰のものともしれない血をこびりつかせ、二つの目だけがぎょろっと動く。

「拓馬」

その背後から、強烈な悪意が押し寄せてきた。シオリの背後の腰壁がぐずぐずに崩れ、壁と天井に無数の弾痕が記された。シオリがもんどりうって倒れ、起き上がった。小銃を抱え直し、再び窓際ににじり寄る。

「バカヤロウ!」

拓馬の背後から声が飛んできた。

「きさま、なんでここに戻って来た!」

左海と今給嶺だった。二人とも悪鬼のような形相になっている。周囲に転がるテロリストたちの死体と同じように、二人も全身に返り血を浴びていた。だが、二人の指先から滴り続けるものは、返り血だけとは思えなかった。

「俺は……」

その言葉を待たずに、今給嶺が窓辺に駆けこんだ。肩に担いだものを窓辺に据え、早速応射を始める。左手を振り、シオリに下がるよう促した。振り向きもせず、叫ぶ。その声が、拓馬たちを迎えたときの温和なものとはまったく変わっていた。

「左海、今のうちだ、早く行ってくれ! 大広間で秋也が最後の準備を進めているはずだ。俺がここで——後は、頼む!」

左海が拓馬の腕を摑んだ。

「来い！」

大広間へと続く廊下を駆け出す。背後から、シオリのものらしき足音が続いてきた。

「バカヤロウ……」

左海が呟く。その瞬間、後にしたばかりの部屋から巨大な閃光と爆音が襲いかかってきた。

大広間の入り口は、寄せ集められた瓦礫と、逆茂木で塞がれていた。

「こっちだ！」

右手の壁を外すと、左海が室内にすべりこんだ。拓馬とシオリも後に続く。

室内の様子はガラリと変わっていた。部屋の中央には何本ものドラム缶が並べられ、その周辺には黒色の缶が積み上げられている。缶の上から続く線は壁際の計器類に続き、真紀が必死の形相で何かの作業を続けていた。

窓ガラスはすべて破れ、そこに何人かのテロリストがかじりついて階下の敵を撃ち続けていた。ここにも死体がいくつも転がっている。

窓際に立つ人影を反射的に見た。

見覚えのある顔がそこにあった。七原と、サキだ。

左海の口から息が漏れた。

壁際の真紀が声を張り上げた。

「秋也、準備終わったよ。後はドカンといくだけ！」

その声に振り向いた七原と目が合った。

「左海！」

「秋也、すまん。ポイントBは落ちた。奴らはまもなくここに殺到してくるだろう。おそらく今給嶺も今ごろは……」

小銃を手に、部屋の中に入りこんだ。ドラム缶の上に載せられているのは、間違いなく爆薬だった。

思わず、誰にともなく叫ぶ。

「何だよ、これは！　おまえら何やってんだよ！」

その声を無視し、七原が厳しく問い返した。

「どうして戻ってきた！」

その顔に向けて、声をぶつける。

「……まだ何にも終わってねえんだよ、俺たちは！　おまえが探せと言った答えを、もう一度探しに来たぜ！」

「弟は！」

振り返りもせずに、サキが叫んだ。

「晴哉は、行った！」

答えた拓馬に、サキは応えなかった。だが、その背中が一瞬微笑んだように見えた。

突如、部屋中に火花が飛び散った。正面バリケードの向こうから、圧倒的な火力の壁が向かってきているのだった。積み上げた瓦礫がびりびりと震動し、向こう側から何か巨大な手が叩き続けていることを示していた。

「来るぞ！」

七原の言葉に、全員が銃をかまえた。窓辺のサキも振り返って戸口へ銃口を向ける。

白光とともに、バリケードが崩れたそのとき。

全員が一斉に引き金を絞った。部屋中に轟音が充満し、一瞬の無音状態が訪れた。硝煙で視界が塞がれた戸口。だがその向こうから確かに絶叫が聞こえていた。

次の瞬間、嵐のような反撃がきた。左海が棒立ちになって弾を受け、床になぎ倒された。その手からカラシニコフを取り、フル・オートマティックでサキが連射を続ける。シオリの〇三式ＢＲ小銃が、グレネードランチャーを発射した。

「左海！」

「左海さん！」

七原と真紀が左海の側に駆けこんだ。

全身から鮮血を吹き出させながら、左海が七原の手を握りしめた。

「しっかりしろ!」

その言葉に顔を歪めたのは、苦痛の表情だったのか。それとも笑ってみせたつもりだったのか。

「秋也、戦いはこれからだ。……立ち止まるな、戦い続けろ」

その表情のまま、左海は口から血の塊を吐き出し、事切れた。

七原の顔がくしゃくしゃに歪んだ。

銃を引っ掴み、戸口で応射を続けるサキの隣に駆け戻ろうとする。それを、サキの叱声が制した。

「来るな! 秋也、あんたにはまだできることがあるだろう!」

七原が立ちすくんだ。

「サキ?」

「真紀、もう爆破の準備はできているんだね?」

「完了したわ!」

「よし。行って。ここはあたしがくい止める」

「おまえ……」

歯を食いしばりながら、サキは左海のカラシニコフを撃ち続けている。

「一緒に死んであげられなくて、ごめん。でも、みんな枕を並べて討ち死になんて、諦めがよすぎるよ。あんたはあがいて。もっと。もっと! あんたにだけ重いものを背負わせるようで、申し訳ないけど」

「時限装置のスイッチを入れた!」

計器の上を乗り越え、真紀が七原のもとへ駆け戻ってきた。拓馬に向かって叫ぶ。

「電気室は!」

拓馬は、怒鳴り返した。

「爆破した! 坑道から逃げる連中の後を追えないように」

「ふん、あんたにしちゃ上出来。秋也。裏手付近がまだ手薄だと思う。そこから逃げて。あたしたちがここで連中を引き受ける」

「サキ！」

「真紀、あんたも行きな！」

その言葉には返さず、真紀はまなじりを決して秋也を見つめる。

「足止めには加勢が必要だよ。秋也、先に行って。アタシはどこまでも追いかけていくから、秋也のこと」

言葉を切って、傍らの拓馬を蹴っ飛ばした。

「あんた！　せっかく戻って来たんだ。必ず秋也を守るんだよ」

戸口のサキが、〇三式BR小銃をかまえ続けるシオリを促した。

「あんたも行くんだ！」

シオリがサキの顔を見返し、頭を振った。

「早く！　最後まで見届けるんでしょう！」

「秋也！　早く行って！　あなたがいる限り、『ワイルド・セブン』は終わらない！」

「真紀……」

七原の手が拓馬の背中を強打した。ここもまだ、最後の場所ではなかった。再び駆け出す。

三人の足音が消え去っていくのを聞きながら、サキはカラシニコフを捨て、持ちなれたドラグノフをかまえ直した。真紀が両手に突撃銃をかまえてその横に並ぶ。三つの銃口が一斉に火を噴いた。その轟音を縫って、サキは叫ぶ。

「真紀！　爆発までの時間は？」

「あと三分。それだけ持ちこたえれば、大丈夫。たぶん、秋也も地上に脱出できるはず」

「あんた！」

「なに？」

「秋也に一度くらいは抱いてもらったの？」

「馬鹿！」

ちらりと視界の隅で真紀を見た。その顔が朱に染まっていた。

（あれから三年）

（めまぐるしく動き続けた三年だった）

BRゲームで生き残り、狙撃手として再訓練を受けた日々。『アジアの夜明け』に逃げこみ、真紀や秋也たちと出会った日々。首都庁舎爆破テロの汚名を着せられ、ドブ鼠のようになって逃げまわった日々。

自分は変わったと思う。

三年前の自分とは違う。初めて人の命を奪ったとき、もう人間じゃないと感じた。なにか化け物のようなものに生まれ変わってしまったのだと観念した。だが、思ったほどに悪い変わり方ではなかったようだ。

――俺、姉ちゃんの背中、絶対忘れないから。

晴哉が去りがけに残していった言葉が浮かんできた。あれはもうはるか昔のことのように思われる。とても数十分前のこととは思われない――。

――あの日最後に見た姉ちゃんの背中も、今ここで見る姉ちゃんの背中も、どっちも同じ、俺の姉ちゃんの背中だから。

戸口で四角く切り取られた正面が、不意にまばゆい光に包まれた。その光の中から飛び出してくる邪悪な弾丸。

「ぐあっ！」

傍らの真紀が吹き飛ばされた。全身に衝撃。サキの手からドラグノフが飛んだ。

ドラグノフ、あたしの守護神。

その光がサキを迎えに来ている、と思った。光の中にはさまざまな顔が見える。命を奪った級友たち、泥を顔面に塗りたくった井川誠。寂しげな新庄の顔。テロリストの仲間たち。無表情な風間。左海。今給嶺。米内。真紀。そして秋也。

その向こうに、よく知った顔が見えた。戸口の向こうに見える二人の人影。両手を広げ、サキを出迎えてくれる。

何事もなかったかのように。

あの日家を出たサキが、そのままのサキとして帰ってきたかのように。

「ありがとう、晴哉……」

サキの体はその光の中に飲みこまれ、そして意識は白色の狭霧の中に消えていった。


階段を駆け下りる三人の前に、新たな敵の小隊が現れた。

「邪魔！」

シオリのBR小銃から放たれたグレネードランチャーが、その連中を吹き飛ばした。砲身を折り、空カートリッジをはじき出す。その硝煙がけぶり続ける中に、七原は飛びこんでいった。新たなカートリッジを装填したシオリが後に続く。拓馬は振り返り、後方に掃射を食らわしてから、階段を駆け下りた。

一階までたどり着いたとき、七原が怒鳴った。

「跳べ！」

十字砲火の浴びせられる中、七原の手が二人の背中を衝いた。ダイビングのように、三人は側壁の向こうへと躍り込んだ。

体が地面に叩きつけられる。その頭を七原の手が押さえこんだ。

「あれは！」

シオリが叫んだ。今三人が飛び出してきたばかりの階段室の扉枠が、中から吹き出してきた爆風で引きちぎられ、轟然と火柱を吹いた。続いてもう一度、爆音が轟き、殺到しかかった兵士の上に炎を降りそそがせた。

「時限装置で爆破している。走れ！」

その声にうながされ、拓馬は立ち上がった。めちゃめちゃに小銃を撃ちまくりながら、ガラスと瓦礫の転がる通路を駆けていく。七原のめざす先に、扉が見えた。あれを抜ければ外に出られる。

不意にその扉が開いた。まばゆい光が流れこんでくる。三人の足が止まった。

その光を背負い、誰かが戸口に立っていた。

兵士ではない。兵士にしては異様な服装だ、短パンにジャージのあの姿は——。

シオリが隣で息を飲んだ。

人影は小脇に何かを抱えている。

ラグビーボールだった。

——リキだ。

十二月二六日　〇六二四時
【新たな死亡者】
男子三番　葛西治虫　六番　柴木雅実

残り七名

30

「ウ————ッス！」

右手を高々と差し上げたリキが、快活に叫んだ。

光に慣れた拓馬の目に、その風体が飛びこんでくる。

リキが着ているものは、紛れもなく鹿之砦中学校ラグビー部のジャージだった。

「おまえが七原秋也か？」

七原は言葉もなく、リキの顔を凝視していた。固まった三人に向けて、リキがゆっくりと階段を下りてくる。スパイクの下で、砂粒がぎちぎちと鳴った。

「私が鹿之砦中学校三年B組担任教師の、タケウチリキでぇす。『すべての大人に宣戦布告する』——？

やられたよ、たいした度胸だ。全世界の大人が、おまえ一人の命を狙ってるぞ。本気で勝てると思うのか？」

ぎらつくその眼から、視線を外すことができない。

「大人の力をなめんなよ。腐れきった大人は、自分たちが生き残るためなら、なんでもやるんだ。たとえ、血を分けたわが子を殺し、その血を啜《すす》ってでも生き延びる。大人ってのはそういうもんだよ。おまえらの考えているほど、甘くはねえ」

リキは鼻を鳴らした。

「なあ、甘えてんじゃねえだろうな？　最後の最後に『パパ、ママ、許してぇ』なんて媚《こび》を売ったら、大人は許してくれるんじゃねえか、そんなことは思ってねえよな？　わかったろ、この戦争で。自分が生き延びるためなら、わが子さえも殺さなきゃならねえことがある。それが戦争ってもんなんだ」

「おまえ」

七原が訝しげに口を開いた。

リキが視線を受けとめ、高らかに笑った。

「おー、その顔に書いてあるぜ。俺たちだって生き延びるためなら、誰でも殺す。その殺した命を全部、背負って生きていくってな？　いい覚悟だぜ。そうやってみんな殺してきたんだろ？　みんな、おまえの肩にのしかかってるんだ。あのテロで死んだ俺の娘の命もな！」

「娘の……？」

「そうだ、一年前の爆破テロ。あのとき、パスポートを申請するために俺と娘はあのビルを訪れていたんだよ。たまに都心まで出るんだから、早く行こう。そう言って窓口が開く十時に間に合うように俺たちは家を出た。あのとき、忘れ物か何かをして、十分でも遅れていれば、爆発に巻きこまれることはなかった。——恨んだぜえ、七原秋也」

それは、初めて聞く教師の過去だった。リキの、あの無気力な態度には、やはり理由があったのだ。

赴任当初から、リキはすべてのことに投げやりだった。問題児ばかりの鹿之砦中学校では、逆にその放任主義めいた態度がうまく合っているようにも思われた。だが、拓馬たちは肝心なことを知らずにいた。拓馬たちが家を追われた捨て子だとしたら、リキもまた同じように大事なものを無くした男だった。

「娘が死んで、女房ともうまくいかなくなったよ。娘のいない家に帰るのが辛くなってなあ。それで鹿之砦行きだ。お互いに、もう帰る場所なんてねえよなあ」

腹を抱えて笑った後、リキはいきなり直立不動の姿勢になった。

「男子一番青井拓馬くん！　女子四番キタノシオリさん！　質問です。人生には勝ち組と負け組の二つしかありません。果たして本当にそうだろうか？」

小銃をかかえたまま、シオリと目を見交わした。

リキは楽しげに言葉を接《つ》いでいく。

「この戦争に出て、答えは見つかったか？　見つからなかったかもしれねえな。簡単に見つかる答えには、なんの意味もねえ。人生の答えなんてものは、いつも先の方に転がっているもんだ」

背後の爆音。遠くに響く銃声。大勢の人々のどよめき声。それらに混じり、なにか聞き覚えのある音がしていた。電子音だ。

断続的に聞こえる耳障りな音。

拓馬とシオリは瞬間的に自分の胸元を見下ろした。そこにあった首輪は、すでに消えている。二人の動揺を見てとったか、リキが再び声を張り上げた。

「旧新世紀教育改革法、新世紀テロ対策特別法、第八条、ＢＲの担当教官！　ＢＲの運営の責任は、一切担当教官にあり、教官は執行委員会の構成メンバーの中から推薦・選抜される！　担当教官にはＢＲⅡを円滑に進行するためなら、一切の超法規措置が認められる。ただし！　国家ならびに執行委員会は担当教官の生命の保障は負わないものとする！」

胸元を広げ、リキがにたあっと笑った。その首に、見慣れた首輪があった。すでにそれは作動し、点滅し始めていた。

「それは！」

「生徒と教師は一心同体だからなあ。おまえたち生徒だけに命を縛るもの着けさせちゃ、申し訳ないと思ってよぅ。——お？」

リキは、二人の首元を見てがっかりとした表情を浮かべた。

「なあんだ。おまえたちは、外しちゃってたのかあ。ま、いいや。この首輪は俺自身の問題だから。鹿之砦中学校三年B組四十二人の命を、教師としてこの肩に背負ったという証だからよ。生き残ったのは、おまえたちだけか？　——あ、答えなくていいぞ。もう、どうでもいいことだから。どうやら、このブロックが禁止区域に入ったみたいだし、この首輪、爆発するようだからな」

首輪の警告音が早まった。リキがボールを持っていない方の左手を振った。その先には、リキ自身が開け放った外への扉がある。

「行けよ。俺はここまでだから。そこを出れば、外の世界だ。……いいか、さっきの質問の答えは、おまえらが生きるこの先にあるからな。忘れるんじゃねえぞ」

その眼が、拓馬、シオリ、そして七原の顔を順繰りに見まわした。

胸にしっかりとラグビーボールを抱え直す。忘れもしない、それは、慎太郎が、秀悟が、渉が、みんなで寄せ書きをしたあのボールだった。

その姿を見ながら、拓馬の胸の中に不思議な感慨が湧いてきていた。このリキを、殺してやりたいと憎んだこともあった。実際、慎太郎はリキに殺されたようなものだった。

だが今は、怒りの感情が湧いてこない。

代わりに、言いようのない哀しみが胸を衝いていた。

リキは所詮、そちら側の人間ではなかった。

社会に捨てられ、鹿之砦中学校にたどり着いた、拓馬たちと同じ種類の人間だったのだ。

(リキや俺たちのような人間が生きていける場所がどこかにあるのだろうか)

その拓馬の感慨も知らず、リキは呟いた。

「俺、おまえたちと一緒にラグビーやるの夢だったんだけどな」

(リキと俺とシオリ)

(そして七原秋也)

リキが破顔した。頭の上から突き抜けていく声。

「行け――――――――――っ!」

そのまま三人の傍らを駆け抜けていく。爆煙の向こうからやってくる応射が、リキの周囲に火花の歓迎ゲートを形作った。

「行くぞ! 最後の爆発が来る」

七原の声に被さるように、リキの絶叫が聞こえた。

「トラ――――――――――イ!」

三人が出口から転がり出した瞬間、これまでになかった規模の爆発が訪れた。地面が激しく揺れ、走り続けようとする足をすくう。建物に残っていたガラスが一斉に割れる甲高い音と、鉄骨がひしゃげ、コンクリートの塊が粉々に粉砕される音。すべてが渾然となって上空に吹き上げた。崩壊する建物の中から、火炎と爆風の奔流が巻き起こる。

建物全体が燃え盛っていた。死者たちの亡骸を荼毘に付すように炎が荒れ狂い、生者たちをその炎の中に巻きこんでさらに猛威を高めた。その中で、幾人かの者たちが真の眠りについていた。早田真紀、桜井サキ、左海貢、今給嶺聡、米内健吾、風間総司。

『ワイルド・セブン』の仲間たち。


三人は爆風に煽られながら駆け続けた。死屍累々と転がる仲間の上を飛んで、さらに走る。再び周囲からの掃射が始まっていた。拓馬たちの足元に、雨だれのように銃撃痕がうがたれていく。ちりちりと腹が痛んだ。髪の先をかすめて銃弾が飛ぶ。

何も考えられなかった。

この島に来てからのこと。島に来る前のこと。鹿之砦中学校での日々。中学校に来る前の日々。それらの思い出が断片となって頭の中でぐるぐると回り、一つとして定着せずに再びすさまじい勢いで吹き飛んでいった。

乱れ飛ぶ記憶の欠片の中から、見覚えのある顔が迫ってきた。

——何も考えなくていいんだ、走れ！

秀悟と慎太郎が口を揃えて叫ぶ。

——生き残って！　あたしたちは拓馬の中に生き続ける。

希と遙の笑顔が見える。

そしてなお。

なおたちは無事に脱出できただろうか。

しかしその顔も嵐のように吹きすさぶ記憶の断片の中に消えていった。後に残るのはただ、今を走るという感覚ばかり。周囲をうがつ銃弾のスタッカート。両脚から伝わる、大地を蹴る感触。風をきって飛んでいく自分の体、呼吸と跳躍のシンコペーション。時折、傍らを突き抜けていく銃弾のフィルイン。すべてが強く、叩きつけるような衝撃とともに拓馬の全身を燃やしていた。

「ああっ！」

そのとき、駆け続けるシオリのバランスが崩れた。たたらを踏んだその隙を逃さず襲いかかる、銃弾の群れ。あっという間にその全身に弾痕が花開いた。

「シオリ！」

七原がその体を抱き上げ、前方へと走り出した。拓馬は〇三式ＢＲ小銃を掴み、振り返る。迫り来る敵の姿。爪先から脳天まで、憎悪の炎が吹き抜けた。その意思がトリガーにかけられた指先に伝わり、銃口が火を噴く。そして、怒りの炎が咆哮となって拓馬の口から飛び出していった。

撃ち返されてきた銃弾が、右肩をかすめた。

だが、その衝撃にも拓馬の体は耐えた。大地に根が生えたように両足は動かなかった。まるでそれ自体に意志があるかのように、拓馬の腕の中で〇三式ＢＲ小銃は弾を吐き出し続ける。


シオリの視界には靄がかかっていた。それまで見えていた景色が急にはっきりと見えなくなる。体のどこかで、視力を調整する機能が失われたようだった。あちこちにすうすうと涼しい感触がある。銃弾を受けたところがひどく熱い。焼けるような痛みがあるのに、体は不思議と涼風になぶられているようだった。力が体から失われていく。

眼前に、七原秋也の顔が迫ってきた。

「おい、しっかりしろ！」

その瞳が気遣わしげに翳っていた。

馬鹿な男、自分を殺しに来た人間が死ぬのに、そんな顔をして哀しまなくてもいいじゃない……。

喉を突き上げるものがあった。横を向き、吐き捨てる。ねっとりとしたものが飛び出していった。必死で気道を開き、七原に問いかける。

「……ね、ひとつ聞いてもいい？　あの絵の女の子、あの子はどこにいるの？」

「あの子？」

「……中川典子」

七原の顔に不審げな表情がよぎった。

「おまえは?」

「……私の名前は、キタノシオリ。あんたが殺した教師キタノの娘よ」

眉根を寄せた表情がやがて驚愕へと変わり、その陰にある種の諦念が浮かんできた。

「そうだったのか。……俺を恨んでいるか?」

肯定も否定もできなかった。恨んでいるのかもしれない。恨んでいないのかもしれない。中川典子と七原秋也。あの人が命を落としたゲームを生き延びた二人の名前は、ずっとシオリの胸中に転がり続けていた。幾度その名前を呼んだか、憶えてもいなかった。そのうちに七原秋也という名前は、憎悪や恨みといった形を持った感情を飛び越え、一つの漠然とした空気のようなものに変わっていた。

そうではない、あたしの胸にあったのはそういうことではない。

「……ずっと考えていた。あのとき、何があったんだろうって。人々が殺し合うぎりぎりの場面で、あの人はいったい何を考えて死んでいったんだろうって。……それが知りたかった。あんたに会えば、その答えが見つかるかもしれないと思っていた」

――やっぱおれ、こうした方がいいよな?

右手で作った銃口をこめかみに向けている父の姿。

――いいか? 人のこと嫌いになるってのは、それなりの覚悟しろってことだからな……。

携帯電話の向こうから聞こえた、息遣いとあの声。

七原の声が、想いを破った。

「……典子は今、遠い国で子供たちと暮らしている」

「遠い国?」

「そうだ。俺たちはこの国を脱出した後、外国を転々とした。典子はその国の一つに留まることを選んだ。そこで、俺と典子の人生は分かれたんだ。典子は、戦火に家を焼かれ、家族を失った子供たちを助けて生きることを選んだ。そして俺は、闘いを続けることを選んだ。どっちが正しい生き方だったのか、俺にもわからない」

「マドンナか……」

シオリの呟きを七原が聞き返した。瞼を閉じた。あの水彩画が目に浮かぶ。聖母の微笑をたたえ、見下ろしている笑顔。その笑顔にふさわしい場所に彼女はいるのだろう。

おそらく、あの人はそんな笑顔に惹かれたのだろう。学校で、家で、むき出しの悪意に晒され続け、疲れ果てた末にその笑顔に惹かれ、シオリたちを捨てたのだ。

熱いものがこみ上げ、目尻を伝って流れ落ちた。

「……ゴメンね」

目の前の七原ではなく、どこか遠い空に向かって呼びかけていた。

「……あたし一度も、あなたのこと、ちゃんとパパって読んだことなかったね」

自分が孤独だった分、おそらくあの人も孤独だったのだ。その孤独を持った者同士がすり寄ることもできず、決定的な罅《ひび》を入れてしまったのが、あの日だったか。

ドアを閉めてあの人が出て行った後、ドア脇のベッドの上には、小さい包みが置かれていた。その中から出てきたのは、ちんけな、本当にセンスの悪いぬいぐるみだった。中年男が、あんなものをどこで買ってきたのだろうか。その苦労を考えたこともなかった。

――あの人の前で、開ければよかった。

あの人が死んだ後、しばらくしてあの水彩画を見た。そして、考え抜いた末、自分もBRゲームに参加することを決めた。あの人と同じ境遇に自分を置くため。最後に遺された言葉の意味を解くため。学校を代わり、男子に混じってまで体を鍛えた。銃の撃ち方も必死で勉強した。素性を知られ、警戒されることを防ごうと、学校では姓の漢字さえ明かすことを拒んだ。――すべては、BRゲームのために。

(あの努力を、もっと違ったときに、違った場所ですべきだったのかもしれない……)

眼前の七原の顔が、急速にぼやけてきた。

「今初めてわかったよ……愛することにもさ、覚悟がいるんだね」

またどこかで携帯電話が鳴っているような気がした。

とらなければ。

電話に出なければ。

でも、その電話が見つからない。


三十発の弾倉が空になった。拓馬は全身を探る。手持ちの弾倉はもう無かった。そうなれば、もはや〇三式BR小銃は、無意味な鉄の塊にすぎない。

尻に火がつくような銃撃に追われながら、再び駆け出した。体のあちこちに痛みを感じる。驚いたことに、まだ致命傷はもらっていないようだ。

まだ走れた。

駆けながら、先を行っているはずのシオリと七原を捜した。もうだいぶ走ってきたはずで、潮の香りが強くなっていた。海岸線も近い。


その海を見下ろす丘の上に、七原たちはいた。二人の姿を見つけた途端、拓馬は喘いだ。

七原は、シオリの体を地面に横たえていた。シオリの目は閉じられ、胸の前で両手を組んでいる。七原がポケットから何かを取り出した。あの、ナイフだ。それを組み合わせた両掌の間にそっと握らせた。

「それ、大事なナイフじゃなかったのか?」

問いかけに、七原が振り向いた。かぶりを振って答える。拓馬は目を閉じたシオリの顔を見た。

「キタノ……」

わずかな間黙禱を捧げた。七原に、手にした小銃を振って見せる。

「弾、弾がもうねえんだよ！」

「その口径の弾はないいな」

七原も右手に握ったカラシニコフを振って、立ち上がった。

「俺も、ほとんど弾切れだ」

拓馬は、シオリの脇に転がる〇三式ＢＲ小銃を拾い上げた。

軽い。

「これも空か……」

「ほう、いつから弾倉の重さだけで、中に弾が入っているかどうかわかるようになったんだ。まるでいっぱしの戦士だな」

「からかってんのかよ」

「褒めたつもりだったがな」

拓馬は、シオリの胸に小銃を置いた。


「銃は三丁。しかし中は空っぽで、生き残ったのは二人だけ。その二人もずたぼろの傷物ときてる……」

七原がその場にへたりこんだ。

「俺は、また何もできなかった……」

その口から、弱々しい言葉が漏れた。

「三年前、みんなが俺を生かしてくれた。その命を背負い、懸命に戦ってきたつもりだったが、何も残らなかった。せっかく作った組織は泡と消え、ついてきてくれたみんなも、――みんなも死なせてしまった。残ったものは何もない」

七原が、両手に顔を埋めた。

「俺は無力な人間だ……」

それは、あのときアジトで話したときと同じ、寂しげな姿だった。凶悪なテロリストのイメージなどは微塵もない。親に捨てられた子供のような、絶望に打ちひしがれた姿。拓馬と同じ、捨て子の姿。

思わず口から言葉がほとばしった。

「いいじゃねえか! そんな、オヤジみたいなこと言うなよ。何もかも終わっちまったようなこと言ってよ。また、やり直せば済むことだ!」

そして続いて出てきた言葉は、拓馬自身も予想していなかったものだった。

「今度は俺が仲間だ!」

きょとんとした顔で七原が拓馬を見上げた。

「おまえが?」

「おう。文句あるかよ! 俺とおまえ、二人でもう一度やり直しだ!」

言い返す拓馬の顔を見ながら、不意に七原の——秋也の表情が崩れた。

泣き出した——のではなかった。その口が開き、哄笑が飛び出してくる。秋也は笑っていた。顔を歪め、腹をよじり、笑っていた。ただ笑うだけでは気がすまず、その場に突っ伏し、全身で笑い始める。なにがおかしいのか、秋也の笑いは止まらなかった。

二人が立っていたのは、島の北端にあたる断崖の上だった。足元を吹き抜ける風が、大地から体をもぎとって、宙に放り出そうとする。

断崖の下には、紺碧の海に白い波頭。押し寄せる波が、岩礁を洗い続けていた。

足元に鋭い音が響いた。

着弾だ。

同時に振り返った拓馬たちの目に飛び込んできたのは、悪意に満ちた光景だった。地上を走る兵士たちの列。手に手に銃を持ち、二人の元へと殺到してくる。憎悪の塊を振りかざし、それをもって二人の存在を叩き潰そうとでもいうかのように。

「さ、どうするかな……」

秋也の言葉に、拓馬がその背中をどやしつけた。

「飛ぼう!」

「飛ぶって、この崖の下にか? 死ぬぞ?」

「ここにいたら、どうせ殺されるさ。飛ぼう！」

「——しかし」

「なんだよ！」

「困ったことに、——泳げないんだ」

「はあ？」

あきれたように見返す拓馬の視線を受けて、秋也がぷっと吹き出した。

「こんなときに冗談言いやがって」

むずがゆいものが背筋を駆け上ってきた。

その瞬間。二人の周囲に弾丸の雨が降ってきた。

足元の地面が、ささくれだってはじき飛ぶ。

同時に大地を蹴っていた。

こみ上げてくる笑いの発作に耐え切れず、拓馬は哄笑した。秋也もまた、笑いながら落ちていく。はじけた笑い声が、二人の全身を包む。頭の先から爪先まで、爽快な気分が走り抜けた。胸の中の澱んだものが、それに押しのけられてどこかに消えていく。


拓馬と秋也。秋也と拓馬。

すべてどうにでもなれ。

とにかく、生きている。

白く泡立った波頭が、眼前まで迫っていた。

十二月二六日　〇六四五時

【新たな死亡者】

女子四番　キタノシオリ

男子一番　青井拓馬　五番　桜井晴哉

女子一番　浅倉なお　三番　筧今日子

八番　新藤理沙　十三番　蓮田麻由

以上六名

及び七原秋也　生死不明。

ゲーム終了。勝敗無効。

バトル・ロワイアルⅡ
鎮魂歌［レクイエム］

2003年7月3日印刷
2003年7月23日第一刷発行
2003年8月 4 日第四刷発行

著者　杉江松恋

脚本　深作健太
木田紀生
原案　高見広春

協力　東映株式会社

発行者　高瀬幸途
編集者　並木智子
発行所　株式会社太田出版
160ー8571
東京都新宿区荒木町22
エプコットビル１階
電話　03-3359-6262
振替　00120-6-162166
ホームページ
http://www.ohtabooks.com/
営業部メールアドレス
sales@ohtabooks.com
編集部メールアドレス
editor@ohtabooks.com

印刷・製本　株式会社平河工業社

装幀　中山泰+木村由加（NYC）
本文デザイン　寺島佐知子（NYC）

ISBN4-87233-775-1

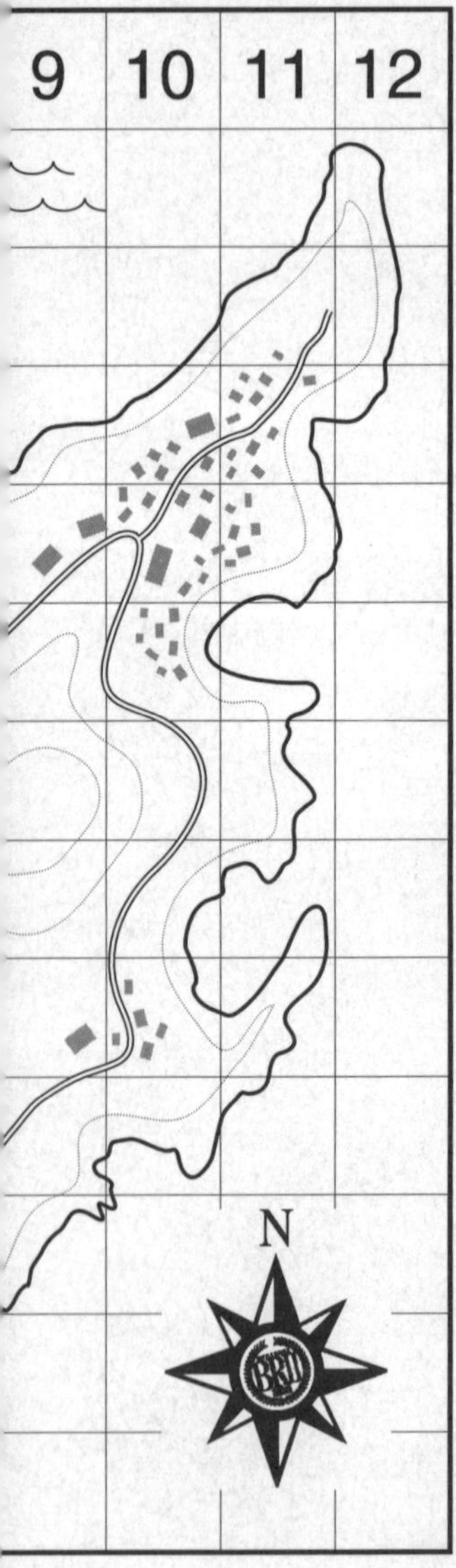

戦艦島

0 250 500